**The Death Cure**

The Death Cure

# 데스 큐어

제임스 대시너 지음 | 공보경 옮김

문학수첩

지금까지 지상에서 살아온 이들 중 최고의 인간이신

어머니께 이 책을 바칩니다.

# 1

토머스의 신경을 곤두서게 하는 건 바로 냄새였다.

3주 동안 혼자였다는 것도 아니고, 하얗기만 한 벽과 천장과 바닥도 아니고, 창문 없는 이 방에 조명등이 한 번도 꺼지지 않았다는 사실도 아닌, 바로 냄새. 그들은 토머스가 차고 있던 손목시계를 가져갔고, 하루에 세 끼씩 정확히 똑같은 음식을 주었다. 햄, 으깬 감자, 생 당근, 빵, 물. 그들은 토머스에게 말을 걸지도, 방으로 누군가를 들여보내주지도 않았다. 책도, 영화도, 게임도 없었다.

완벽한 고립. 지난 3주간 토머스는 순전히 본능에 의존해 시간의 흐름을 어림해야 했다. 확신은 할 수 없었다. 밤이 언제부터 시작되는지 추정하여 최대한 정상적인 시간에 잠이 들려고 노력했다. 정기적으로 제공받는 게 아니기는 했지만 그들이 그의 방에 들여보내주는 매 끼니가 시간을 파악하는 데 도움이 됐다. 그들은 토머스가 시간 감각을 잃고 혼란에 빠지기를 바라는 듯했다.

고독. 푹신한 패드를 댄 이 방은 색깔이 없었다. 구석진 곳에 숨듯이 자리한 스테인리스 소재의 작은 변기와 사용할 일 없는 오래된 나무 책상을 제외하고는 온통 하얀색이었다. 견디기 힘든 정적 속에서 토머스는 자신의 몸 안에 뿌리를 박은 병에 대해 무한한 시간 동안 생각을 거듭했다. 플레어 병. 인간이 인간일 수 있는 요소들을 슬금슬금 조금씩 빼앗아 가는 소름 끼치는 병.

그러나 그를 못 견디게 만드는 것은 그 병이 아니었다.

바로 몸에서 나는 악취였다. 지독한 냄새로 인해 바늘 끝처럼 날카로워진 신경이 그의 온전하고 굳건한 정신을 좀먹어 들어가고 있었다. 이 방에 들어온 후 샤워나 목욕은커녕 갈아입을 옷조차 제공받지 못했다. 몸을 씻을 방법도 없었다. 걸레 하나만 있어도 끼니 때 식수로 받는 물을 적셔 얼굴이라도 씻을 텐데 그들은 그나마도 주지 않았다. 이 방에 감금될 때부터 입고 있던 지저분한 옷이 전부였다. 침구도 없어서 방 모서리에 궁둥이를 붙이고 팔짱을 낀 채 웅크리고 잠을 자야 했다. 최대한 체온을 유지하려 했지만 종종 오한이 들어 몸이 덜덜 떨렸다.

몸의 악취가 왜 그토록 두려운지는 알 수 없었다. 몸이 망가지고 있다는 징조처럼 느껴져서일까. 위생 상태가 악화되면서 점점 끔찍한 생각이 들었다. 온몸이 썩어 문드러져, 거죽뿐 아니라 내장마저도 고약한 냄새를 풍기는 것만 같았다.

그는 비논리적인 근심에 사로잡혔다. 음식도 넉넉했고 갈증을 해소할 만큼의 물도 제공받고 있었다. 충분히 휴식을 취했고, 작은 방에서 할 수 있는 한 최선을 다해 자주 제자리 뛰기를 하며 운동도 했다. 몸이 지저분하다고 해서 심장의 힘이 약화되거나 폐의 기능에 이상이 생기지는 않는다는 것을 머리로는 알고 있었다. 그러나 끝없이 코끝을 자극하는 지독한 체취가 조만간 그를 통째로 집어삼킬 죽음을 상징한다는 생각을 좀처럼 떨칠 수가 없었다.

암울한 기분에 사로잡히다 보면 마지막으로 대화를 나눴을 때 테리사가 한 말이 거짓이 아닐 수도 있다는 생각도 들었다. 너는 이미 늦었다던 말, 플레어 병이 빠르게 진행되어 너는 광기와 폭력에 사로잡히고 말았다던 말. 네가 제정신을 놓아버렸기 때문에 이 끔찍한 곳에 갇히게 된 거라던 말. 브렌다도 "앞으로 너한테 안 좋은 일이 일어날 거야"라고 경고했었다. 테리사와 브렌다의 말이 모두 사실일 수도 있었다.

그리고 무엇보다 친구들에 대한 걱정이 사라지지 않았다. 다른 아이들은 어떻게 됐을까? 어디 있을까? 플레어 병은 그들의 정신에 어떻게 작용했을까? 온갖 고생을 겪었는데 결국 이렇게 끝나고 마는 것일까?

격한 분노가 밀려들었다. 하루하루 시간이 갈수록 분노가 쌓였다. 따뜻한 장소와 음식 부스러기를 찾아 두리번거리며 몸을 떠는 쥐처럼, 토머스는 가끔 주체할 수 없을 만큼 몸이 떨렸다. 그러나 그 분노를 접어 내면으로 밀어 넣었다. 분노를 아무렇게나 분출하고 싶지 않았다. 차곡차곡 쌓아두었다가 알맞은 때, 알맞은 장소에서 터뜨릴 것이다. '사악(WICKED, 위키드)'은 토머스를 이 꼴로 만들었다. 그와 친구들의 인생을 빼앗고, 자기네의 필요와 목적에 따라 이용하면서, 아무리 끔찍한 결과가 빚어져도 눈 하나 깜짝하지 않았다.

사악이 그 대가를 치르게 해야 했다. 그는 하루에도 천 번씩 그렇게 다짐했다.

하얀 방의 포로가 된 지 22일째 되는 날의 느지막한 아침 시간, 토머스는 벽에 기대앉아 문과 그 앞에 있는 못생긴 나무 책상을 바라보며 상념을 곱씹었다. 정확히는 몰라도 그 정도 시간이라 추정했다. 아침을 먹고 운동을 하고 나면 그는 늘 이렇게 앉아 생각에 잠겼다. 그러나 문이 정말로 열리게 되리라는, 끼니를 공급받는 문 아래쪽의 좁은 틈이 아니라 문 전체가 활짝 열리게 되는 날이 오리라는 희망 따윈 갖지 않으려 애썼다.

그 문을 열어보려고 수차례 시도했었다. 텅 빈 책상 서랍 속에는 흰곰팡이와 삼나무 향기뿐 문을 열 만한 도구는 없었다. 그래도 사악을 상대하는 동안 늘 그래왔듯이 잠을 자는 동안 뭔가가 마법처럼 나타나지 않았을까 싶어서 아침마다 서랍을 열어보았다.

그리고 앉아서 문을 바라보며 기다렸다. 하얀 벽과 정적. 체취. 친구들을 생각했다. 민호와 뉴트, 프라이팬, 그리고 아직 살아 있을 다른 공터인들. 거대한 버그에 올라탄 후로 보이지 않게 된 브렌다와 호르헤. 해리엇과 소냐를 비롯한 나 그룹의 소녀들과 에어리스. 브렌다. 그가 이 하얀 방에서 처음 눈을 뜬 후 브렌다에게 들었던 경고의 말. 브렌다는 어떻게 그의 머릿속에 말을 걸 수 있었을까? 브렌다는 정말 그의 편인 걸까?

그러나 대부분의 생각은 테리사에 관한 것이었다. 시간이 지날수록 테리사에 대한 증오가 커져갔지만 그녀에 대한 생각만은 떨칠 수가 없었다. '사악은 선해'라고 했던 테리사의 마지막 말. 어찌되었든 테리사는 그에게 일어난 모든 끔찍한 일들을 상징했다. 테리사를 생각할 때마다 속에서 증오가 끓어올랐다.

어쩌면 그 분노가 이 하얀 방에서 기다리는 동안 제정신을 유지
할 수 있게 해주는 마지막 끈일 수도 있었다.

먹고, 자고, 운동하고, 복수를 갈망하고. 그 후 사흘을 더 그렇
게 시간을 보냈다. 홀로 외로이.

그리고 26일째 되는 날 문이 열렸다.

# 2

문이 열리는 때를 수도 없이 상상했었다. 그때가 되면 어떤 행동을 하고 어떤 말을 하리라 미리 계획했었다. 앞으로 달려가 안으로 들어오는 자를 때려눕힌 다음 문을 박차고 멀리 달아나리라. 그러나 그것은 마음을 달래는 상상에 불과했다. 그렇게 하도록 사악이 용납하지 않으리라는 걸 그는 잘 알고 있었다. 섣불리 행동하기보다는 세밀한 계획을 세우고 처신할 필요가 있었다.

상상만 하던 일이 실제로 눈앞에서 일어나 훅 소리와 함께 문이 열린 순간, 토머스는 전혀 의외의 반응을 보였다. 그는 아무런 행동도 하지 않았다. 지금 앉아 있는 이곳과 저 책상 사이에 보이지 않는 장벽이 생겨나 있음을 그는 직감했다. 예전에 미로에서 탈출한 후 들어갔던 숙소에서처럼. 아직은 행동할 때가 아니었다. 기다려야 했다.

쥐 선생이 방으로 걸어 들어오는 것을 보면서도 토머스는 별로

12

놀라지 않았다. 공터인들에게 초열 지역을 지나는 2단계 시련에 대해 설명했던 바로 그 남자였다. 기다란 코, 족제비 같은 눈, 반쯤 벗겨져 듬성한 머리를 곱게 빗질해서 머리통을 덮은 기름진 머리카락까지 그대로였다. 이번에도 역시 우스꽝스러운 흰색 정장 차림이었다. 전에 봤을 때보다 얼굴이 더 창백해 보이기는 했다. 쥐 선생은 구겨진 서류 수십 장을 아무렇게나 끼워 넣은 두툼한 서류철을 팔꿈치 안쪽에 끼우고, 등받이가 똑바른 의자를 문 안으로 끌고 들어왔다.

"좋은 아침이다, 토머스."

쥐 선생은 뻣뻣하게 고개를 까딱이고는 말했다. 그러고는 토머스의 대답을 기다리지 않고 곧장 문을 당겨 닫더니 의자를 책상 뒤에 가져다놓고 앉았다. 그는 책상 위에 서류철을 내려놓고 펼친 후 서류들을 휘리릭 넘기기 시작했다. 원하는 서류를 찾았는지 그 서류에 손을 얹고 토머스에게 시선을 고정한 채로 힘없이 웃었다.

토머스가 입을 열었다.

"여기서 꺼내주면 정말 좋은 아침이겠죠."

막상 대꾸를 하고 보니 4주 가까이 말을 하지 않았던 터라 목소리가 편하게 나오지 않았다.

쥐 선생의 얼굴은 표정 변화가 전혀 없었다.

"그래, 그렇겠지. 걱정할 거 없어. 오늘 긍정적인 소식들을 잔뜩 듣게 될 테니까. 정말이다."

희망 따윈 없다는 걸 알 때도 되었는데. 토머스는 잠시나마 희망에 부풀었던 자신이 한심스러웠다.

"긍정적인 소식이오? 우리가 지능이 높아서 선택한 거 아니었습니까?"

쥐 선생은 잠시 뜸을 들이다가 대답했다.

"지능이 높아서라. 그래, 그렇긴 하지. 그 외에 더 중요한 이유들이 있기는 하지만."

그러고는 토머스를 가만히 쳐다보다 말을 이었다.

"우리라고 이 일이 좋기만 하겠냐? 너희가 고통 받는 걸 지켜보면서 즐거울 거 같아? 다 목적이 있어서야. 너도 곧 알게 될 거다!"

쥐 선생은 점점 목소리가 커지더니 급기야 얼굴이 벌겋게 달아오르며 고함을 쳤다.

토머스는 오히려 배짱이 생겼다.

"어이구. 진정하세요. 마음 가라앉히라고요, 아저씨. 그러다 심장마비 오겠네요."

입에서 말이 술술 나오자 토머스는 기분이 좋아졌다.

쥐 선생은 의자에서 일어나 책상 너머로 상체를 기울였다. 목에 핏줄이 팽팽하게 불거졌다. 잠시 후 천천히 의자에 앉더니 심호흡을 몇 번 했다.

"하얀 상자에 4주일쯤 가둬놓으면 기가 좀 꺾일 줄 알았는데, 전보다 더 건방져졌구나."

"결론은 내가 미치지 않았다는 거 아닙니까? 처음부터 플레어병 같은 건 걸린 적도 없겠죠, 안 그래요?"

토머스는 참을 수가 없었다. 분노가 치솟아 곧 폭발할 것 같았으나 애써 침착하게 말을 이었다.

"그러니 이런 일들을 겪고도 아직 미치지 않은 걸 테죠. 그쪽이 테리사한테 거짓말한 거 다 압니다. 물론 이것도 또 하나의 시험이겠지만요. 자, 이제 어디로 가면 됩니까? 이번에는 나를 빌어먹을 달로 보낼 건가요? 속옷 바람으로 바다라도 건너게 할 거예요?"

말을 마친 토머스는 보란 듯이 미소를 지었다.

쥐 선생은 멍한 눈으로 토머스를 쳐다보다가 물었다.

"말 다 했냐?"

"아뇨, 아직요."

토머스는 이렇게 누군가와 말을 할 수 있는 기회가 오기를 오래도록 기다렸으나 막상 그 기회가 오자 머릿속이 텅 비어버렸다. 그동안 구상해온 온갖 시나리오가 하나도 기억나지 않았다.

"전부 털어놔요. 당장."

쥐 선생은 꼬마에게 슬픈 소식을 전하는 것처럼 나지막하게 말했다.

"아, 토머스, 우린 너한테 거짓말한 적 없다. 넌 플레어 병에 걸린 게 맞아."

토머스는 당황했다. 뜨겁게 타오르는 분노의 한가운데로 서늘하게 소름이 끼쳤다. 이 사람이 여전히 거짓말하고 있는 게 아닐까 의심스러웠지만 토머스는 마치 예상하고 있었던 것처럼 태연히 어깨를 으쓱하며 말했다.

"글쎄요. 난 아직까지도 광증이 시작될 기미가 전혀 없는데요."

광인들에게 둘러싸여 브렌다와 함께 초열 지역을 가로지르고 난 후, 어느 순간부터 토머스는 자신이 플레어 바이러스에 감염되었을지 모른다는 사실을 받아들였다. 그래도 당분간은 괜찮을 거라고 스스로를 달랬다. 아직은 제정신이니까. 지금 중요한 건 바로 그 점이었다.

쥐 선생이 한숨을 쉬었다.

"이해를 못 하는구나. 내가 무슨 얘길 해주러 여기 들어왔는지도 짐작하지 못하는 것 같고."

"당신 입에서 나오는 말을 내가 왜 믿어야 되는데요? 어떻게 믿을 거라고 기대할 수가 있어요?"

토머스는 어느새 일어서 있었다. 언제 일어섰는지 기억도 없었다. 호흡이 거칠어지면서 가슴이 들썩였다. 자제해야 했다. 쥐 선생의 시선은 냉랭했고, 두 눈은 검은 구덩이처럼 어두웠다. 거짓말을 하는 것이든 아니든, 이 하얀 방을 나가려면 이자의 얘기를 다 들어야만 한다는 걸 토머스는 알고 있었다. 토머스는 겨우 호흡을 가라앉히고 기다렸다.

잠시 정적이 흐르고 쥐 선생이 하던 얘기를 계속했다.

"우린 너한테 거짓말을 했다. 그것도 자주. 너와 네 친구들에게 몹쓸 짓도 했지. 하지만 다 계획의 일부였다. 그 계획에 동의했을 뿐 아니라 계획 수립을 도운 사람이 바로 너다. 물론 처음에 생각했던 것보다 우리가 좀 더 심도 있게 실험을 진행하기는 했지만, 창조자들이 구상한 정신, 창조자들이…… 제거된 후 네가 그들을 대신해 구상한 정신에는 전혀 어긋남이 없다."

토머스는 천천히 고개를 가로저었다. 그도 자신이 예전에 사악사람들과 함께 일했다는 걸 알고 있었지만, 사람에게 이렇게 지독한 과정을 겪게 만드는 건 도저히 용납이 되지 않았다.

"아까 내가 한 질문에는 대답하지 않네요. 당신 입에서 나오는 말을 내가 믿을 거라고 어떻게 기대하냐고요?"

토머스의 머리에는 그가 스스로 허용한 것보다 더 많은 기억이 돌아와 있었다. 과거로 향하는 창문에 검댕이 두껍게 끼어 있어 그 너머가 조금밖에 보이지 않았지만, 그는 자신이 한때 사악과 함께 작업했던 걸 알고 있었다. 테리사도 마찬가지였다. 토머스와 테리사는 사악이 미로를 만드는 일을 도왔다. 그 외에도 여러 가지 기억의 단편들이 토머스의 머릿속을 떠다니고 있었다.

"왜냐하면 널 계속 아무것도 모르는 상태로 둘 필요가 없어졌거든. 더는 그럴 이유가 없다."

온몸의 힘이 한꺼번에 빠져나가 속이 텅 비어버린 것처럼 피로가 엄습했다. 토머스는 무거운 한숨을 내쉬며 바닥에 주저앉아 고개를 저었다.

"무슨 소린지 이해가 안 되는데요."

전혀 믿음이 가지 않는 사람과 나누는 대화가 무슨 의미가 있을까?

쥐 선생은 무심하고 냉담한 말투에서 교수처럼 차분히 설명하는 말투로 바꾸며 설명을 이어갔다.

"인간의 정신을 좀먹는 끔찍한 병이 전 세계에 창궐하고 있다는 건 너도 잘 알고 있겠지. 지금까지 우리가 한 일은 오로지 한 가지 목적을 위한 거였다. 바로 너희의 뇌 패턴을 분석해서 청사진을 구축하는 것. 그리고 우리의 최종 목표는 그 청사진을 이용해 플레어 병 치료제를 개발하는 것이다. 그 와중에 여럿이 목숨을 잃었고 고통과 고난이 수반됐지만, 이 일을 시작할 때부터 넌 그 위험성에 대해 잘 인지하고 있었다. 너뿐만 아니라 우리 모두 그랬지. 이 일은 인류의 생존을 보장하기 위한 것이고, 이제 해답에 가까워졌다. 거의 다 되었다."

몇 가지 일들에 대한 기억이 이미 토머스의 머릿속에 돌아와 있었다. 변화 과정, 그동안 꾸어온 꿈들, 번개 치듯 잠깐씩 떠올랐다 사라지는 장면들. 흰 정장 차림의 남자가 하는 얘기를 듣고 있자니, 토머스는 절벽 끄트머리에 서 있는 기분이었다. 금방이라도 모든 의문에 대한 답이 절벽 아래 깊고 깊은 곳에서 위로 떠오를 것만 같았다. 답을 듣고 싶은 열망이 억누를 수 없을 만큼 강렬했다.

그러나 경계심을 풀지는 않았다. 토머스는 자신이 사악이 세운 계획의 일부이며, 미로를 설계하는 작업을 도왔다는 것, 최초의 창조자들이 죽은 후 그 프로그램을 물려받아 진행했다는 것, 새로운 인력을 동원해 프로그램을 계속 진행했다는 것을 알고 있었다.

"내가 한 일이 부끄러운 짓이라는 걸 알 만큼은 기억하고 있습니다. 그래도 이렇게 심한 학대를 가하는 건 계획에 어긋난다고 보는데요. 옳은 일이 아니잖습니까."

쥐 선생은 콧잔등을 긁으며 앉은 자리에서 뒤척였다. 토머스의 말에 뜨끔해하는 것 같기도 했다.

"오늘 하루를 마감할 때도 그런 생각에 변함이 없는지 기대해 보마, 토머스. 두고 보면 알 거다. 궁금한 게 하나 있는데, 소수의 목숨을 보전하자고 다수의 목숨을 포기하는 게 옳다고 보냐?"

그러고는 몸을 앞으로 기울이더니 계속해서 열변을 토했다.

"그리고 오래된 격언 중에 목적이 수단을 정당화할 수 있다는 말이 있는데, 어떻게 생각하지? 달리 선택의 여지가 없다면 그 격언도 틀린 말은 아니지 않을까?"

토머스는 대꾸 없이 그를 쳐다보기만 했다. 정답이 없는 질문이었다.

쥐 선생은 나름대로 미소를 지어 보였으나 토머스가 보기엔 비웃음에 가까웠다.

"너도 예전에는 그 격언이 옳다고 생각하는 쪽이었다는 걸 기억해라, 토머스."

쥐 선생은 금방이라도 나갈 것처럼 서류들을 주섬주섬 챙기면서, 계속 앉은 채로 말을 이었다.

"모든 작업이 끝났고 데이터도 거의 완성되었다는 얘길 해주러 여기 온 거다. 지금 우리는 위대한 시작을 앞두고 있다. 일단 청사진을 확보한 후에는, 우리가 너희에게 얼마나 불공평하게 대했는지를 놓고 너와 네 친구들이 무어라 불평해도 상관없으니 마음껏 떠들어라."

토머스는 신랄하게 대꾸하며 말을 끊고 싶었지만 꾹 눌러 참았다.

"우릴 고문해서 그 청사진이라는 걸 어떻게 얻는다는 겁니까? 10대 청소년들을 끔찍한 공간에 밀어 넣고 죽어가는 걸 지켜보는 게 치료제 발견과 무슨 관계가 있는데요?"

쥐 선생은 무겁게 한숨을 내쉬었다.

"당연히 밀접한 관계가 있지. 너도 모든 걸 알고 나면 나한테 이런 얘길 한 걸 후회할 거다. 그 전에 네가 알아야 할 게 있는데, 네가 정신을 차리는 데 도움이 될 거다."

"뭔데요?"

토머스는 쥐 선생의 입에서 무슨 얘기가 나올지 짐작조차 할 수 없었다.

쥐 선생은 의자에서 일어나 바지의 주름을 펴고 외투의 매무새를 정돈한 후 뒷짐을 졌다.

"네 몸 구석구석에 플레어 바이러스가 살고 있지만 그 바이러스는 너에게 아무런 영향을 주지 못했고 앞으로도 그럴 거다. 넌 플레어 병에 면역이 있는 극소수의 사람들 중 하나니까."

토머스는 말문이 막혀 마른침을 삼켰다.

"바깥세상, 즉 거리의 사람들은 너 같은 부류를 '면역 돌연변이' 라고 부르면서 극도로 혐오하고 있다."

# 3

토머스는 아무 말도 할 수가 없었다. 그동안 온갖 거짓말을 들어왔지만, 방금 전에 들은 말은 진실이었다. 최근의 경험에 비추어 생각해보면 앞뒤가 맞는 말이기는 했다. 토머스와 공터인 소년들, 나 그룹의 소녀들은 플레어 병에 면역이 있었고 그런 이유로 선발되어 시련을 겪은 것이었다. 가 그룹과 나 그룹의 소년 소녀들에게 가해진 온갖 잔인한 속임수, 기만, 길목마다 튀어나오던 괴물들은 모두 정교한 실험의 일부였다. 그리고 사악은 실험을 통해 치료제를 얻으려 하고 있었다.

모든 게 맞아떨어졌다. 쥐 선생의 얘기를 들으며 기억에 자극을 받아서 그런지, 익숙한 얘기를 듣고 있는 느낌이었다.

쥐 선생이 긴 침묵을 깨며 입을 열었다.

"이제야 내 말을 믿는구나. 너처럼 플레어 바이러스가 몸 안에 뿌리를 내렸지만 증상을 나타내진 않는 사람들이 있다는 걸 알게 된 후, 우리는 그중에서 제일 뛰어나고 총명한 아이들을 골랐다. 그렇게 해서 사악이 탄생한 거다. 너희 시련 그룹 중에 일부는 플레어 병에 면역이 없지만 대조군으로 실험에 넣었다. 실험을 진행하려면 대조군이 필요하니까. 그래야 전체적인 맥락에서 데이터를 수집할 수가 있거든."

"면역이 없는 사람은……."

토머스는 가슴이 철렁해서 질문을 끝맺지 못했다. 대답을 듣기가 두려웠다.

쥐 선생은 눈썹을 치떴다.

"면역이 없는 사람은 누구냐고? 너보다는 그 애들이 먼저 알게 될 것 같은데. 그건 그렇고, 우선 할 일이 있다. 네 몸에서 죽은 지 일주일은 됐을 성싶은 시체 냄새가 풍기고 있어. 가서 샤워하고 깨끗한 옷으로 갈아입어라."

쥐 선생은 서류철을 들고 문 쪽으로 돌아섰다. 그가 발걸음을 옮기려는 순간 토머스는 정신이 들어 소리쳤다.

"잠깐!"

쥐 선생이 그를 돌아보았다.

"왜?"

"초열 시련을 하기 전에 왜 우리한테 거짓말했습니까? 피난처에 치료제가 있다고 했잖아요."

쥐 선생은 어깨를 으쓱했다.

"딱히 거짓말이라 할 순 없지. 너희가 시련 과정을 끝마치고 피난처에 도착하면 우린 너희 덕분에 더 많은 데이터를 수집하게 되고, 치료제를 발견할 가능성도 높아지는 거니까. 결국 모두를 위한 일이다."

"그럼 지금은 왜 다 털어놓는 거죠? 그것도 하필 지금? 왜 나를 이 방에 4주나 가둬놨습니까?"

토머스는 패드를 댄 천장과 벽, 구석에 비참하게 놓여 있는 변기를 차례로 가리켰다. 기억이 드문드문해서 그런지 토머스는 자신에게 가해진 괴상한 일들이 도무지 이해되지 않았다.

"테리사한테는 내가 광기와 폭력에 사로잡히게 되었다고 거짓말을 해놓고, 지금까지 나를 여기에 가둬놓은 건 왜인데요? 도대체 이유가 뭐냐고요?"

"변수였다. 우리가 너희에게 한 일은 모두 심리학팀과 의사들의 세밀한 계산에 따른 거였어. 플레어 병이 작용하는 위험지역에 자극을 주어 반응을 얻어내기 위해, 다양한 감정과 반응, 생각의 패턴을 연구하기 위해, 그리고 네 안에 있는 바이러스에 국한해서 그 패턴들이 어떻게 작용하는지 알아내기 위해. 우리는 왜 네 안에 있는 바이러스가 네 정신을 무너뜨리지 않는지 그 이유를 알고 싶었다. 이 모든 건 위험지역 패턴들을 파악하기 위한 거다, 토머스. 네 인지적, 생리적 반응들을 추출해내서 청사진을 구축하고 치료제를 개발하는 게 우리의 궁극적인 목적인 거다. 플레어 병에 대한 치료제 말이다."

토머스는 뭐라도 기억해내려 안간힘을 썼지만 아무것도 떠오르지 않았다.

"위험지역이라는 건 뭡니까? 설명을 해주면 따라가드리죠."

"이런. 괴수의 바늘에 찔리고도 그 정도를 기억해내지 못하다니 놀랍구나. 위험지역은 바로 네 뇌다. 플레어 바이러스가 자리를 잡고 작용하는 곳. 위험구역이 더 많이 감염될수록, 대상자는 더욱 피해망상적이고 폭력적인 행동을 하게 된다. 사악은 너를 비롯한 다른 여러 실험대상자들의 뇌를 이용해서 그 문제를 해결하려고 노력해왔다. 알다시피 우리 단체의 목적은 명칭에 이미 명시되어 있다. '세계의 참사: 위험지역 한정실험 관리과'의 자음과 모음을 따서 붙인 명칭이 바로 '사악'이니까."

쥐 선생은 흡족해하는 표정이었다. 행복해 보이기까지 했다.

"어서 가서 씻기나 해. 위에서 다 지켜보고 있으니 허튼짓했다간 대가를 치르게 될 줄 알아."

토머스는 바닥에 앉아 쥐 선생에게 들은 얘기를 머릿속으로 곱씹었다. 앞뒤가 맞아떨어지니 진실일 가능성이 높았다. 최근 수주일간 조금씩 되돌아온 기억과도 일치했다. 그런데도 쥐 선생과 사악에 대한 불신을 쉽게 떨칠 수 없었다.

토머스는 새로 알게 된 정보를 정리하며 일어섰다. 일단 머릿속으로 정보를 분류해놓고 나중에 차분히 분석해보기로 했다. 조용히 방을 가로지른 그는 하얀 벽으로 둘러싸인 감방을 뒤로하고 쥐 선생을 따라 문을 나섰다.

별로 눈에 띄는 게 없는 건물이었다. 긴 복도, 타일 깔린 바닥, 베이지색 벽. 해변으로 밀려드는 파도, 붉은 꽃 주위를 맴도는 벌새, 안개 깔린 숲에 내리는 비 같은 자연 풍광이 담긴 액자들이 벽에 걸려 있었다. 머리 위에서 형광등이 윙윙거렸다. 쥐 선생을 따라 몇 번 방향을 전환해가며 복도를 걷다가 어떤 문 앞에 이르렀다. 쥐 선생은 그 문을 밀어 열고 토머스에게 들어가라고 손짓했다. 사물함과 샤워기 여러 개가 갖춰진 대형 욕실이었다. 사물함 하나가 열려 있어 들여다보니 깨끗한 옷과 신발 한 켤레, 심지어 손목시계까지 들어 있었다.

"30분 주마. 목욕을 마친 후에는 여기 가만히 앉아 있어. 데리러 올 테니까. 그 후에 친구들과 재회하게 될 거다."

'친구들'이라는 단어에 어째서인지 테리사가 생각났다. 토머스는 텔레파시로 테리사를 한 번 더 불러보았지만 여전히 대답은 오지 않았다. 테리사에 대한 경멸이 커져가고 있는 한편, 테리사의 부재로 인한 공허감이 꺼지지 않는 거품이 되어 그의 마음을 떠다니고 있었다. 테리사는 그를 과거와 이어주는 연결고리이며, 의심할 여지 없이 한때 제일 친한 친구였다. 확실하게 알고 있는 몇 안 되는 사실인 만큼 마음에서 완전히 놓아버리기가 힘들었다.

쥐 선생은 고개를 끄덕이며 "30분 후에 보자"라고 말하고 방을 나갔다. 그자가 문을 닫자 토머스는 다시 혼자가 되었다.

토머스는 친구들을 찾는 것 외에 다른 계획은 세워두고 있지 않았다. 잠시 후면 볼 수 있다고 하니 적어도 친구들을 찾으려는 계획에는 한발 다가선 셈이었다. 앞으로 어떤 일이 일어날지 예상할 수는 없지만 적어도 그 하얀 방에서 나오기는 했다. 드디어 그 방에서 벗어난 것이다. 지금은 뜨거운 물로 샤워하는 게 우선이었다. 몸을 깨끗이 문질러 씻을 수 있는 기회. 이보다 더 좋은 일은 없을 것 같았다. 일단은 근심을 내려놓기로 했다. 토머스는 더러운 옷을 벗고, 다시 인간다운 모습이 되기 위해 목욕을 시작했다.

# 4

티셔츠와 청바지. 미로에서 신었던 것과 같은 종류의 운동화. 깨끗하고 부드러운 양말. 머리끝에서 발끝까지 다섯 번을 씻었더니 마치 새로 태어난 기분이었다. 이제부터는 상황에 진전이 있을 것이며, 타인에게 휘둘리지 않고 주도적인 삶을 살 수 있으리라는 긍정적인 생각이 절로 들었다. 초열 시련을 시작하기 전 목덜미에 새겨졌던 문신이 눈앞의 거울에 비쳐 보이지 않았다면 토머스는 계속 그렇게 생각했을 것이다. 그 문신은 토머스가 그간 겪어온 일들, 잊고 싶은 일들을 나타내는 상징이었다.

토머스는 욕실 문을 열고 나와 팔짱을 끼고 벽에 기대섰다. 그리고 기다렸다. 쥐 선생이 돌아오기는 할까? 마음대로 이곳을 돌아다니면서 또 다른 시련을 시작하라는 뜻일까? 의심이 들기 시작하는데 발소리가 들렸다. 이윽고 흰 옷을 입은 족제비 같은 인상의 남자가 모퉁이를 돌아 나오는 모습이 보였다.

"여어, 말쑥해졌는데?"

쥐 선생은 이렇게 말하며 입가를 말아 올려 어색하기 짝이 없는 미소를 지었다.

토머스는 빈정대는 투로 대답하려고 온갖 단어들을 머릿속으로 조합했지만 그런 식으로 대꾸해서는 안 된다는 걸 알고 있었다. 지금은 최대한 많은 정보를 모으고 친구들을 찾아내는 게 급선무였다.

"괜찮은 것 같네요. 어쨌든…… 고맙습니다. 다른 공터인들은 언제 볼 수 있는 거죠?"

토머스는 애써 태연한 미소를 지어 보였다.

"지금."

쥐 선생은 곧장 본론으로 들어갔다. 방금 전에 돌아 나온 모퉁이 쪽을 턱 끝으로 가리키며 토머스에게 따라오라고 손짓했다.

"너희 모두는 각기 다른 유형의 3단계 시련을 겪었다. 2단계 시련을 끝으로 위험지역 패턴을 모두 구상할 수 있길 바랐는데 그리 되지를 못해서 즉흥적으로 다음 단계를 진행해야 했다. 아까 얘기한 대로 우린 해답에 가까이 다가간 상태다. 이제 우리가 퍼즐을 다 풀 때까지, 너희는 이 연구의 파트너로서 미세한 패턴을 조정하고 심도 깊은 작업을 진행하는 것을 보조하게 될 거다."

토머스는 눈살을 찌푸렸다. 그에게 주어진 3단계 시련은 하얀 방이었다. 다른 친구들은 어떤 시련을 겪었을까? 토머스는 자신에게 가해진 시련을 증오해 마지않았고, 사악이 얼마나 더 지독한 짓을 할 수 있는지도 알고 있었다. 사악이 친구들에게 가한 시련에 대해 차라리 모른 채 있고 싶었다.

어느 문 앞에 다다른 쥐 선생은 망설임 없이 그 문을 열고 들어 갔다.

내부가 소규모 강당인 것을 알게 되자 토머스는 마음이 놓였다. 10여 줄의 좌석에 친구들이 건강하고 멀쩡해 보이는 모습으로 띄엄띄엄 앉아 있었다. 가 그룹 소년들과 나 그룹 소녀들. 민호. 프라이팬. 뉴트. 에어리스. 소냐. 해리엇. 다들 행복하게 대화를 나누면서 미소를 짓거나 소리 내어 웃고 있었다. 아무렇지 않은 척 하는 것일 수도 있었다. 다들 이 실험이 거의 끝났다는 얘기를 쥐 선생에게 들었을 것이다. 그러나 토머스는 그 말을 믿지 않았다. 다른 아이들도 마찬가지일 것이었다. 아직은 끝난 게 아니었다.

호르헤와 브렌다가 있는지 강당 안을 둘러보았다. 브렌다가 몹시 보고 싶었다. 버그에 탑승한 후에 브렌다가 보이질 않아 토머스는 줄곧 걱정했었다. 사악 사람들이 처음에 위협했던 대로 브렌다와 호르헤를 초열 지역으로 돌려보낸 건 아닌지 우려됐다. 그들이 어떻게 됐는지 쥐 선생에게 물어보려는데 웅성대는 소음을 뚫고 반가운 목소리가 들렸다. 토머스의 얼굴에 미소가 번졌다.

"이야, 우리가 죽어서 승천을 했나 보다. 저기 토머스가 왔어!"

민호의 목소리였다. 이어서 웃음과 환성, 장난스러운 야유가 쏟아졌다. 그동안 가슴을 쥐어뜯으며 걱정했는데, 그 소리에 안도감이 밀려왔다. 토머스는 강당 안에 앉아 있는 이들의 얼굴들을 둘러보았다. 너무 기뻐서 말 대신 그저 웃음만 나왔다. 그러다 테리사를 보았다.

줄 끝에 앉아 있던 테리사가 일어섰다. 깨끗하게 빗질한 윤기나는 검은 머리카락이 하얀 얼굴을 에워싸고 내려와 어깨까지 드리워 있었다. 그녀의 붉은 입술이 벌어지면서 환한 미소를 머금자 고운 얼굴이 더욱 도드라지고 파란 눈에서 광채가 나는 듯했다. 토머스는 테리사 쪽으로 가려다가 멈췄다. 테리사가 그에게 한 짓들이 생각나고, 온갖 끔찍한 일들을 겪은 후에도 '사악은 선해'라고 했던 테리사의 말이 생생하게 떠올랐기 때문이었다.

내 말 들려?

토머스는 텔레파시를 다시 쓸 수 있게 되었는지 확인하기 위해 머릿속으로 그녀를 불러보았다.

하지만 응답이 없었다. 그의 내면에서 테리사의 존재는 여전히 느껴지지 않았다. 그들은 그렇게 서서 서로에게 시선을 고정한 채 마주 보았다. 족히 1분은 그런 것 같았지만 실은 몇 초에 불과했다. 민호와 뉴트가 곧 토머스 옆으로 다가와 등짝을 내리치고는 그의 손을 잡고 악수를 하며 강당 안으로 이끌었다.

"나가떨어져 죽지 않고 살아 있었구나, 토미."

뉴트가 토머스의 손을 꼭 잡으며 말했다. 몇 주일째 서로 만나지 못했다는 걸 감안하더라도 평소보다 한층 울적하게 느껴지는 말투였다. 그래도 몸 성하게 살아남은 뉴트를 보며 토머스는 다행이다 싶었다.

민호는 히죽거리며 웃고 있었지만 눈매가 매섭게 번득이는 것으로 보아, 그 역시 끔찍한 시련을 겪은 듯했다. 아직 평소의 상태로 돌아오지는 않았지만 태연하게 행동하려 애쓰는 모습이었다. 민호가 토머스에게 말했다.

"위대한 공터인들이 이렇게 다시 모였어. 오만 가지 방법으로 네가 죽는 모습을 상상했는데, 멀쩡히 살아 있는 걸 보니 기쁘다,

이 똘추 놈아. 내가 보고 싶어서 밤마다 울었겠구나."

"그래."

토머스는 친구들을 다시 만나니 기쁘고 흥분됐다. 말이 잘 나오지 않아 일단 친구들을 뒤로하고 테리사에게 걸어갔다. 테리사와 직접 얼굴을 마주한 후 다음 행동을 결정해야 될 것 같아서였다.

"안녕, 테리사."

"안녕. 괜찮아?"

토머스는 고개를 끄덕였다.

"그런 거 같아. 수 주일을 고생하긴 했지만. 그런데……."

토머스는 말을 하다가 말았다. 텔레파시로 계속 연락을 했었는데 들었냐고 묻고 싶었지만, 줄곧 연락을 시도했다는 걸 알면 흡족해할 것 같아서 그만두었다.

"그동안 너한테 연락했었어, 톰. 매일. 그들이 우리의 텔레파시 통신 능력을 막아놔서 넌 듣지 못했겠지만, 그래도 후회는 없어."

테리사는 이 말을 하며 토머스의 손을 잡았다. 주변에서 공터인들이 놀리며 우우 소리쳤다.

토머스는 얼른 잡힌 손을 빼냈다. 얼굴이 달아올랐다. 테리사의 말에 갑자기 화가 치밀어서였는데 다른 아이들은 그가 쑥스러워서 그러는 줄 아는 모양이었다.

민호가 말했다.

"얼씨구. 테리사가 창 밑동으로 네 얼굴을 후려칠 때만큼이나 다정한 모습이구나."

옆에서 프라이팬이 깊고 우렁차게 웃으며 거들었다.

"진실한 사랑이니까. 이 두 사람이 나중에 제대로 사랑싸움을 하면 얼마나 살벌할지 상상만 해도 무섭네.”

친구들이 무슨 생각을 하든 상관없었다. 토머스는 테리사가 한 고약한 짓을 흐지부지 넘길 생각이 없음을 확실히 못박아두고 싶었다. 시련 이전에 그와 테리사가 서로를 얼마나 신뢰했든, 어떤 관계였든 지금은 아무 의미가 없었다. 테리사를 만났으니 그걸로 되었다. 다시는 테리사를 믿을 일은 없을 것이다. 믿을 수 있는 사람은 민호와 뉴트뿐이라고 토머스는 그 자리에서 마음을 굳혔다. 그 외에는 아무도 믿을 수 없었다.

토머스가 프라이팬의 말에 대꾸를 하려는데 쥐 선생이 강당 통로를 성큼성큼 걸어 내려오며 손뼉을 쳤다.

“다들 착석해. 기억 삭제를 되돌리기 전에 해야 할 일이 있다.”

쥐 선생의 말투가 너무 태연해서 토머스는 곧장 알아듣지 못했다. 잠시 후 ‘기억 삭제를 되돌린다’는 단어가 머리로 들어오면서 토머스는 그 자리에서 얼어붙었다.

강당 안이 순식간에 잠잠해지고, 쥐 선생은 앞쪽의 무대로 올라가 강연대 앞에 섰다. 강연대 가장자리를 손으로 잡고 언제나처럼 어색한 미소를 지으며 입을 열었다.

“좋아, 신사 숙녀 여러분. 이제부터 너희들의 기억을 복구시켜줄 예정이다. 한 사람도 빠짐없이.”

# 5

토머스는 어안이 벙벙했다. 온갖 생각이 머릿속에 소용돌이치는 가운데 민호 옆으로 가서 앉았다.

미로로 들어가기 전날 자신이 무엇을 했는지도 알지 못했기에 토머스는 과거 자신의 삶에 대해, 가족과 어린 시절에 대해 기억을 되살리려 오랜 시간 안간힘을 써왔다. 그런데 이렇게 간단히 기억을 복구시켜주겠다니, 얼른 이해가 되지 않았다. 게다가 이제 상황이 달라졌다. 과거를 모조리 기억해내는 게 더 이상 좋을 것 같지가 않았다. 이제 다 끝났다는 쥐 선생의 말을 듣고 난 후부터, 어쩐지 너무 쉽게 풀리는 것 같아 좋지 않은 예감이 들기도 했다.

쥐 선생이 헛기침을 했다.

"일대일로 얘기를 들었다시피, 너희의 시련은 끝났다. 기억이 복구된 후에는 너희도 나를 신뢰하게 될 테니, 우리가 다 같이 새로운 국면으로 나아갈 수 있으리라 본다. 플레어 병에 관해, 너희가 여러 단계의 시련들을 겪어야 했던 이유에 대해서는 다들 간단히 설명을 들었을 것이다. 우리는 위험지역의 청사진 완성을 눈앞에 두고 있다. 우리가 가진 자료들을 좀 더 개선하려면 너희의 완전한 협조와 한결같은 자세가 필요하다. 무엇보다 여기까지 온 걸 축하한다."

"그 위로 올라가서 당신 코를 부러뜨리면 참 좋겠어. 우리 친구들이 절반 이상 죽었는데 그런 일이 일어난 적도 없는 것처럼 매사 태평하게 구는 당신이 이제 넌덜머리가 나."

민호였다. 위협의 말을 하면서도 아주 침착한 목소리였다.

뉴트도 맞장구쳤다.

"나도 저 쥐새끼 같은 코가 뭉개지는 꼴을 보면 속이 시원하겠다!"

뉴트의 목소리에 강렬한 분노가 담겨 있어 토머스는 놀랐다. 뉴트는 3단계 시련에서 대체 얼마나 끔찍한 일을 겪은 것일까.

쥐 선생이 눈을 위로 굴리며 한숨을 쉬었다.

"첫째, 나한테 위해를 가할 경우 어떤 대가를 치르게 되는지에 대해 다들 미리 경고를 받았으니 또 얘기할 필요는 없겠지. 다시 한 번 말하지만 너희 모두는 지금도 감시받고 있다. 둘째, 죽은 아이들에 대해서는 나도 유감스럽게 생각하지만, 이 일은 그만한 희생을 치를 가치가 있어. 다만, 너희가 아직도 이곳에 닥친 위험을 실감하지 못하고 있는 것 같으니 걱정이다. 지금은 인류의 생존이 위기에 처한 상황이란 말이다."

민호는 당장 고함을 내지를 것처럼 숨을 들이쉬었지만 꾹 참고 입을 다물었다.

쥐 선생은 진실하게 말하는 척했지만 토머스가 보기에는 또 속임수를 쓰고 있는 게 분명했다. 그러나 이 시점에서 쥐 선생에게 말로든 주먹으로든 달려들어 봤자 좋을 일은 없을 듯했다. 지금 그들에게 가장 필요한 건 인내심이었다.

토머스가 차분하게 말했다.

"다들 진정하고 저 사람 얘기를 들어보자."

쥐 선생이 말을 하려는데 프라이팬이 목청을 높였다.

"왜 우리가 당신네들을 믿어야 되는데? 아까 뭐라고 했지? 기억 삭제라고 했나? 온갖 몹쓸 짓을 해놓고 이제 와서 되돌리겠다고? 누구 마음대로. 고맙지만 사양하겠어. 난 과거에 대해 차라리 모르고 사는 편을 택할 거야."

난데없이 테리사가 혼잣말처럼 내뱉었다.

"사악은 선한 것이다."

"뭐라고?"

프라이팬의 대꾸에 모두의 시선이 테리사에게 쏠렸다.

테리사는 앉은 자리에서 고개를 돌려 모두와 눈을 맞추며 조금 더 큰 목소리로 되풀이했다.

"사악은 선한 것이다. 혼수상태에서 깨어나자마자 나는 기억에 남아 있는 내용들을 팔뚝에 적었어. 급한 대로 '사악은 선한 것이다'라는 세 단어를 고른 거야. 계속 생각해봤는데 분명히 그럴 만한 이유가 있었던 것 같아. 그러니까 군소리 말고 저 남자가 하라는 대로 하는 게 좋아. 기억이 복구되면 이 상황도 이해되겠지."

그러자 에어리스가 필요 이상으로 목청을 높이며 외쳤다.

"옳소!"

34

모두가 그 문제를 놓고 요란하게 언쟁을 하는 동안 토머스는 입을 다물고 있었다. 가 그룹 공터인들은 대부분 프라이팬의 편을 들었고, 나 그룹은 테리사의 편이었다. 그러나 토머스가 생각하기로, 지금은 그들끼리 언쟁을 벌일 때가 아니었다.

"다들 조용히 해!"

쥐 선생이 강연대를 주먹으로 내리치며 소리쳤다. 그는 웅성거림이 잦아들기를 기다렸다가 말을 이었다.

"너희들이 우릴 불신한다고 해도 아무도 비난하지 못할 거다. 너희는 체력적 한계에 다다를 때까지 시련을 겪었고, 동료들이 죽어가는 것을 지켜봤고, 가장 끔찍한 형태의 공포를 경험했으니까. 하지만 모든 것을 고려해볼 때 너희가 그간 있었던 일들을 신경 쓸 필요는……."

프라이팬이 그의 말을 잘랐다.

"우리가 싫다면 어쩔 건데요? 기억이 복구되는 걸 원치 않는다면요?"

고개를 돌려 프라이팬을 바라본 토머스는 마음을 놓았다. 토머스 역시 프라이팬과 같은 생각이었다.

쥐 선생은 한숨을 쉬었다.

"기억 복구에 관심이 없어서 그런 거냐, 아니면 우릴 믿지 못해서인 거냐?"

"아, 어떻게 우리가 당신들을 믿을 수 있을 거라고 생각하는지 이해가 안 되네요."

"너희에게 해로운 짓을 하고 싶었으면 벌써 하고도 남았다는 생각은 안 드나?"

쥐 선생은 강연대를 내려다보다가 다시 고개를 들며 말을 이었다.

"기억 복구를 원치 않으면 하지 마. 옆에 서서 다른 아이들이 하는 모습을 구경이나 하든지."

정말 선택을 해도 된다는 뜻인지 단순한 엄포인지, 쥐 선생의 어조만으로는 분간이 되지 않았다. 어느 쪽이든 의외이기는 했다.

다시 정적이 흘렀다. 다른 누가 또 나서기 전에 쥐 선생은 무대에서 내려와 강당 뒤쪽의 문으로 걸어갔다. 문 앞에 선 그는 아이들을 돌아보며 말했다.

"가족과 친구들에 대한 기억도 없이 남은 평생을 살아도 좋다이거지? 이 모든 과정이 시작되기 전에 너희가 간직하고 있던 좋은 추억들을 돌려받을 기회인데, 날려버려도 괜찮다는 건가? 어떤 선택을 하든 난 상관없어. 다시는 이런 기회가 오지 않는다는 것만 명심해라."

토머스는 고민했다. 가족을 기억하고 싶은 마음이 간절했다. 그는 가족에 대한 생각을 수도 없이 했었다. 그러나 사악이 해온 짓을 돌이켜 생각해보면 이것은 또 다른 함정일 가능성이 높았다. 이 사람들이 그의 뇌를 또다시 멋대로 조작하지 못하게 죽을힘을 다해 싸워야만 한다고 토머스는 결심했다. 그들이 되돌려주겠다는 기억이 진짜인지 가짜인지 어떻게 안단 말인가?

그것 말고도 신경 쓰이는 게 또 있었다. 사악이 삭제된 기억을 되돌려줄 것이라고 쥐 선생이 말한 순간에 떠오른 꺼림칙한 느낌. 그는 사악이 말하는 그 기억이라는 것을 곧이곧대로 받아들일 수가 없었고, 두렵기도 했다. 사악이 주장하는 바가 모두 사실이라면, 과거를 대면하고 싶지 않았다. 과거의 자신을 이해할 수 없을 것 같았다. 아니, 과거의 자신이 싫었다.

토머스는 쥐 선생이 문을 열고 나가는 모습을 바라보았다. 그는 쥐 선생이 강당에서 나가자마자 민호와 뉴트 쪽으로 몸을 기울이고 나지막하게 말했다.

"저자가 하라는 대로 하면 안 돼. 절대로."

민호가 토머스의 어깨를 꼭 잡으며 말했다.

"아무렴. 당연하지. 저 자식들이 하는 말이 사실이라고 해도 우리가 굳이 과거를 기억할 필요가 있을까? 기억이 돌아온 후에 벤과 알비가 어떤 모습이었는지 알잖아."

뉴트는 고개를 끄덕였다.

"우선 이 빌어먹을 곳을 탈출해야 돼. 탈출하면서 사악 놈들을 몇 명이라도 때려눕히면 속 시원하겠어."

토머스도 같은 생각이었지만 신중해야 했다.

"당장 탈출은 힘들어. 섣불리 시도했다간 끝장날 수 있으니까 기회를 보자."

이 말을 하며 토머스는 오랜만에 힘이 솟았다. 친구들과 다시 만났고 이제 시련은 끝이었다. 영원히. 사악이 원하는 대로는 절대 하지 않을 것이다.

그들은 일어나서 다 같이 문으로 향했다. 토머스는 문손잡이를 잡아 열려다가 멈칫했다. 주변에서 들려오는 말소리에 가슴이 철렁했다. 다른 아이들은 여전히 기억 복구 문제를 논의 중이었는데 가만 들어보니 대부분은 기억 복구를 하겠다는 쪽으로 기울고 있었다.

쥐 선생은 강당 밖에서 기다리고 있었다. 그들은 쥐 선생이 이
끄는 대로 창문 없는 복도를 따라 여러 번 방향을 바꾼 후 커다란
철문 앞에 이르렀다. 묵직한 볼트로 단단히 조인 모양새가 바깥
공기가 내부로 들어오지 못하게끔 밀폐하기 위한 문 같기도 했다.
흰 옷 차림의 쥐 선생은 철문에 정사각형 모양으로 움푹 들어간
곳에 카드식 열쇠를 가져다 댔다. 몇 번 딸깍딸깍 소리가 나더니
금속 문이 삐거억 열렸다. 금속이 바닥에 긁히는 것 같은 소리에
토머스는 공터를 둘러싼 네 개의 문들을 떠올렸다.

안쪽에 문이 하나 더 있었다. 모두가 좁은 대기실 안으로 들어
오자 쥐 선생은 바깥문을 닫고 카드식 열쇠로 안쪽 문을 열었다.
그 안에는 별로 특별할 것 없는 커다란 방이 있었다. 복도와 마찬
가지로 바닥에는 타일이 깔려 있고 벽은 베이지색이었다. 수납장
과 카운터가 많이 세워져 있고, 뒷벽에는 수술대 몇 개가 나란히
놓여 있었다. 각 수술대 옆에는 낯설고 무시무시하게 생긴 기계들
이 부착되어 있었는데, 마스크 모양의 기계마다 번쩍이는 금속과
플라스틱 소재의 튜브들이 달려 있었다. 누군가 그 마스크를 자신
의 얼굴에 씌우는 장면을 상상해보니 끔찍하기 이를 데 없었다.

쥐 선생이 수술대들을 가리키며 말했다.

"이게 바로 너희들의 뇌에서 기억을 복구시키는 기계다. 걱정
할 거 없어. 모양은 좀 흉하지만 생각만큼 아프지는 않을 거다."

프라이팬이 받아쳤다.

"생각만큼? 듣기만 해도 기분 나쁘네. 어쨌든 아프기는 하다는
거잖아요."

"물론 약간의 불편감은 느끼게 될 거다. 수술이니까."

쥐 선생은 수술대 왼쪽에 놓인 커다란 기계로 다가갔다. 그 기계에는 수십 개의 깜박이는 조명과 단추들, 화면들이 달려 있었다.

"너희의 뇌에서 장기 기억을 담당하는 곳에 넣어둔 작은 장치를 제거할 거다. 너희에게 나쁜 영향을 주지는 않아. 그건 내가 보장하지."

쥐 선생이 버튼들을 누르자 위이잉 소리가 방 안을 채웠다.

테리사가 나섰다.

"잠깐만요. 그럼 당신들이 우릴 조종하는 기능도 없어지나요?"

초열 지역의 작은 건물 안에서 잠시 만났던 테리사의 모습이 토머스의 뇌리를 스쳤다. 본부 건물의 침대에 누워 몸부림치던 알비의 모습. 척을 죽이던 갤리의 모습. 당시 그들 모두 사악의 조종을 받고 있었다. 토머스는 자신의 결정이 과연 옳은 것인지 잠시 의심이 들었다. 사악에게 처분을 맡기는 게 옳지 않을까? 수술을 하게 두어야 하지 않을까? 그러나 곧 의심은 사라졌다. 문제는 그가 사악을 믿을 수 없다는 것이었다. 토머스는 사악의 말에 넘어가지 않기로 결심을 굳혔다.

"그리고 그건 어떻게 되는지……."

테리사는 말을 더듬으며 토머스를 바라보았다.

토머스는 테리사의 의도를 알아챘다. 텔레파시로 대화를 나누는 능력에 대해 물으려는 것이었다. 마치 뇌를 공유하듯 서로의 존재를 느낄 수 있는 기묘한 감각. 수술 후 그 능력이 어떻게 될지는 굳이 쥐 선생에게 답을 듣지 않아도 알 수 있었다. 토머스는 차라리 그 능력을 영원히 상실하고 싶었다. 그럼 테리사의 존재가 느껴지지 않는 데서 오는 공허감도 사라질 테니까.

테리사가 마음을 가라앉히고 다시 차분하게 물었다.

"당신들이 우리 뇌 안에 넣어둔 모든 걸 빼내는 수술인 거죠? 전부 다요?"

쥐 선생이 고개를 끄덕였다.

"너희의 위험지역 패턴을 그려주는 미세한 장치만 빼고 전부 다 제거할 거다. 그리고 조금 전에 무슨 질문을 하려던 건지 안다. 네 눈을 보면 알 수가 있지. 그래. 너와 토머스, 에어리스는 더 이상 그 하찮은 능력을 쓰지 못하게 될 거다. 지금은 우리가 임시로 너희의 텔레파시 통신을 끊어놓기는 했지만 수술 후에는 영원히 통신이 불가능해지지. 이 수술을 통해 너희는 장기 기억을 되찾고, 우린 너희의 정신을 더 이상 조종하지 않게 되는 거다. 유감스럽지만 일괄거래다. 싫으면 하지 않아도 돼."

다른 아이들은 서성대며 나지막한 목소리로 서로 무언가를 묻고 대답하고 있었다. 모두들 오만 가지 생각들로 머릿속이 복잡한 상태였다. 생각할 것도 많고, 이 결정이 초래할 결과도 한두 가지가 아니니 고민이었다. 사악에게 분노해야 할 이유가 잔뜩 있건만, 다들 싸울 의지를 잃고 그저 이 상황을 서둘러 끝내고 싶어 했다.

"쉬운 결정이잖아. 안 그래? 머리를 굴릴 것도 없어."

프라이팬의 말에 한두 명이 끄응 하고 한숨을 내쉬었다.

쥐 선생이 선언했다.

"좋아, 이제 어느 정도 준비가 된 것 같구나. 기억을 복구하기 전에 마지막으로 해줄 말이 있다. 기억이 돌아와서 아는 것보다는 나한테 듣는 편이 나을 거다."

해리엇이 물었다.

"무슨 얘긴데요?"

쥐 선생은 갑자기 근엄한 표정으로 뒷짐을 졌다.

"너희들 중 일부는 플레어 병에 면역이 되어 있지만…… 일부
는 아니다. 이제부터 명단을 발표할 테니 침착하게 받아들이기 바
란다."

# 6

방 안에 정적이 돌았다. 기계 돌아가는 소리, 희미하게 삐이-
삐이- 하는 소리만 간간이 들릴 뿐이었다. 토머스는 쥐 선생에게
이미 얘기를 들은 터라 자신이 플레어 병에 면역이 있다는 것을
알고 있었다. 하지만 다른 아이들의 면역 여부는 알지 못했다. 그
부분에 대해서는 생각지 않고 있었기에, 플레어 병에 대해 처음
얘기를 들었을 때처럼 엄청난 두려움이 밀려와 속이 울렁거렸다.

쥐 선생이 설명을 이어갔다.

"실험에서 정확한 결과를 도출하려면 대조군이 필요하다. 우린
너희가 플레어 바이러스에 감염되지 않도록 최대한 보호했지만,
공기로 운반되는 데다가 전염성이 높은 바이러스여서 감염을 피
할 수가 없었다."

쥐 선생은 잠시 입을 다물고 모두와 시선을 맞췄다.

뉴트가 입을 열었다.

"그만 뜸 들이고 그냥 얘기하시죠. 우리가 그 병에 걸렸다는 건 이미 알고 있으니까 새삼 가슴이 찢어질 일도 없어요."

소냐도 거들었다.

"맞아요. 감상적인 소리 그만두고 어서 말해주세요."

초조해하는 테리사의 표정이 토머스의 눈에 띄었다. 이미 무슨 얘길 들은 걸까? 테리사도 그와 마찬가지로 플레어 병에 면역이 되어 있을 것이다. 그렇지 않았으면 사악이 애초에 이 실험에서 테리사와 그에게 특별한 역할을 부여하지 않았을 테니까.

쥐 선생이 헛기침을 했다.

"좋아. 너희들 대부분은 면역이 되어 있어서 그동안 우리가 귀중한 데이터를 수집하는 데 꽤 도움이 되었다. 우리는 너희들 중 두 명을 최종 후보자로 생각해두고 있는데, 그 얘기는 나중에 하기로 하고, 우선 명단을 발표하지. 지금부터 호명하는 사람은 플레어 병에 면역이 되어 있지 않다. 뉴트……."

그 순간 충격을 받은 토머스는 가슴을 강타당한 것처럼 허리를 굽히고 바닥을 내려다보았다. 쥐 선생은 추가로 몇 명 더 호명했는데 토머스와는 친분이 없는 아이들이었다. 웅성대는 말소리가 귓속으로 밀려들자 토머스는 현기증이 일고 정신이 아득해졌다. 토머스는 자신이 이렇게 반응하리라곤 예상치 못했다. 뉴트가 자신에게 얼마나 중요한 사람인지 그제야 깨달은 것이다. 문득 전에 들은 얘기가 떠올랐다. 쥐 선생은 대조군이야말로 프로젝트의 데이터를 일관성 있고 유의미하게 모으는 데 필요한 접착제라고 말한 적이 있었다.

접착제. 뉴트에게 부여된 호칭이 바로 접착제였다. 뉴트의 목덜미에 검은 상처처럼 새겨진 문신.

"토미, 진정해."

뉴트의 목소리에 토머스는 고개를 들었다. 뉴트가 팔짱을 끼고 서서 토머스에게 애써 웃음 짓고 있었다.

토머스는 허리를 펴고 말했다.

"진정하라고? 저자가 방금 네가 플레어 병에 면역이 안 되어 있다고 말했는데, 내가 어떻게……."

"아무래도 상관없어. 지금까지 살아남을 수 있으리라고는 기대도 하지 않았으니까. 사는 게 딱히 재미있지도 않고."

진심으로 하는 말인지 허세를 부리는 건지 분간이 되지 않았다. 뉴트가 줄곧 어색한 미소를 짓고 있어서 토머스도 억지로 얼굴에 미소를 올렸다.

"서서히 미쳐서 나중에 꼬마들을 잡아먹게 될 텐데 아무렇지도 않다니, 우리도 딱히 슬퍼할 필요 없겠구나."

토머스는 농담조로 받아쳤지만 입에서 나오는 말이라는 게 그토록 공허하다는 것을 처음 알았다.

"그렇지 뭐."

뉴트는 태평스럽게 말했으나 얼굴에서 미소가 가셨다.

토머스는 다른 아이들을 둘러보았다. 머릿속이 복잡하고 어지러웠다. 공터인 중에 토머스와 친분이 없는 잭슨이라는 아이는 멍하니 허공을 바라보고 있었고, 다른 한 명은 터져 나오는 눈물을 가리려고 손으로 얼굴을 덮었다. 나 그룹의 어떤 소녀는 핏발 선 눈이 퉁퉁 붓도록 울면서, 같은 그룹에 속한 소녀 두 명에게 위로받고 있었다.

쥐 선생이 말했다.

"명단을 발표한 이유는 이 작업의 목적이 치료제를 만들기 위해서라는 걸 나 자신은 물론 너희 모두에게 상기시키기 위해서다. 플레어 병에 면역성이 없다고는 해도 너희는 대부분 초기 단계니까 늦지 않게 치료제를 쓰면 완치될 거다. 바로 그 치료제를 만들기 위해 우리는 너희를 시련에 참여시켜야만 했던 거다."

민호가 물었다.

"치료제를 제때 만들어내지 못하면 어쩔 건데요?"

쥐 선생은 질문을 들은 척도 하지 않고 제일 가까이에 있는 수술대로 걸어가 그 위에 매달아놓은 괴상한 금속 기구에 손을 얹었다.

"우리의 자랑인 이 장치는 과학 및 의료 공학의 큰 성과라 할 수 있다. '견인기'라고 하는 이 기기를 너희 얼굴에 덮은 후 수술을 진행할 건데, 수술이 끝난 뒤에도 상처 하나 없이 말끔할 테니 염려 말도록. 이 장치에 들어 있는 가느다란 선을 귓구멍으로 넣어서 뇌에 설치된 기계를 제거할 거다. 신경을 안정시키고 불편을 완화하기 위해 의사와 간호사가 너희에게 진정제를 투여할 예정이다."

쥐 선생은 방 안을 둘러보며 말을 이었다.

"신경이 복구되고 기억이 돌아오는 동안 너희는 가수 상태에 빠지게 될 거다. 미로에서 너희가 변화 과정이라고 칭했던 상태와 비슷하지만 그렇게 심한 고통이 수반되지는 않는다. 변화 과정은 뇌 패턴을 자극하기 위한 것이라서 통증이 심했던 거다. 여기 말고도 방이 여러 개 준비돼 있고 의사들이 수술을 시작하려고 대기 중이다. 묻고 싶은 게 많겠지만 기억이 돌아오면 대부분의 질문에 대해서는 스스로 답할 수 있을 것이고, 기타 질문들에 대해서는 수술을 마친 후 대답해주도록 하마."

쥐 선생은 잠시 뜸을 들이다가 말을 맺었다.

"의료팀이 준비되었는지 확인하고 오겠다. 그동안 각자 결정을 내리도록."

그러고는 방을 가로질러 걸어갔다. 흰 정장 바지가 사락사락 스치는 소리가 정적을 갈랐다. 쥐 선생이 방을 나서 철문을 닫자마자 아이들이 일제히 웅성웅성 소음을 쏟아내기 시작했다.

테리사가 토머스에게 가까이 다가왔고, 민호도 그 뒤를 따라왔다. 방 안이 몹시 시끄러워서 민호는 토머스와 테리사 쪽으로 몸을 기울이며 목청을 높였다.

"너희 둘이 사악에 대해 제일 많이 알고 기억도 하고 있으니까 말해봐. 그리고 테리사, 솔직히 말해서 난 네가 싫지만, 이 수술에 대해 어떻게 생각하는지 들어나 보자."

토머스도 테리사가 무어라 말할지 궁금해서 테리사를 향해 고개를 끄덕인 후 대답을 기다렸다. 어리석게도 그는 테리사가 사악이 하는 짓거리에 반대하는 의견을 내놓기를 은근히 기대하고 있었다.

"수술을 받아야 한다고 생각해. 그게 옳아. 이 문제를 제대로 알려면 우선 기억이 돌아와야 하잖아. 그 후에 어떻게 할지는 그때 가서 결정하면 되겠지."

테레사의 대답은 예상대로였다. 토머스가 잠시 품었던 기대는 영원히 사그라졌다.

토머스는 머릿속에서 복잡하게 전개되는 생각들을 정리하며 입을 열었다.

"테리사, 넌 어리석은 애가 아닌데 사악에 대한 애정은 꽤나 깊은 것 같아. 도대체 네가 무슨 생각으로 그런 말을 하는지 모르겠지만, 난 수술받지 않을 거야."

민호가 옆에서 맞장구쳤다.

"나도 안 받아. 사악 놈들은 우릴 조종하고 있어. 우리 뇌를 갖고 장난질을 쳐대고 말이야! 그들이 우리한테 진짜 기억을 되돌려주려는 건지, 또 다른 가짜 기억을 심으려는 건지 어떻게 알아?"

그러자 테리사가 한숨을 쉬며 반박했다.

"너희는 상황을 잘못 이해하고 있어. 저들은 이미 우릴 조종할 수 있고 뜻대로 다룰 수도 있어. 특정한 행동을 하게 만들 수도 있고. 그런데 무엇 때문에 우리한테 수술을 받을지 말지 선택권을 주겠니? 뇌에 들어 있는 조종 장치도 빼내준다는데, 우리한테 불리한 제안도 아니잖아."

민호가 천천히 고개를 가로저었다.

"난 네 말을 지금까지 신뢰한 적이 없어. 사악이 하는 말도 마찬가지로 믿지 않아. 난 토머스와 같은 생각이야."

어느새 뉴트가 프라이팬과 함께 토머스 뒤로 다가와 나지막하게 물었다.

"에어리스는 뭐래? 테리사 너는 토머스랑 미로로 들어오기 전에 에어리스와 함께 있었다면서? 에어리스는 수술에 대해 어떻게 생각한대?"

토머스는 방 안을 둘러보았다. 에어리스는 한쪽에서 나 그룹 소녀들과 얘기를 나누고 있었다. 토머스가 합류한 후로 에어리스는 줄곧 그 소녀들과 시간을 보내고 있었다. 에어리스는 나 그룹과 함께 미로 시련을 겪었으니 그럴 만도 했다. 그러나 토머스는 에어리스가 초열 지역에서 테리사를 도와 그를 유인해 산에 있는 가스실에 집어넣은 것이 도저히 용서가 되지 않았다.

"가서 물어볼게."

테리사는 나 그룹 쪽으로 걸어가 그쪽 아이들과 목소리를 낮추고 열띤 토론을 벌였다.

민호가 말했다.

"난 저 계집애가 정말 싫어."

프라이팬이 말을 받았다.

"그래도 그렇게 악질은 아니잖아."

그러자 민호는 눈을 위로 굴리며 내뱉었다.

"저 계집애가 수술을 받겠다고 하니까 난 받지 않을 거야."

뉴트도 민호와 같은 생각이었다.

"나도 안 받아. 나는 플레어 병에 감염되었고 면역도 없다니까 다른 사람들보다 더 위험 부담이 크지만 그래도 또 속임수에 넘어가고 싶진 않아."

"테리사가 뭐라고 얘기하는지 들어나 보자."

이미 마음을 굳힌 토머스는 이렇게 말하며 기다렸다.

잠시 후 에어리스와 간단히 얘기하고 돌아온 테리사가 말했다.

"에어리스는 우리보다 더 확신에 차 있어. 나 그룹 애들도 전부 수술받겠대."

그러자 민호가 말했다.

"그럼 결정 났네. 에어리스랑 테리사가 수술에 찬성하면 나는 반대야."

　토머스도 민호와 같은 생각이었다. 본능적으로 민호가 옳다는 느낌이 들었지만 굳이 소리 내어 말하지는 않았다. 우선 테리사의 표정을 살펴보았다. 테리사가 고개를 돌려 토머스를 바라보았다. 토머스가 익히 아는 표정. 그가 자신과 같은 편에 서주길 바라는 표정이었다. 예전에도 그랬지만 테리사가 왜 하필 지금 그런 바람을 간절히 나타내고 있는지 알 수가 없었다.

　토머스가 최대한 무표정하게 마주 보자 테리사는 실망하는 눈치였다.

　"너희들 좋을 대로 해."

　테리사는 이렇게 말하고는 고개를 가로젓더니 가버렸다.

　지금까지 온갖 일을 겪었음에도 테리사의 그런 모습에 토머스는 마음이 좋지 않았다.

　멍하게 있던 토머스는 프라이팬의 목소리에 정신이 들었다.

　"아, 진짜. 우리가 왜 저 마스크처럼 생긴 괴상한 걸 얼굴에 써야 하지? 저걸 쓸 바엔 차라리 공터에 있는 내 주방으로 돌아가겠어."

　뉴트가 물었다.

　"괴수들에 대해선 그새 잊어버렸나 보네?"

　프라이팬은 잠시 생각한 후 대답했다.

　"적어도 주방에 있을 때는 괴수들한테 방해받지 않았어."

　"그래, 네가 다시 요리할 수 있는 곳을 우리가 찾아줄게."

　뉴트는 이렇게 말하고는 토머스와 민호의 팔을 잡고 옆으로 끌어당기며 나직하게 말했다.

　"빌어먹을 논의는 이 정도면 됐어. 난 저 수술대에 눕지 않을 거야."

민호가 뉴트의 어깨를 붙잡으며 대답했다.

"나도."

토머스도 마찬가지였다.

"나도 수술 안 받아."

그리고 토머스는 수주일 동안 머릿속으로 생각해오던 바를 마침내 입 밖에 냈다.

"당분간 저들 눈에 거슬리지 않도록 얌전히 동조하는 체하다가 기회를 봐서 탈출하자."

# 7

토머스가 뉴트와 민호의 대답을 듣기도 전에 쥐 선생이 방으로 돌아왔다. 그래도 표정을 봐서는 뉴트와 민호가 자신과 같은 생각임을 알 수 있었다. 100퍼센트 확실했다.

그런데 쥐 선생 말고 사람들이 몇 명 더 방으로 들어왔다. 토머스는 그들을 바라보며 상황을 파악했다. 그들은 모두 가슴팍에 '사악'이라고 적힌 헐렁한 일체형의 녹색 제복 차림이었다. 이 게임, 이 실험이 얼마나 철두철미하게 계획되었는지 새삼 실감이 나서 토머스는 경악했다. '사악'이라고 하는 이 단체의 명칭도 실험에서 변수로 작용하지 않았을까? 명백히 위협적인 명칭이지만 그들은 자기네가 선하다고 주장하고 있으니 말이다. 실험대상자들의 뇌를 자극하여 반응과 느낌을 보기 위해서 그런 변수를 썼을지도 모른다.

모든 게 수수께끼였다. 처음부터 그랬다.

쥐 선생과 함께 들어온 사람들이 각 수술대 옆에 한 명씩 자리를 잡았다. 쥐 선생의 말대로라면 그들은 의사일 것이다. 의사들은 천장에 달아놓은 마스크를 잡아 내려 튜브를 조정하고 손잡이와 스위치를 조작하는 등 부산하게 움직였다. 토머스가 서 있는 곳에서는 그들이 어떤 스위치를 누르고 있는지 잘 보이지 않았다.

쥐 선생이 클립보드에 끼워진 서류를 내려다보며 말했다.

"각 수술대에 한 명씩 배정했다. 이 방에 남을 사람들은……."

쥐 선생이 명단을 발표했다. 소냐와 에어리스는 포함되었지만 토머스를 비롯한 가 그룹의 소년들은 명단에 들어 있지 않았다.

"호명되지 않은 사람들은 나를 따라오도록."

분위기가 묘하게 돌아가고 있었다. 앞으로 일어날 일의 심각성에 비하면 이상할 정도로 태연하고 평범한 분위기였다. 마치 폭력배들이 눈물을 흘리는 배신자들을 앞에 두고 처단할 인물을 호명하는 것 같은 분위기였다. 탈출의 기회가 오기 전까지 토머스는 쥐 선생의 지시대로 움직일 수밖에 없었다.

토머스 일행은 쥐 선생을 따라 말없이 방을 나갔다. 그들은 창문 없는 기다란 복도를 따라 걷다가 또 다른 방 앞에 이르렀다. 쥐 선생이 다시 명단을 발표했다. 이번에는 프라이팬과 뉴트의 이름을 불렀다.

뉴트가 말했다.

"난 안 하겠습니다. 우리가 선택을 할 수 있다고 했죠. 수술받지 않기로 선택했습니다."

뉴트는 당장 어떻게든 조치를 취하지 않으면 미쳐버리겠다는 듯 성난 표정으로 토머스와 눈빛을 주고받았다.

쥐 선생이 담담하게 대답했다.

"그래. 어차피 곧 생각이 바뀌게 될 거다. 수술 방 배정이 끝날 때까지는 계속 내 뒤를 따라다니도록."

쥐 선생이 뉴트의 선택을 아무렇지 않게 수용하는 것 같아 토머스는 놀랐지만 애써 감정을 숨기고 프라이팬에게 물었다.

"넌 어떻게 할 거야, 프라이팬?"

요리사 프라이팬은 별안간 겸연쩍어하며 말했다.

"난…… 수술을 받으려고."

토머스는 충격을 받았다.

민호가 프라이팬에게 말했다.

"미쳤냐?"

프라이팬은 고개를 가로저으며 변명을 늘어놓았다.

"기억을 되찾고 싶어. 너희도 알아서 선택해. 난 선택했어."

쥐 선생이 아이들을 재촉했다.

"어서들 가자."

프라이팬은 더 이상 왈가왈부하고 싶지 않은지 서둘러 그 방으로 들어갔다. 토머스는 일단 그대로 두기로 했다. 자신의 안위를 확보하고 탈출할 방법을 찾는 게 우선이었다. 다른 아이들은 그후에 구출하면 될 것이다.

마지막 방 앞에 설 때까지 호명되지 않은 사람은 민호, 테리사, 토머스, 해리엇과 나 그룹의 소녀 두 명이었다. 지금까지 수술을 거부한 사람은 뉴트 한 명뿐이었다.

쥐 선생이 방으로 들어가라며 손짓하자 민호가 말했다.

"아뇨. 됐습니다. 초대는 고맙지만 사양하죠. 댁들이나 안에 들어가서 좋은 시간 보내세요."

그러고는 놀리듯 손을 흔들었다.

토머스가 말했다.

"나도 수술받지 않겠습니다."

토머스는 기대감에 가슴이 부풀었다. 곧 탈출의 기회가 올 것 같았다. 때가 되면 움직여야 했다.

쥐 선생은 토머스를 한참 쳐다보았다. 무표정이라 어떤 감정도 읽어낼 수 없었다.

민호가 물었다.

"이봐요! 괜찮아요, 쥐 선생?"

"나는 쥐 선생이 아니라 잰슨 부총장이다. 넌 어른을 존중하는 법을 배워야겠구나."

쥐 선생의 나지막한 목소리에 날이 서 있었다. 쥐 선생은 애써 마음을 가라앉히려는 표정이었고 시선은 토머스에게 고정되어 있었다.

민호가 다시 말했다.

"그쪽이 사람들을 짐승 취급하는 걸 그만두면 한번 생각해보죠. 그런데 왜 토머스를 눈알이 빠지게 노려보는 건데요?"

쥐 선생, 아니 잰슨은 그제야 민호에게 시선을 돌리며 대답했다.

"이것저것 생각 좀 하느라고."

그러고는 허리를 꼿꼿이 펴며 말을 이었다.

"어쨌든 너희에게 선택하라고 했으니 우린 그 선택을 존중할 거다. 일단 방으로 모두 들어가자. 지원자에 한해 작업을 시작할 테니까."

또다시 토머스는 몸에 전율이 일었다. 탈출의 기회가 다가오고 있음을 느낄 수 있었다. 민호의 표정을 흘긋 보니 더 확실해졌다. 그들은 서로에게 고개를 살짝 끄덕인 후 쥐 선생을 따라 방으로 들어갔다.

첫 번째 방과 똑같은 구조였다. 위에 마스크가 달려 있는 수술대 여섯 개. 방 안에 있는 물건은 그게 전부였다. 기계가 전부 작동 중인지 위이잉 치직 소리가 났다. 첫 번째 방에서와 마찬가지로 녹색 옷을 입은 의사들이 수술대 옆에 한 명씩 서 있었다.

방 안을 둘러보던 토머스는 깜짝 놀라 숨을 훅 들이마셨다. 맨 끝의 수술대 옆에 녹색 옷을 입은 브렌다가 서 있었다. 다른 의사들에 비하면 무척 어린 나이였다. 초열 지역에서 봤을 때와는 달리 갈색 머리카락과 얼굴이 한결 깔끔해져 있었다. 브렌다는 토머스에게 고개를 짧게 가로젓더니 쥐 선생의 눈치를 슬쩍 살폈다. 그러고는 갑자기 방을 가로질러 달려와 토머스를 껴안았다. 토머스는 놀라서 뒤로 움찔했지만 브렌다를 밀어내지는 않았다.

잰슨이 고함쳤다.

"브렌다, 뭐 하는 짓이냐! 네 자리로 돌아가!"

브렌다는 토머스의 귀에 입술을 갖다 대고 들릴 듯 말 듯 조그맣게 속삭였다.

"절대로 저들을 믿지 마. 나랑 페이지 총장님만 믿어, 토머스. 다른 사람은 절대 안 돼."

쥐 선생이 악을 썼다.

"브렌다!"

그제야 브렌다는 뒤로 물러서며 중얼거렸다.

"죄송합니다. 토머스가 3단계를 통과한 걸 보고 반가워서 저도 모르게 그만."

브렌다는 원래 자리로 돌아가 다시 무표정하게 그들을 마주보고 섰다.

잰슨이 브렌다를 나무랐다.

"그런 쓸데없는 짓을 할 여유 따윈 없어."

토머스는 브렌다에게서 시선을 뗄 수가 없었다. 브렌다의 행동을 어떻게 받아들여야 할지 가늠이 되지 않았다. 토머스는 사악을 신뢰하지 않으니, 방금 전 브렌다가 한 말대로라면 브렌다는 그와 한편이었다. 그런데 왜 이 사람들과 일하고 있는 걸까? 플레어 병에 감염된 게 아니었나? 페이지 총장이라는 사람은 또 누구지? 이 것도 무슨 시험일까? 또 다른 변수?

브렌다가 그를 안았을 때 강렬한 느낌이 그의 몸을 타고 흘렀다. 하얀 방에 감금된 후 브렌다가 텔레파시로 말을 걸었던 일이 기억났다. 그때 브렌다는 '앞으로 너한테 안 좋은 일이 일어날 거야'라고 경고했었다. 그때 브렌다가 어떻게 텔레파시를 쓸 수 있었던 건지 알 수가 없었다. 브렌다는 정말 그의 편이 맞는 걸까?

첫 번째 방에서 나온 후로 줄곧 조용히 있던 테리사가 가까이 다가와서 속삭이는 바람에 토머스는 더 이상 생각을 이어갈 수 없었다.

"브렌다 쟤 여기서 뭐 하는 거지? 쟤 광인 아니었니?"

가시 돋친 목소리였다.

그러나 테리사가 어떤 언행을 하든 이제 토머스는 더 이상 흔들리지 않았다.

토머스는 나지막하게 대답했다.

"몰라. 나한테 무슨 변수라도…… 제시하려는 거겠지."

폐허가 된 도시에서 브렌다와 보냈던 시간이 생각났다. 이상하게도 그곳이, 브렌다와 둘이 있던 그 시간이 그리웠다.

테리사가 다시 물었다.

"쟤도 이 쇼의 일부였던 거야? 초열 지역으로 들어와서 일이 진행되게끔 하는 역할을 했던 걸까?"

"그럴지도 모르지."

토머스는 가슴이 아팠다. 아마 브렌다는 처음부터 사악의 일원이었을 것이다. 그렇다면 토머스에게 줄곧 거짓말을 해왔다는 뜻이 된다. 도저히 믿고 싶지 않았다. 그는 브렌다에 대해 달리 생각할 여지가 있기를 간절히 바랐다.

테리사가 말했다.

"난 쟤 마음에 안 들어. 앙큼이나 떨고."

토머스는 테리사에게 고함을 지르고 싶었다. 비웃기라도 하고 싶었지만 간신히 눌러 참으며 차분하게 말했다.

"가서 저들한테 네 뇌나 맡겨."

테리사가 브렌다를 믿지 못하는 모습을 보니, 토머스는 더더욱 브렌다에게 믿음이 갔다.

"그래, 실컷 비난해. 난 옳다고 생각하는 일을 할 뿐이야."

테리사는 토머스를 노려보며 이렇게 말하고는 뒤로 물러서서 쥐 선생의 지시를 기다렸다.

토머스와 뉴트, 민호가 머뭇거리며 지켜보는 동안 잰슨은 수술을 원하는 아이들을 각 수술대에 배정했다. 토머스는 문 쪽을 흘끗 쳐다보았다. 지금 달아나야 하는 건지 판단이 서지 않았다. 민호를 팔로 툭 치려고 하는데 잰슨이 마치 그의 생각을 읽기라도 한 것처럼 말했다.

"거기 세 반역자들. 눈여겨보고 있으니까 허튼짓할 생각 마. 무장 경비병들이 이쪽으로 오고 있다는 것만 알아둬라."

토머스는 누군가가 자기 머릿속을 들여다보고 있는 것 같아 불안했다. 사악 놈들은 뇌 패턴을 열심히 수집하고 있으니 생각도 읽어낼 수 있지 않을까?

잰슨이 수술대로 향하는 아이들에게 다시 시선을 돌리자 민호가 속삭였다.

"옛 같은 소리하고 있네. 이제 운에 맡기고 행동에 옮길 때인 것 같다."

토머스는 대답하지 않고 브렌다를 바라보았다. 브렌다는 생각에 잠긴 표정으로 바닥을 내려다보고 있었다. 바로 앞에 두고도 문득 브렌다가 몹시 그리웠다. 이유는 알 수 없지만 브렌다와 연결되어 있다는 느낌이 들었다. 지금 원하는 건 오직 그녀와 단둘이 얘기를 나누는 것이었다. 단순히 브렌다에게 들은 얘기 때문만은 아니었다.

복도에서 서둘러 다가오는 발소리가 들렸다. 곧이어 검은 옷을 입고 밧줄, 기구, 탄약 등의 장비를 등에 진 남자 셋과 여자 둘이 방 안으로 들어왔다. 경비병들이었다. 다들 큼직한 무기를 들고 있었다. 토머스의 시선은 그 무기에 고정되었다. 딱히 짚어낼 수는 없지만 그 무기를 보자 잊힌 기억이 되살아나는 것 같기도 했고, 또 완전히 생경하기도 했다. 경비병들의 무기가 희미하게 푸른빛을 뿜었다. 투명한 튜브에 들어 있는 금속성의 유탄들이 전기를 머금은 것처럼 치직 탁탁 소리를 내고 있었다. 경비병들은 토머스와 민호, 뉴트에게 그 무기를 겨눴다.

뉴트가 목소리를 낮추며 말했다.

"우리가 너무 오래 뜸 들였나 봐."

토머스의 생각은 달랐다. 곧 기회가 찾아올 것이다. 그는 입술을 거의 움직이지 않고 속삭였다.

"아까 이 방에서 달아났어도 곧 저들에게 붙잡혔을 거야. 좀 더 기다려."

잰슨이 경비병들 옆으로 가서 서더니 무기를 가리키며 말했다.

"이건 전기총이다. 누구든 말썽을 피울 기미가 보이면 경비병들은 곧바로 이 전기총을 사용할 거다. 이걸 맞으면 죽지는 않지만 5분 동안 지독한 고통을 겪게 되지. 아마 처음 맛보는 고통일 거다."

토머스는 이상할 정도로 두렵지가 않았다.

"지금 뭐 하자는 겁니까? 수술 여부를 선택할 수 있다고 해놓고 왜 무기로 위협하는데요?"

"난 너희를 믿지 않으니까."

잰슨은 단어를 신중하게 고르며 말을 이었다.

"난 너희가 기억을 되찾고 자발적으로 협조해주길 바랐다. 그랬으면 일이 훨씬 수월했을 텐데. 우리에겐 너희가 필요하니 어쩔 수 없지."

민호가 말했다.

"역시. 또 거짓말을 했군."

"거짓말한 적 없다. 선택은 너희가 했으니, 그 선택에 대한 결과도 너희 책임이라는 거지."

젠슨은 문을 가리키며 지시했다.

"경비병들, 토머스와 이 두 녀석을 지정된 방으로 데려가서 내일 아침에 있을 시험 전까지 본인들의 실수를 깊이 반성하게 해. 필요하면 무력으로 제압해도 좋다."

# 8

여자 경비병 두 명이 무기를 들었다. 그들은 넓고 둥그런 총구를 세 소년 쪽으로 향했고, 그중 한 명이 말했다.

"이걸 쏘게 만들지 마. 빗나갈 가능성은 없어. 반항하면 곧장 방아쇠를 당길 거다."

남자 경비병 세 명은 전기총의 끈을 어깨에 걸치고 세 소년을 한 명씩 전기총으로 위협했다. 토머스는 오히려 마음이 차분하게 가라앉았다. 최적의 시기가 올 때까지 기다렸다가 싸우기로 단단히 결심했기 때문일 수도 있었다. 10대 소년 세 명에게 무장 경비병을 다섯 명이나 붙였다는 건 어찌 보면 사악이 그만큼 그들을 두려워하고 있다는 뜻이니 흡족하기도 했다.

토머스의 팔을 잡은 남자 경비병은 토머스에 비해 몸집이 두 배는 크고 건장했다. 그 경비병은 토머스를 잡아끌며 빠른 걸음으로 문을 나서서 복도로 나갔다. 토머스가 뒤를 돌아보니 또 다른 경비병이 민호를 끌고 나오고 있었고 그 뒤에서 뉴트도 끌려 나오고 있었다. 저항했지만 소용없었다.

세 소년은 경비병들이 잡아끄는 대로 이 복도에서 저 복도로 이동했다. 들리는 소리는 민호의 입에서 나오는 투덜거림과 고함, 욕설뿐이었다. 토머스는 민호에게 그만하라고, 그래 봤자 상황만 악화시킬 뿐이고 잘못하면 총에 맞을 수도 있다고 했지만 민호는 들은 체도 않고 필사적으로 저항했다. 그러다 마침내 그들은 어느 문 앞에 이르렀다.

여자 경비병이 카드식 열쇠로 문을 열었다. 안쪽에는 2단 침대 두 세트가 놓여 있는 작은 침실, 그리고 구석진 곳에 식탁과 의자가 갖추어진 작은 주방이 있었다. 토머스가 예상했던 풍경과는 사뭇 달랐다. 공터의 감방 같은 곳, 반쯤 망가진 의자 하나가 흙바닥에 놓여 있는 그런 방을 예상했었다.

여자 경비병이 말했다.

"들어가. 곧 음식을 가져다줄게. 너희가 한 짓을 생각하면 며칠 굶겨도 시원찮지만. 내일이 시험이니 오늘 밤엔 잠이나 자둬라."

남자 경비병 세 명이 소년들을 방으로 밀어 넣고 문을 닫았다. 자물쇠가 딸깍 잠기는 소리가 허공에 퍼져나갔다.

하얀 독방에 갇혀 있는 동안 느꼈던 갑갑증이 물밀듯 밀려들었다. 토머스는 문으로 달려가 손잡이를 돌리고 잡아당기다가 급기야 온몸으로 문을 밀었다. 주먹으로 문을 두드리며 고함을 질렀다. 누구든 소리를 듣고 꺼내주길 바랐다.

뒤에서 뉴트가 말했다.

"그만해. 널 달래러 와줄 사람은 아무도 없어."

토머스는 뒤를 돌아보았다. 눈앞에 서 있는 뉴트를 본 순간, 토머스는 더 이상 문을 두드릴 마음이 나지 않았다. 토머스가 무어라 말을 하기 전에 민호가 먼저 입을 열었다.

"탈출 기회를 놓친 것 같아."

민호는 2단 침대의 아래쪽 침대에 털썩 앉으며 말을 이었다.

"네가 마법의 탈출 신호를 보내주길 기다리다간 늙어죽겠다, 토머스. '앞으로 10분 동안 우리가 정신없이 바쁠 테니까 지금이야말로 탈출하기에 딱 좋은 때란다'라고 사악 놈들이 거창하게 신호를 보내줄 것 같지도 않은데 말이야. 분위기 봐서 도망을 쳐야 했어."

토머스는 인정하고 싶지 않았지만 친구들 말이 옳았다. 경비병들이 나타나기 전에 달아났어야 했다.

"미안. 때가 되지 않은 것 같아서 결단을 내리지 못했어. 경비병들이 우리 얼굴에 총구를 들이댄 후로는 괜히 힘 뺄 필요 없다고 생각했고."

민호가 말했다.

"그래, 그건 그렇고, 아까 브렌다랑 멋지게 재회하더라."

토머스는 깊게 숨을 들이쉬며 말했다.

"그때 브렌다가 내 귀에 대고 속삭였어."

민호가 침대에 앉은 채로 허리를 곧게 펴며 물었다.

"뭐라고 그랬는데?"

"저들을 믿지 말라고, 자기랑 페이지 총장인가 하는 사람만 믿으라고 했어."

뉴트가 물었다.

"젠장, 브렌다 걔는 또 뭐야? 사악을 위해서 일하고 있던데? 그럼 초열 지역에서는 광인인 척 연기한 거였나?"

옆에서 민호가 보탰다.

"그런가 보지. 사악 놈들하고 다를 것도 없는 계집애야."

토머스의 생각은 달랐다. 브렌다는 이제 사악과 한 패가 아니었다. 정확히 이유를 알 수 없고 친구들에게 무어라 설명할 수도 없었지만 느낌이 그랬다.

"나도 전에 사악을 위해 일했었지만 너흰 나를 믿잖아. 전에 같이 일했다고 해서 지금도 꼭 한 패거리라는 법은 없어. 브렌다는 어쩔 수 없이 사악의 일에 동조했다가 생각이 바뀐 걸 거야. 정확한 사정은 모르겠지만."

민호는 잠시 눈을 가늘게 뜨며 생각에 잠긴 듯했지만 별 대꾸를 하지 않았다. 뉴트는 어린애처럼 입술을 부루퉁하게 내밀고는 바닥에 주저앉아 팔짱을 꼈다.

토머스는 고개를 저었다. 답을 찾으려고 골머리를 썩이는 건 이제 넌더리가 났다. 그는 앞으로 걸어가 방 안에 놓인 작은 냉장고를 열었다. 허기가 져서 배에서 꾸르륵 소리가 났다. 냉장고에 들어 있는 치즈스틱과 포도를 꺼내 친구들에게 나눠주고 자신의 입에도 우겨넣은 후 주스 한 병을 거의 다 마셨다. 민호와 뉴트도 말없이 게걸스럽게 음식을 먹었다.

잠시 후 어떤 여자가 돼지갈비와 감자가 담긴 쟁반을 방으로 들여보내주었다. 소년들은 그것도 먹어치웠다. 시계를 보니 초저녁이었는데, 쉬이 잠들 수 있을 것 같지가 않았다. 토머스는 의자에 앉아 친구들을 바라보았다. 앞으로 어떻게 해야 할지 고민이었다.

자신의 판단 착오로 탈출 기회를 놓치는 바람에 또다시 기회를 엿보아야 하는 상황이 된 것 같아 토머스는 기분이 좋지 않았다. 괜찮은 아이디어도 떠오르지 않았다.

조용히 음식을 먹기만 하던 민호가 다시 입을 열었다.

"저 빌어먹을 놈들한테 항복해야 하는 건가. 놈들이 시키는 대로만 하면 언젠가는 통통하게 살이 오르고 다 같이 행복하게 둘러앉아 살 수도 있을 걸."

진심으로 하는 말이 아님을 토머스는 알 수 있었다.

"그래. 사악에서 일하는 착하고 예쁜 여자랑 사귀어서 자리를 잡고 결혼도 하고 애도 낳아. 그동안 세상은 미치광이들로 넘쳐나다가 끝장이 나버릴 테니까."

토머스가 이렇게 말하자 민호가 받아쳤다.

"사악이 청사진인지 뭔지를 확보하고 나면, 우린 쭉 행복하게 살 수 있을지도 몰라."

뉴트가 우울한 목소리로 끼어들었다.

"그런 얘기 별로 재미없거든. 사악이 치료제를 찾아낸다고 해도, 다들 초열 지역에서 봤으니 알잖아. 세상이 정상으로 돌아가려면 오랜 시간이 지나야 돼. 결국 정상적인 세상으로 돌아온다고 해도 우리가 살아서 그 세상을 볼 일은 없을 테고."

바닥의 한 곳을 뚫어져라 쳐다보며 앉아 있던 토머스가 말했다.

"사악이 그동안 우리한테 한 짓을 생각하면 이제 놈들이 무슨 얘길 해도 믿음이 안 가기는 하지."

무엇보다 토머스는 뉴트의 일을 무심히 넘길 수가 없었다. 뉴트라면 곤경에 처한 친구를 위해 무슨 일이든 했을 것이다. 그런 뉴트에게 사악은 사형 선고를 내렸다. 단지 어떻게 되는지 지켜보기 위한 목적으로 치료 불가능한 병에 걸리게 만들었다.

토머스가 계속해서 말했다.

"잰슨이란 놈은 자기가 모든 걸 다 아는 줄 착각하고 있어. 이 모든 게 공공의 선을 위한 거라고 지껄이면서. 인류가 멸종 위기에 처했으니 아이들에게 끔찍한 실험을 해서라도 인류를 구원하겠다는 거잖아. 99퍼센트의 인류가 정신병자 괴물로 변해버린 후에는 아무리 플레어 병에 면역이 있는 사람이라고 해도 오래 버티기 힘들어."

민호가 나직하게 물었다.

"그래서 하고 싶은 말이 뭔데?"

"사악에게 기억을 삭제당하기 전에는 내가 사악의 일을 도운 게 사실이지만 더 이상 그럴 일은 없다는 거야."

기억이 돌아오고 나면 이런 결심이 흔들리게 될까 봐 토머스는 두려웠다.

뉴트가 말했다.

"그래. 다음에 탈출 기회가 보이면 놓치지 말자, 토미."

민호도 말했다.

"내일. 어떻게든 해보자."

토머스는 친구들을 한참 바라보다가 입을 열었다.

"그래. 어떻게든 해보자."

뉴트가 하품을 하며 "이제 그만 떠들고 다들 잠이나 자둬"라고 말하자 토머스와 민호도 덩달아 하품이 났다.

# 9

한 시간 정도 어둠을 응시하던 토머스는 마침내 잠이 들었다. 수많은 이미지와 기억의 단편들이 꿈으로 나타났다.

여자가 나무 식탁을 앞에 두고 앉아 식탁 너머로 어린 토머스의 눈을 바라보며 미소 짓는다. 여자는 김이 모락모락 나는 컵을 들고 머뭇거리다 한 모금 마신다. 그리고 또다시 미소 지으며 말한다.

"어서 시리얼 먹어. 그래야 착한 아이지."

엄마다. 상냥한 얼굴. 웃을 때마다 주름 사이사이에 아들에 대한 사랑이 배어난다. 엄마는 토머스를 계속 바라보다가 그가 시리얼을 다 먹자 그의 머리카락을 헝클어놓고는 싱크대로 빈 사발을 가져간다.

어느새 토머스는 카펫이 깔린 작은 방에서 놀고 있다. 은색 블록 장난감들을 쌓아서 커다란 성을 만드는 중이다. 엄마는 방 한

쪽 구석에 놓인 의자에 앉아 울고 있다. 토머스는 그 이유를 안다. 플레어 병에 감염되었다는 진단을 받은 아빠가 이미 그 병의 증세를 나타내고 있기 때문이다. 엄마도 이미 그 병에 걸렸거나 조만간 걸리게 될 것이다. 얼마 후 의사들은 어린 토머스가 플레어 바이러스에 면역이 되어 있다는 사실을 알게 되겠지. 그때쯤 의사들은 플레어 바이러스에 면역성이 있는지 여부를 알아내는 검사 방법을 개발하게 될 테니까.

그리고 다음 장면. 토머스는 뜨거운 한낮에 자전거를 타고 있다. 보도에서 열기가 올라온다. 한때는 잔디가 깔려 있던 길 양옆의 보도에 잡초가 자라고 있다. 토머스는 땀에 젖은 얼굴로 웃음 짓는다. 가까이에서 엄마가 그를 바라보고 있다. 엄마가 한순간 한순간을 소중히 마음에 새기고 있음을 느낄 수 있다. 그는 엄마와 함께 근처의 연못으로 향한다. 고인 물에서 악취가 올라온다. 엄마는 그 탁하고 깊은 연못에 던지라며 돌멩이를 모아준다. 토머스는 최대한 멀리 돌멩이를 던지다가, 작년 여름 아빠에게 배운 대로 물수제비를 떠본다. 잘되지 않는다. 숨 막히게 더운 날씨라 기운이 없고 피곤하다. 그는 엄마와 함께 집으로 돌아간다.

꿈, 아니 기억의 내용이 한층 더 암울해진다.

집으로 돌아와 보니 어두운색 정장을 입은 남자가 소파에 앉아 있다. 손에 서류를 든 남자는 심각한 표정이다. 토머스는 엄마 옆에 서서 엄마의 손을 꼭 잡는다. 사악은 세계 각국의 정부들이 합작 투자해 만든 단체다. 토머스가 태어나기 한참 전에 발생한 태양 플레어 현상을 겪고 살아남은 자들이 만든 단체. 사악의 목적은 위험구역을 연구하는 것이다. 위험구역이란 플레어 바이러스가 작용하는 곳, 즉 인간의 뇌를 뜻한다.

남자는 토머스가 플레어 병에 면역력이 있다고 말한다. 토머스처럼 그 병에 면역이 된 사람들은 전체 인구의 1퍼센트도 채 되지 않으며 대부분 스무 살 미만의 나이다. 세상은 면역인들에게 위험하다. 끔찍한 바이러스에 면역력을 갖고 있다는 이유로 증오의 대상이 되고 '면역 돌연변이'라 불리며 조롱당한다. 사람들은 면역인들에게 끔찍한 짓을 저지른다. 남자는 앞으로 사악이 토머스를 보호해줄 것이니 토머스는 사악을 도와 치료제를 찾아내면 된다고 말한다. 남자는 토머스가 영리한 아이며, 지금까지 검사한 결과 가장 똑똑한 이들 중 하나라고 말한다. 엄마는 토머스를 보내줄 수밖에 없다. 자신이 서서히 미쳐가는 모습을 아들에게 보이고 싶지 않아서다.

엄마는 토머스에게 말한다. 사랑한다고, 아빠에게 일어난 일을 네가 겪지 않아도 돼서 정말 다행이라고. 플레어 병의 광기는 아빠에게서 그를 인간이게 했던 품성들, 인간성을 모조리 빼앗아 갔다.

이윽고 꿈은 희미하게 사라지고, 토머스는 깊고 공허한 잠 속으로 빠져들었다.


다음 날 아침 일찍, 요란하게 문을 두드리는 소리에 토머스는 잠을 깼다. 팔꿈치로 침대를 딛고 몸을 일으키기도 전에 문이 벌컥 열렸다. 어제 보았던 경비병 다섯이 소년들에게 전기총을 겨눈 채 들이닥쳤다. 잰슨이 경비병들을 따라 방으로 들어오며 말했다.

"다들 정신 차리고 일어나. 너희가 원하든 원치 않든, 우린 너희에게 기억을 되돌려주기로 결정했다."

# 10

토머스는 잠에 취해 정신이 몽롱했다. 꿈에서 본 어린 시절의 기억이 머릿속을 온통 채우고 있어서, 잰슨이 말한 내용을 단박에 알아듣지 못했다.

"누구 마음대로."

뉴트는 이렇게 대꾸하고는 침대에서 일어나 주먹을 불끈 쥐고 잰슨을 노려보았다.

토머스는 뉴트의 눈이 그토록 강렬하게 분노로 이글거리는 모습을 처음 보았다. 그제야 쥐 선생이 한 말이 머릿속으로 들어오며 혼미하던 정신이 또렷해졌다. 토머스는 침대에서 다리를 옆으로 돌려 바닥을 디디며 말했다.

"원치 않으면 하지 않아도 된다면서요."

"안타깝게도 너흰 선택할 수 있는 입장이 아니다. 이제 더는 거짓말할 필요가 없으니 솔직히 말하지. 너희 셋의 기억이 돌아오지 않으면 우린 다음 작업을 진행할 수가 없다. 그러니 어쩔 수 없이 너희는 수술을 받아야 돼. 우리가 치료제를 만들어내면 뉴트 네가 제일 큰 혜택을 누리게 될 거다."

그러나 뉴트는 나지막하게 받아쳤다.

"그런 거 더는 상관없습니다."

토머스의 본능이 때가 무르익었음을 알려주었다. 기다려오던 순간이었다. 마지막 기회.

주의 깊게 잰슨을 지켜보았다. 잰슨은 표정을 부드럽게 바꾸고 깊게 숨을 들이쉬었다. 방 안에서 증폭되고 있는 위험한 기운을 감지하고 그 기운을 누그러뜨리려는 것 같기도 했다.

"자, 뉴트, 민호, 토머스. 내 얘기 잘 들어라. 너희 기분이 어떨지 이해한다. 온갖 무서운 일들을 겪어왔으니 오죽하겠냐만 최악의 시기는 끝났다. 우리는 과거를 바꿀 수도 없고, 너희와 너희 친구들에게 일어난 일들을 무를 수도 없다. 어차피 이렇게 되었는데 이 시점에서 청사진을 완성하지 못하면 그간의 고생이 물거품이 되어버리지 않겠냐?"

뉴트가 소리쳤다.

"무를 수가 없다고요? 그딴 소리가 나와요?"

그러자 경비병 중 한 명이 "입 조심해"라고 말하며 뉴트의 가슴에 전기총을 겨눴다.

방 안에 정적이 흘렀다. 토머스는 뉴트의 이런 모습을 처음 보았다. 늘 침착하던 뉴트가 분노로 활활 타오르고 있었다.

잰슨이 말했다.

"이럴 시간 없다. 당장 가든지 어제 일을 되풀이하든지 둘 중 하나다. 말을 듣지 않으면 경비병들이 무력을 쓸 거라는 점을 명심해라."

민호가 2단 침대의 위층에서 뛰어내렸다. 그 침대의 아래층은 뉴트가 사용하고 있었다.

"저 사람 말이 맞아. 치료제만 발견하면 뉴트 너뿐만 아니라 수많은 사람들을 살릴 수가 있는데 이 방에서 버티고 있는 건 명청한 짓이지. 다들 나가자."

담담하게 말한 민호는 토머스와 눈이 마주치자 턱 끝으로 문을 가리켰다. 그러고는 쥐 선생과 경비병들 옆을 지나 뒤도 돌아보지 않고 복도로 나갔다.

잰슨이 눈썹을 치뜨며 토머스를 바라보았다. 토머스는 민호의 말에 놀랐지만 침착하려고 애썼다. 민호가 갑작스럽게 입장을 바꾸기라도 한 것처럼 이상하게 말을 하긴 했지만 따로 계획이 있는 것 같았다. 순순히 지시를 따르는 척하면서 시간을 벌려는 것일까.

토머스는 경비병들과 쥐 선생에게서 고개를 돌려 뉴트에게 재빨리 한쪽 눈을 찡긋했다.

"그래. 시키는 대로 하자. 미로로 들어가기 전에 내가 이 사람들이랑 일을 했었잖아. 내가 완전히 잘못 판단하고 그랬을 리도 없지 않겠어?"

토머스는 진심인 척 태연히 말하려 했지만 쉽지 않았다.

"아, 젠장."

뉴트는 눈을 위로 굴리며 문 쪽으로 걸어왔다. 다행히 뉴트가 말귀를 알아들은 것 같아서 토머스는 속으로 미소를 지었다.

토머스가 뉴트를 따라 방에서 나가려는데 잰슨이 말했다.

"이 일이 끝나면 너희는 모두 영웅 대접을 받을 거다."

토머스는 대차게 받아쳤다.

"아, 시끄러워요."

토머스와 친구들은 잰슨을 따라 미로처럼 복잡하게 뻗어나간 복도를 걸었다. 잰슨은 앞장서서 걸어가며 여행안내원이라도 된 것처럼 시설에 대해 이런저런 설명을 늘어놓았다. 바깥 날씨가 자주 험해지기도 하고, 플레어 병에 감염된 사람들이 근처를 배회하다 공격을 하기도 해서 이 시설에는 창문이 많지 않다고 했다. 잰슨은 공터인들이 미로에서 빠져나오던 날 밤 모질게 몰아쳤던 폭풍우에 대해서, 바깥 경계선을 뚫고 들어온 광인들이 버스에 오르는 공터인들 가까이까지 접근했던 일에 대해서 언급했다.

토머스는 그날 밤을 생생하게 기억했다. 그가 버스에 오르기 전에 다가와 말을 걸었던 광인 여자, 버스 바퀴가 그 여자를 깔아뭉개고 지나갈 때 버스가 약간 들썩이던 느낌, 사람을 쳐놓고도 버스를 멈추지 않던 운전자. 그게 불과 몇 주일 전의 일이라는 게 믿기지 않았다. 몇 년은 지난 느낌이었다.

뉴트가 더는 못 들어주겠는지 잰슨의 말을 잘랐다.

"그만 입 좀 다물어줬으면 좋겠는데요."

그러자 잰슨은 바로 입을 다물었지만 싱글거리는 미소는 거두지 않았다.

마침내 그들은 어제 마지막으로 들어갔던 수술방 앞에 도착했다. 잰슨은 걸음을 멈추고 돌아서서 말했다.

"오늘은 모두 얌전히 협조해주기 바란다. 내가 기대하는 건 바로 그런 거다."

토머스가 물었다.

"다른 애들은 어디 있어요?"

"다른 실험대상자들은 현재 회복 중……."

잰슨이 말을 맺기도 전에 뉴트가 달려들어 그의 멱살을 잡고 벽으로 밀어붙이며 악을 썼다.

"그 애들을 한 번만 더 실험대상자라고 부르면 네놈의 목을 부러뜨리고 말겠어!"

경비병 두 명이 즉시 뉴트를 붙잡아 잰슨에게서 떼어내고 바닥에 패대기쳤다. 경비병들이 뉴트의 얼굴에 전기총을 겨누자 잰슨이 소리쳤다.

"됐어! 쏘진 마."

그러고는 침착하게 일어나 구겨진 셔츠와 재킷을 펴며 덧붙였다.

"녀석을 지금 다치게 하면 안 돼. 이 일을 제대로 마무리해야지."

뉴트는 두 손을 들고 천천히 일어서며 말했다.

"우릴 실험대상자라고 부르지 마. 우린 치즈를 찾으러 돌아다니는 쥐새끼가 아니야. 당신 친구들한테 안심하라고 전해. 심하게 다치게 하진 않을 테니까."

뉴트는 어떻게 할지를 묻는 눈빛으로 토머스를 돌아보았다.

'사악은 선하다.'

어째서인지 별안간 이 말이 토머스의 뇌리를 스쳤다. 사악의 목적을 완수하기 위해서라면 어떤 부도덕한 짓이라도 해야 한다고 믿었던 과거의 토머스가 현재의 토머스를 설득하기 위해 이 문구를 떠올린 듯했다. 아무리 소름끼치는 짓이라도 플레어 병에 대한 치료제를 찾으려면 해야만 한다는 것.

그러나 이제는 상황이 달라졌다. 토머스는 과거의 자신을 이해할 수 없었다. 어떻게 이런 짓을 해도 된다고 생각했던 것일까. 이제 토머스는 완전히 다른 사람이 되었지만, 마지막으로 한 번 더 과거의 자신처럼 행세하며 잰슨을 속이기로 했다.

잰슨이 주절거리기 전에 토머스가 먼저 나지막하게 입을 열었다.

"생각해보니까 이 사람 말이 맞는 것 같아. 지금은 우리가 하기로 되어 있는 일을 할 때야. 어젯밤에 그렇게 합의를 봤잖아."

민호가 신경을 곤두세우며 미소 지었다. 뉴트는 주먹을 부르쥐었다.

지금이 아니면 다시는 기회가 오지 않을 것이다.

# 11

토머스는 망설이지 않았다. 뒤에 서 있는 경비병의 얼굴을 팔꿈
치로 찍으면서 앞에 있는 경비병의 무릎을 걷어찼다. 경비병들은
바닥에 쓰러져 잠시 멍하게 있다가 곧 정신을 차렸다. 토머스가
곁눈질로 보니 뉴트가 또 다른 경비병을 바닥에 쓰러뜨리고 있었
다. 민호도 한 명을 주먹으로 쳐서 쓰러뜨렸다. 공격을 당하지 않
은 여자 경비병이 전기총을 들어 올렸다.

그 경비병이 방아쇠를 당기려는 순간 토머스가 달려들어 전기
총 끝을 걷어찼다. 그러나 경비병은 전기총을 옆으로 돌려 토머스
의 옆통수를 강타했다. 볼과 턱이 터질 것처럼 지독한 통증이 느
껴졌다. 토머스는 균형을 잃고 허리를 굽혔다가 이내 바닥에 배를
대고 쓰러졌다. 두 손으로 바닥을 짚고 일어서려는데 무거운 것이
그를 딱딱한 타일 바닥으로 내리찍었다. 등이 부서질 것 같고 폐
에서 공기가 모조리 빠져나간 것 같았다. 경비병은 무릎으로 토머

스의 등뼈를 짓누르며 머리에 딱딱한 금속 총구를 가져다댔다.

"발사 명령을 내려주십시오! 잰슨 부총장님, 명령만 내리시면 이 녀석의 뇌를 전기로 튀겨놓겠습니다."

바닥에 엎드린 토머스의 눈에 민호와 뉴트는 보이지 않았지만, 드잡이하던 소리는 이미 그쳐 있었다. 세 소년의 반란은 1분도 채 되지 않는 짧은 시간에 진압되고 말았다. 토머스는 절망으로 심장이 아렸다.

뒤에서 잰슨이 고함쳤다.

"도대체 무슨 생각인 거냐! 꼬마 셋이서…… 너희가 감히 무장 경비병 다섯을 제압할 수 있을 줄 알았나? 천재들인 줄 알았더니 멍청하기 짝이 없구나. 망상에 사로잡힌 반역자들이었어. 플레어 바이러스 때문에 정신이 나가버린 거냐!"

족제비 같은 잰슨의 얼굴에 서린 격한 분노를 토머스는 보지 않아도 상상할 수 있었다.

뉴트가 악을 썼다.

"시끄러워! 주둥이 닥……."

그러나 뉴트의 다음 말은 들리지 않았다. 경비병 중 한 명이 뉴트를 제압한 모양이었다. 토머스는 분노로 몸이 부들부들 떨렸다. 여자 경비병이 토머스의 머리에 총구를 더욱 바짝 들이대며 나지막하게 을렀다.

"반항할 생각 따윈 접어."

잰슨이 소리쳤다.

"일으켜 세워! 셋 다!"

여자 경비병은 전기총의 총구를 토머스의 머리에서 떼지 않은 채 토머스의 셔츠 뒤쪽을 움켜잡아 일으켜 세웠다. 다른 두 경비병이 뉴트와 민호의 머리에 전기총의 총구를 겨눴고, 나머지 두 경비병들도 약간 뒤에 서서 전기총의 총구를 세 공터인들에게 향했다.

"이런 터무니없는 꼴을 봤나! 또다시 이런 짓을 했다간 가만두지 않겠다."

잰슨은 벌겋게 달아오른 얼굴로 고함을 치고는 토머스에게 돌아섰다.

토머스는 놀랍도록 침착하게 말했다.

"난 어린애였어."

"뭐라고?"

토머스는 쥐 선생을 똑바로 노려보았다.

"난 어린애였다고. 그들은 나를 세뇌시켜서 자기네 일을 돕게 만들었어."

기억이 조금씩 돌아오기 시작하면서 점점이 흩어져 있던 기억들을 연결할 수 있게 된 뒤, 토머스를 가장 괴롭힌 것은 자신이 사악을 도와 이런 일을 했다는 사실이었다.

잰슨이 차분하게 말했다.

"나는 초기부터 이 일을 해온 게 아니야. 최초의 설립자들이 제거된 후 네가 직접 나에게 이 일을 맡긴 거다. 나이를 막론하고 너처럼 이 일에 의욕이 넘치는 사람을 난 본 적이 없어."

그러고는 미소를 짓는데, 토머스는 놈의 얼굴을 찢어버리고 싶었다.

"무슨 소릴 해도 소용 없……."

"됐다!"

잰슨은 목청을 높여 토머스의 말을 가로막았다. 그러고는 경비병에게 손짓하며 말했다.

"토머스를 먼저 수술해야겠다. 간호사 내려오라고 해. 브렌다도 이 일에 보탬이 되고 싶다고 했으니 들어오라고 하고. 브렌다가 기술자로서 수술을 진행하면 이 녀석을 다루기도 쉽겠지. 다른두 놈은 대기실로 데려가. 한 번에 한 명씩 수술을 받게 해야겠다. 확인하고 올 게 있으니까 그동안 수술 준비를 해놓도록."

토머스는 몹시 당황해서 브렌다의 이름을 듣고도 인식하지 못했다. 경비병 한 명이 더 다가와 둘이서 토머스의 팔을 하나씩 붙잡았다.

"수술 안 받는다니까! 내 얼굴에 괴상한 마스크 씌우지 마!"

토머스는 히스테리를 일으키며 광적으로 악을 썼다. 과거의 자신을 대면할 생각에 소름이 끼쳤다.

잰슨은 들은 체도 않고 경비병들에게 지시했다.

"브렌다가 토머스한테 진정제를 제대로 놓는지 확인해."

그러고는 자리를 떴다.

경비병들이 토머스를 방문 앞으로 끌고 갔다. 토머스의 발이 바닥에 질질 끌렸다. 토머스는 잡힌 팔을 빼내려고 몸부림쳤지만 경비병들의 손은 수갑처럼 그를 단단히 옭아맸다. 결국 토머스는 힘을 아껴두기 위해 저항을 포기해야 했다. 어쩌면 이 싸움에서 질수도 있겠다는 생각이 들었다. 이제 유일한 희망은 브렌다였다.

방으로 불려와 수술대 옆에 선 브렌다는 무표정한 얼굴이었다. 토머스는 브렌다의 눈을 보았지만 속내를 읽어낼 수 없었다.

경비병들이 토머스를 방 안쪽 깊숙이 데려갔다. 브렌다가 왜 여기서 사악이 하는 일을 돕고 있는지 토머스는 이해가 되지 않았다. 토머스는 힘없는 목소리로 브렌다에게 물었다.

"너 왜 이들을 돕고 있어?"

경비병들이 토머스를 돌려세웠다.

뒤에서 브렌다가 말했다.

"조용히 입 다물고, 초열 지역에서 그랬던 것처럼 날 믿어. 그게 최선이니까."

토머스는 돌아서 있어서 브렌다의 표정이 보이지 않았지만 목소리에서 감정을 읽어냈다. 얼핏 들으면 냉정한 말이었지만 애정이 담겨 있었다. 브렌다는 정말 그의 편일까?

경비병들이 토머스를 맨 끝의 수술대로 끌고 갔다. 여자 경비병이 잡고 있던 토머스의 팔을 놓고 전기총을 겨눴고, 남자 경비병은 토머스를 수술대 매트리스 가장자리로 밀어붙이며 지시했다.

"올라가 누워."

"싫어."

토머스가 나직하게 반항하자 남자 경비병은 팔을 들어 토머스의 뺨을 후려쳤다.

"올라가 누워! 당장!"

"싫다고!"

남자 경비병이 토머스의 어깻죽지를 잡고 수술대로 밀어붙이며 말했다.

"어차피 받아야 될 수술인데 반항해 봤자 소용없어."

선과 튜브가 드리워져 있어 거대 거미처럼 보이는 금속 마스크가 내려왔다. 그 마스크를 쓰면 질식해 죽고 말 것 같았다.

"그걸 내 얼굴에 씌울 생각은 하지도 마!"

토머스의 심장이 위험할 정도로 빠르게 뛰었다. 간신히 막고 있던 두려움이 걷잡을 수 없이 터져 나와 냉정을 유지할 수가 없었다. 여기서 빠져나갈 방도를 찾으려면 침착해야 하는데 뜻대로 되지 않았다.

남자 경비병은 토머스의 양 손목을 붙잡고 온몸으로 밀어붙여 옴짝달싹 못하게 만든 후 브렌다에게 말했다.

"진정제를 주사해."

마지막으로 한 번 더 탈출을 시도하려면 힘을 아껴두어야 했다. 토머스는 애써 마음을 가라앉혔다. 생각보다 브렌다에게 정이 많이 들었는지 브렌다를 보고 있기가 괴로웠다. 만약 브렌다가 이 강압적인 수술을 끝까지 돕는다면, 토머스는 브렌다를 적으로 간주할 수밖에 없었다. 생각만 해도 가슴이 무너졌다.

"브렌다, 제발. 이러지 마. 사악이 나한테 이런 짓을 하게 두지마."

브렌다는 가까이 다가와 그의 어깨에 가만히 손을 얹고 말했다.

"다 괜찮을 거야. 네 인생을 비참하게 만들고 싶어 하는 사람은 아무도 없어. 이제부터 내가 하려는 일에 대해 넌 나중에 고마워하게 될 거야. 그러니까 그만 징징대고 긴장 풀어."

토머스는 브렌다의 진심을 알 수가 없었다.

"이런 거였어? 우린 초열 지역에서 모진 고생을 함께 했는데. 도시에서 죽을 고비도 수없이 같이 넘겼잖아. 그런데 이제 와서 나를 버리겠다고?"

"토머스…… 이건 내 일이야."

브렌다는 좌절감을 굳이 숨기지 않고 머뭇거리다 말을 맺었다.

토머스가 말했다.

"넌 텔레파시로 나한테 말을 걸었어. 앞으로 나한테 안 좋은 일이 일어날 거라고 경고도 해줬고. 제발 사악과 한 패가 아니라고 말해줘."

"그래. 초열 지역에서 벗어나 본부로 돌아온 후에 내가 텔레파시 시스템을 이용해 너한테 말을 전한 건 사실이야. 미리 경고를 해주면 네가 마음의 준비를 할 수 있을 테니까. 그 지옥에서 너랑 친구가 될 줄은 생각도 못 했는데 어쩌다가 그렇게 되었으니 도리는 해야 될 것 같았어."

브렌다도 그를 친구로 생각했었다니 비참하던 기분이 어느 정도는 덜해졌다. 토머스는 더 이상 참지 못하고 물었다.

"너 플레어 병이 발병했던 거 맞아?"

브렌다의 대답은 간결했다.

"그런 척했었어. 호르헤도 나도 플레어 병에 면역이 되어 있고, 그 사실을 오래전부터 알고 있었어. 사악이 우릴 데려다 이용하고 있는 것도 그래서야. 이제 입 좀 다물어."

브렌다는 눈을 깜박이며 남자 경비병 쪽을 흘끗 살폈다.

그러자 그 경비병이 브렌다에게 소리쳤다.

"어서 진정제 주사를 놓으라니까!"

브렌다는 말없이 날 선 눈빛으로 그자를 쳐다보다가 토머스를 돌아보며 슬쩍 윙크를 했다. 토머스는 깜짝 놀랐다.

"진정제를 주사하면 곧 잠이 들 거야. 내 말 알겠지?"

브렌다는 마지막 말에 힘을 주며 다시 한 번 보일 듯 말 듯 윙크를 했다. 다행히 두 경비병은 토머스에게 신경을 쓰느라 브렌다 쪽은 쳐다보지 않고 있었다.

토머스는 혼란스러웠지만 일말의 기대가 생겼다. 브렌다가 일을 꾸미고 있는 것 같기도 했다.

브렌다는 뒤에 놓인 카운터로 가서 주사 놓을 준비를 하기 시작했다. 남자 경비병이 손목을 몹시 세게 눌러 잡고 있어서 토머스는 팔에 피가 통하지 않을 정도였다. 그 경비병은 이마에 땀까지 맺혔지만 토머스가 진정제 주사를 맞고 의식을 잃기 전까지는 뒤로 물러날 의향이 없어 보였다. 여자 경비병은 옆에서 토머스의 얼굴에 총구를 겨누고 있었다.

왼손에 주사기를 들고 돌아선 브렌다가 주사기 노즐을 위로 하고 엄지를 주사기 손잡이에 갖다 댔다. 토머스는 주사기에 담긴 노르스름한 액체를 바라보았다.

"자, 토머스. 이제부터 빨리 진행할 거야. 준비됐지?"

무슨 뜻으로 하는 말인지는 알 수 없지만 토머스는 각오를 다지며 고개를 끄덕였다.

브렌다가 말했다.

"그래. 당연히 그래야지."

# 12

브렌다는 미소를 지으며 토머스 쪽으로 걸어오다가 뭐에 발이 걸렸는지 앞으로 휘청했다. 오른손으로 수술대를 짚은 브렌다는 토머스의 손목을 잡아 누른 남자 경비병의 팔뚝에 주사기 노즐을 꽂았다. 브렌다가 엄지로 주사기의 손잡이를 재빨리 누르자, 그 안의 액체가 경비병의 팔뚝으로 흘러 들어가며 날카롭게 씨이익 소리를 냈다. 경비병은 움찔하며 뒤로 물러났다.

"이런 빌어먹을!"

경비병은 고함을 질렀지만 이미 눈이 게슴츠레하게 풀리고 있었다.

토머스는 즉시 행동에 나섰다. 옴짝달싹 못하게 그를 잡고 있던 남자 경비병의 강철 같은 손아귀에서 벗어난 후, 수술대를 손으로 짚으며 두 다리를 날려 여자 경비병을 걷어찼다. 뒤로 밀려난 여자 경비병은 충격을 받아 잠시 멍하게 있다가 곧 정신을 차렸다.

토머스는 여자 경비병이 들고 있는 전기총을 한 발로 걷어차고 다른 발로는 어깨를 공격했다. 여자 경비병은 비명을 지르며 쓰러져 바닥에 머리를 부딪쳤다.

토머스는 전기총을 서둘러 집어 들고 여자 경비병에게 총구를 겨눴다. 여자 경비병은 양손으로 머리를 감싸 쥔 채였다. 수술대 옆을 돌아와 남자 경비병의 무기를 빼앗은 브렌다도 기절해 늘어진 남자 경비병을 겨냥했다.

온몸에 아드레날린이 퍼져나갔다. 토머스는 가슴을 들썩이며 숨을 들이마셨다. 이렇게 산뜻한 기분은 몇 주 만에 처음이었다.

"네가 이럴 줄 알았……."

토머스의 말이 끝나기도 전에 브렌다가 여자 경비병에게 전기총을 쏘았다.

높고 날카로운 발사음이 공기를 가르는 것과 동시에 그 충격으로 브렌다는 뒤로 밀려났다. 빛나는 전기탄이 여자 경비병의 가슴팍에 명중함과 동시에 번개가 터져 나와 온몸을 휘감았다. 여자 경비병은 격하게 몸을 들썩이기 시작했다.

전기총이 사람에게 어떻게 작용하는지를 직접 목격한 토머스는 놀라서 어안이 벙벙해졌다. 방금 이 광경은 브렌다가 사악에 헌신하는 사람이 아니라는 증거이기도 했다. 토머스는 브렌다를 바라보았다.

브렌다도 토머스를 돌아보며 살짝 미소 지었다.

"오랫동안 이렇게 한번 쏴보고 싶었어. 잰슨을 설득해서 이 수술에 참여하길 잘한 거 같아."

허리를 굽힌 브렌다는 기절한 남자 경비병의 손에서 카드식 열쇠를 빼내어 주머니에 집어넣으며 말을 이었다.

"이것만 있으면 어디로든 들어갈 수 있어."

토머스는 브렌다를 끌어안고 싶었지만 꾹 눌러 참고 말했다.

"어서 가자. 뉴트랑 민호를 빼내고 다른 아이들도 구해야 돼."

그들은 두어 번 방향을 바꾸며 복도를 달려갔다. 토머스는 앞장서서 달려가는 브렌다를 바라보면서 예전에 초열 지역에서 지하 터널을 지날 적에 브렌다가 길 안내를 해주었던 일을 문득 떠올렸다.

다급해진 토머스는 브렌다에게 서두르자고 말했다. 언제 또 경비병들이 앞을 막아설지 모르는 상황이었다.

어느 문 앞에 다다른 브렌다가 카드식 열쇠를 인식기에 가져다댔다. 짧게 쉬익- 소리가 나고 철문이 열렸다. 브렌다가 먼저 방 안으로 들어가고 토머스도 뒤따라 들어갔다.

의자에 앉아 있던 잰슨이 깜짝 놀라 벌떡 일어섰다.

"도대체 이게 뭐 하는 짓이냐?"

방 안에 대기 중인 경비병은 세 명뿐이었다. 브렌다가 경비병 두 명에게 차례로 전기탄 두 발을 쐈다. 전기탄을 맞은 남자 경비병과 여자 경비병은 바닥으로 쓰러져 온몸을 부들부들 떨었고 몸에서 연기와 함께 전기가 번쩍 일었다. 뉴트와 민호가 나머지 경비병 한 명에게 달려들었다. 얼마 후 민호가 그 경비병의 무기를 빼앗아 들었다.

토머스는 잰슨에게 전기총을 겨누고 손가락을 방아쇠에 대며 말했다.

"갖고 있는 카드식 열쇠 내놓고 바닥에 엎드려. 두 손은 머리에 올리고."

목소리는 침착했지만 토머스의 심장은 마구 뛰고 있었다.

카드식 열쇠를 넘겨준 잰슨은 상황에 어울리지 않게 나직하고 차분한 목소리로 말했다.

"정신이 나갔나 보구나. 이 건물에서 탈출하는 건 불가능해. 곧 다른 경비병들이 이리로 몰려올 거다."

탈출 가능성이 높지 않다는 것은 토머스도 알고 있었지만 최선을 다할 작정이었다.

"지금까지 우리가 겪어온 일에 비하면 이 정도는 아무것도 아니야."

입 밖에 내고 보니 정말 그렇다는 생각이 들어 토머스는 피식 웃으며 말을 이었다.

"훈련시켜줘서 고맙다고 해야 하나. 한마디 더 하자면, 당신도 이제 경험하게 될 거야. 뭐라고 했더라? 이걸 맞으면 죽진 않지만 5분 동안 지독한 고통을 겪게 된다며?"

"네가 어떻게……."

토머스는 방아쇠를 당겼다. 고주파 음이 방 안을 채우고 전기탄이 발사되었다. 전기탄은 잰슨의 가슴에 명중하여 폭발적으로 전기를 뿜어냈다. 비명을 지르며 바닥에 쓰러진 잰슨은 몸을 마구 떨었다. 잰슨의 머리카락과 옷에서 연기가 피어오르고, 끔찍한 냄새가 코를 찔렀다. 초열 지역에서 민호가 번갯불에 화상을 입었을 때 나던 냄새와 비슷했다.

"이만하면 기분이 좋진 않겠지."

이렇게 말하는 토머스의 목소리는 이상할 정도로 흔들림이 없었다. 적이 온몸을 떠는 모습을 바라보면서도 불쌍하다는 생각은 전혀 들지 않았다. 무안할 정도로 감정의 동요가 없었다.

브렌다가 말했다.

"죽진 않을 거야."

그러자 민호는 허리띠를 풀어 경비병을 묶어놓고 일어서며 중얼거렸다.

"그거 참 유감이네. 저놈이 죽으면 세상이 좀 더 살 만해질 텐데."

토머스는 발치에서 떨고 있는 잰슨에게서 시선을 돌리며 말했다.

"어서 여길 떠나자. 당장."

뉴트가 "대찬성이야"라고 말하자 민호도 "내 생각도 그래"라며 맞장구쳤다.

그들 셋은 브렌다를 돌아보았다. 브렌다는 전기총을 품에 안고 고개를 끄덕였다. 그녀 역시 싸울 준비가 되어 있었다.

"나도 너희들만큼이나 이 사람들이 싫어. 나도 같이 갈래."

브렌다가 그의 곁으로 돌아왔다. 토머스의 마음은 낯선 행복감으로 다시 차올랐다. 지난 며칠간 이런 기분을 느끼는 건 두 번째였다.

토머스는 잰슨을 내려다보았다. 잰슨의 몸을 휘감았던 정전기가 치직거리며 잦아들고 있었다. 잰슨은 눈을 감고 꼼짝하지 않았지만 숨은 쉬고 있었다.

브렌다가 말했다.

"전기탄의 충격이 얼마나 오래 지속될지 모르겠어. 이 사람, 정신이 들면 화가 나서 못 견딜 텐데. 어서 여길 빠져나가야 해."

뉴트가 토머스에게 물었다.

"어떻게 할 계획이야?"

토머스는 달리 생각해둔 계획이 없었다.

"가면서 생각해보자."

그런데 브렌다가 제안했다.

"호르헤가 버그 조종사니까, 격납고까지만 갈 수 있으면 호르헤의 버그를 타고……."

그때 복도에서 고함 소리와 발소리가 들려왔다.

토머스가 말했다.

"다른 경비병들이 오고 있나 봐."

그들이 처한 현실은 만만치 않았다. 사악은 그들이 이 건물을 순순히 빠져나가게 내버려두지 않을 것이다. 앞으로 경비병들을 몇 명이나 더 상대해야 할지 알 수 없었다.

민호는 얼른 달려가 방문 바로 옆에 자리를 잡으며 말했다.

"전부 다 이리로 몰려올 거야."

복도에서 들려오는 소음이 점점 커지는 것으로 보아, 경비병들이 가까이 몰려오고 있는 듯했다.

토머스가 지시를 내렸다.

"뉴트, 넌 민호 맞은편에 가 있어. 브렌다랑 내가 제일 처음 이 문으로 들어오는 경비병 두어 명을 쏴서 쓰러뜨릴 테니까, 너랑 민호는 문 양옆에서 나머지를 쏘고 복도로 먼저 달려 나가. 우리도 바로 뒤따라 나갈게."

그들은 재빨리 각자 위치로 가서 섰다.

# 13

브렌다는 분노와 흥분이 뒤섞인 묘한 표정이었다. 토머스는 전기총을 두 손으로 단단히 잡고 브렌다 옆에 섰다. 브렌다를 믿는 건 도박이나 다름없었다. 사악에 속한 거의 모든 자들이 줄곧 토머스 일행을 속여왔고, 사악은 얕잡아 봐도 되는 단체가 아니었다. 그러나 여기까지 올 수 있었던 것도 브렌다 덕분이니, 앞으로 쭉 브렌다와 함께 다닐 거라면 더는 의심하면 안 되었다.

첫 번째 경비병이 문으로 들어왔다. 다른 경비병들과 마찬가지로 검은 제복 차림이었지만 전기총이 아닌 작고 매끈한 무기를 앞으로 겨누고 있었다. 토머스는 그자에게 전기총을 발사했다. 가슴에 전기탄을 맞은 경비병은 휘청거리며 물러섰고, 전기가 거미줄처럼 퍼져나가자 온몸을 부들부들 떨었다.

뒤이어 경비병 두 명이 전기총을 들고 들어왔다. 한 명은 남자고 다른 한 명은 여자였다.

민호가 토머스보다 먼저 행동에 나섰다. 민호는 여자 경비병의 셔츠를 잡아당겨 벽으로 밀어붙였다. 여자 경비병이 발포했지만 은색 전기탄은 타일 바닥으로 떨어져 잠시 타닥 소리를 내다가 흩어졌다.

브렌다가 쏜 전기탄이 남자 경비병의 다리에 명중했다. 전기가 몸을 타고 올라오자 남자 경비병은 비명을 지르며 무기를 떨어뜨린 후 뒷걸음질 쳐 복도로 나갔다.

민호는 여자 경비병의 무장을 해제시키고 무릎을 꿇려놓은 후 머리에 총구를 갖다 댔다.

이윽고 네 번째 경비병이 방으로 들어왔다. 뉴트는 그자의 손을 쳐서 무기를 떨어뜨리고 얼굴에 주먹을 날렸다. 경비병은 무릎을 꿇으며 피가 흘러나오는 입에 손을 가져다 댔다. 경비병이 무슨 말을 하려는 듯 고개를 들었지만 뉴트는 한 발 뒤로 물러서서 그자의 가슴에 전기총을 쏘았다. 근거리에서 발사된 전기탄은 무시무시한 소음과 함께 폭발했다. 끔찍한 비명을 내지르며 바닥에 쓰러진 경비병은 거미줄 같은 전기에 둘러싸여 몸부림쳤다.

"딱정벌레 날개깃이 우리가 하는 행동을 다 지켜보고 있어."

뉴트는 이렇게 말하며 방 뒤쪽에 있는 무언가를 향해 고갯짓을 했다. 토머스가 뒤를 돌아보니 도마뱀 형상의 소형 로봇이 빨간 빛을 뿜어내며 방 한쪽 구석에 웅크리고 앉아 있었다.

뉴트가 말을 이었다.

"여기서 빠져나가야 돼. 다른 경비병들이 계속 몰려올 거야."

토머스는 문 쪽으로 다시 시선을 돌렸다. 문 너머에는 아직 아무도 없었다. 옆으로 돌아보니 민호의 총구가 여자 경비병의 머리를 가까이에서 겨누고 있었다.

"몇 명이나 더 있지? 더 올 사람이 있기는 해?"

민호의 물음에 여자 경비병은 대답하지 않았으나 민호가 총구를 볼에 들이대자 입을 열었다.

"최소한 50명이 근무 중이다."

민호가 물었다.

"전부 어디 있지?"

"모른다."

민호가 고함쳤다.

"거짓말하지 마!"

"다…… 다른 일 때문에 어디에 가 있다. 무슨 일인지는 나도 모른다. 정말이다."

토머스는 여자 경비병의 표정을 면밀히 살폈다. 두려움 외에 다른 감정이 읽혔다. 좌절인가? 사실을 말하고 있는 것 같기는 했다.

토머스가 물었다.

"다른 일이라니? 무슨 일이지?"

여자 경비병은 고개를 가로저었다.

"상당수가 다른 구역으로 불려갔다는 것 말고는 모른다."

토머스는 최대한 미심쩍은 투로 물었다.

"그런데 그 이유를 모른다고? 못 믿겠는데."

"정말이다."

민호가 여자 경비병의 셔츠 뒤쪽을 잡아 일으키며 말했다.

"일단 이 숙녀분을 인질로 잡으면 되겠어. 가자."

토머스가 민호의 앞을 가로막으며 지시했다.

"브렌다가 여기 지리를 아니까 앞장서야 돼. 내가 그 뒤를 따라가고, 너랑 네 인질이 그다음, 뉴트가 맨 뒤에서 와."

브렌다가 얼른 토머스의 옆으로 와서 말했다.

"아직 다른 사람들이 오는 소리는 안 들리지만 시간이 별로 없어. 어서 가자."

그리고는 복도 쪽을 내다본 후 방에서 나갔다.

토머스는 땀에 젖은 두 손을 바지에 문지른 후 전기총을 들고 뒤따라 나갔다. 복도를 달려가던 브렌다가 오른쪽으로 방향을 돌렸다. 민호와 여자 경비병, 뉴트가 뒤에서 따라오는 소리가 토머스의 귀에 들렸다. 흘끗 뒤돌아보니 민호의 인질도 함께 뛰고 있었는데, 인질은 가까이에서 전기총으로 위협받고 있다는 사실이 그리 유쾌하지만은 않은 표정이었다.

복도 끝에 다다른 그들은 곧장 오른쪽으로 돌았다. 방금 지나온 복도와 동일한 베이지색 복도가 15미터가량 뻗어 있고 그 끝에 쌍여닫이문이 있었다. 절벽을 앞에 두고 뻗어 있던 미로의 마지막 통로가 떠올랐다. 당시 공터인들이 괴수들과 맞서 싸우며 엄호해 주는 동안 토머스와 테리사, 척은 절벽 너머 탈출구를 향해 달려갔었다.

쌍여닫이문을 향해 달려가며 토머스는 쥐 선생의 카드식 열쇠를 주머니에서 꺼냈다.

인질이 토머스에게 소리쳤다.

"나라면 그 문을 열지 않아! 문 너머에 스무 명가량의 무장 경비병들이 기다리고 있거든. 그들이 너희를 산 채로 태워 죽일 거다!"

문을 열지 않기를 절박하게 바라는 목소리였다. 저 문이 탈출구인 모양이었다. 사악은 무슨 자신감으로 이렇게 보안을 허술하게 해놓은 걸까? 2, 30명이나 되는 10대들을 붙잡아놓고 있으면서 실험대상자 한 명당 경비병을 한 명씩만 배정해놓다니. 아마도 사악은 그 정도면 충분하다고 여긴 모양이었다.

호르헤와 버그를 찾아야 했지만, 다른 친구들을 찾는 게 먼저였다. 토머스는 프라이팬과 테리사를 떠올렸다. 그 친구들이 기억 복구를 선택했다고 해서 여기 버리고 갈 수는 없었다.

쌍여닫이문 바로 앞에서 미끄러지듯 멈춰 선 토머스는 민호와 뉴트를 돌아보며 말했다.

"우리가 가진 전기총은 네 자루뿐이야. 이 문 너머에서 경비병들이 우릴 기다리고 있을지도 몰라. 우리가 정말 해낼 수 있을까?"

민호가 인질을 잡아끌고 인식기 쪽으로 걸어오며 그녀에게 말했다.

"네가 이 문을 열어. 우리가 네 친구들에게 쓴맛을 보여주지. 따로 지시할 때까지 꼼짝 말고 여기 서 있어. 내 성질 건드리지 않는 게 신상에 좋을 거다."

그러고는 토머스를 돌아보며 말했다.

"이 경비병이 문을 열자마자 사격을 시작해."

토머스는 고개를 끄덕였다.

"내가 웅크리고 앉아 조준할게. 민호 넌 내 어깨 너머에서 총을 쏴. 브렌다는 왼쪽, 뉴트는 오른쪽을 맡아."

토머스는 자세를 낮추고 총구를 문짝 두 개가 맞닿는 곳에 갖다 댔다. 민호는 그의 뒤에 서서 문을 조준했고 브렌다와 뉴트는 양 옆에 자리를 잡았다.

민호가 인질에게 말했다.

"셋 하면 열어. 경비병 아줌마, 허튼 짓 하거나 달아나려고 하면 우리 셋 중 한 명이 아줌마한테 전기총을 쏠 거니까 그리 알아. 토머스, 네가 셋을 세."

인질은 카드식 열쇠를 들고 잠자코 서 있었다.

토머스가 숫자를 세기 시작했다.

"하나. 둘."

숨을 훅 들이마시고 셋을 세려는 찰나, 경보음이 요란하게 울리며 복도의 조명이 전부 꺼졌다.

# 14

어둠에 적응하느라 토머스는 눈을 빠르게 깜박였다. 날카롭게 울리는 경보음 때문에 귀가 먹먹했다.

민호가 일어나 서성대며 소리쳤다.

"인질이 도망쳤어! 못 찾겠어!"

곧이어 경보음이 들렸다 멈췄다 하는 사이로 전기총이 충전되는 소리가 들려왔고 전기탄이 바닥에 발사되었다. 전기가 터져 나와 주변을 밝혔다. 여자 경비병으로 추정되는 어슴푸레한 형체가 복도 저 뒤쪽으로 달아나다가 곧 어둠 속으로 사라지는 모습이 토머스의 눈에 들어왔다.

민호가 들릴 듯 말 듯하게 중얼거렸다.

"내 잘못이야."

토머스는 경보음의 의미를 알 수가 없어 두려웠지만 침착하게 지시했다.

"네 자리로 돌아가. 문틈이 어디쯤인지 확인하고 잘 조준하고 있어. 내가 카드식 열쇠를 인식기에 갖다 댈게. 준비해!"

토머스는 벽을 손으로 쓰다듬어 인식기의 위치를 파악한 후 카드식 열쇠를 가져다댔다. 딸깍 소리와 함께 쌍여닫이문 한 짝이 안쪽으로 열리기 시작했다.

민호가 외쳤다.

"발사!"

뉴트와 브렌다, 민호는 문 너머 어둠을 향해 전기총을 쏘기 시작했다. 토머스도 조심스럽게 자신의 자리로 돌아가 전기총을 쏘았다. 터져 나온 전기가 치지익 소리를 내며 문 너머에서 너울거렸다. 그들은 한차례 쏘고 나서 몇 초간 멈췄다가 다시 쏘기를 반복했다. 눈부신 번갯빛이 폭발적으로 터져 나왔다. 그러나 문 너머에 사람은 보이지 않았고 대응사격도 없었다.

토머스는 총을 옆으로 내리며 소리쳤다.

"사격 중지! 탄약을 낭비하지 마!"

민호가 마지막으로 전기탄을 한 발 더 쏜 후 그들은 안전 확보를 위해 그 자리에 가만히 서서 전기 에너지가 잦아들기를 기다렸다.

토머스는 브렌다에게 고개를 돌리고 전기가 튀는 소음 너머로 목청을 높이며 말했다.

"우린 기억이 온전치 않아서 잘 모르니까 네가 얘기해봐. 도움될 만한 정보라도 있어? 다들 어디 있지? 경보음은 왜 울린 거야?"

브렌다는 고개를 가로저었다.

"솔직히 잘 모르겠어. 뭔가 잘못된 것 같기는 해."

뉴트가 소리쳤다.

"이것도 빌어먹을 시험인가 보지! 사악이 또 상황을 꾸며놓고 우리를 분석하고 있는 거야!"

토머스는 머릿속이 아득해졌다. 뉴트의 말은 상황 파악에 별로 도움이 되지 않았다.

토머스는 전기총을 들고 문을 넘어갔다. 전기탄의 불꽃이 완전히 사라지기 전에 그나마 안전한 곳으로 가 있고 싶어서였다. 그의 빈약한 기억에 따르면 토머스는 이곳에서 어린 시절을 보냈다. 이곳의 구조가 다시 기억나면 좋으련만 좀처럼 떠오르지 않았다. 자유를 얻으려면 브렌다의 역할이 무엇보다 중요했다. 호르헤도 없어서는 안 되었다. 호르헤가 그들을 버그에 태워 이곳에서 탈출시켜줄지는 아직까지 미지수지만 말이다.

경보음이 멈췄다.

"뭐지?"

토머스는 너무 크게 말한 것 같아 목소리를 낮추며 덧붙였다.

"갑자기 왜 멈춘 거지?"

민호가 말했다.

"시끄러워서 귀청이 터질 것 같으니까 껐나 보지. 무슨 의미가 있겠어."

전기탄의 불꽃이 잦아들었지만 방 안에는 붉은 비상등이 켜져 있어 여기저기서 피어오르는 연기가 희미하게 보였다. 이곳은 소파와 의자, 책상 두 개가 놓여 있는 넓은 로비였다. 토머스 일행 말고는 아무도 없었다.

토머스는 이 공간이 문득 익숙하게 느껴졌다.

"이 로비에 사람이 있는 걸 본 적이 없어. 늘 비어 있고 으스스

했어."

그러자 브렌다가 설명했다.

"맞아. 내가 알기로도 사악이 이곳에 방문자들을 들인 지가 꽤 오래됐어."

뉴트가 물었다.

"이제 어쩌지, 토미? 종일 이러고 서 있을 수는 없잖아."

토머스는 잠시 생각을 정리했다. 탈출로를 파악해둔 후에 친구들을 찾아 데려오는 게 나을 것 같았다.

"브렌다, 네 도움이 필요해. 우선 격납고로 가서 호르헤한테 버그를 이륙시킬 준비를 하게 해야 돼. 뉴트랑 민호는 만일에 대비해 호르헤 옆에 있고, 브렌다랑 나는 다른 친구들을 찾아보는 게 좋겠어. 그 전에 무기가 필요한데 무기를 어디다 보관해두는지 알아, 브렌다?"

"무기창고는 격납고로 가는 길에 있어. 하지만 경비병들이 지키고 있을 텐데."

브렌다가 주저하자 민호가 말했다.

"우린 더 지독한 일도 겪어봤어. 놈들과 마주치면 총을 쏠 거야. 놈들이 먼저 쓰러지든 우리가 먼저 쓰러지든 결판이 나겠지."

옆에서 뉴트가 나지막하게 맞장구쳤다.

"그래. 그 버러지 같은 놈들을 깡그리 해치워야지."

브렌다가 로비에서 갈라져나간 두 개의 복도 중 하나를 가리키며 말했다.

"저쪽이야."

브렌다는 토머스와 친구들을 이끌고 방향을 바꾸어가며 복도를 달려갔다. 칙칙하고 벌건 비상등 불빛이 길을 밝혀주었다. 가끔 딱정벌레 날개깃이 딸그락 딸깍 소리를 내며 복도를 후다닥 지나가긴 했지만 토머스 일행을 막아서는 이는 없었다. 민호가 딱정벌레 날개깃을 맞추려고 쏜 전기탄이 빗나가면서 뉴트가 하마터면 전기에 그슬릴 뻔했다. 뉴트는 깜짝 놀라 고함을 치며 민호를 노려보았는데, 표정만 봐서는 곧장 응사라도 할 기세였다.

그들은 15분 정도 천천히 달린 끝에 무기창고 앞에 이르렀다. 문이 활짝 열려 있어서 토머스는 깜짝 놀라 어느 정도 거리를 두고 걸음을 멈췄다. 복도에서 보이는 바로는 무기창고 내부의 선반마다 무기가 가득 채워져 있었다.

민호가 말했다.

"이 정도면 확실하네."

토머스는 그 뜻을 정확히 알아들었다. 온갖 일을 겪다 보니 자연스럽게 상황 파악이 되었다.

"그래. 누가 또 우리한테 덫을 놓았나 봐."

토머스가 중얼거리자 민호가 말했다.

"내 생각도 그래. 모두가 갑자기 사라지고, 문은 활짝 열려 있고, 무기들은 보란 듯이 여기 놓여 있고 말이지. 놈들은 지금도 저 빌어먹을 딱정벌레 날개깃을 통해서 우릴 관찰하고 있는 게 분명해."

브렌다도 같은 생각인지 "확실히 수상하기는 해" 하고 말했다.

민호가 브렌다를 돌아보며 물었다.

"너도 이 덫을 놓는 데 개입한 거 아냐?"

브렌다는 지친다는 투로 대꾸했다.

"맹세코 아니라는 말밖에는 할 말이 없어. 무슨 일이 일어나고 있는지는 나도 정말 몰라."

토머스는 인정하고 싶지 않았지만 뉴트가 전에 넌지시 했던 말이 맞는 것 같기도 했다. 뉴트는 이곳을 탈출하는 과정도 사악의 실험 중 일부일 거라고 했다. 그러니 또다시 쥐 신세가 되어 미로 안에서 길을 찾아 허둥지둥 돌아다녀야 하는 거라고. 토머스는 뉴트의 예상이 빗나가길 간절히 바랐다.

무기창고로 들어간 뉴트가 그 안을 둘러보며 말했다.

"여기 좀 봐."

토머스가 들어오자 뉴트는 한쪽 벽의 빈 선반들을 가리켰다.

"먼지가 쌓인 형태를 보니까 여기 놓여 있던 무기들을 최근에 밖으로 꺼내 간 것 같아. 어쩌면 한 시간 전쯤에 내간 걸 수도 있고."

토머스도 그쪽을 살펴보았다. 실내에 먼지가 꽤 쌓여 있어서 과하게 돌아다니면 재채기가 날 정도였다. 그런데 뉴트가 가리킨 곳은 먼지가 없었다. 뉴트의 추측이 맞는 듯했다.

"그게 뭐가 중요해?"

뒤에서 민호가 묻자 뉴트는 그를 돌아보며 소리쳤다.

"한 번이라도 좋으니까 스스로 생각해서 답을 알아내봐, 이 똘추야!"

민호는 움찔했다. 화가 났다기보다는 충격을 받은 표정이었다.

토머스가 말리고 나섰다.

"그만해, 뉴트. 견디기 힘들다는 건 알지만 진정해야지. 갑자기 왜 그래?"

"그래. 갑자기 이러는 이유를 말해주지. 토머스 너는 뚜렷한 계획도 없이 사나이 놀이나 하면서 우릴 먹이 찾는 병아리 떼처럼 이리저리 끌고 다니고 있어. 민호는 어느 쪽 발을 먼저 내디뎌야 할지까지 시시콜콜 물어보지 않고서는 한 걸음도 못 나가고 있고."

그제야 민호는 평소의 모습으로 돌아와 짜증스럽게 내뱉었다.

"야, 이 똘추 자식아. 너야말로 무기창고에서 경비병들이 무기를 들고 나간 걸 알아낸 게 뭐 그리 대단한 발견이라고 천재 행세야. 거창한 정보라도 알아낸 줄 알았더니 별것도 아니잖아. 그래도 난 너랑은 다른 놈이니까 다음에 네가 또 뻔한 얘기를 생색내면서 말해도 등을 두드리며 칭찬해주지. 됐냐?"

토머스가 고개를 돌리고 보니 뉴트의 표정이 달라져 있었다. 상처를 받아 눈물이라도 흘릴 것 같은 표정이었다.

"미안하다."

뉴트는 이렇게 중얼거리며 돌아서서 복도로 나갔다.

민호가 속삭였다.

"저건 또 뭐 하는 짓이래?"

토머스는 짐작 가는 바가 있었지만 굳이 입 밖에 내고 싶지 않았다. 아무래도 뉴트의 정신이 서서히 붕괴되고 있는 것 같았다. 다행히 브렌다가 나섰다.

"너희가 뉴트의 말뜻을 못 알아들은 거야."

민호가 물었다.

"무슨 뜻?"

"이쪽 선반에 놓여 있던 일반 총이랑 전기총은 대충 스무 자루에서 서른 자루쯤 될 거야. 그런데 그 많은 총이 없어졌어. 그것도 최근에. 뉴트의 설명대로라면 누군가 여기서 총을 꺼내 간 지 한 시간도 안 지난 거야."

"그래서?"

민호는 이렇게 물으며 토머스를 쿡 찔렀다.

그러자 브렌다가 대답은 자명하다는 듯 두 손을 펼쳐 보이며 말했다.

"경비병들은 사용하던 무기를 다른 걸로 교체할 때나 전기총 말고 다른 총기를 쓰려고 할 때 이 무기창고로 와. 그런데 왜 경비병들이 한꺼번에 무기를 교체해 갔을까? 그것도 하필 오늘? 전기총은 무거워서 여분으로 하나 더 가지고 다니면서 사용할 수는 없어. 그럼 기존에 사용하던 전기총은 여기다 두고 선반에서 새 걸로 꺼내 갔어야 되는 거 아니겠니?"

# 15

민호가 제일 먼저 나름의 설명을 늘어놓았다.

"그들은 이런 일이 일어날 줄 알았나 보지. 하지만 우릴 죽이고 싶진 않았던 거고. 지금까지 우리가 본 대로라면, 전기총은 사람을 죽이지는 않고 잠깐 기절시키는 정도야. 그래서 그들은 일반 총이랑 같이 사용하려고 무기창고에서 전기총을 한 자루씩 들고 나간 걸 거야."

브렌다는 민호의 말이 끝나기도 전에 고개를 가로저었다.

"아니. 경비병들은 항상 전기총을 소지하고 다니게 되어 있어. 줄곧 안 가지고 다니다가 갑자기 무기창고로 들어와서 한 자루씩 들고 나간 건 아니라는 뜻이야. 너희가 사악에 대해 감정이 좋지 않다는 건 알지만, 최대한 많은 사람을 죽이는 게 사악의 목적은 아니야. 광인들이 침입했다고 해도 마찬가지야."

"광인들이 여기에 침입한 적이 있어?"

토머스의 물음에 브렌다는 고개를 끄덕였다.

"감염이 진행돼서 종점을 지날수록 광인은 점점 더 필사적으로 변해. 내 생각엔 경비병들이······."

민호가 브렌다의 말허리를 잘랐다.

"바로 그거야. 경보음이 갑자기 울린 것도 그렇고. 아마 광인 몇 놈이 침입해서 이 무기창고로 들어와 무기를 탈취한 것 같아. 광인들이 사람들을 기절시키고 몸뚱이를 뜯어먹기 시작한 걸 수도 있어. 우리가 경비병들을 몇 명밖에 못 본 것도 그들이 거의 다 죽어버려서일지도 모른다고."

토머스는 종점을 지난 광인들을 본 적이 있었다. 그 기억은 머릿속에서 좀처럼 지워지지 않았다. 오래전에 침투한 플레어 바이러스가 뇌를 갉아먹어 완전히 미쳐버린 자들. 인간의 모습을 하고 있지만 짐승과 다름없는 자들.

브렌다가 한숨을 쉬었다.

"이런 말을 하고 싶진 않지만 민호 네 말이 옳을지도 몰라."

그러고는 잠시 생각을 한 후 말을 이었다.

"그래. 그렇게 생각하면 앞뒤가 맞아. 누가 여기 들어와서 무기를 잔뜩 들고 나가긴 했으니까."

오싹 소름이 끼친 토머스가 말했다.

"생각보다 훨씬 심각할 상황일 수도 있겠어."

"플레어 병에 면역이 안 된 나 같은 놈 말고도 뇌를 제대로 쓸 줄 아는 사람이 있기는 하니 다행이네."

뉴트의 목소리였다. 토머스는 고개를 돌려 문간에 서 있는 뉴트를 바라보았다.

민호가 전혀 연민이 담기지 않은 목소리로 뉴트에게 말했다.

"앞으로는 건방지게 빈정대지 말고 솔직하게 말해, 뉴트. 네가 벌써부터 실성했다고는 생각하지 않았어. 어쨌든 돌아왔으니 됐다. 광인들이 이 건물에 침입한 게 사실이면 우리도 광인이 한 명은 있어야 냄새로 그놈들의 위치를 파악하든 말든 할 테니까."

상처를 후벼 파는 그 말에 토머스는 움찔해서 잠시 뉴트의 눈치를 살폈다.

뉴트는 그리 즐거워 보이지 않는 표정으로 받아쳤다.

"민호 너는 입 다물고 있어야 할 때가 언제인지 여전히 분간을 못 하는구나. 남의 속을 찌르는 말을 해야만 직성이 풀리나 봐."

"입 닥쳐."

민호의 목소리가 너무 침착해서 곧 일을 낼 것만 같았다. 손에 잡힐 듯 팽팽한 긴장감이 무기창고 안에 감돌았다.

뉴트가 천천히 걸어 들어와 민호 앞에 서더니 얼굴에 주먹을 날렸다. 민호는 뒤로 한 발 물러서며 빈 선반에 부딪쳤으나 곧 앞으로 돌진해 뉴트를 쓰러뜨렸다.

순식간에 일어난 일이라 토머스는 눈으로 보면서도 믿기지가 않았다. 얼른 달려가 민호의 셔츠를 잡아당기며 말렸다.

"그만들 해!"

하지만 두 공터인은 주먹질과 발길질을 멈추지 않았다.

브렌다도 다가와 둘을 뜯어말리기 시작했다. 토머스는 브렌다의 도움으로 간신히 민호를 잡아 일으켰다. 민호는 뒤로 끌려가면서도 계속 주먹을 휘둘렀고 그 바람에 토머스는 민호의 팔꿈치에 턱을 세게 얻어맞고 말았다. 통증과 함께 분노가 치민 토머스는 민호의 두 팔을 뒤로 꺾어 잡고 고함을 쳤다.

"왜 이렇게 멍청하게 굴어! 지금 우릴 잡으려는 적이 한 무리인지 두 무리인지도 모르는 판국에 우리끼리 싸움질이나 해야겠어?"

민호가 브렌다 쪽으로 침을 튀기며 소리쳤다.

"뉴트가 먼저 시작했거든!"

브렌다는 얼굴에 묻은 침을 닦아내며 말했다.

"여덟 살 철부지 꼬마도 아니고, 참 잘하는 짓이다."

민호는 말없이 토머스에게 잡힌 팔을 빼내려 버둥거리다가 그만두었다. 토머스는 모든 게 지긋지긋하고 넌더리가 났다. 뉴트는 이미 제정신이 아닌 것 같았다. 자제심을 발휘해야 마땅한 이 상황에 민호 녀석은 멍청이처럼 굴고 있었다. 둘 중에 누가 더 제정신이 아닌 상태라고 봐야 할지 토머스는 알 수가 없었다.

뉴트가 민호에게 맞아 벌겋게 부은 볼을 손으로 조심스럽게 만지며 일어섰다.

"내가 잘못했어. 화가 치밀어서 그만. 앞으로 어떻게 해야 할지에 대해서는 너희가 상의해서 알려줘. 난 당분간 머리를 쓰지 말고 쉬어야겠어."

말을 마친 뉴트는 돌아서서 복도로 나갔다.

토머스는 좌절의 한숨을 내쉬었다. 민호의 팔을 놓아주고 구겨진 자신의 셔츠를 바로 폈다. 사소한 싸움에 낭비할 시간 따윈 없었다. 이곳을 탈출하려면 모두가 힘을 모아야 했다.

토머스가 지시를 내렸다.

"민호 너는 전기총 몇 자루를 더 챙기고 저쪽 선반에 있는 권총도 두 자루 챙겨. 브렌다는 상자에 탄약을 최대한 가득 채우도록 해. 나는 가서 뉴트를 데려올게."

"좋은 생각이야."

브렌다는 대답과 함께 탄약을 찾아 무기창고 안을 둘러보았다. 민호는 아무런 대꾸 없이 선반을 살피며 무기를 챙기기 시작했다.

토머스는 복도로 나갔다. 무기창고 문에서 6미터쯤 떨어진 곳에서 뉴트가 등을 벽에 기대고 앉아 있었다.

토머스가 가까이 가자 뉴트가 투덜거렸다.

"젠장, 아무 말도 하지 마."

토머스는 '아주 끝내주네' 하고 생각하며 입을 열었다.

"지금 분위기가 이상하게 돌아가고 있어. 사악이 우릴 또다시 시험하고 있는 걸지도 몰라. 광인들이 여길 헤집고 돌아다니면서 사람들을 죽이고 있는 것일 수도 있고. 어느 쪽이든 얼른 친구들을 찾아서 여길 빠져나가야 돼."

"알아."

그게 전부였다. 다른 말은 없었다.

토머스가 다시 설득했다.

"일어나서 무기 챙기는 일을 도와줘. 지금까지 늘 우리한테 빈둥거릴 시간 없다고 재촉하면서 애태우던 사람은 바로 너였잖아. 그런 네가 여기 이러고 앉아서 부루퉁하게 입이나 내밀고 있는 게 말이 돼?"

"알아."

토머스는 뉴트가 이렇게 행동하는 걸 본 적이 없었다. 완전히 체념한 뉴트의 모습에 토머스는 절망했다.

"이러다 우리 모두 미쳐서……."

토머스는 말을 하다가 뉴트의 상처를 더 후벼 파는 것 같아 그만두었다.

"내 말은 그러니까……."

"됐어, 토미. 내 머리가 이상해지고 있나 봐. 기분이 별로야. 그래도 미리 겁먹고 오줌 지릴 필요는 없어. 잠시 쉬고 나면 괜찮아질 거니까. 너희를 여기서 내보내는 것까지는 할 수 있을 거야."

"너희를 내보내는 것까지라니?"

"알았어. 우리가 나가는 것까지라고 해두지 뭐. 젠장, 잠시만 좀 쉬자."

공터에서의 나날이 아주 먼 옛날처럼 느껴졌다. 공터에서는 늘 냉정하고 차분했던 뉴트가 지금은 동요하면서 분위기를 흐려놓고 있었다. 다른 아이들을 탈출시키고 나면 자기는 어떻게 돼도 상관없다는 식으로 말하는 것만 봐도 확실히 예전과는 달랐다.

토머스가 할 수 있는 일은 뉴트를 예전처럼 대하는 것뿐이었다.

"알았어. 하지만 너도 알다시피 더는 시간을 낭비하면 안 돼. 브렌다가 지금 탄약을 상자에 모으고 있는 중이니까, 가서 그 상자를 격납고로 옮기는 일을 도와줘."

"알았어. 그 전에 뭐 좀 가져올 게 있어. 오래 걸리지 않을 거야."

뉴트는 일어서서 이렇게 대답하고는 로비 쪽으로 되돌아가기 시작했다.

대체 왜 저러는지 토머스는 이해가 되지 않았다.

"뉴트! 멍청한 짓 하지 마. 어서 여길 떠나야 돼. 흩어지면 안 된다고."

하지만 뉴트는 뒤도 돌아보지 않고 계속 걸어가며 말했다.

"가서 무기 챙기고 있어! 2분이면 충분해."

토머스는 고개를 가로저었다. 예전에 알던 합리적인 뉴트로 되돌리고 싶었지만 어떤 말이나 행동도 소용없었다. 토머스는 돌아서서 무기창고로 향했다.

토머스와 민호, 브렌다는 셋이서 들고 갈 수 있는 무기를 최대한 끌어모았다. 토머스는 양쪽 어깨에 전기총을 하나씩 메고 손에도 한 자루 쥐었다. 앞주머니에는 장전된 권총 두 자루를 꽂아 넣고 뒷주머니에는 탄약 세트를 여러 개 집어넣었다. 민호도 토머스와 마찬가지였다. 브렌다는 종이 상자에 푸르스름한 전기탄과 일반 총알을 잔뜩 담고 그 위에 자기가 쓸 전기총 한 자루를 얹었다.

토머스는 그 상자를 가리키며 말했다.

"무거워 보이는데. 아무래도……."

브렌다가 말을 잘랐다.

"뉴트가 돌아올 때까지는 내가 들어 옮길 거야."

그러자 민호가 말했다.

"그 자식이 지금 어디 가서 뭘 하고 있는지 알게 뭐야. 전에는 이런 적이 없었는데 플레어 바이러스가 뇌를 갉아먹어서 맛이 갔나 봐."

토머스는 상황을 악화시키는 민호의 말투에 신물이 나서 한마디 했다.

"곧 돌아온다고 했어. 그리고 뉴트 듣는 데서 말조심해. 뉴트 성질 건드리는 짓은 다신 하지 마."

브렌다가 토머스에게 물었다.

"전에 도시에 있을 때, 트럭에서 내가 했던 얘기 기억나?"

갑자기 화제를 바꾼 것도 놀라운데, 초열 지역에서 있었던 일을 입에 올리니 토머스는 더 놀랐다. 지금 와서 그때 일을 언급해봤자 브렌다가 당시 그에게 거짓말했었단 사실만 부각될 뿐이었다.

"뭐? 그때 네가 한 얘기 중 일부는 사실이었다는 뜻으로 하는 말이야?"

그날 밤 토머스는 브렌다와 무척 가까운 사이가 된 줄 착각했었다. 지금도 토머스는 이 질문에 브렌다가 '그래'라고 대답해주길 바라고 있었다.

"내가 초열 지역에 있게 된 이유에 대해 거짓말했던 건 미안하게 생각하고 있어, 토머스. 플레어 바이러스가 내 정신에 영향을 미치고 있는 게 느껴진다고 거짓말했던 것도 사과할게. 하지만 그것 말고 다른 얘긴 전부 사실이야. 맹세해."

브렌다는 믿어달라는 간절한 눈빛으로 토머스를 바라보다가 말을 이었다.

"그날 트럭에서 내가 한 얘기 중 하나가, 뇌 활동이 활발해질수록 플레어 바이러스의 뇌 파괴 속도가 더 빨라진다는 거였잖아. 그걸 인지적 파괴 현상이라고 해. '축복'이라고도 불리는 약이 그걸 구입할 여력이 되는 사람들 사이에서 인기가 높은 이유도 그것 때문이야. 그 약을 쓰면 뇌 기능이 둔화되거든. 완전히 미쳐버리는 시간이 늦춰지게 돼. 그런데 가격이 엄청 비싸."

실험의 일부로 살아가는 이들도 아니고, 초열 지역에서 본 것처럼 버려진 건물에서 숨어 사는 이들도 아닌, 평범한 삶을 살아가는 사람들이 이 세상에 존재하고 있다는 게 토머스는 믿어지지 않았다.

"축복이라는 약을 투여한 후에도 사람들이 제대로 일상을 살아갈 수 있어? 일하러 갈 수도 있는 거야?"

"필요한 일은 하지. 하지만 그 약을 투여하기 전보다는…… 훨씬 느긋해져. 가령 네가 소방관이라서 화재 현장에서 어린아이 서른 명을 구해내야 하는 상황이라고 치면, 아이들을 구출하는 과정에서 몇 명을 못 데리고 나오는 일이 생기더라도 별로 스트레스를 받지 않게 돼."

그런 사람들이 사는 세상이라니 생각만 해도 끔찍했다.

"그건 너무…… 심하잖아."

토머스의 말에 민호가 옆에서 중얼거렸다.

"그래도 그 약을 조금이라도 얻으면 좋겠다."

브렌다가 말했다.

"너희는 중요한 걸 놓치고 있어. 뉴트가 지금까지 겪어온 지옥 같은 일들을 생각해봐. 뉴트는 수없이 판단을 내리면서 그 힘든 과정을 거쳐왔잖아. 플레어 병이 이렇게 빠르게 진행된 것도 무리는 아니야. 평범한 일상을 살아가는 사람에 비해 뉴트의 뇌는 너무 많은 자극을 받았어."

예전에 느꼈던 슬픔이 다시 심장을 옥죄어 토머스는 한숨을 쉬며 말했다.

"일단 안전한 곳으로 탈출해야 그 부분에 대해 어떻게든 조치를 취해볼 텐데."

"무슨 조치를 취해?"

뒤에서 뉴트의 목소리가 들려 토머스는 문 쪽을 돌아보았다. 뉴트가 문간에 서 있었다. 토머스는 잠시 눈을 감고 마음을 추스른 후 말했다.

"아무것도 아니야. 신경 쓰지 마. 어디 갔었어?"

"얘기 좀 하자, 토미. 너만 와. 잠깐이면 돼."

토머스는 의아했다.

'또 뭐지?'

민호가 뉴트에게 물었다.

"또 무슨 헛소리야?"

"잠깐이면 된다고. 토미한테 줄 게 있어. 토미 너만 잠깐 나와."

민호가 어깨에 둘러맨 전기총의 끈을 조절하며 말했다.

"뭔지 모르겠지만 서둘러. 여길 빨리 떠야 돼."

토머스는 복도로 따라 나갔다. 뉴트가 무슨 말을 할지, 그 말이 얼마나 미친 소리로 들릴지 두려워 죽을 지경이었다. 시간은 계속 째깍째깍 흘러가고 있었다.

문에서 몇 미터 떨어진 곳까지 걸어가 멈춰 선 뉴트는 토머스를 돌아보며 밀봉된 작은 편지 봉투를 내밀었다.

"주머니에 넣어둬."

"뭔데?"

토머스는 봉투를 받아 뒤집어보았다. 겉에는 아무 것도 적혀 있지 않았다.

"젠장, 그냥 주머니에 넣어두라고."

토머스는 시키는 대로 봉투를 주머니에 넣었다. 혼란스럽기도 하고 호기심이 일기도 했다.

뉴트가 손가락을 딱 튕기며 말했다.

"내 눈을 똑바로 봐."

뉴트의 눈에 깃든 고뇌를 감지한 토머스는 가슴이 무너졌다.

"이 봉투에 뭐가 들었는데?"

"지금은 알 필요 없어. 알아서도 안 돼. 약속 하나만 해주면 더이상 시간 끌지 않을게."

"무슨 약속?"

"때가 될 때까지는 그 봉투에 담긴 편지를 읽지 않겠다는 약속."

토머스가 궁금증을 못 이겨 주머니에서 봉투를 꺼내려 하자 뉴트가 그의 팔을 잡았다.

"그때가 언제인데? 내가 어떻게 알고…….."

토머스의 말이 끝나기도 전에 뉴트가 소리쳤다.

"때가 되면 알아! 그러니까 맹세해. 맹세하라고!"

한마디씩 내뱉을 때마다 뉴트는 온몸을 떨었다.

토머스는 이만저만 걱정되는 게 아니었다.

"알았어! 때가 될 때까지 이 편지를 읽지 않겠다고 맹세할게. 맹세해. 하지만 왜…….."

"맹세했으니까 됐어. 약속을 어기면 절대 용서하지 않을 거야."

토머스는 정신 차리라고 뉴트를 잡아 흔들고 싶었다. 좌절감에 벽을 주먹으로 치고 싶은 심정이었다. 하지만 그럴 수가 없었다. 뉴트는 돌아서서 무기창고로 걸어갔고 토머스는 그 자리에 서서 멍하니 뉴트의 뒷모습을 바라보았다.

# 16

토머스는 뉴트를 믿어야 했다. 그게 친구인 뉴트를 위한 거니까. 하지만 궁금증이 들불처럼 맹렬히 타올랐다. 그러나 지금은 편지를 읽느냐 마느냐 하는 문제로 뉴트와 실랑이를 벌일 때가 아니었다. 한시라도 빨리 이 건물에서 친구들을 모두 데리고 나가야 했다. 뉴트와는 버그에 탑승한 후 차차 얘기를 나누면 될 것이다. 격납고까지 가서 호르헤를 설득해 도움을 받을 수 있어야 가능한 일이겠지만.

잠시 후 뉴트는 탄약 상자를 들고 무기창고 밖으로 걸어 나왔고 민호와 브렌다가 뒤따라 나왔다. 브렌다는 들고 있던 탄약 상자를 뉴트에게 넘기고 주머니에 권총을 찔러 넣은 뒤 전기총 두 자루를 추가로 들어 옮겼다.

"친구들을 찾으러 가자."

토머스는 이렇게 말하고는 왔던 길을 앞장서서 되돌아갔다. 민호와 뉴트, 브렌다가 그 뒤를 따랐다.

한 시간 가까이 건물 곳곳을 수색했지만 친구들은 어디에도 없었다. 쥐 선생과 경비병들도 보이지 않았고 구내식당과 공동침실, 욕실, 회의실도 전부 비어 있었다. 사람도, 광인도 없었다. 뭔가 끔찍한 일이 이미 일어났고 곧 그 여파가 밀어닥칠 것 같아 토머스는 겁이 났다.

건물 구석구석을 다 돌아본 후 토머스는 혹시나 싶어 물어보았다.

"내가 하얀 방에 감금돼 있는 동안 너희는 건물 안을 돌아다닐 수 있었어? 혹시 우리가 빼놓고 찾아보지 않은 곳은 없어?"

민호가 대답했다.

"내가 알기로 빼놓은 곳은 없어. 이 건물에 밀실이 없다는 게 놀랍긴 하지만."

토머스도 민호와 같은 생각이었다. 하지만 더는 수색을 계속할 시간이 없었다. 이제 격납고로 이동해야 했다.

토머스는 고개를 끄덕이며 말했다.

"격납고 쪽으로 지그재그로 이동하자. 이동하면서 주변에 친구들이 보이는지 확인하는 수밖에 없겠어."

한참을 걸어가다가 민호가 갑자기 멈춰 섰다. 그는 무슨 소리가 들린다는 듯 자신의 귀를 손으로 가리켰으나, 복도에는 비상등의 흐릿한 붉은 빛뿐이라서 주변이 잘 보이지 않았다.

다들 걸음을 멈췄다. 토머스는 호흡을 늦추고 귀를 바짝 세웠다. 이윽고 낮은 신음 소리가 들려왔다. 토머스는 오싹 소름이 끼쳤다. 몇 미터 앞에 있는 복도 창문에서 흘러나오는 소리였다. 이 건물 복도에 드물게 나 있는 창문이었고, 창문 안쪽에는 큰 방이 있었다. 토머스가 서 있는 곳에서는 방 안이 컴컴하게만 보였다. 안쪽에서 창유리가 박살났는지 창문 아래 타일 바닥에 유리 파편이 흩어져 있었다.

신음 소리가 또다시 들려왔다.

민호가 손가락을 입술에 갖다 대면서 천천히 조심스럽게 여분의 전기총 두 자루를 바닥에 내려놓았다. 토머스와 브렌다도 민호가 하는 대로 따라했고 뉴트는 들고 있던 탄약 상자를 내려놓았다. 그들 네 사람은 각자의 무기를 손에 들었다. 민호가 앞장서서 신음 소리가 나는 곳을 향해 천천히 발걸음을 옮겼다. 끔찍한 악몽을 꾸다가 깬 사람이 내는 소리 같기도 했다. 걸음을 뗄 때마다 토머스는 점점 더 불안해졌다. 저 방에서 끔찍한 광경을 보게 될까 봐 두려웠다.

민호가 창틀 옆 오른쪽 벽에 등을 대고 멈춰 섰다. 방문은 창문 왼쪽에 있었다.

"준비. 지금이다!"

민호는 나직하게 지시한 후 몸을 돌려 어두운 방 안에 전기총을 겨눴다. 토머스는 민호의 왼쪽으로, 브렌다는 오른쪽으로 가서 자리를 잡고 전기총을 쏠 준비를 했다. 뉴트는 그들 뒤에서 망을 보았다.

토머스는 언제든 즉각 총을 쏠 수 있게 방아쇠에 손가락을 갖다 댔으나 방 안에서 움직임이 느껴지지 않았다. 뭔가 이상했다. 비상등의 붉은 빛이 어슴푸레하게 비추고 있을 뿐이라서 잘 보이지는 않았지만 바닥에 시커먼 덩어리들이 잔뜩 놓여 있다는 것만은 알 수 있었다. 그 덩어리들은 조금씩 움직이고 있었다. 어둠에 시야가 적응한 후에야 토머스는 그 덩어리들이 검은 옷을 입은 사람들임을 알아볼 수 있었다. 그 사람들의 몸을 결박해놓은 밧줄도 곧 시야에 들어왔다.

"경비병들이야!"

브렌다의 목소리가 정적을 갈랐다.

입을 틀어막은 듯 헉헉대는 소리가 들렸다. 토머스는 몇 명의 얼굴을 살펴보았다. 경비병들은 입에 재갈을 물고 공포로 눈을 휘둥그렇게 뜬 채, 밧줄에 묶여 나란히 비좁게 누워 있었다. 그들 중 몇 명은 움직임이 없었으나 대부분은 밧줄을 풀어내려고 버둥거리고 있었다. 토머스는 어찌된 상황인지 파악하려 애쓰며 경비병들을 바라보았다.

민호가 속삭였다.

"전부 어디 갔나 했더니 여기들 있었군."

뉴트가 가까이 다가와 방 안을 들여다보며 말했다.

"지난번처럼 혀를 빼물고 천장에 목매달려 있지는 않으니 다행이네."

토머스도 뉴트와 같은 생각이었다. 실제로 일어난 일이었든 환영이었든 간에, 천장에 시신들이 매달린 참혹한 광경은 아직도 기억에 생생했다.

브렌다가 문 쪽으로 이동하며 말했다.

"저들을 심문해서 무슨 일이 있었는지 알아내야겠어."

토머스는 생각할 겨를도 없이 브렌다의 팔을 잡아 저지했다.

"안 돼."

"안 된다고? 왜? 무슨 일이 있었는지 들어봐야지!"

브렌다는 토머스에게 잡힌 팔을 빼냈지만 곧장 방으로 들어가지 않고 토머스의 대답을 기다렸다.

"함정일 수도 있어. 이런 짓을 해놓은 자들이 곧 돌아올 수도 있고. 어서 여길 벗어나야 돼."

민호도 토머스의 주장에 힘을 보탰다.

"맞아. 이건 누구 말이 옳다고 따질 필요도 없어. 이 건물을 헤집고 돌아다니는 게 광인들인지 반란군인지 고릴라 떼인지 모르겠지만, 지금 우리가 걱정해야 할 건 저 망할 경비병들이 아니야."

브렌다는 어깨를 으쓱하며 말했다.

"알았어. 정보라도 좀 캐내보려고 했는데 그만둘게."

그러고는 손으로 방향을 가리키며 덧붙였다.

"격납고는 저쪽이야."

그들은 무기와 탄약을 챙겨 들고 다시 천천히 달리기 시작했다. 이 복도에서 저 복도로 방향을 바꿔가며 이동하는 동안, 경비병들을 묶어놓았을지도 모를 자들과 맞닥뜨리게 될까 봐 사방을 경계했다.

마침내 브렌다는 어느 쌍여닫이문 앞에서 멈춰 섰다. 문 한쪽이 약간 열려 있고 그 사이로 소르르 불어오는 바람이 브렌다의 헝클어진 머리카락을 스쳤다.

별다른 지시 없이 민호와 뉴트는 전기총을 들고 문 양옆에 자리를 잡았다. 브렌다는 문손잡이를 잡고 문틈에 총부리를 가져다

댔다.

"문 열어."

토머스는 브렌다에게 지시했다. 심장이 빠르게 뛰었다.

브렌다가 문을 열자마자 토머스는 안으로 진격했다. 전기총을 좌우로 겨누고 한 바퀴를 돌며 앞으로 나아갔다.

문 안쪽은 대형 버그 세 대를 수용할 수 있는 규모로 지어진 격납고였다. 그런데 각자의 위치에 세워져 있는 버그는 두 대뿐이었다. 버그들은 거대 개구리처럼 웅크리고 앉아 있었다. 그동안 격렬한 전장 수백 곳에 병력을 실어 나르기라도 했는지 외부의 금속이 온통 불에 그슬렸고 가장자리가 닳아 있었다. 격납고 안은 버그 두 대와 화물 운송용 상자 몇 개, 정비공들이 수리를 할 때 쓰는 것 같은 장치 외에는 비어 있었다.

토머스가 격납고 안을 수색하며 전진하는 동안 나머지 셋은 사방으로 넓게 퍼져나가며 주변을 경계했다. 다른 움직임은 전혀 감지되지 않았다.

갑자기 민호가 소리쳤다.

"애들아! 이쪽으로 와봐. 여기 누가……."

민호는 말을 맺지 못하고 커다란 나무 상자 옆에 멈춰 서서 그 너머로 총을 겨눴다.

민호 옆으로 제일 먼저 다가간 토머스는 나무 상자 너머에 어떤 남자가 쓰러져 있는 것을 보고 깜짝 놀랐다. 남자는 머리를 손으로 문지르며 신음을 흘리고 있었다. 검은 머리카락 사이로 피가 보이지는 않지만 일어나 앉는 것도 버거워하는 모양새가 아무래도 머리를 세게 맞은 듯했다.

민호가 남자에게 경고했다.

"날뛰지 말고 얌전히 굴어. 쓸데없는 짓을 했다가는 베이컨처럼 구워버릴 테니까."

팔꿈치를 바닥에 대고 몸을 일으킨 남자가 얼굴에서 손을 내리자 브렌다는 반가워하며 환성을 내지르더니 달려가서 남자를 얼싸안았다.

호르헤였다. 토머스는 마음이 놓였다. 버그를 운전할 비행사를 찾은 것이다. 호르헤는 머리를 좀 다친 것 같기는 했지만 다른 이상은 없어 보였다.

하지만 브렌다는 안심이 안 되는지 상처 난 곳을 찾아 호르헤를 이리저리 살피며 질문을 쏟아냈다.

"무슨 일이에요? 어쩌다가 다친 거예요? 버그 한 대는 누가 타고 나갔죠? 다들 어디 있어요?"

호르헤가 끄응 하고 신음을 흘리며 브렌다를 살짝 밀어냈다.

"진정해, 에르마나(자매). 광인들이 춤추면서 내 머리를 짓이기기라도 하는 것처럼 머리가 지끈지끈 울려 죽겠어. 정신 차리게 가만 좀 있어봐."

그제야 뒤로 물러앉은 브렌다는 걱정이 돼서인지 얼굴이 달아올라 있었다. 토머스도 호르헤에게 묻고 싶은 게 많았지만 머리를 강타당하면 어떤 기분인지 잘 알기에 잠자코 기다렸다. 주변을 돌아보던 토머스는 예전에 호르헤를 꺼리고 무서워하기까지 했던 적이 있음을 떠올렸다. 초열 지역의 폐허와 다름없는 건물에서 호르헤가 민호와 싸우던 모습은 토머스의 기억에서 영원히 잊히지 않을 것이다. 그때 그토록 무섭게 싸웠지만, 브렌다와 마찬가지로 호르헤도 자신이 공터인들과 같은 입장임을 알고 도움을 주었다.

호르헤는 여러 번 눈을 질끈 감았다 뜨더니 마침내 입을 열었다.

"어떻게 그렇게 할 수 있었는지는 모르겠는데 그들은 이 건물을 장악하고 경비병들을 제거한 다음 버그를 훔쳐서 다른 비행사를 데리고 여길 떴어. 무슨 일이 일어난 건지 알아야 될 것 같아서 그들에게 기다려보라고 한 내가 바보였지. 괜히 나서가지고 머리만 얻어맞았어."

브렌다가 물었다.

"그들이라뇨? 누구요? 누가 여길 떴다는 거예요?"

호르헤는 토머스를 올려다보며 대답했다.

"테리사 그 계집애가 주동자야. 그 애랑 나머지 실험대상자들이 너희 무차초스(소년들)만 빼고 전부 여길 떴어."

# 17

휘청거리면서 왼쪽으로 한두 걸음 옮겨 간 토머스는 묵직한 나무 상자를 짚으며 중심을 잡았다. 광인들이 이곳을 습격한 것일지도 모른다고, 아니면 어떤 단체가 사악 내에 침입하여 테리사와 나머지 아이들을 구출해 데려갔을 수도 있다고 생각했었다.

그런데 테리사가 탈출을 이끌었다고? 테리사 일행이 격투 끝에 경비병들을 제압한 후 버그를 타고 여길 떠났다고? 토머스와 나머지 아이들을 버려두고? 일이 그런 식으로 진행되었다면 몇 가지 요소가 더 맞아떨어져야 하는데, 아무리 생각해도 앞뒤가 맞지 않았다.

민호와 뉴트가 이런저런 질문을 쏟아내자 호르헤가 "입들 닫아!"라고 소리쳐서 토머스는 정신이 들었다. 호르헤가 계속해서 말했다.

"너희 목소리가 내 머리로 파고드는 것 같으니까 잠깐이라도 조용히 좀 있어. 누가 나 좀 일으켜줘."

뉴트가 호르헤의 손을 잡아 일으키며 말했다.

"무슨 엿 같은 일이 일어난 건지 차분하게 말해봐요. 처음부터."

민호도 재촉했다.

"어서요."

호르헤는 나무 상자에 등을 기대고 앉아 팔짱을 꼈다. 몸을 조금씩 움직일 때마다 두통이 이는지 미간을 찌푸렸다.

"이봐, 에르마노(형제). 이미 말했다시피 난 아는 게 별로 없어. 본 건 다 얘기했어. 지금 내 머리가 꼭……."

민호가 끼어들었다.

"아, 알아요. 두통이 심하다는 거. 아는 대로 얘기를 해주면 망할 아스피린이라도 찾아다 줄게요."

호르헤는 짧게 웃었다.

"허세 떨기는. 초열 지역에서 잘못했다며 살려달라고 목숨을 구걸하던 게 누구였더라."

민호의 인상이 구겨지고 얼굴이 달아올랐다.

"그땐 미치광이들이 아저씨 뒤에 서서 편들어주고 있었으니까 아저씨가 그렇게 큰 소리를 뻥뻥 쳤겠지만, 지금은 사정이 다르거든요."

듣다 못해 브렌다가 두 사람에게 소리쳤다.

"둘 다 그만해! 지금 우린 같은 편이야."

뉴트가 호르헤에게 말했다.

"꾸물대지 말고 우리가 알아야 되는 정보 위주로 설명해주세요."

토머스는 여전히 충격에서 헤어나지 못하고 있었다. 호르헤와 뉴트, 민호가 얘기하는 소리를 듣고 서 있으면서도 마치 실제가 아닌 화면을 보고 있는 것 같았다. 테리사에 대해 알 만큼 안다고 생각했는데, 또다시 불가사의한 일이 벌어지고 말았다.

"평소에 나는 이 격납고에서 거의 시간을 보내. 오늘도 그러고 있는데 통신 장비에서 온갖 고함 소리랑 경고 소리가 들리더니 경고등이 깜박거리기 시작했어. 무슨 일인지 알아보려고 격납고 문을 나섰는데 하마터면 총에 맞아 머리가 날아갈 뻔했지 뭐냐."

민호가 중얼거렸다.

"그때 머리가 날아갔으면 지금쯤 두통도 느끼지 못할 텐데."

그 말을 못 들었는지, 듣고도 못 들은 체하는 것인지 몰라도 호르헤는 대꾸 없이 하던 얘기를 계속했다.

"얼마 후에 경고등이 꺼졌어. 총을 찾으려고 격납고로 다시 달려 들어가 보니까, 테리사와 그 불한당 친구들이 아주 세상 끝장난 것처럼 날뛰면서, '토니'라는 비행사를 버그로 끌고 가고 있었어. 가까이 갔더니 전기총 예닐곱 자루가 한꺼번에 내 가슴을 겨냥하더라고. 나는 후진 권총을 바닥에 내려놓고 간청했어. 기다리라고, 어떻게 된 일인지 설명해달라고. 그런데 금발 계집애가 개머리판으로 내 이마를 후려친 거야. 기절했다가 정신을 차려보니까 나를 내려다보는 못생긴 너희들의 얼굴이 보이더라. 버그 한 대는 사라졌고. 내가 아는 건 이게 전부야."

토머스는 대충 상황 파악이 되었다. 세세한 부분은 그리 중요하지 않았다. 한 가지 확실한 사실이 그를 혼란스럽게 만들었고 가슴을 아프게 했다.

"우릴 버리고 갔다니. 믿기지가 않아."

토머스가 중얼거리자 민호가 물었다.

"뭐라고?"

뉴트도 말했다.

"크게 말해, 토미."

토머스는 두 친구와 한참 눈빛을 주고받다가 입을 열었다.

"걔들이 우릴 버리고 갔다고. 우린 저희를 찾으려고 건물을 온통 뒤지고 다녔는데. 걔들은 사악이 우릴 데리고 무슨 짓을 하든 말든 상관 않고 떠나버렸어."

민호와 뉴트는 아무 말도 하지 않았지만 눈빛만으로도 토머스는 그들이 자신과 같은 생각을 하고 있음을 알 수 있었다.

브렌다가 말했다.

"너희를 찾으러 다녔는데 찾지 못한 걸 수도 있잖아. 총격전이 너무 심해져서 바로 떠나지 않으면 안 되는 상황이었을 수도 있고."

그러자 민호가 콧방귀를 뀌었다.

"경비병들은 복도 저쪽 방에 전부 포박돼 있는데 무슨 소리야! 우릴 찾으러 다닐 시간은 충분했어. 그런데 찾지 않고 그냥 떠난 거야."

뉴트가 낮은 목소리로 맞장구를 쳤다.

"고의로."

토머스는 이해가 되지 않았다.

"뭔가 이상해. 요즘 테리사는 사악을 제일 적극적으로 지지하는 것처럼 행동했어. 그런데 왜 탈출했을까? 어쩌면 속임수일 수도 있어. 네가 말해봐, 브렌다. 나더러 그들을 믿지 말라고 했었잖아. 뭔가 아는 게 있을 거 아냐. 말해봐."

브렌다는 고개를 저었다.

"별로 없어. 다른 실험대상자들도 우리랑 같은 생각을 했을 수도 있는데, 그게 그렇게도 믿기 힘들어? 그들도 여길 탈출할 생각을 했던 거고 우리보다 잘해낸 것뿐이야."

민호가 늑대처럼 사납게 말했다.

"나 같으면 지금 이 상황에서 우릴 모욕하는 단어는 쓰지 않을 거다. 한 번만 더 실험대상자라는 단어를 쓰면 네가 아무리 여자애라도 한 대 칠 줄 알아."

호르헤가 대신 나섰다.

"어디 해봐. 털끝 하나라도 건드렸다간 넌 아주 끝장이야."

브렌다가 눈을 위로 굴리며 말렸다.

"둘 다 남자다운 척 좀 그만해. 앞으로 어떻게 할지 대책이나 세우자."

토머스는 저희끼리 달아난 테리사와 친구들 생각을 떨칠 수가 없었다. 프라이팬마저 그렇게 가버릴 줄은 몰랐다! 토머스 일행 같으면 경비병들을 제압해 밧줄로 묶어놓기까지 했으니 건물 곳곳을 수색해서 친구들을 찾아내고 말았을 텐데. 테리사는 왜 여길 떠나고 싶어 했을까? 기억이 복구되면서 예상치 못했던 일이 떠오르기라도 한 건가?

"대책은 무슨. 저걸 타고 여길 떠나면 되는 거지."

뉴트가 이렇게 말하며 버그를 가리켰다.

토머스도 전적으로 찬성이라 곧장 고개를 돌려 호르헤에게 물었다.

"정말 비행사 맞아요?"

호르헤가 싱긋 웃었다.

"물론이지, 무차초(소년). 최고 비행사 중 한 명이다 내가."

"그런데 왜 사악이 아저씨를 초열 지역으로 보냈는데요? 별로 가치가 없는 사람이라서?"

호르헤는 브렌다를 쳐다보며 대답했다.

"브렌다가 가는 곳이면 난 어디든 따라가니까. 이런 말 하기 좀 그렇지만, 여기 계속 있느니 초열 지역에 한번 가보는 것도 괜찮을 것 같았어. 일종의 휴가처럼 생각했었거든. 예상보다 약간 더 힘들기는 했지만……."

그 순간, 경보음이 요란하게 울리기 시작했다. 날카롭게 앵앵대는 그 소리에 토머스는 심장이 철렁했다. 높은 벽과 천장에 소리가 반사되어 그런지, 복도에서 들었을 때보다 격납고 안에서 더 크게 울렸다.

브렌다가 휘둥그레진 눈으로 출입문을 바라보았다. 고개를 돌린 토머스는 브렌다의 시선을 사로잡은 것이 무엇인지 확인할 수 있었다.

검은 제복 차림의 경비병 10여 명이 무기를 들고 문 안으로 몰려들고 있었다. 격납고 안으로 들이닥친 경비병들은 곧바로 총을 쏘기 시작했다.

# 18

누군가 토머스의 셔츠 뒷부분을 거머쥐고 왼쪽으로 거칠게 잡아당겼다. 토머스가 휘청하면서 화물용 나무 상자 뒤로 넘어짐과 동시에 전기탄의 유리막이 부서졌다. 전기가 터져 나오며 치직거리는 소리가 격납고를 채웠다. 번개 줄기들이 호를 그리며 뻗어나가 공기를 태웠다. 번개 몇 줄기는 나무 상자를 타넘어 오기도 했다. 눈 깜짝할 사이에 총알들이 나무 상자에 턱 턱 박혔다.

민호가 소리쳤다.

"누가 저놈들을 풀어줬어?"

뉴트가 목청을 높였다.

"지금 그게 뭐가 중요해!"

토머스 일행은 몸을 서로에게 바짝 붙이고 자세를 낮췄다. 이처럼 불리한 위치에서는 반격이 불가능했다.

호르헤가 외쳤다.

"저들이 곧 우리 측면을 공격할 거다! 대응사격을 해야 돼!"

전기탄과 일반 총알이 사납게 날아오고 있는 와중에서도 토머스는 확인을 하고 싶었다.

"아저씨도 우리와 함께할 생각이에요?"

비행사 호르헤는 브렌다를 한번 쳐다보고는 어깨를 으쓱했다.

"브렌다가 너희를 돕는다고 하면 나도 도와야지. 그리고 아직 알아채지 못했나 본데, 지금 저들은 나까지도 죽이려 하고 있어!"

토머스는 두려웠지만 한편으로는 안심이 되기도 했다. 이제 어떻게든 저 버그 중 한 대에 오르기만 하면 되는 것이다.

맹공격을 퍼붓던 경비병들이 잠시 사격을 멈췄다. 바삐 뛰어가는 소리, 짧게 명령을 외치는 소리가 토머스의 귀에 들려왔다. 토머스 일행의 입장에서는 조금이라도 유리한 위치를 점하려면 빠르게 움직일 필요가 있었다.

토머스가 민호에게 물었다.

"이제 어쩌지? 이번에는 네가 지휘해."

민호는 날카로운 눈빛으로 그를 쳐다보더니 고개를 끄덕였다.

"알았어. 내가 오른쪽, 뉴트가 왼쪽으로 사격한다. 토머스와 브렌다는 상자 뒤에서 쏴. 호르헤 아저씨는 버그로 가는 길을 터요. 움직이거나 검은 옷을 입은 놈들은 무조건 쏴버리고. 다들 준비."

상자를 앞에 두고 무릎을 굽힌 토머스는 민호의 신호가 떨어지면 언제든 일어설 준비를 했다. 브렌다는 전기총 대신 권총 두 자루를 손에 쥐고 토머스 바로 옆에 자리했다. 경비병들을 바라보는 브렌다의 눈이 매섭게 빛났다.

토머스가 물었다.

"죽일 생각이야?"

"아니. 다리를 노리려고. 하지만 또 모르지. 어쩌다 더 위쪽을 맞출 수도 있는 거니까."

브렌다가 살짝 미소를 지었다. 토머스는 브렌다가 점점 더 마음에 들었다.

민호가 외쳤다.

"자! 지금이다!"

그들은 응사를 시작했다. 토머스는 전기총을 상자 너머로 올리며 일어섰다. 시야 확보가 잘 되지 않아서 일단 마구잡이로 쏘았다. 전기탄이 터지는 소리가 들리자마자 토머스는 고개를 들고 목표물을 탐색했다. 경비병 한 명이 격납고를 가로질러 이쪽으로 슬금슬금 오고 있었다. 토머스는 그 경비병을 조준하고 발사했다. 가슴에 명중한 전기탄에서 번개가 터져 나오는 순간 경비병은 경련을 일으키며 바닥에 널브러졌다.

총성과 비명이 격납고를 가득 채우고 전기가 타다닥 튀었다. 경비병들이 차례로 다친 부위를 움켜쥐고 쓰러졌는데 대개가 다리 쪽이었다. 브렌다는 약속대로 경비병들의 다리를 겨냥해 쏘고 있었다. 나머지 경비병들은 피신할 곳을 찾아 이리저리 뛰어 달아났다.

민호가 소리쳤다.

"놈들이 달아나고 있어! 우리한테 무기가 있다는 걸 모르고 방심하다 놀란 모양인데, 그렇다고 오래 피해 있진 않을 것 같아. 호르헤 아저씨, 어떤 버그가 아저씨 거예요?"

호르헤는 격납고 맨 끝에 세워져 있는 버그를 가리켰다.

"저거. 저게 바로 내 예쁜이다. 이륙시키는 데 별로 오래 걸리지도 않아."

토머스는 고개를 돌려 호르헤가 가리키는 쪽을 보았다. 초열 지역에서 탈출할 때 보았던 대형 승강구가 바닥으로 내려와 있었다. 승객들이 금속으로 된 경사면을 밟고 버그에 탑승할 수 있게끔 되어 있는 그 승강구를 보니 그것보다 더 유혹적인 물건은 세상에 없는 것처럼 느껴졌다.

민호가 또 한 차례 전기탄을 발사한 후 말했다.

"좋아. 우선 다들 재장전해. 뉴트랑 내가 엄호할 테니까 토머스, 호르헤 아저씨, 브렌다는 버그로 뛰어가. 아저씨가 버그를 작동시키는 동안 토머스랑 브렌다는 승강구 뒤에서 우릴 엄호해. 어때, 괜찮은 계획 같지?"

다들 전기총에 탄약을 추가로 밀어 넣고 남는 것은 주머니에 집어넣었다.

토머스가 호르헤에게 물었다.

"전기총에 맞으면 버그에 이상이 생길 수도 있어요?"

호르헤는 고개를 저었다.

"별로. 버그는 초열 지역의 낙타보다 강해. 저놈들이 쏜 전기탄에 우리가 맞는 것보다는 버그가 맞는 편이 낫지. 어서 가자, 무차초스."

민호가 소리쳤다.

"전진!"

민호와 뉴트는 버그가 서 있는 곳까지 빈 공간을 이동하면서 경비병들을 향해 맹렬하게 총을 쏘았다.

토머스의 온몸에 아드레날린이 솟구쳤다. 토머스와 브렌다는 호르헤의 왼쪽과 오른쪽에 각각 자리하고 있다가 나무 상자를 빙 돌아 앞으로 돌진했다. 총성이 요란하게 울려 퍼지고 전기와 연기가 공기 중에 가득해서 목표물을 제대로 조준할 수가 없었다. 토머스는 달리면서 닥치는 대로 전기총을 쏘았고, 브렌다도 마찬가지였다. 총알이 아슬아슬하게 빗겨 가고 있음을 온몸으로 느낄 수 있었다. 그들의 좌우로 전기탄의 유리막이 박살나고 눈부신 빛이 터져 나왔다.

호르헤가 소리쳤다.

"뛰어!"

더 빨리 뛰려고 안간힘을 쓰다 보니 토머스는 두 다리가 불에 타는 듯 아팠다. 단검처럼 날카로운 번개가 사방에서 바닥을 가로지르고, 총알들이 격납고의 금속 벽에 요란하게 부딪쳤다. 여기저기서 안개처럼 부연 연기가 손가락 모양으로 피어올랐다. 버그를 몇 미터 앞에 두자 토머스의 시야에서 버그 외에는 전부 흐릿하게 사라졌다.

버그에 거의 다 왔을 때 전기탄이 브렌다의 등으로 날아왔다. 브렌다는 비명을 지르며 콘크리트 바닥으로 고꾸라졌다. 전기가 거미줄처럼 브렌다의 몸을 뒤덮었다.

브렌다를 부르며 미끄러지듯 멈춰 선 토머스는 총에 맞지 않으려고 얼른 몸을 낮췄다. 덩굴손처럼 브렌다의 몸 위로 구불구불 흐르던 전기가 바닥에 퍼져나가면서 연기가 몇 줄기로 잦아들었다. 토머스는 마구 뻗어나가는 새하얀 열기를 피해 몇 미터 떨어진 곳에서 일단 바닥에 엎드렸다. 브렌다에게 가까이 갈 방법을 찾아내야 했다.

이쪽 상황이 나빠지는 것을 본 뉴트와 민호가 원래 계획을 포기하고는 사격을 계속하면서 토머스 쪽으로 달려왔다. 버그 앞까지 무사히 도착한 호르헤는 승강구 안으로 들어갔다가 다른 종류의 커다란 총을 들고 나와서 경비병들에게 쏘기 시작했다. 호르헤의 총에서 발사된 유탄은 터지면서 불을 뿜는 특징이 있었다. 경비병 몇 명이 불길에 휩싸여 비명을 지르자 나머지 경비병들은 위협을 느끼고 약간 뒤로 물러났다.

브렌다 옆에 엎드린 토머스는 애태우며 기다렸다. 자신의 무능이 원망스러웠지만 어쩔 수 없었다. 브렌다의 몸에 흐르는 전기가 바닥으로 다 빠져야 브렌다를 끌고서라도 버그로 데려갈 수 있는데, 언제쯤 전기가 다 잦아들지 알 수가 없었다. 얼굴이 잔뜩 창백해진 브렌다는 팔다리에 경련을 일으키고 몸통을 들썩이면서 코피와 침을 흘리고 있었다. 두 눈은 충격과 공포로 휘둥그레졌다.

뉴트와 민호가 토머스 옆으로 다가와 자세를 낮췄다.

토머스가 소리쳤다.

"안 돼! 여기 있지 말고 어서 버그로 가. 승강구 뒤로 피해 있다가 우리가 움직이기 시작하면 거기서 우릴 엄호해줘. 우리가 승강구에 도착할 때까지 미친 듯이 총을 쏴."

하지만 민호는 "그냥 이대로 같이 가자!"라고 외치고는 브렌다의 어깨를 덥석 잡았다. 들쭉날쭉한 전기 몇 줄기가 호를 그리며 팔을 타고 오르자 민호는 움찔했다. 놀란 토머스는 숨을 죽었다. 다행히 브렌다의 몸에서 전기가 많이 빠졌는지 민호는 그대로 브렌다를 잡아끌기 시작했다.

토머스는 브렌다의 어깨 아래로 팔을 넣었고 뉴트는 브렌다의 다리를 들어 올렸다. 토머스는 버그를 향해 뒷걸음질로 이동했다. 격납고는 소음과 연기, 섬광으로 가득했다. 총알이 다리를 스치고 지나갔는지 토머스는 불에 덴 것 같은 통증을 느꼈다. 다음 순간, 다리에서 피가 흘렀다. 총알의 방향이 약간만 달랐어도 토머스는 평생 다리를 절거나 이 자리에서 과다출혈로 죽고 말았을 것이다. 토머스의 입에서 고통스러운 비명이 터져 나왔다. 주변의 모든 사람들이 방금 다리에 총을 쏜 검은 제복의 경비병처럼 온통 시커멓게 보였다.

토머스는 민호를 흘끗 쳐다보았다. 민호는 잔뜩 굳은 표정으로 브렌다를 힘겹게 끌고 가는 중이었다. 치솟는 아드레날린에 힘입어 토머스는 위험을 무릅쓰기로 했다. 한 손으로는 전기총을 난사하면서 다른 손으로는 브렌다를 끌고 가기로 한 것이다.

마침내 토머스 일행은 승강구 바로 아래에 도착했다. 호르헤가 들고 있던 커다란 총을 바닥에 던지고 승강구의 경사면을 미끄러져 내려와 브렌다의 팔 하나를 잡아 끌어올렸다. 토머스는 잡고 있던 브렌다의 셔츠를 놓았다. 민호와 호르헤가 그녀를 버그로 끌고 올라갔다. 브렌다의 발뒤꿈치가 울퉁불퉁한 바닥에 툭툭 부딪치며 경사면 위로 향했다.

뉴트는 다시 총을 쏘기 시작했고, 탄환이 다 떨어질 때까지 좌우로 마구 쏘아댔다. 토머스도 한 차례 더 총을 쏘았는데, 그것을 끝으로 탄창이 바닥나고 말았다.

토머스 일행의 탄환이 거의 다 떨어진 걸 알아챘는지 경비병 한 무리가 버그 쪽으로 돌진하며 사격을 재개했다.

토머스가 외쳤다.

"재장전하지 마! 어서 여길 뜨자!"

그 자리에서 돌아선 뉴트가 서둘러 경사면을 밟고 버그 안으로 뛰어 올라갔고, 토머스는 그 뒤를 따랐다. 승강구 문턱을 막 넘어가려는 순간, 무언가가 토머스의 등에 부딪치며 폭발했다. 천 볼트가량의 전기에 맞은 토머스는 곧바로 온몸에 불이 붙은 것 같은 통증을 느꼈다. 뒤로 넘어진 그는 경사면 아래 격납고 바닥으로 굴러 떨어졌다. 온몸이 부들부들 떨리고 눈앞이 아득해졌다.

# 19

 토머스는 눈을 떴지만 아무것도 보이지 않았다. 아니, 엄밀히 말하면 아주 볼 수 없는 것은 아니었다. 시야를 가로지르며 쭉쭉 뻗어나간 눈부신 빛줄기들은 보였지만 그 외에는 아무것도 보이지 않았다고 해야 정확했다. 눈을 깜박일 수도, 눈꺼풀을 내려 그 빛을 차단할 수도 없었다. 끔찍한 고통이 온몸에 퍼져나갔다. 근육과 뼈에서 피부가 분리되어 녹아내리는 기분. 비명을 지르려 했지만, 신체 기능에 대한 통제력을 모두 상실했는지 아무 소리도 낼 수가 없었다. 가만히 있으려고 안간힘을 썼으나 팔다리와 몸통의 떨림이 멈추지 않았다.

 전기가 탁탁 튀고 펑펑 터지는 소리가 귓속을 가득 채우는가 싶더니 곧 또 다른 소리가 엄습해왔다. 귀가 얼얼하고 머리가 덜커덕거릴 정도로 깊게 울리는 소리. 의식과 무의식의 경계에 선 토머스는 그를 집어삼키려는 깊은 암흑을 드나들었다. 그러나 그의 내면에 있는 무언가는 그 소리의 정체를 알고 있었다. 바로 버그의 시동이 걸리고 추진기에서 푸른 불꽃이 뿜어 나오는 소리였다.

이 친구들마저 이대로 떠나버리려나 싶었다. 처음에는 테리사와 그 일행이, 지금은 절친한 친구들과 호르헤가 그를 버리려는 것 같았다. 토머스는 더 이상 배신을 감당할 수가 없었다. 마음이 아팠다. 비명이라도 지르고 싶은데, 온몸 구석구석이 바늘에 찔리는 듯했고 타는 냄새가 그를 압도했다. 아니, 친구들이 그를 버려두고 갈 리가 없었다. 토머스가 알기로는 그랬다.

점차 막혔던 시야가 트이기 시작하면서 하얗게 작렬하던 빛줄기의 강도와 개수가 줄어들었다. 토머스는 눈을 감았다 떴다. 검은 제복 차림의 두 사람, 아니 세 사람이 그를 내려다보며 서서 그의 얼굴에 총을 겨눴다. 경비병들이었다. 이 자리에서 죽이려는 걸까? 아니면 쥐 선생에게 끌고 가 추가로 실험을 진행하려는 걸까? 그들 중 한 명이 무어라 말했지만 토머스의 귀에는 들리지 않았다. 윙윙대는 정전기 소음이 그의 귓속을 온통 채우고 있었다.

그런데 갑자기 그 경비병들의 모습이 눈앞에서 사라졌다. 공중에서 날아온 듯한 두 사람이 그 경비병들에게 달려든 것이다. 친구들인 듯했다. 친구들이 틀림없었다. 부연 연기 너머로 격납고 천장이 올려다보였다. 통증은 거의 다 가셨지만 사지가 말을 듣지 않아 움직일 자신이 없었다. 오른쪽으로 약간 뒤척였다가 왼쪽으로 몸을 굴린 후 팔꿈치로 바닥을 짚었다. 어지럽고 힘이 없었다. 몸을 타고 흘러내린 작은 전기 덩어리들이 시멘트로 스며들었다. 제일 심한 통증만이라도 지나갔기를 바랄 뿐이었다.

토머스는 다시 몸을 움직여 어깨 너머를 돌아보았다. 민호와 뉴트가 각각 경비병을 한 명씩 맡아 흠씬 두들겨 패고 있었다. 호르헤는 그 중간에 서서 불을 뿜는 총을 사방에 쏘아댔다. 경비병들 대부분이 추격을 포기했거나 부상으로 인해 뒤로 빠진 듯했다. 그렇지 않았으면 토머스 일행은 그때까지 버텨내지 못했을 것이다. 어쩌면, 경비병들은 그들을 잡으려는 시늉만 한 걸지도 모른다고 토머스는 생각했다. 그동안 겪어온 시련에서 다른 이들이 그랬듯이.

아무래도 상관없었다. 여길 벗어나기만 하면 되니까. 탈출을 눈앞에 두고 있었다.

토머스는 끄응 소리를 내며 엎드렸다가 두 손과 무릎으로 바닥을 짚고 몸을 일으켰다. 유리가 박살나는 소리, 전기가 날카롭게 번져나가는 소리, 총 쏘는 소리, 총알이 금속에 맞아 튀는 소리가 주변에 가득했다. 누가 지금 총을 쏜다면 그는 그저 맞을 수밖에 없을 것이다. 토머스는 무거운 몸을 가까스로 이끌고 버그를 향해 나아갔다. 추진기가 윙윙대는 소리에 버그 전체가 진동하면서 격납고 바닥까지 흔들리고 있었다. 바닥에 내려진 승강구의 경사면까지 불과 몇 미터를 앞두고 있었다. 어서 탑승해야 했다.

토머스는 민호를 비롯한 일행에게 소리치고 싶었지만 목에서는 끄르륵대는 소리만 나왔다. 토머스는 다친 개처럼 기면서도 죽어라 힘을 짜내며 몸이 허락하는 한 최대로 속도를 내고 있었다. 마침내 승강구 끄트머리에 다다른 그는 조금씩 경사면을 기어오르기 시작했다. 근육이 욱신거리고 구역질이 치밀어 올랐다. 싸우는 소리가 귀를 울려대고 신경을 곤두서게 했다. 당장이라도 무언가가 날아와 몸을 칠 것만 같았다.

경사면을 절반쯤 기어 올라간 후에야 토머스는 친구들을 돌아 보았다. 친구들은 적들을 향해 총을 쏘면서 승강구를 향해 오고 있었다. 총알이 다 떨어졌는지 민호가 걸음을 멈추고 재장전했다. 저러다 총알에 맞거나 전기탄에 당할 수도 있겠다 싶었는데 다행 히 민호는 빠르게 재장전을 마치고 다시 총을 쏘기 시작했다. 민 호와 뉴트, 호르헤는 승강구 경사면에 거의 다 와 있었다.

토머스는 입을 열었지만 목구멍에서 다친 개가 낑낑대는 것 같 은 소리만 나왔다.

"이만하면 됐어! 토머스 녀석이나 잡아끌고 안으로 데려가!"

호르헤는 이렇게 소리치고는 토머스 옆을 지나 경사면을 뛰어 올라가 버그 안쪽으로 사라졌다. 곧 요란하게 덜커덕거리는 소리 와 함께 승강구 경사면이 위로 올라가기 시작했고 승강구 경첩에 서 삐걱대는 소리가 들렸다. 토머스는 어느새 엎드려 있었다. 경 사면에 얼굴을 대고 쓰러져 있었는데 언제 그런 상태가 되었는지 는 기억나지 않았다. 여럿이서 그의 셔츠를 움켜잡고 끌어올렸다. 공중으로 들려 올라가는 느낌도 들었다. 승강구 문이 닫히고 완전 히 잠긴 순간, 토머스는 승강구 안쪽 바닥에 등을 대고 누웠다.

뉴트가 토머스의 귀에 대고 중얼거렸다.

"미안하게 됐다, 토미. 좀 더 살살 끌어올렸어야 했는데."

토머스는 의식을 놓기 직전이었지만 형언할 수 없는 기쁨으로 가슴이 벅차올랐다. 그들은 드디어 사악에서 탈출하게 되었다. 토 머스는 친구와 기쁨을 나누려는 마음에 힘없이 끄응 하는 소리를 냈으나 이내 눈을 감고 의식의 끈을 놓아버렸다.

# 20

토머스가 눈을 뜨니 브렌다의 얼굴이 그를 내려다보고 있었다. 브렌다는 근심 어린 표정이었다. 그녀의 창백한 피부에 피가 말라 붙어 있고 이마에는 시커먼 그을음이, 뺨에는 멍이 들어 있었다. 브렌다의 상처를 보자 토머스는 자신도 온몸이 뜨끔거리게 아프다는 사실을 깨달았다. 전기탄이 어떻게 작용하는지는 몰라도 한 번만 맞아서 천만다행이었다.

브렌다가 물었다.

"나도 방금 일어났어. 몸은 좀 어때?"

토머스는 몸을 움직여 팔꿈치로 바닥을 짚었다. 총알이 스치고 지나간 다리에 날카로운 통증이 느껴져 움찔했다.

"아주 똥 같아."

토머스가 누운 곳은 화물칸 안쪽에 놓인 야트막한 간이침대였다. 이 화물칸에는 서로 어울리지 않는 가구들이 들어차 있고 다른 물건들은 없었다. 못생긴 소파 두 개에 각자 누워 자고 있는 민호와 뉴트의 모습이 보였다. 고생 끝에 여기까지 왔으니 곯아떨어질 만도 했다. 누군가 두 친구의 몸을 담요로 얌전히 덮고 턱밑에 잘 여며놓았다. 아무래도 브렌다가 그리 해준 것 같다는 생각이 들었다. 포근하고 따뜻하게 잠든 친구들은 마치 꼬마들 같았다.

토머스의 침대 옆에 무릎을 꿇고 앉아 있던 브렌다는 일어나서 몇 걸음 떨어진 곳에 놓인 너저분한 안락의자로 옮겨 가 앉으며 말했다.

"우린 열 시간 가까이 잤어."

"진짜?"

믿기지 않았다. 잠깐 졸다가 깬 것 같은데. 아니, 잠시 기절했다가 정신이 든 것 같다는 표현이 더 정확할 것이다.

브렌다가 고개를 끄덕였다.

"그렇게 오래 비행했다고? 어디 달을 향해 가기라도 하는 거야?"

토머스는 다리를 침대 바깥으로 뻗고 침대 가장자리에 걸터앉았다.

"아니. 호르헤가 160킬로미터 정도 비행하다가 넓은 공터에 버그를 착륙시켰어. 지금은 잠시 눈을 붙이고 있어. 비행사가 피곤한 채로 계속 비행하면 안 되니까."

"우리 둘 다 전기총에 맞았다는 게 믿기지가 않아. 전기총에 맞느니 적에게 쏘는 편이 훨씬 낫기는 하더라."

토머스는 손으로 얼굴을 비비고 입을 크게 벌려 하품했다. 그는 두 팔에 생긴 약간의 화상을 살펴보다가 말했다.

"흉터가 남는 건 아니겠지?"

브렌다가 소리 내어 웃었다.

"고작 그게 걱정이니?"

토머스도 미소가 지어졌다. 브렌다의 말이 옳았다.

"저기⋯⋯."

잠시 머뭇거리던 토머스가 천천히 말을 이었다.

"사악 본부에 있었을 땐 거기서 탈출만 해도 좋을 것 같았는데⋯⋯ 지금 생각해보니까 난 실제 세상에 대해 아는 게 없어. 세상은 초열 지역하고 비슷해?"

"아니. 북회귀선과 남회귀선 사이는 황무지 사막이고, 그 밖에 다른 지역들은 기후 차이가 많이 나. 우린 몇 안 되는 안전한 도시로 갈 거야. 우린 면역인들이니까 일자리도 쉽게 얻을 수 있어."

"일자리라."

토머스는 지금까지 들어본 중 가장 낯선 단어인 것처럼 그 단어를 곱씹은 후 덧붙였다.

"벌써 일자리를 얻을 생각을 하고 있었어?"

"먹고는 살아야 하잖아, 안 그래?"

토머스는 대답하지 못했다. 현실의 묵직한 무게가 느껴졌다. 실제 세상으로 탈출했으니, 실제 세상 사람들처럼 살아야 하는 것이다. 하지만 플레어 병이 존재하는 세상에서 그런 삶이 정말 가능할까? 토머스는 친구들 생각이 났다.

"테리사."

토머스가 그 이름을 내뱉자 브렌다가 놀라서 약간 움찔하며 물었다.

"걔가 뭐?"

"테리사랑 다른 애들이 어디로 갔는지 알아낼 방법이 있을까?"

"호르헤가 벌써 버그의 위치추적 시스템을 이용해서 알아봤어. 덴버라는 도시로 갔대."

토머스는 소스라치게 놀랐다.

"그럼 사악도 우리 위치를 찾아낼 수 있겠네?"

브렌다는 장난스럽게 웃으며 대답했다.

"호르헤를 잘 몰라서 그러나 본데, 호르헤는 네 생각보다 훨씬 더 그 시스템을 잘 다뤄. 덕분에 앞으로 당분간은 우리가 사악보다 한발 앞서 움직일 수 있을 거야."

잠시 후 토머스가 다시 입을 열었다.

"덴버는 어디 있는 도시야?"

입 안에서 울리는 그 도시의 이름이 기묘하게 느껴졌다.

"로키 산맥 기슭에 있어. 고지대야. 태양 플레어 현상이 있은 후에 그곳 기온이 예전 수준으로 빠르게 회복돼서 격리 구역 중 하나로 쓰이고 있어. 누구든 가서 머물러 살기 괜찮은 곳이야."

토머스는 덴버의 위치 정보에 대해서는 별로 관심이 없었다. 그가 아는 것은 오직, 테리사와 다른 친구들을 찾아내서 다시 만나야 한다는 것뿐이었다. 왜 그런지 이유를 아직 확실히 알 수 없으니 섣불리 브렌다와 논의할 수도 없었다. 토머스는 당분간 그 얘기는 꺼내지 않기로 마음먹었다.

잠시 후 그가 다시 물었다.

"어떤 곳이야?"

"뭐, 다른 대도시들이랑 비슷해. 광인들을 가차없이 도시 밖으로 쫓아내지. 그곳 주민들도 무작위로 자주 플레어 병 검사를 받아야 돼. 그들은 골짜기 건너편에 마을을 하나 더 지어놓고 새로 감염된 이들을 그리로 보내고 있어. 면역인들은 건너편 마을에서 감염인들을 관리하는 일을 하면서 꽤 많은 돈을 받고 있고. 아주 위험한 일이기는 해. 덴버와 건너편 마을 모두 함부로 드나드는 이가 없도록 삼엄하게 경비를 서야 하니까."

기억이 일부 돌아오기는 했지만 토머스는 플레어 병에 면역된 사람들에 대해서는 아는 바가 별로 없었다. 그래도 잰슨에게 들은 얘기는 기억에 생생했다.

"잰슨 얘기로는 사람들이 면역인들을 극도로 혐오한다던데, 면역 돌연변이라고 불러가면서. 왜 그렇다는 거야?"

"네가 플레어 병에 걸렸고 조만간 미쳐서 죽게 될 걸 안다고 쳐. 이미 감염이 됐으니까 병에 걸렸는지 여부가 아니라 언제 발병할지가 중요하게 되잖아. 사람들이 온갖 노력을 기울이고 있는데도 플레어 바이러스는 격리 구역으로 계속 파고들고 있어. 이런 상황에서 면역인들만 발병도 하지 않고 무사하단 말이야. 면역인들은 플레어 바이러스에 아무 영향도 받질 않고 그 바이러스를 전염시키지도 않아. 네가 일반인 같으면 건강한 면역인들을 미워하지 않겠어?"

토머스는 자신이 면역인이라 다행이라는 생각을 했다. 발병하는 것보다는 미움을 받는 편이 나으니까.

"그럴 수도 있겠지만 면역인들을 경원시하는 것보다는 가까이 두는 게 이득이잖아? 면역인들이 플레어 병 증상을 나타내지 않는다는 걸 알고 있다면 그들을 이용하는 편이 나을 텐데."

브렌다는 어깨를 으쓱하며 대답했다.

"이미 이용하고 있어. 정부는 물론이고 보안 프로그램을 운영하는 곳에서 면역인들을 데려다가 쓰고 있거든. 그래도 여전히 면역인들을 쓰레기 취급하는 사람들은 있어. 아무래도 비면역인들의 숫자가 훨씬 많으니까. 면역 돌연변이들은 경비원으로 일하면서 높은 급여를 받고 있는데, 그런 일자리라도 없으면 우리 같은 사람들은 덴버 같은 도시엔 발도 못 붙일 거야. 사실, 상당수 면역인들은 자신이 플레어 병에 면역되어 있다는 사실을 숨기려고 해. 호르헤나 나처럼 차라리 사악에서 일하는 쪽을 택하기도 하고."

"그럼 너랑 호르헤는 사악에서 일을 시작하기 전에 만났던 거야?"

"우린 각자 면역인 판정을 받은 후에 알래스카에서 만났어. 거기에 우리 같은 사람들이 모이는 비밀 야영지가 있었거든. 호르헤는 삼촌처럼 나를 돌봐주면서 보호자가 돼주겠다고 맹세했어. 그 무렵 아빠는 이미 살해당했고, 엄마는 자기가 플레어 병에 걸렸다는 걸 알고는 날 밀어냈어."

토머스는 무릎에 팔꿈치를 대고 앉아 앞으로 몸을 기울였다.

"네 아빠를 살해한 게 사악이었다면서. 그런데 자발적으로 사악을 찾아가서 그들을 위해 일하겠다고 했단 말이야?"

브렌다의 얼굴이 어두워졌다.

"살아남아야 했으니까. 사악의 날개 밑에서 성장하는 게 얼마나 살기 편한지 넌 몰라. 실제 세상에서 대부분의 사람들은 하루만이라도 더 생존하기 위해 안 하는 짓이 없어. 광인과 면역인은 각각 다른 문제에 직면해 있긴 하지만 결국 본질적으로 생존 문제인 거야. 다들 살아남고 싶어 해."

토머스는 대답하지 않았다. 뭐라고 해야 할지 알 수 없어서였다. 그가 인생에 대해 아는 거라곤 미로와 초열 지역, 그 밖에 듬성듬성 떠오른 기억들뿐이었다. 그는 어디에도 속해 있지 않은 듯, 공허하고 길을 잃은 기분이었다.

문득 심장이 조여드는 듯 아팠다.

"엄마한테 무슨 일이 일어났는지 알고 싶어."

자신의 입에서 이런 말이 나올 줄 몰랐던 터라 토머스는 깜짝 놀랐다.

브렌다가 물었다.

"너희 엄마? 기억났어?"

"엄마에 대한 꿈을 몇 번 꿨어. 예전에 겪은 일들이 꿈에 나온 것 같아."

"무슨 내용인데? 어떤 분이셨어?"

"엄마는…… 그냥 엄마였어. 나를 사랑하고 아껴주고 걱정해주셨어."

토머스는 갈라진 목소리로 말을 이었다.

"그들 손에 이끌려 엄마랑 헤어진 후로 나를 그렇게 따뜻하게 대해준 사람은 없었어. 엄마가 미쳐버렸을 걸 생각하면, 엄마한테 일어났을 법한 일을 생각만 해도 가슴이 아파. 피에 굶주린 광인이 엄마한테 무슨 짓을 했을까 봐……."

"그만해, 토머스. 그만."

브렌다가 손을 꼭 잡아주자 토머스는 마음이 다소 진정되었다.

브렌다가 말을 이었다.

"네가 이렇게 살아 있고, 살아남으려 애쓰고 있다는 걸 알면 얼마나 기뻐하시겠어. 네 엄마는 네가 플레어 병에 면역이 되어 있어서 아무리 엿 같은 세상이지만 그래도 어른으로 자라날 기회를 갖고 있단 걸 알고 돌아가셨잖아. 그리고 하나 더 말하자면, 넌 완전히 잘못 생각하고 있어."

바닥만 내려다보고 있던 토머스가 그 말에 고개를 들었다.

"뭘?"

"민호. 뉴트. 프라이팬. 네 친구들 모두가 널 아끼고 걱정하고 있어. 테리사도. 테리사가 초열 지역에서 그런 짓을 한 건 달리 선택의 여지가 없다고 판단했기 때문일 거야."

브렌다는 잠시 뜸을 들이다가 나지막하게 덧붙였다.

"척도 마찬가지고."

토머스는 찌르는 듯한 고통으로 가슴이 죄어들었다.

"척 그 녀석…… 그 녀석은……."

토머스는 말을 잇지 못하고 가만히 감정을 추슬렀다. 사실상 토머스가 사악을 경멸하게 된 가장 큰 이유는 바로 척이었다. 척 같은 어린애를 죽이는 자들이 무슨 선을 추구한단 말인가?

마침내 토머스는 하던 얘기를 계속했다.

"난 그 녀석이 죽어가는 모습을 지켜봤어. 죽기 전 몇 초 동안 척의 눈에 담겨 있던 건 오직 공포뿐이었어. 그런 짓을 하면 안 되는 거잖아. 사람한테 어떻게 그런 짓을 해. 누가 뭐라고 얘길 하든, 얼마나 많은 사람들이 미쳐서 죽어가든, 인류가 멸종이 되든 말든 알 게 뭐야. 플레어 병 치료제를 찾기 위해 어쩔 수 없었다고 해도, 난 척한테 그런 짓을 한 자들과 한패가 될 생각 없어."

"토머스, 진정해. 그렇게 세게 쥐고 있다간 손가락이 몽땅 부러

148

지겠다."

토머스는 언제 브렌다의 손을 놓았는지는 기억나지 않았다. 고개를 숙이고 보니 그는 어느새 피부가 하얗게 질리도록 자신의 손을 부여잡고 있었다. 손아귀에 힘을 풀자 비로소 손에 다시 혈색이 돌았다.

브렌다가 진지하게 고개를 끄덕이며 말했다.

"난 초열 지역 도시에서 완전히 마음이 바뀌었어. 내가 했던 모든 일을 사과할게."

토머스는 고개를 저었다.

"사과해야 할 사람은 난데 왜 네가 그래. 그냥 모든 게 다 엉망진창일 뿐이야."

토머스는 탄식을 하며 침대에 도로 드러누워 천장의 금속 격자무늬를 올려다보았다.

한참 후 브렌다가 다시 입을 열었다.

"아마 테리사 일행을 찾아낼 수 있을 거야. 다시 만나야지. 걔네도 사악의 손아귀에서 탈출했으니까 우리 편이야. 어쩌면 우릴 두고 먼저 떠나지 않으면 안 될 사정이 있었을 수도 있어. 걔들이 덴버로 도망친 것도 그리 놀라운 일이 아니고."

토머스는 브렌다의 예상이 맞길 바라며 그녀를 바라보았다.

"그럼 브렌다 네 생각에 우리가 가야 할 곳은……."

"덴버지."

토머스는 고개를 끄덕였다. 갑자기 확신이 서면서 덴버에 대해 호감이 생겼다.

"그래, 덴버."

브렌다는 미소 지으며 말했다.

"그런데 네 친구들이 거기 있기 때문만은 아니야. 훨씬 더 중요한 이유가 있어."

# 21

토머스는 브렌다를 바라보며 귀를 바짝 세웠다.

"너도 네 뇌에 뭐가 들어 있는지 알잖아. 우리가 처해 있는 제일 큰 문제가 뭐겠어?"

토머스는 잠시 생각해본 후 대답했다.

"사악이 우리 위치를 추적하거나 조종할 수 있다는 거."

"바로 그거야."

"그래서?"

또다시 토머스는 조급증이 일었다.

무릎을 꿇은 자세로 맞은편에 앉은 브렌다는 흥분하여 두 손을 비비며 몸을 앞으로 기울였다.

"덴버로 간 사람들 중에 한스라는 분이 있어. 우리처럼 면역인이고 의사야. 뇌 삽입장치와 관련된 계획 때문에 고위층들하고 의견이 틀어지기 전까진 사악에서 일했어. 한스는 사악이 하는 일이 너무 위험하다고 생각했어. 선을 넘는 짓이고 비인간적이라고. 사악은 그분이 떠나는 걸 허용하지 않았는데, 그분은 결국 탈출했어."

"사악 놈들 보안 참 허술하네."

토머스가 이렇게 중얼거리자 브렌다가 히죽 웃으며 말했다.

"우리한텐 다행이었지 뭐. 어쨌든 그분은 천재야. 너희들 뇌에 사악이 심어놓은 장치에 대해 아주 상세히 알고 있는 분이기도 하고. 그분이 덴버로 간 걸 어떻게 아느냐면, 초열 지역으로 내려가기 직전에 통신망으로 그분한테 문자를 받았거든. 그분이 너희들 머리에서 그 삽입장치를 빼내줄 수 있을지도 몰라. 적어도 그 장치를 망가뜨려놓는 정도는 하실 수 있을 걸. 어떤 식으로 작업을 하는지는 나도 잘 몰라. 그래도 그 장치를 건드릴 수 있는 사람이 있다면 바로 그분일 거야. 그것도 신이 나서 해주시겠지. 우리만큼이나 사악을 증오하는 사람이니까."

토머스는 잠시 생각을 해보고 말했다.

"사악이 우릴 조종하려고 들면 큰일인데. 놈들이 사람을 조종하는 걸 적어도 세 번은 봤어."

공터 본부에서 보이지 않는 힘에 저항해 몸부림치던 알비, 사악에게 조종당해 척을 칼로 찌른 갤리, 초열 지역의 작은 건물 바깥에서 토머스에게 제 의지대로 말하려고 안간힘을 쓰던 테리사. 그들 셋에 대한 기억이 토머스에게 가장 충격적으로 남아 있었다.

"그래. 사악은 널 마음대로 휘두르고 특정한 행동을 하게 만들수도 있어. 물론 네 눈을 통해 보거나 네 목소리를 듣는 것까지는 못 해. 그래도 네 뇌에 삽입된 그 장치를 못 쓰게 만들 필요는 있다고 봐. 그들이 그 장치를 통해 언제든 널 다시 관찰하려 들 수도 있으니까. 그만한 위험 부담을 안을 만하다는 판단이 서면 그들은 그렇게 하고도 남아. 우리로서는 절대 달갑지 않은 일이지만."

해결해야 할 일이 한두 가지가 아니었다.

"음, 그만하면 덴버로 가야 할 이유는 충분한 것 같네. 이따가 뉴트랑 민호가 잠을 깨면 어떻게 생각하는지 들어보자."

브렌다는 고개를 끄덕였다.

"그래."

브렌다가 가까이 다가와 허리를 굽히고 토머스의 볼에 입을 맞췄다. 토머스의 가슴과 팔에 전율이 일었다.

브렌다가 말했다.

"있잖아, 지하 터널에서 내가 했던 말이랑 행동 대부분은 연기가 아니었어."

그러고는 일어서서 조용히 토머스를 응시하다가 덧붙였다.

"가서 호르헤를 깨울게. 선장실에서 자고 있어."

브렌다가 돌아서서 가버린 후 토머스는 혼자 그 자리에 앉아 과거를 떠올렸다. 예전에 지하로에서 브렌다가 바짝 가까이 다가왔을 때 자신의 얼굴이 새빨갛게 달아오르지는 않았었기를 바랐다. 그는 양손을 깍지 껴 머리 뒤를 받치고 침대에 도로 드러누워 방금 들은 얘기를 곱씹었다. 이제 어디로 가야 할지 결정을 내렸다. 토머스의 얼굴에 미소가 번졌다. 방금 전 브렌다의 키스 때문만은 아니었다.


민호는 예전처럼 이번 모임을 팀장 회의라고 칭했다.

팀장 회의가 끝나갈 무렵 토머스는 머리가 지끈거렸다. 이러다 눈알이 튀어나오지 않을까 싶을 정도로 심한 두통이었다. 누가 의견을 내면 민호는 일부러 반론을 제기하면서 세세하게 따지고 들었고, 무슨 이유에서인지 회의를 진행하는 내내 브렌다를 노려보았다. 모든 면에서 자세히 검토해야 할 필요가 있다는 건 토머스도 알고 있지만 그래도 그는 민호가 브렌다를 조금은 너그럽게 봐주길 바랐다.

제안과 반박, 설왕설래, 원점으로 되돌아가기를 한 시간 동안 10여 차례 반복한 끝에 그들은 만장일치로 결론을 냈다. 덴버로 가기로 한 것이다. 정부의 수송 업무 일자리를 알아보러 온 면역인들이라고 거짓으로 자기소개를 하고 버그를 민간 공항에 착륙시켜두기로 계획을 세웠다. 다행히 버그에는 사악의 소유임을 나타내는 표시가 되어 있지 않았다. 사악은 버그를 타고 실제 세상으로 출동할 때 그 안에 사악의 사람들이 탑승해 있음을 외부에 알리고 싶어 하지 않았다. 덴버 시에서 토머스 일행은 플레어 병 검사를 받고 면역인으로 분류된 후 도시 안으로 들어갈 수 있게 될 것이다. 뉴트는 빼놓고. 플레어 병에 감염된 뉴트는 토머스 일행이 덴버 시에서 필요한 정보를 알아올 때까지 버그에 머물기로 했다.

그들은 서둘러 식사를 했다. 식사를 마친 후 호르헤는 버그를 조종하기 위해 자리를 떴다. 호르헤가 말하길, 자신은 충분히 휴식을 취했고 덴버에 도착하려면 몇 시간은 더 비행해야 하니 다들 잠이나 더 자두라고 했다. 덴버에 도착하더라도 밤을 지낼 곳을 찾아내려면 시간이 얼마나 더 걸릴지 알 수 없기 때문이었다.

토머스는 혼자 있고 싶어 두통을 핑계로 구석진 곳을 찾아갔다.

버그의 어느 후미진 곳에 놓여 있는 작은 안락의자를 찾아낸 그는 트인 공간을 뒤로 하고 안락의자에 웅크리고 앉았다. 담요를 집어 들어 몸에 두르자 오랜만에 아늑한 기분이 들었다. 앞으로 닥쳐올 일이 두려웠지만 지금은 평화로웠다. 드디어 사악의 속박에서 완전히 벗어났다는 생각이 들어서일 수도 있었다.

탈출 과정에서 있었던 일들을 돌이켜 생각해보았다. 곰곰이 되씹어보니, 그 과정이 딱히 사악의 계획대로 이루어진 것 같지는 않았다. 토머스 일행은 즉석에서 판단해 행동에 옮긴 경우가 많았고, 경비병들은 그들을 건물 안에 잡아두려고 죽기 살기로 덤볐으니까.

이 모든 상념을 뒤로하고 토머스는 마침내 잠에 빠져들었다. 그리고 꿈을 꾸었다.

열두 살 토머스는 의자에 앉아 어떤 남자를 마주 보고 있다. 그 남자는 그 자리가 영 편치 않은 얼굴이다. 그들은 관측창이 있는 방 안에 있다.

우울한 표정으로 남자가 말한다.

"토머스, 요즘 들어…… 네가 좀 산만해진 것 같던데. 중요한 일에 다시 집중을 해야지. 너와 테리사가 텔레파시 훈련을 잘하고 있어서인지 평가 자료를 보더라도 꽤 진전이 있던데. 그러니 다시 집중해서 해보자."

토머스는 창피하다. 이렇게 창피한 기분을 느끼는 것이 또 창피하다. 혼란스러워진 토머스는 그만 도망쳐 기숙사로 돌아가고 싶다. 남자가 그의 기분을 알아챈다.

"네가 완전히 집중할 때까지 우린 이 방에서 못 나가."

무자비한 판사가 내리는 사형 선고 같다. 남자가 계속해서 말한다.

"내 질문에 대답해. 아주 진실하게. 알겠어?"

토머스는 고개를 끄덕인다.

"우리가 왜 여기 있지?"

"플레어 병 때문에요."

"더 길게 얘기해. 자세히."

토머스는 곧장 대답하지 않는다. 최근 들어 토머스의 내면에 반항심이 생겨나고 있다. 하지만 남자가 듣고 싶어 하는 내용을 이 자리에서 읊어줬다간 반항심이 잦아들고 말 것 같다. 이들이 요구하는 대로 행동하고 이들이 정한 대로 배워야만 할 것 같다.

"어서."

남자가 재촉한다.

토머스는 오래전에 암기했던 내용을 단어 하나 빼놓지 않고 빠르게 내뱉는다.

"태양 플레어 현상이 지구에 닥쳐왔습니다. 여러 정부 건물들의 보안이 위태로워졌습니다. 세균전을 위해 인공적으로 만든 바이러스가 군질병관리본부에서 유출되었습니다. 그 바이러스는 주요 인구밀집지역에 떨어져 급속도로 퍼져나갔습니다. 그 바이러스로 인한 병명이 바로 플레어 병입니다. 살아남은 정부들은 모든 자원을 모아 사악에 투입했고, 사악은 플레어 병에 면역이 되어 있으면서 가장 질적으로 우수하고 머리 좋은 아이들을 찾아냈습니다. 사악은 뇌를 자극해, 기존에 알려진 인간의 모든 감정들의 뇌 패턴을 조사하고, 뇌에 플레어 바이러스가 뿌리 내린 상태에서 우리가 어떻게 행동하는지를 분석해내기 위한 계획을 실행에 옮기기 시작했습니다. 그 연구에 따라……."

토머스는 숨을 들이쉬고 내쉬어가며, 증오해 마지않는 단어들을 줄기차게 뱉어낸다.

그리고 그 꿈을 뒤로하고 도망친다. 어둠으로 달아난다.

# 22

토머스는 그간 꾸어온 꿈들에 대해 일행에게 추가로 얘기하기로 마음먹었다. 아무래도 그 꿈들이 조금씩 돌아오는 과거의 기억인 듯해서였다.

그날 두 번째 팀장 회의를 진행하기 위해 모두 모인 자리에서 토머스는 자신이 얘기를 끝마칠 때까지 조용히 들어만 달라고 요청했다. 버그를 조종 중인 호르헤도 같이 들을 수 있도록 그들은 조종석 근처에 의자를 끌고 와 앉았다. 토머스는 그동안 꾸었던 꿈들에 대해 하나씩 털어놓기 시작했다. 어린 시절의 기억, 그가 면역인임을 확인한 사악 쪽 사람들이 그를 데리고 갔던 일, 테리사와 함께한 훈련 등등. 기억할 수 있는 모든 내용을 다 털어놓고 반응을 기다렸다.

한참 만에 민호가 입을 열었다.

"지금 와서 그런 꿈 얘기가 무슨 상관인지 모르겠다. 사악이 더 싫어지긴 하네. 다행인 건 우리가 사악한테서 도망쳤다는 것이고, 테리사의 빌어먹을 얼굴을 다신 보지 않아도 된다는 거야."

회의 내내 짜증스러운 표정으로 일행과 거리를 두고 앉아 있던 뉴트가 처음으로 발언했다.

"문제는 그 잘난 척하는 계집애에 비하면 브렌다는 사악의 공주 급이라는 것이지."

그 말에 브렌다는 어이없다는 듯 눈을 위로 굴리며 대꾸했다.

"나 참…… 공주라고 불러주니 고맙다고 해야 하나?"

민호가 브렌다에게 불쑥 물었다.

"넌 언제 마음을 바꿨어?"

"뭐?"

"언제부터 사악을 그렇게 증오하게 된 거냐고? 넌 사악을 위해서 일했고, 초열 지역에서도 사악이 하라는 대로 다 했어. 우리 얼굴에 그 마스크를 씌우고 우릴 방해하려 하기도 했었고. 그런데 언제부터 뭣 때문에 우리 편으로 넘어오게 된 건데?"

신물 난다는 표정으로 한숨지은 브렌다는 분노 어린 단어들을 하나씩 토해냈다.

"사악의 편이었던 적 없어. 단 한 번도. 난 그들의 작업 방식이 늘 거슬렸지만 나 혼자서 뭘 어떻게 할 수 있었겠어? 호르헤랑 둘이서 힘을 합쳤어도 뭐가 가능했을까? 난 살아남기 위해 필요한 일을 했을 뿐이야. 그러다 초열 지역에서 너희들과 함께 지내면서 깨달았어. 잘하면 이 상황을 바꿔볼 수도 있겠구나 하고."

토머스가 화제를 돌렸다.

"브렌다, 그런데 이쯤해서 사악이 우리 행동을 제어하기 시작할 거 같진 않아? 우릴 방해하고 조종하는 식으로."

브렌다는 어깨를 으쓱했다.

"그래서 한스를 찾아가자는 거야. 사악이 무슨 짓을 할지 예상되니까. 그들이 실험대상자의 뇌 삽입장치를 조작하는 걸 몇 번 봤는데, 실험대상자를 가까이에서 관찰할 수 있을 때만 그렇게 하더라고. 지금은 너희가 그들 시야에서 벗어났잖아. 너희가 뭘 하고 있는지 자기네가 보질 못하니까 굳이 위험 부담을 안고 당장 억지로 조종하려고 들지는 않을 것 같기는 해."

뉴트가 브렌다에게 물었다.

"아니, 왜? 그냥 우리가 스스로 다리를 칼로 찌르게 하거나 의자에 몸을 묶게 한 다음에 우릴 잡으러 오면 되는 거 아냐?"

"아까도 말했지만 가까이서 관찰할 수 없는 상황이라서 그러진 않을 거야. 그들은 너희를 필요로 하니까. 너희가 다치거나 죽을 수도 있는 상황은 만들지 않으려고 할 걸. 물론 가능한 인원을 전부 동원해서 추적하고 있긴 하겠지만. 일단 관찰이 가능할 정도로 거리가 좁혀지면 또 너희 머리를 조종하기 시작할 거야. 충분히 그러고도 남아. 그러니까 어서 덴버로 가야 돼."

토머스는 이미 결심이 섰다.

"그래, 덴버로 가자. 덴버로 가느니 마느니 하는 말은 앞으로 나올 일 없어."

민호가 토머스의 말에 힘을 실어주었다.

"좋아. 찬성이야."

세 명 중 두 명이 찬성이었다. 모두의 시선이 뉴트에게 쏠렸다. 뉴트가 말했다.

"난 광인인데, 내 의견이 뭐가 중요해."

하지만 브렌다는 주장을 굽히지 않았다.

"우린 뉴트 널 덴버로 데려갈 거야. 넌 한스가 네 머릿속의 장치를 처리할 수 있을 정도로만 덴버에 머물면 돼. 네가 덴버 사람들과 최대한 접촉하지 않도록 우리가 조심해서……."

뉴트가 벌떡 일어나 의자 뒤의 벽을 주먹으로 쳤다.

"내 머릿속에 들어 있다는 그 장치 같은 건 아무래도 상관없어. 어차피 얼마 안 지나서 빌어먹을 종점을 지나게 될 텐데. 덴버 시의 건강한 사람들 사이를 돌아다니면서 그들을 감염시켜놓고 죽기는 싫어."

토머스는 주머니에 담긴 편지 봉투를 떠올렸다. 지금까지 그 편지에 대해서는 잊고 있었다. 당장 꺼내서 읽고 싶은 마음에 토머스는 손가락이 움찔거렸다.

침묵이 흘렀다.

잠시 후 뉴트가 어두운 표정으로 나지막하게 중얼거렸다.

"굳이 나까지 끼워 넣으려고 하지 마. 사악이 말하는 환상의 치료제가 효과 있을 리 없다는 건 다들 알고 있잖아. 난 기대도 안해. 이 똥 같은 행성에서 오래 살고 싶은 마음도 없어. 난 버그에 남아 있을 테니까 너희나 덴버로 들어가."

말을 마친 뉴트는 돌아서서 성큼성큼 모퉁이를 돌아 공용 구역 쪽으로 가버렸다.

"됐다. 팀장 회의는 이걸로 끝."

민호는 구시렁대며 일어나 뉴트를 쫓아갔다.

미간을 찌푸린 브렌다가 토머스를 바라보며 말했다.

"넌…… 우린…… 옳은 일을 하고 있는 거야."

"더 이상은 옳은 것도 그른 것도 없어. 끔찍한 상황과 덜 끔찍한 상황만 있을 뿐이지."

토머스의 목소리에서 멍한 기운이 배어 나왔다. 그는 잠을 자고 싶었다. 주머니에 든 편지 봉투를 손가락으로 만지작거리며 의자에서 일어나 민호와 뉴트의 뒤를 따라갔다. 편지에 뭐라고 적혀 있을까? 걸어가면서 생각에 잠겼다. 이 편지를 언제 개봉하면 되는지 어떻게 안단 말인가?

# 23

 

사악이 지배하지 않는 세상은 어떤 모습인지 토머스는 별로 상상해본 적이 없었다. 그런 세상을 눈앞에 두고 있다는 생각만으로도 토머스는 신경이 곤두서고 가슴이 두근거렸다. 그야말로 미지의 영역이었다.

"다들 준비됐지?"

브렌다가 물었다. 버그를 나와 화물칸 승강구 경사면 아래에 내려선 그들은 시멘트벽의 거대한 대형 쇠문을 30미터가량 앞에 두고 있었다.

"여기가 얼마나 매력적인 곳인지 그동안 잊고 있었구나."

호르헤가 콧방귀를 뀌며 이렇게 말하자 토머스가 물었다.

"뭘 어떻게 해야 되는지 확실히 아는 거 맞죠?"

"입 다물고 나한테 다 맡겨, 에르마노. 이제부터 우린 진짜 이름에 가짜 성을 붙여서 쓸 거야. 저 도시 사람들은 우리가 면역인이라는 것만 확인하면 기꺼이 받아줄 테니까 걱정 마. 하루나 이틀 내로 우리한테 정부 관련 일자리를 제공하겠다고 달려들게 되어 있어. 우린 귀한 면역인들이니까. 그리고 다시 한 번 강조하는데, 토머스 넌 함부로 수다 떨지 말고 입 조심 철저히 해."

브렌다가 옆에서 거들었다.

"민호 너도. 알겠지? 호르헤가 우리 모두를 위해 가짜 서류를 만들어놨어. 워낙 거짓말의 달인이거든."

민호가 비꼬았다.

"어련하시겠어."

호르헤와 브렌다가 먼저 쇠문을 향해 걸음을 옮겼고 민호가 그 뒤를 바짝 따라갔다. 토머스는 머뭇거리며 쇠문이 설치된 벽을 올려다보았다. 미로가 떠오르면서 그곳에서 겪은 끔찍한 일들이 뇌리를 스쳤다. 특히 두꺼운 담쟁이덩굴로 알비의 몸을 묶어 벽에 고정시켜놓고 괴수들을 피해 숨어 있던 그날 밤의 기억이 토머스의 마음을 어지럽혔다. 저 벽에는 담쟁이가 자라고 있지 않아 다행이었다.

쇠문까지의 거리가 무척 멀게 느껴졌다. 가까이 갈수록 벽과 문이 점점 높게 솟아오르는 듯했다. 마침내 거대한 문 앞에 이르자 어딘가에서 삐이- 하는 전자음이 들리고 이어서 여성의 목소리가 흘러나왔다.

"이름과 방문 목적을 말하십시오."

호르헤가 목청을 높였다.

"내 이름은 호르헤 갈라가이고 이들은 동료인 브렌다 디스페인, 토머스 머피, 민호 박입니다. 우린 정보 수집과 실증 연구를 하러 왔습니다. 나는 버그 조종사 면허증을 소지하고 있고요. 필요한 서류를 다 가져왔으니까 확인해보시죠."

그러고는 뒷주머니에서 데이터 카드 몇 장을 꺼내어 벽의 카메라를 향해 들어 올렸다.

"기다리시오."

토머스는 땀이 났다. 금방이라도 저 여자가 경보음을 울릴 것만 같았다. 그러면 경비병들이 득달같이 달려 나와 그를 사악에게 돌려보낼 것이다. 그 하얀 방으로, 어쩌면 더 지독한 곳으로 돌아가게 될지도 몰랐다.

기다리는 동안 토머스의 가슴이 방망이질 쳤다. 몇 분이 지났을까, 딸깍딸깍 소리가 몇 번 나더니 쿵 소리가 들렸다. 이윽고 쇠문 한쪽이 바깥쪽을 향해 열리며 경첩에서 끼이익 소리가 났다. 점점 넓어지는 문틈 너머를 살펴본 토머스는 바로 건너다보이는 좁은 길에 아무도 없음을 확인하고 마음을 놓았다. 그 길 끝에는 거대한 벽에 문이 하나 더 붙어 있었다. 그 문은 방금 열린 쇠문보다 좀 더 현대적인 틀이었고, 오른쪽 시멘트벽에 화면과 금속판 몇 개가 부착되어 있었다.

"어서 가자."

호르헤는 이렇게 말하고는 매일 그 문을 드나드는 사람처럼 태연하게 열린 문 안쪽으로 걸어 들어갔다. 토머스와 민호, 브렌다도 뒤따라가다가 좁은 길 끝의 벽 앞에서 멈춰 섰다. 바깥문 너머에서 보았던 화면과 금속판은 가까이서 보니 꽤 복잡하게 되어 있었다. 호르헤는 그중 제일 큰 화면의 버튼을 누르고 그들의 가짜 이름과 신분증 번호를 입력했다. 그는 다른 정보들도 입력한 후 큼직한 투입구에 데이터 카드들을 집어넣었다.

몇 분이 흘렀고 그들은 조용히 기다렸다. 시간이 갈수록 토머스의 불안은 커져갔다. 티를 내지 않으려 했지만 문득 엄청난 실수를 저지른 게 아닌가 하는 생각이 들었다. 보안이 덜 철저한 도시로 갔어야 하지 않을까, 이렇게 대놓고 진입하기보다는 몰래 들어갈 방법을 모색하는 편이 낫지 않았을까 싶기도 했다. 이 사람들이 그들의 거짓말을 눈치 챌 수도 있고, 도망자들이 찾아오면 알려달라고 사악이 미리 연락해뒀을 수도 있었다.

'진정해.'

토머스는 애써 마음을 달랬으나, 방금 이 말을 소리 내어 내뱉은 게 아닐까 싶어 덜컥 걱정이 되었다.

여성의 목소리가 다시 들렸다.

"서류는 유효한 것으로 확인되었습니다. 바이러스 검사대 앞으로 이동해주십시오."

호르헤가 오른쪽으로 걸음을 옮기자 벽의 금속판이 열리고 그 안에서 기계 팔이 나왔다. 눈구멍처럼 두 군데가 움푹 팬 괴상한 장치였다. 호르헤가 앞으로 걸어가 그 기계에 얼굴을 갖다 댔다. 두 눈을 그 눈구멍 같은 곳에 나란히 가져다 대자 짧은 철사가 슬그머니 나와 호르헤의 목을 콕 찔렀다. 이어서 째액, 딸깍, 하는 소리가 들렸다. 철사가 다시 장치 안으로 들어가고 호르헤는 뒤로 물러섰다.

금속판이 회전하여 도로 벽으로 들어가자 호르헤에게 적용됐던 장치가 모습을 감췄다. 잠시 후 그것과 똑같이 생긴 새로운 장치가 다시 금속판 밖으로 나왔고 여성의 목소리가 지시했다.

"다음 분."

브렌다가 토머스와 불안한 시선을 주고받은 후 그 기계로 다가가 얼굴을 가져다 댔다. 이번에도 철사가 그녀의 목을 찌른 후 쌔액, 딸깍 소리와 함께 사라졌다. 브렌다는 크게 안도의 한숨을 내쉬며 뒤로 물러서는 토머스에게 속삭였다.

"이 장치를 써본 게 오랜만이야. 갑자기 더 이상 면역이 아닌 상태로 변했을까 봐 불안해."

또다시 그 여성이 말했다.

"다음 분."

이번에는 민호가 그 장치로 다가섰다. 곧이어 토머스의 차례가 되었다.

검사용 금속판이 회전하면서 새로운 장치를 내밀었다. 토머스가 그 앞으로 걸어갔다. 새 철사가 나와서 자리를 잡자 토머스는 몸을 앞으로 기울여 눈을 위치에 갖다 댔다. 철사에 찔리면 아플 것 같아 마음의 준비를 하고 있는데 언제 목을 찔렸는지 알아챌 사이도 없이 끝났다. 장치 안쪽에 보이는 것이라곤 여러 가지 색깔로 깜박이는 빛뿐이었다. 장치 안쪽에서 바람이 훅 불어왔다. 토머스가 눈을 감았다 뜨자 그 빛들은 사라지고 어둠만 남았다.

몇 초 후 토머스는 뒤로 물러서서 차후의 과정을 기다렸다.

여성이 다시 말했다.

"여러분은 모두 '바감위' 없이 깨끗하며 면역이 된 것으로 확인되었습니다. 아시다시피 여러분 같은 면역인들에게 이곳 덴버는 다양한 기회를 제공하고 있습니다만, 거리에서 여러분이 면역인이라는 사실을 광고하고 다니지는 말아주십시오. 이 도시의 시민들은 모두 건강하고 바이러스가 없는 상태이나 면역인들에게 우호적이지 않은 시민들도 다수 있기 때문입니다."

호르헤가 대답했다.

"우린 간단히 처리할 일이 몇 가지 있어 온 거라 다시 나갈 겁니다. 일주일을 넘기지 않을 거예요. 그동안 그 비밀을 잘 지키도록 하죠."

토머스가 나지막하게 민호에게 물었다.

"바감위가 뭐야?"

"내가 알 거 같냐?"

토머스가 브렌다에게 물으려는데 브렌다가 질문을 듣지도 않고 대답했다.

"바감위는 바이러스 감염 위험의 약자야. 그런 질문 여기서 하지 마. 바감위도 모른다고 하면 의심을 사게 돼."

토머스가 그 말에 대꾸를 하려는데 갑자기 삐이– 하고 큰 소리가 나면서 문이 열렸다. 문 너머에 양옆의 벽이 금속으로 된 길이 하나 더 있고 그 끝에 닫힌 문이 또 있었다. 마찬가지로 두 짝으로 된 문이었다. 토머스는 이 길이 얼마나 더 길게 뻗어 있을지 궁금했다.

여성이 지시했다.

"한 명씩 탐지기로 입장해주십시오. 갈라가 씨부터 입장 바랍니다."

그들을 세 번째 길로 안내하려는 모양이었다.

호르헤가 먼저 문 안으로 들어갔고 그의 등 뒤로 문이 닫혔다.

"탐지기라는 건 뭐야?"

"말 그대로 탐지하는 장치."

토머스의 물음에 브렌다가 간단히 대답했다.

토머스는 브렌다에게 미간을 찌푸려 보였다. 그의 예상보다 더 짧은 시간 내에 위잉- 소리가 나고 문이 열렸다. 호르헤는 문 너머에 없었다.

여성의 지루해하는 듯한 목소리가 지시했다.

"디스페인 양 입장해주십시오."

브렌다가 토머스에게 고개를 까딱해 보이고는 탐지기 안으로 들어갔다. 1분쯤 후에 민호의 차례가 돌아왔다.

민호가 짐짓 심각한 표정으로 토머스를 쳐다보며 느끼게 말했다.

"저 너머에서 우리가 다시 못 만나게 되더라도 내가 널 사랑한다는 사실을 기억해주려무나."

토머스가 눈을 위로 굴리자 민호는 큭큭 웃으며 탐지기로 들어갔고 문이 닫혔다.

얼마 지나지 않아 여성이 토머스에게 탐지기 입장을 지시했다.

토머스가 그 안으로 들어가자 등 뒤로 문이 닫혔다. 나지막하게 삐이- 소리가 몇 번 나면서 바람이 불어왔다. 이윽고 앞쪽 문이 열리고 사방에 사람들이 보였다. 토머스는 심장 박동이 빨라졌지만 문 앞에서 기다리고 있는 친구들을 보고 긴장을 풀었다. 친구들 옆으로 다가선 토머스는 활기찬 분위기에 할 말을 잃었다. 그곳은 유리 천장으로 덮인 어느 거대한 건물의 안마당이었다. 햇빛이 쏟아져 내리는 그 안마당을 수많은 남녀가 입을 헝겊으로 막은 채 돌아다니고 있었다. 천장 한 모퉁이 너머로 여러 고층건물들의 꼭대기가 보였다. 그 건물들은 토머스 일행이 초열 지역을 지나면서 본 건물들과는 달리 햇빛 속에서 찬란히 빛나고 있었다. 토머스는 눈앞의 풍경에 넋이 나가 방금 전까지 자신이 얼마나 초조한 상태였는지도 잊어버릴 지경이었다.

"통과 과정이 그렇게 나쁘진 않았지, 무차초?"

호르헤의 물음에 민호가 냉큼 대답했다.

"재미있던데요."

토머스는 이 건물 내부에 대해서도 감탄해 마지않았다. 그는 목을 길게 빼고 방금 그들이 발을 들여놓은 이 거대한 건물 내부를 살펴보다가 물었다.

"여긴 뭐 하는 곳이야? 이 사람들은 다 누구지?"

토머스는 대답을 기다리며 친구들을 돌아보았다. 호르헤와 브렌다는 당황한 표정이었다. 그러다 브렌다의 표정이 곧 애잔함으로 바뀌었다.

"네가 기억을 잃었다는 걸 자꾸 잊어버리네."

브렌다는 나지막하게 대답하고는 두 팔을 벌려 주변을 가리키며 말을 이었다.

"여긴 쇼핑몰이야. 도시 전체를 둘러싼 벽을 따라 이런 쇼핑몰이 쭉 배치되어 있어. 쇼핑과 거래가 이루어지는 곳이야."

"이렇게 많은 사람들은 본 적이 없어……."

토머스는 말끝을 흐렸다. 진청색 재킷을 입은 남자가 토머스에게 시선을 고정한 채 다가오고 있었다. 그리 기분 좋아 보이는 표정은 아니었다.

"저기 좀 봐."

토머스는 이렇게 속삭이며 그 낯선 남자 쪽으로 고갯짓을 했다.

토머스 일행이 반응을 나타내기도 전에 남자는 그들 앞으로 성큼성큼 다가왔다. 남자는 짧게 고개를 끄덕여 인사한 후 말했다.

"사악 건물에서 몇 명이 탈출했다는 얘긴 들었습니다. 여러분이 타고 온 버그를 확인해보니 탈출자들이 타고 온 게 맞는 것 같더군요. 이제부터 내 충고를 마음에 잘 새기기 바랍니다. 두려워할 필요는 없습니다. 우리는 여러분의 협조를 바랄 뿐이고, 우리쪽에 합류할 경우 안전하게 보호해드리겠습니다."

그러고는 토머스에게 종이쪽지 하나를 내밀고 돌아서서 가버렸다.

민호가 물었다.

"저게 무슨 소리야? 뭐라고 적혀 있어?"

토머스는 그 쪽지를 내려다보며 읽었다.

"'당장 나를 만나러 와. 난 지금 오른팔이라고 하는 조직에 들어와 있어. 켄우드와 브룩셔 모퉁이에 있는 아파트 2792호로 오면 돼' 라고 적혀 있어."

쪽지 하단에 적힌 서명을 본 토머스는 목구멍에 덩어리가 걸린 것처럼 숨이 막혔다. 고개를 들어보니 민호도 얼굴에서 핏기가 가셔 있었다.

"갤리가 보낸 거야."

# 24

토머스가 더 설명할 필요는 없었다. 오랜 기간 사악에서 일해온 브렌다와 호르헤는 갤리가 누구인지, 공터에서 어떤 이유로 따돌림 받게 되었는지, 변화 과정 중에 되돌아온 기억 때문에 갤리와 토머스의 사이가 아주 좋지 않았다는 것까지 이미 알고 있었다.

갤리라는 이름을 본 순간 토머스의 머릿속에 떠오른 것은 칼을 던져 척을 죽인 성난 소년의 모습, 그 소년의 칼에 맞아 피를 흘리며 토머스의 품에서 죽어가던 척의 모습이었다.

당시 토머스는 이성을 잃고 갤리를 죽도록 때렸었다. 갤리가 이 쪽지를 보낸 게 맞는다면, 토머스는 갤리를 죽이지는 않은 것이다. 갑자기 안도감이 밀려들었다. 그는 갤리를 증오하기는 했지만 살인자가 되고 싶진 않았다.

그런데 브렌다가 말했다.

"갤리가 보낸 게 아닐 수도 있어."

"어째서? 구조대가 우릴 데리고 떠난 뒤에 갤리는 어떻게 되었는데? 혹시……."

안도감이 사라져갔다.

"죽었냐고? 아니야. 일주일 정도 치료실에 있으면서 광대뼈 골절 치료를 받았어. 그런데 갤리의 몸에 난 상처는 정신적인 타격에 비하면 아무것도 아니었던 것 같아. 사악이 갤리를 이용해 척을 죽이게끔 한 게, 그런 패턴을 얻어내면 꽤 가치가 클 거라고 심리팀원들이 판단해서였거든. 다 계획된 거였어. 갤리가 칼을 던질 때 척을 네 앞으로 이동시킨 것도 사악의 짓이었고."

한때 갤리에게 향했던 토머스의 분노가 사악으로 옮겨가, 그 단체에 대한 끝없는 증오로 자리 잡았다. 갤리가 꼴통이긴 했지만, 브렌다의 말이 사실이라면 갤리 역시 사악에게 이용당한 것뿐이었다. 그를 대신해 척이 죽은 것도 사고가 아니라 사악의 계획이었다니 토머스는 한층 더 분노할 수밖에 없었다.

브렌다가 계속해서 말했다.

"심리팀원 중 한 명이 그 일을 계획했는데, 너랑 그 장면을 목격한 공터인들의 반응뿐만 아니라 죽어가던 순간의 척의 반응까지도 관찰의 변수로 삼은 거였어."

짧은 순간이지만 토머스는 섬뜩한 분노에 사로잡혔다. 당장이라도 저 군중 속에서 아무나 붙잡고, 예전에 갤리에게 했듯이 죽도록 패고 싶은 심정이었다.

숨을 훅 들이쉰 토머스는 떨리는 손으로 머리카락을 쓸어 넘기며 악문 잇새로 내뱉었다.

"새삼 놀랄 일도 아니네."

브렌다가 말했다.

"갤리의 정신은 자기가 한 짓을 도저히 용납할 수 없었나 봐. 정신이 완전히 나가버려서 결국 사악이 그를 쫓아냈어. 갤리가 나가서 사악에 대해 뭐라고 떠들어대든 아무도 믿지 않을 거라고 판단한 거야."

"그런데 왜 이 쪽지를 보낸 게 갤리가 아닐 거라고 생각하는데? 상태가 호전되어서 여기로 와 있을 수도 있잖아."

브렌다는 고개를 저었다.

"글쎄, 어떤 가능성도 배제할 순 없지만, 내가 봤을 때 갤리는 플레어 병 증상을 보이는 것 같았어. 의자를 먹으려고 들고 침을 뱉고 악을 쓰면서 제 머리를 쥐어뜯었으니까."

호르헤가 옆에서 거들었다.

"나도 봤어. 어느 날 경비병들 옆을 지나가더라고. 혈관 속에 딱정벌레들이 있다고 악을 쓰면서 옷을 홀랑 벗고 복도를 뛰어다니더라니까."

토머스는 정신을 바짝 차리려 애쓰며 말했다.

"쪽지에 '오른팔'이라고 적혀 있던데 무슨 다른 의미가 있는 건지 모르겠어요."

호르헤가 대답했다.

"여기저기 오른팔 조직원들이 포진해 있다는 소문이 돌고 있어. 사악을 붕괴시키는 것을 목표로 하는 지하 조직이라던데."

"그럼 더더욱 쪽지에 적힌 대로 해봐야겠는데요."

브렌다의 생각은 달랐다.

"한스를 찾아가는 게 우선 아닐까?"

토머스는 쪽지를 들어 올리고 흔들며 말했다.

"갤리를 만나는 게 더 급해. 이 도시에 대해 아는 사람이 필요하다고."

무엇보다도 토머스의 직감이 갤리를 만나는 데서부터 일을 시작해야 한다고 말해주고 있었다.

"함정이면 어떡해?"

브렌다의 물음에 민호도 맞장구를 쳤다.

"맞아. 그럴 가능성도 생각해봐야지."

토머스는 고개를 저었다.

"아니. 사악이 어떤 식으로 일을 진행하는지는 다들 알잖아. 그들은 내가 어떻게 행동할지를 예상하고 그 반대로 행동하게 만드는 쪽으로 늘 수작을 부려왔어."

"뭐?"

세 사람은 혼란스러운 표정을 했다.

토머스가 좀 더 자세히 설명했다.

"그래서 이제부터는 내 직감대로 행동하려고 해. 우선 여기 적힌 곳으로 가서 갤리를 만나보자. 쪽지를 보낸 사람이 갤리가 맞는지 정도는 확인해볼 수 있잖아. 그 녀석도 공터에서 살았으니 우리 편이 돼줄지도 몰라."

세 사람은 표정 변화 없이 토머스를 바라보았다. 반론을 제기하려는 것 같기도 했다.

토머스는 서둘러 말을 맺었다.

"좋아. 다들 별말 없으니까 알아들은 걸로 해석할게. 동의해줘서 다행이다. 그런데 여기 적힌 장소로 어떻게 가야 돼?"

브렌다가 과장되게 한숨을 지으며 대답했다.

"택시라고 들어본 적 있니?"

쇼핑몰에서 서둘러 끼니를 때운 그들은 택시를 잡아타고 도심으로 향했다. 호르헤가 택시 기사에게 요금을 지불하기 위해 카드를 건넸다. 사악이 그들을 쫓고 있다는 생각에 불안해진 토머스는 택시 안에 자리를 잡고 앉자마자 기사가 듣지 못하게 귓속말로 호르헤에게 그 점에 대해 물어보았다.

호르헤는 말없이 걱정스러운 얼굴로 그를 쳐다보기만 했다.

토머스가 넘겨짚어 물었다.

"우리가 여기로 온 걸 갤리가 이미 알고 있었다는 점 때문에 걱정되세요?"

호르헤는 고개를 끄덕였다.

"약간은. 그 쪽지를 가져온 남자가 한 얘기대로라면, 사악 건물에서 탈출한 이들이 있다는 얘기가 밖으로 흘러나갔고 그때부터 오른팔이라고 하는 그 조직이 우릴 찾아다닌 걸 수도 있어. 그 조직원들이 여길 근거지로 삼고 있단 얘길 들은 적이 있기는 해."

옆에서 브렌다가 의견을 내놓았다.

"테리사 일행이 우리보다 먼저 여기로 들어와서, 그것 때문에 오른팔이 우리에 대해 알게 된 건지도 몰라."

토머스는 그다지 마음이 놓이지 않아 호르헤에게 다시 물었다.

"앞으로 어떻게 할지 확실하게 알고 계시는 거죠?"

"우린 괜찮을 거야, 무차초. 우리가 이 도시로 들어온 이상 사악이 우리 위치를 파악하기까지 시간이 꽤 걸릴 수밖에 없어. 도시에서는 네 생각보다 사람들 사이에 섞여 들기가 쉽거든. 그러니까 긴장 풀어."

과연 호르헤의 말처럼 추적을 잘 피할 수 있을지 토머스는 확신이 서지 않았지만 일단은 등받이에 등을 기대고 차창을 내다보았다.

택시가 덴버 시의 도로를 달리는 동안 눈에 들어오는 풍경에 토머스는 숨이 멎을 지경이었다. 공중을 날아다니는 비행선들은 어렸을 때 본 적이 있었다. 사람을 태우지 않고 무장만 한 경찰비행선인데 다들 그런 기기들을 경찰기라고 불렀다. 비행선 외에는 전부 낯설었다. 거대한 고층건물들, 휘황찬란한 홀로그램 광고들, 거리를 오가는 수많은 사람들. 실제로 존재하는 것들이라고는 좀처럼 믿기지가 않았다. 어쩌면 사악이 그의 시신경을 조종하여 또 다른 모의시험을 하고 있는 건지도 모른다는 생각이 살짝 들기도 했다. 전에 이런 도시에 살아본 적이 있었나? 혹시 살아본 적 있다면, 어떻게 이 화려함을 잊어버릴 수 있었을까.

차량들로 붐비는 길을 지나며, 어쩌면 이 세상이 그렇게 형편없는 곳은 아닐지도 모른다는 생각이 문득 들었다. 이곳은 수천 명의 사람들이 일상을 살아가는 공동체였다. 택시가 전진할수록 처음에 보지 못했던 도시의 세세한 모습들이 토머스의 시야에 들어왔다. 그리고 시간이 지날수록 점점 긴장이 더해갔다. 그의 눈에 띈 사람들은 대부분 불안해 보이는 표정들이었고 접촉을 삼가는 인상을 풍겼다. 단순히 예의를 차리기 위해서가 아니라 서로 일정한 거리를 두려고 애쓰는 모습들이었다. 쇼핑몰에서처럼 대다수의 사람들은 입과 코를 마스크나 헝겊으로 가린 채 걸어 다니고 있었다.

건물 벽마다 포스터와 표지판이 너저분하게 붙어 있었다. 대부분 찢어지거나, 스프레이식 페인트가 뿌려져 있어 내용을 알아보기 힘들었다. 플레어 병에 대한 경고 및 예방 조치에 관한 내용, 도시를 떠나는 행동의 위험성과 감염인을 마주쳤을 때의 행동강령 등이 일부 보이기는 했다. 종점을 지난 광인들의 섬뜩한 모습이 그려진 포스터들도 있었다. 토머스는 그중 머리카락을 뒤로 묶은 어느 여성의 단호한 얼굴이 근접 촬영된 포스터를 주목했다. 그 포스터 하단에는 '페이지 총장은 여러분을 사랑합니다'라는 표어가 적혀 있었다.

페이지 총장. 토머스는 곧바로 그 이름을 알아보았다. 믿어도 되는 사람이라고, 믿을 수 있는 유일한 사람이라고 예전에 브렌다가 말했던 바로 그 사람이었다. 토머스는 고개를 돌려 브렌다에게 자세히 물어보려다가 멈칫했다. 지금 말고 나중에 둘만 있을 때 얘기를 꺼내야 된다는 생각이 퍼뜩 들어서였다. 지나가면서 페이지 총장의 얼굴이 담긴 포스터들을 몇 번 더 봤는데 대부분 낙서로 더럽혀져 있었다. 악마의 뿔과 우스꽝스러운 콧수염까지 그려져 있어 그런 포스터만 봐서는 페이지 총장이란 여자가 원래 어떤 생김인지 알아보기 힘들 정도였다.

거리마다 여러 보안대원들이 순찰을 돌았다. 수백 명은 족히 되겠다 싶은 보안대원들은 모두 붉은 셔츠에 가스 마스크를 착용했다. 한 손에는 무기를, 다른 손에는 휴대용 바이러스 검사기를 들고 있었다. 토머스 일행이 이 도시로 들어오면서 얼굴을 가져다 댔던 바이러스 검사기의 소형 버전인 듯했다.

도시 외벽에서 멀어져 도심으로 갈수록 거리는 점점 더 더러워졌다. 사방에 쓰레기가 널려 있고 창문들은 박살이 났으며 벽마다 낙서가 가득했다. 건물 높은 곳의 창문에 햇빛이 비쳐 반짝거리는데도 거리에는 여전히 어둠이 깔려 있었다.

택시가 어느 골목으로 진입했다. 골목에 오가는 이가 전혀 없어 토머스는 놀랐다. 택시는 20층 이상 되어 보이는 시멘트 건물 앞에서 멈췄다. 택시 기사가 호르헤의 카드를 돌려주었다. 토머스는 그게 여기가 목적지이니 이만 내리라는 뜻이구나 생각했다.

그들이 모두 내리자 택시가 떠났다. 호르헤가 제일 가까이에 있는 계단을 가리키며 말했다.

"2792호면 저 계단으로 올라가면 돼. 2층이야."

민호가 휘파람을 불며 비꼬았다.

"아주 아늑해 보이는 아파트구만."

토머스도 민호와 같은 생각이었다. 내키지 않는 분위기인 데다, 낙서로 뒤덮인 칙칙한 회색 벽돌 건물을 보고 있자니 토머스는 신경이 곤두섰다. 저 계단을 올라가 그 안에서 기다리고 있는 사람이 누구인지 알아봐야겠다는 마음을 접고 싶을 정도였다.

뒤에서 브렌다가 토머스를 슬쩍 밀며 말했다.

"여기로 오자고 한 건 네 생각이잖아. 앞장서."

힘겹게 마른침을 삼킨 토머스는 조용히 앞으로 걸어가 천천히 계단을 올랐다. 나머지 일행은 그의 뒤를 따랐다. 2792호의 뒤틀리고 금이 간 나무문은 그 자리에 천년 동안 계속 서 있었던 것처럼 오래돼 보였고, 녹색 페인트의 흔적만 색이 바랜 채 일부 남아 있었다.

호르헤가 속삭였다.

"이건 미친 짓이야. 완전히 돈 짓이야."

민호가 코웃음을 쳤다.

"토머스가 전에도 한번 그 자식을 패서 반쯤 죽여놓은 적이 있으니까 이번에도 또 덤비면 알아서 손보겠죠."

"그놈이 총을 들고 나와서 쏴대면 어쩌게."

결국 토머스가 한마디 했다.

"둘 다 조용히 좀 있으면 안 될까?"

토머스는 신경이 바늘 끝처럼 곤두서 있었다. 조용히 앞으로 다가간 토머스가 문을 두드렸다. 문이 열리기까지 몇 초간의 정적에 피가 말랐다.

문을 열고 나온 검은 머리의 소년이 공터 출신의 갤리임을 토머스는 단박에 알아보았다. 의심할 여지가 없었다. 다만 갤리의 얼굴은 잔뜩 망가져 있고 곳곳에 엷고 희끄무레한 상처가 민달팽이처럼 돋아 있었다. 오른쪽 눈의 붓기는 영원히 빠질 것 같지 않았다. 척의 일이 있기 전부터도 워낙 큼직하고 기형적인 모양새였던 코는 심하게 비뚤어져 있었다.

갤리가 쉰 목소리로 말했다.

"어서 와. 세상의 종말이 다가왔어."

# 25

·

갤리가 뒤로 물러서며 문을 활짝 열었다.

"들어와."

토머스는 자신이 갤리의 얼굴에 해놓은 짓을 막상 확인하게 되자 죄책감이 들었다. 어떻게 행동해야 할지, 무슨 말을 해야 할지 떠오르지 않았다. 그저 고개를 끄덕이고는 아파트 안으로 힘겹게 발을 들여놓았다.

어둡긴 해도 깔끔한 방 안에는 가구 한 점 없고 베이컨 냄새가 났다. 커다란 창문에 노란 담요를 걸쳐놓아서 방 안에 기괴한 잔광이 비쳐들고 있었다.

갤리가 말했다.

"앉아."

토머스는 자신이 덴버에 온 사실을 오른팔이 어떻게 알고 있는지, 원하는 게 무엇인지 당장 묻고 싶었으나, 제대로 된 대답을 얻으려면 이들의 규칙에 따라야 할 듯했다. 토머스 일행은 맨바닥에 일렬로 앉았고 갤리는 재판관처럼 그들을 마주 보고 앉았다. 희미한 조명 속에서 갤리의 얼굴은 끔찍하기 이를 데 없었고 부어오른 오른쪽 눈은 핏발이 서 있었다.

토머스가 어색하게 입을 열었다.

"민호는 알 거고."

이 말에 민호와 갤리가 고개를 끄덕여 짧게 인사했다. 토머스가 계속해서 말했다.

"이쪽은 브렌다와 호르헤야. 한때 사악에서 일하던 사람들이지만……."

갤리가 그의 말을 잘랐다. 미친 것 같지는 않고 다소 둔하게 느껴지는 목소리였다.

"누군지 알아. 사악 놈들이 내 과거를 돌려줘서. 그리고 한마디 더 할게."

그러고는 민호를 쳐다보며 덧붙였다.

"야, 네가 전에 공터에서 마지막 팀장 회의 때 나한테 아주 잘 대해줘서 무지하게 고맙게 생각하고 있다는 것만 알아둬라."

잔뜩 비꼬는 투였다.

그때 일이 생각나 토머스는 움찔했다. 마지막 팀장 회의 때 민호는 갤리를 바닥에 쓰러뜨리고 으름장을 놨다. 지금껏 토머스는 그 일을 까맣게 잊고 있었다.

민호가 대꾸했다.

"그날은 내가 기분이 별로여서 그랬어."

표정을 봐서는 민호가 진심으로 하는 말인지 조금이라도 미안해하기는 하는 건지 알 수가 없었다.

"그래, 뭐. 지나간 일은 잊어야지. 그렇지?"

갤리는 이렇게 말하며 킬킬 웃었는데, 방금 한 말과는 달리 그때의 일을 결코 잊을 생각이 없어 보였다.

민호는 당시의 일을 후회하지 않을지도 모르지만 토머스는 미안하게 생각하고 있었다.

"내가 한 일에 대해 사과하고 싶어, 갤리."

토머스는 갤리의 눈을 똑바로 쳐다보며 이렇게 말했다. 갤리가 진심을 믿어주길, 사악이야말로 그들의 공동의 적임을 인지하길 바라서였다.

"사과하고 싶다고? 내가 척을 죽였는데 무슨 소리야. 척은 나 때문에 죽었어."

그 말을 들으며 토머스는 마음이 놓이기보다 슬펐다.

브렌다가 갤리를 달랬다.

"네 잘못이 아니었어."

갤리는 퉁명스럽게 내뱉었다.

"똥 같은 소리 하고 있네. 내가 근성이 있었으면 사악이 나를 조종하지 못하게 끝까지 거부했겠지. 하지만 난 그냥 내버려뒀어. 그들이 날 이용해서 토머스를 죽일 줄 알았거든. 척이 아니라. 그 불쌍한 꼬마를 죽일 줄 알았으면 난 절대로 그들에게 날 맡기지 않았을 거다."

민호가 비아냥댔다.

"퍽이나 관대하군."

토머스는 솔직하게 털어놓는 갤리에게 놀라서 물었다.

"날 죽이고 싶었다고?"

갤리는 비웃음을 흘렸다.

"징징대지 마. 내가 살면서 너보다 더 증오한 인간은 없었어. 하지만 과거의 일은 이제 더 이상 중요하지 않아. 미래 얘기나 하자. 세상의 종말에 대해 얘길 해보자고."

호르헤가 나섰다.

"잠깐만, 무차초. 네가 어쩌다 사악한테서 쫓겨나 지금 거기 그러고 앉아 있게 된 건지 그 과정을 상세히 설명하는 게 우선이라고 보는데."

민호도 거들었다.

"우리가 여기 온 걸 언제 어떻게 알았는지도 털어놔. 우리한테 쪽지를 전한 그 이상한 남자는 또 누구냐?"

갤리는 또 킬킬 웃었다. 얼굴이 일그러지자 한층 더 무시무시했다.

"사악하고 같이 있다 보면 타인에 대한 신뢰를 쌓질 못하게 되기는 하지."

토머스가 말했다.

"호르헤와 민호의 말이 맞아. 어떻게 된 상황인지 우선 얘길 해줘야 우리가 도울 거 아냐."

"돕는다고? 그런 식으로 말할 수는 없을 텐데? 우리가 같은 목적을 갖고 있는 건 확실하지만."

"내 말은, 우리가 널 믿을 수 있게 해달라는 거야. 솔직하게 얘기해봐."

한참 뜸을 들인 후 갤리가 입을 열었다.

"너희한테 쪽지를 전달한 사람은 리처드고, 오른팔 조직원이야. 오른팔은 이 지긋지긋한 행성에 남아 있는 모든 대도시와 소도시에 조직원들을 두고 있어. 우리의 옛 친구인 사악을 무너뜨리고 사악의 자금과 영향력을 가져다가 진짜로 중요한 일에 사용하려는 게 바로 오른팔의 목적이야. 문제는 사악처럼 거대하고 강력한 단체를 흔들어놓을 만한 자원이 오른팔에 없다는 거고. 오른팔은 행동에 나서고 싶어 하지만 아직은 정보가 부족한 형편이야."

브렌다가 말했다.

"그 조직에 대해서라면 들은 적이 있어. 그런데 넌 어쩌다가 그 조직과 엮이게 됐어?"

"오른팔은 사악의 주요 기관에 첩자 두어 명을 심어놨어. 내가 사악에 잡혀 있을 때 그 첩자들이 나한테 접근해서, 미친 척을 해대면 사악이 날 내쫓을 거라고 알려줬어. 어차피 난 거기서 벗어날 수만 있으면 무슨 짓이든 안 가리고 할 판이었어. 오른팔은 사악의 본부 건물이 어떤 식으로 기능하는지, 보안 체계는 어떤지 등을 알고 있는 내부 사람이 필요했고, 그래서 나를 호송해 가는 사악의 차량을 공격해서 나를 빼내 여기로 데려왔어. 너희가 여기로 온다는 건 넷블록을 통해 익명의 문자를 받고 알게 된 거고. 난 또 너희가 그 문자를 보낸 줄 알았지."

토머스는 어떻게 된 거냐는 눈빛으로 브렌다를 쳐다보았으나 브렌다는 어깨를 으쓱할 뿐이었다.

갤리의 설명이 이어졌다.

"그런데 얘길 들으니까 너희는 아닌 거 같네. 어쩌면 사악 본부의 누군가가 너희들을 잡아올 현상금 사냥꾼들을 모집하려고 그런 문자를 뿌린 걸지도 모르지. 어쨌든 너희가 탈출했단 정보를 입수하고 우린 공항 시스템을 해킹해서 버그가 어디쯤에 나타났 는지 추적했어."

토머스가 물었다.

"그래서, 사악을 붕괴시키는 방법을 논의하자고 우릴 여기로 부른 거란 말이야?"

토머스의 마음에 일말의 희망이 생겨났다.

갤리는 천천히 신중하게 고개를 끄덕인 후 대답했다.

"말 참 쉽게 한다. 어쨌든 맞아. 요지는 그거야. 그리고 두 가지 큰 문제가 있어."

브렌다가 조급하게 물었다.

"뭔데? 빨리 말해."

"가만히 좀 들어."

갤리가 반발하자 토머스가 브렌다를 거들고 나섰다.

"무슨 문제?"

브렌다를 쏘아보던 갤리의 시선이 토머스에게 향했다.

"첫째는 플레어 병이 이 빌어먹을 도시에 걷잡을 수 없이 번지 고 있다는 거야. 감염된 자들이 정부의 실력자들이라서 더 쉬쉬하 면서 온갖 부패한 짓거리를 하고 있어. 그자들이 축복 마취제를 써서 바이러스에 감염된 걸 숨기고 일반인들 사이에 섞여 살다 보 니까 플레어 병이 줄기차게 퍼져나가고 있는 거야. 이 도시뿐만 아니라 세계 어디에서든 마찬가지겠지. 이 괴물 바이러스를 영원 히 내몰 방법은 없으니까."

토머스는 두려웠다. 광인들이 장악한 세상은 생각만 해도 소름이 끼쳤다. 만약 그렇게 되면 얼마나 끔찍한 세상이 될지 감히 상상조차 할 수 없었다. 그런 세상에서라면 면역인이라고 해도 특별히 유리한 입장도 아닐 것이다.

민호가 갤리에게 물었다.

"두 번째 문제는 뭔데? 지금 말한 그 문제만으로도 감당하기 버겁지만, 들어나 보자."

"우리 같은 사람들과 관련된 문제야."

브렌다가 당황한 표정으로 갤리의 말을 되풀이해 받았다.

"우리 같은 사람들이라고? 면역인들?"

갤리가 몸을 앞으로 기울였다.

"그래. 면역인들이 실종되고 있어. 납치당하고 있는 건지 어디로 도망을 치고 있는 건지 모르지만 아무튼 사라지고 있어. 어떤 정보원한테 들은 얘기에 따르면, 면역인들을 모아 사악에 팔아넘기는 자들이 있대. 사악은 면역인들을 받아다가 시련 과정을 계속하는 데 쓰고 있다더라고. 처음부터 시련 과정을 다시 시작한다나 어쩐다나. 그게 사실이든 아니든, 이 도시를 비롯해 여러 도시에 거주 중인 면역인들의 수가 지난 6개월 사이에 절반으로 줄었어. 대부분 흔적 하나 남기지 않고 사라졌지. 덕분에 온갖 골칫거리들이 생겨나고 있어. 이런 도시를 유지하려면 보통 우리가 생각하는 것보다 면역인들이 더 많이 필요하거든."

한층 더 초조해진 토머스가 물었다.

"사람들 대부분이 면역 돌연변이들을 증오한다며. 우릴 면역 돌연변이라고 부른다던데? 면역인들이 살해당했거나 해코지를 당했을 수도 있잖아."

토머스는 갤리가 언급한 사악의 개입 가능성을 생각하고 싶지 않았다. 사악이 면역인들을 납치해 토머스 일행이 겪었던 것과 똑같은 시련 과정을 다시 겪게 만든다니, 너무 끔찍했다.

갤리가 대답했다.

"아닐 걸. 믿을 만한 정보원한테 들은 얘기라서. 사악의 짓거리인 것 같은 냄새도 팍팍 풍기고. 이 두 가지 문제가 결합해서 상황을 악화시키고 있어. 정부는 부정하고 있지만 플레어 병이 이 도시에 온통 퍼져나가고 있는 상태고, 면역인들은 사라지고 있어. 이러다간 덴버에 온전한 사람 하나 남지 않게 생겼어. 다른 도시들도 마찬가지겠지."

호르헤가 물었다.

"그래서 우리가 뭘 어떻게 해주길 바라는 거냐?"

갤리는 어이 없어 하는 표정이었다.

"뭐라고요? 문명이 끝장나도 상관없어요? 도시들이 붕괴되고 있단 말입니다. 조만간 이 세상은 우릴 저녁거리로 잡아먹고 싶어 하는 미친놈들로 넘쳐날 거라고요."

토머스가 나섰다.

"물론 상관있지. 우리가 뭘 어떻게 해주면 되는데?"

"야, 내가 아는 건 사악이 한 가지 목표를 향해 나아가고 있다는 것뿐이야. 치료제 발견 말이야. 물론 치료제 따윌 찾을 수 있을 리 없지. 그런데 만약 우리가 사악의 자금과 자원을 손에 넣는다면 그걸 제대로 필요한 데 쓸 수 있어. 감염되지 않은 건강한 사람들을 보호하는 데 쓸 수가 있다고. 너도 그렇게 되기를 바라는 것 같은데."

토머스는 물론 그리 되길 바랐다. 그것도 아주 간절히.

더 이상 아무도 얘기를 하지 않자 갤리는 어깨를 으쓱하며 말했다.

"어차피 우린 잃을 것도 별로 없는데 뭐라도 해봐야 되지 않겠냐."

토머스가 말했다.

"갤리, 테리사 일행도 사악 본부에서 탈출했는데 그들에 대한 소식 들은 거 있어?

갤리는 고개를 끄덕였다.

"있어. 우린 그들도 찾아내서 너희한테 준 것과 똑같은 쪽지를 전했어. 아까 말한 내 정보원이 누구일 것 같냐?"

토머스는 중얼거렸다.

"테리사구나."

희망이 토머스의 마음에 다시 피어났다. 사악 본부에서 기억이 복구된 테리사는 아마도 사악에 관한 모든 일을 기억하게 되었을 것이다. 그래서 입장을 달리하게 되었을까? '사악은 선해'라고 줄기차게 주장하던 테리사가 결국 사악에 등을 돌리게 된 걸까?

갤리가 말했다.

"그래, 맞아. 시련 과정을 처음부터 다시 시작하려는 사악의 입장에 동의를 못 하겠다고 테리사가 말하더라. 널 찾을 수 있으면 좋겠다는 얘기도 했었어. 아, 하나 더 있다."

토머스는 나지막하게 중얼거렸다.

"또 뭔지 불길하네."

갤리가 어깨를 으쓱했다.

"요즘 불길하지 않은 게 어디 있냐. 어쨌든 우리 쪽 사람들 중 한 명이 너희를 찾으러 나갔다가 이상한 소문을 들었대. 사악 본부에서 탈출한 모든 사람들과 관계가 있는 소문이라고 했어. 사악이 너희의 위치를 추적할 수 있는지 없는지 모르겠지만, 너희가 덴버로 왔을 거라고 추측을 하고 있는 모양이야."

토머스가 물었다.

"어째서? 어떤 소문인데?"

"전에 사악에서 일했고 지금은 이 덴버 시에서 살고 있는 한스라는 남자의 목에 어마어마한 현상금이 걸렸대. 사악은 너희가 한스를 만나러 여기로 왔을 거라 여기고 있고, 한스를 죽일 작정이라나 봐."

# 26

브렌다가 일어서며 말했다.

"어서 가자. 당장."

호르헤와 민호가 자리에서 일어섰고 토머스도 마찬가지였다. 브렌다가 전에 했던 말이 옳았다. 한스를 찾는 게 지금은 제일 급했다. 머릿속의 추적 장치를 빼내야 하니까. 사악이 한스를 찾아내기 전에 토머스 일행이 먼저 그를 만나야 했다.

"갤리, 지금 말한 거 다 사실이라고 맹세할 수 있어?"

토머스의 물음에 갤리는 앉은 자리에서 꼼짝 않고 대답했다.

"전부 사실이야. 오른팔은 행동에 나서고 싶어 해. 지금 우리가 이렇게 노닥거리는 동안에도 오른팔은 계획을 세우고 있어. 그들한테 필요한 건 사악에 관한 정보인데, 너희 말고 누가 우릴 더 잘 도와줄 수 있겠냐? 테리사 일행도 포섭할 수 있으면 더 좋겠지. 우리 조직 입장에서는 한 명이라도 더 모을 필요가 있으니깐 말이야."

토머스는 갤리를 믿기로 했다. 서로 호감을 느낀 적은 한 번도 없지만 공동의 적을 상대하고 있으니 한 팀이 되어도 좋을 것이다.

"그 조직에 들어가려면 어떻게 해야 돼? 여기로 다시 와야 되는 거야? 아니면 다른 접선 장소가 있어?"

갤리가 미소를 지었다.

"여기로 다시 와. 앞으로 일주일 동안 아침 9시쯤 오면 돼. 내가 근처에 있을 거야. 그때까지 우린 어떤 조치도 취하지 않아."

토머스는 호기심이 일었다.

"조치라고?"

"이만하면 충분히 설명했어. 더 알고 싶으면 다시 와. 난 여기 있을 거니까."

토머스는 고개를 끄덕이고 손을 내밀었다. 갤리가 그 손을 잡았다.

토머스가 말했다.

"널 비난할 생각 없어. 넌 변화 과정을 겪으면서 내가 사악을 위해 어떤 일을 했는지 다 봤잖아. 내가 네 입장이었어도 나를 믿지 못했을 거야. 네가 원해서 척을 죽인 게 아니라는 것도 이제 알게 됐고. 그렇더라도 만날 때마다 얼싸안지는 말자."

"당연하지."

토머스가 돌아서서 보니 브렌다가 현관문 앞에서 기다리고 있었다. 토머스가 문을 나서기 전에 갤리는 그의 팔꿈치를 잡으며 말했다.

"꿈지럭댈 시간 없어. 어서 행동에 나서야 돼."

"다시 올게."

토머스는 이렇게 말하고 친구들을 따라 문밖으로 나갔다. 미지의 세계에 대한 두려움에서 벗어난 토머스의 마음에 희망이 들어와 자리 잡았다.

다음 날도 토머스 일행은 한스를 찾아내지 못했다. 그들은 옷과 음식을 구입한 후 호르헤를 따라 싸구려 모텔로 향했다. 호르헤와 브렌다가 토머스는 이름조차 들어본 적 없는 사람들에게 전화를 수십 통씩 하는 동안, 토머스와 민호는 객실에 비치된 컴퓨터를 이용해 넷블록을 검색했다. 여러 시간 알아본 끝에, 호르헤의 표현에 따르면 '적의 적, 그리고 그 적의 친구의 친구'를 통해, 그들은 마침내 한스의 거주지 주소를 알아냈다. 이미 날이 어두워져서 그들은 일단 모텔에서 잠을 자기로 했다. 호르헤와 브렌다가 1인용 침대를 하나씩 차지했고 토머스와 민호는 좁은 바닥에 누워 잠을 청했다.

다음 날 아침 그들은 샤워를 하고 음식을 챙겨 먹은 후 새 옷으로 갈아입었다. 나가서 택시를 잡아탄 그들은 한스가 살고 있다는 곳으로 곧장 향했다. 한스는 갤리의 아파트에 비해 별로 나을 것도 없는 허름한 아파트에서 살고 있었다. 토머스 일행은 4층으로 올라가 회색 금속 문을 두드렸다. 문을 열고 나온 아주머니는 한스라는 사람은 모른다는 말만 되풀이했지만 호르헤는 포기하지 않고 계속 물었다. 잠시 후 머리카락이 희끗희끗하고 강인한 턱을 가진 남자가 여자의 어깨 너머로 모습을 드러내더니 걸걸한 목소리로 말했다.

"들어오시라고 해."

1분쯤 후, 토머스와 세 친구는 주방의 비딱한 식탁에 둘러앉았다. 그들 모두의 시선은 무뚝뚝하고 차가운 한스라는 남자에게 쏠려 있었다.

한스가 입을 열었다.

"건강한 모습을 보니 좋구나, 브렌다. 자네도 좋아 보이는군, 호르헤. 그동안 어떻게 지냈는지는 지금 별로 듣고 싶지 않으니까, 찾아온 용건이나 말해."

"우리가 왜 찾아왔는지 제일 큰 이유는 짐작하실 거예요."

브렌다가 토머스와 민호를 턱 끝으로 가리키며 말을 이었다.

"그리고 사악이 선생님 목에 현상금을 걸었단 얘기를 얼마 전에 들었어요. 우선 서둘러 얘네들 머리를 봐주시고 나서 이 도시를 빠져나가셔야 될 거예요."

한스는 이 도시를 빠져나가라는 말에도 대수롭지 않다는 듯 어깨를 으쓱하더니 토머스와 민호를 가만히 쳐다보며 물었다.

"아직도 뇌에 삽입장치가 들어 있다고?"

토머스는 고개를 끄덕였다. 불안했지만 이런 감정을 이겨내고 말리라 마음먹었다.

"저를 조종하는 이 장치를 빼내고 싶습니다. 과거의 기억을 돌려받고 싶지도 않고요. 어떤 식으로 수술을 하시는지 우선 좀 알려주셨으면 하는데요."

한스는 넌더리를 내며 인상을 찌푸렸다.

"이게 무슨 한심한 소리냐? 뭐 이런 나약한 겁쟁이를 내 집으로 데려왔어, 브렌다?"

토머스가 브렌다보다 먼저 대답했다.

"전 겁쟁이가 아닙니다. 그리고 지금 머릿속에 담긴 사람들에 대한 기억만으로도 차고 넘치니까 과거의 기억을 복구시킬 필요가 없다는 거고요."

한스는 두 손을 들어 올렸다가 식탁을 내리쳤다.

"내가 너희들 머리에 수술을 해줄 거라고 누가 그러더냐? 그렇게 해줄 만큼 내가 너흴 마음에 들어 한다고 누가 그래?"

그러자 민호가 구시렁댔다.

"덴버에는 친절한 사람들은 없는 건가?"

"3초 줄 테니까 내 아파트에서 당장 나가!"

듣다 못한 브렌다가 소리쳤다.

"다들 입 좀 다물어요!"

그러고는 한스에게 몸을 굽히고 조용히 말했다.

"중요한 얘기니까 잘 들으세요. 토머스가 중요 인물이라서 사악은 토머스를 도로 잡아들이려고 수단과 방법을 가리지 않을 거예요. 이대로 뒀다간 사악이 접근해서 토머스나 민호를 다시 조종하려고 들 텐데 그런 위험을 두고 볼 수는 없어요."

토머스를 쏘아보던 한스는 표본을 관찰하는 과학자처럼 새삼 그를 면밀히 살펴보았다.

"별로 중요 인물 같아 보이진 않는데."

한스는 고개를 가로젓더니 자리에서 일어서며 말했다.

"수술 준비 하는 데 5분 정도 걸릴 거다."

그러고는 추가 설명 없이 옆문으로 쑥 들어갔다. 토머스는 한스가 자신을 알아본 게 아닐까 하는 생각이 들었다. 어쩌면 한스는 토머스가 미로로 투입되기 전 사악을 위해 무슨 짓을 했는지도 알고 있는 게 아닐까.

브렌다는 의자에 편하게 기대앉으며 안도의 한숨을 쉬었다.

"저 정도면 나쁘진 않은 반응이었어."

그 말에 토머스는 생각했다.

'그래, 나쁜 일들은 이제부터 시작일 테니까.'

한스가 수술을 해주겠다고 해서 일단 안심이 되었지만 토머스는 주변을 둘러보면서 점점 불안해졌다. 지저분하고 낡은 아파트에서 낯선 남자가 그의 뇌를 휘젓게 내버려둘 수밖에 없는 상황이기 때문이었다.

민호가 큭큭 웃었다.

"너 겁 먹었구나, 토미."

그러자 호르헤가 민호에게 말했다.

"너도 같은 수술을 받을 거라는 거 잊지 마, 무차초. 저 백발 노친네가 5분이라고 했으니까, 조용히 수술받을 준비나 해."

민호가 받아쳤다.

"수술이야 빨리 할수록 좋죠 뭐."

머리가 지끈거리기 시작해서 토머스는 탁자에 팔꿈치를 댄 채 두 손으로 머리를 감싸 쥐었다.

브렌다가 귓속말로 물었다.

"괜찮아, 토머스?"

토머스는 고개를 들었다.

"그냥 좀……."

그 순간 날카로운 통증이 척추를 타고 흘러내리며 나머지 단어들은 토머스의 목구멍에 걸려버렸다. 통증은 빠르게 그의 등을 훑은 후 곧장 사라졌다. 토머스는 움찔하며 의자에 앉은 채로 허리를 폈다. 곧이어 경련이 일면서 그의 두 팔이 앞으로 쭉 뻗어 나가고 두 발은 멋대로 이리저리 발길질을 해댔다. 몸이 휘청하면서 그는 의자에서 바닥으로 굴러 떨어지고 말았다. 온몸이 마구 떨렸다. 딱딱한 타일 바닥에 등을 부딪치며 토머스는 비명을 질렀다. 멋대로 움직이는 팔다리를 제어하려 안간힘을 썼지만 뜻대로 할 수가 없었다. 그의 발은 바닥을 내리치고 정강이는 식탁 다리를 걷어찼다.

브렌다가 소리쳤다.

"토머스! 왜 그래?"

몸은 제어할 수 없었지만 토머스의 정신은 또렷했다. 옆으로 다가와 앉으며 그를 진정시키려 애쓰는 민호, 그리고 눈을 휘둥그렇게 뜨고 그 자리에 얼어붙은 호르헤의 모습이 시야 한 귀퉁이로 보였다.

토머스는 입을 열어 말을 하려고 했으나 침만 줄줄 흘러내렸다.

브렌다가 그를 내려다보며 소리쳤다.

"내 말 들려? 토머스, 왜 그러냐고!"

갑자기 토머스의 사지가 잠잠해졌다. 다리가 쭉 펴지며 긴장이 풀어지고 팔이 옆구리로 늘어졌다. 그대로 옴짝달싹할 수가 없었다. 토머스는 몸을 움직여보려고 안간힘을 썼지만 소용없었다. 말이라도 해보려고 했지만 입 밖으로 말 한마디조차 내뱉을 수가 없었다.

브렌다의 얼굴에 공포가 어렸다.

"토머스?"

어찌된 일인지, 토머스의 몸이 그의 의지와 관계없이 다시 움직이기 시작했다. 팔다리가 멋대로 움직여 그를 일어서게 만들었다. 꼭두각시가 된 기분이었다. 토머스는 비명을 내지르려 했지만 아무 소리도 나오지 않았다.

민호가 물었다.

"괜찮아?"

몸이 의지에 반하는 행동을 계속하자 토머스는 겁에 질렸다. 흔들거리던 토머스의 머리가 조금 전 이 집 주인이 사라졌던 옆문으로 향했다. 그리고 그의 입에서 그의 생각과 무관한 단어들이 나오기 시작했다.

"그걸 하게…… 내버려두지…… 않겠다."

# 27

토머스는 필사적으로 저항하면서 몸의 근육을 제어하려 했다. 그러나 이질적인 무언가가 이미 그의 몸을 완전히 장악한 상태였다.

브렌다가 고함쳤다.

"토머스, 사악이 널 조종하고 있어! 지지 말고 버텨!"

자신의 손이 브렌다의 얼굴을 밀어 바닥에 쓰러뜨리는 광경을 토머스는 속수무책으로 바라볼 수밖에 없었다.

호르헤가 브렌다를 보호하려 다가오자 토머스는 팔을 뻗어 호르헤의 턱을 빠르게 강타했다. 호르헤의 머리가 뒤로 젖혀지면서 입술에서 피가 배어 나왔다.

또다시 토머스의 입에서 멋대로 단어들이 튀어나왔다.

"그걸 하게…… 내버려두지…… 않겠다!"

이번에는 고함이어서 목이 아팠다. 마치 그의 뇌가 이 한 문장

만으로 프로그램돼서 다른 말은 할 수 없는 상태인 것 같았다.

쓰러졌던 브렌다가 일어섰다. 민호는 혼란스러운 표정으로 멍하니 서 있을 뿐이었다. 호르헤가 분노로 눈에 불을 켜며 턱으로 흘러내린 피를 손으로 닦아냈다.

문득 토머스의 내면에 어떤 기억이 거품처럼 떠올랐다. 사악의 허락 없이 뇌 삽입장치를 제거하지 못하도록 하는 자동 안전장치가 프로그래밍되어 있다는 것. 토머스는 어서 진정제 주사를 놓으라고 친구들에게 소리쳐 알리고 싶었지만 할 수가 없었다. 토머스는 휘청거리며 옆문 쪽으로 걸어가면서, 앞을 가로막는 민호를 옆으로 밀쳐냈다. 주방 카운터로 쓰러지다시피 몸을 기울인 토머스는 손을 뻗어 싱크대 옆에 놓인 칼을 움켜잡았다. 그가 칼을 떨어뜨리려 안간힘을 쓸수록 그의 손가락은 더더욱 단단히 칼을 잡았다.

멍하게 있던 민호가 마침내 정신을 차리고 소리쳤다.

"토머스! 싸워서 이겨! 빌어먹을 사악 놈들을 네 머리에서 몰아내!"

토머스는 칼을 치켜든 채 고개를 돌려 민호를 바라보았다. 이토록 무력하게 몸조차 제어하지 못하는 자신이 증오스러웠다. 토머스는 다시 한 번 말을 해보려 안간힘을 썼지만 소용없었다. 그의 몸은 오로지 뇌 삽입장치가 제거되지 못하도록 막는 데에만 열중하고 있었다.

민호가 물었다.

"날 죽일 작정이냐, 꼴통아? 갤리가 척한테 그랬던 것처럼 나한테 그 칼을 던지려고? 어디 해봐. 던져봐."

자신의 몸이 하려는 일이 바로 그것일까 봐 일순간 토머스는 공포에 사로잡혔다. 하지만 그의 몸은 이내 반대 방향으로 돌아섰다. 그쪽 방향에 위치한 옆문에서 마침 한스가 나오고 있었다. 주변을 돌아본 한스의 두 눈이 휘둥그레졌다. 아무래도 한스가 그의 주요 공격 목표인 듯했다. 자동 안전장치는 뇌 삽입장치를 제거하려는 자를 공격하게끔 되어 있는 모양이었다.

"이게 다 무슨 난리냐?"

한스의 물음에 토머스가 말했다.

"그걸 하게…… 내버려두지…… 않겠다."

"이렇게 될까 봐 걱정했던 건데."

한스는 이렇게 중얼거리며 일동을 돌아보았다.

"다들 이쪽으로 와서 도와!"

토머스는 자신의 머릿속에서 자동 안전장치가 작용하는 방식이 극소형의 거미들이 가동시키는 극소형의 장치와 비슷할 것 같다는 생각을 했다. 그는 자동 안전장치의 힘에 끌려가지 않으려 이를 악물었다. 하지만 그의 팔은 위로 올라갔고 손은 칼을 단단히 쥐고 있었다.

"그걸 하게……."

토머스의 말이 끝나기도 전에 누군가 뒤에서 달려들었다. 그 충격으로 토머스는 칼을 놓쳤다. 바닥으로 고꾸라진 토머스는 고개를 돌려 얼굴을 확인했다. 민호였다.

민호가 말했다.

"난 네가 사람을 죽이게 내버려두지 않을 거야."

"내 등에서 내려와!"

토머스가 악을 썼다. 이게 자신의 말인지 사악의 말인지 분간이
되지 않았다.

민호는 토머스의 양팔을 바닥으로 잡아 눌렀다. 그는 토머스의
등에 올라탄 채로 숨을 헐떡이며 말했다.

"놈들이 네 머리에서 나갈 때까지 안 내려가."

토머스는 웃고 싶었지만 그의 얼굴은 그런 간단한 명령조차 따
르지 않았다. 온몸의 근육 하나하나가 팽팽하게 긴장해 있었다.

브렌다가 말했다.

"한스가 손을 봐야만 멈출 거야. 한스?"

한스가 토머스와 민호 옆에 무릎을 꿇고 앉았다.

"내가 그런 작자들과, 특히 너 같은 놈과 일했었다는 게 믿어지
지가 않는구나."

한스는 이 말을 내뱉으며 토머스를 똑바로 쳐다보았다.

토머스는 이 모든 광경을 무력하게 바라보았다. 어떻게든 근육
의 긴장을 풀고 한스가 작업을 수월하게 할 수 있도록 돕고 싶었
다. 그런데 갑자기 몸 안에서 어떤 작용이 일어나 토머스는 허리
를 위로 들어 올렸다. 그는 민호에게 붙잡혀 있던 두 팔을 빼내려
몸부림쳤다. 민호는 토머스의 등에 아예 올라타고 찍어 누르려 했
다. 하지만 누군가의 조종에 의해 토머스의 체내에서 아드레날린
이 마구 분출되었다. 토머스는 곧 민호의 힘을 압도하며 그를 등
에서 밀어냈다.

순식간에 일어선 토머스는 바닥에 떨어져 있던 칼을 주워 들고
마구 휘두르며 한스에게 돌진했다. 한스는 팔을 들어 올려 칼을
막았으나 이미 그 자리에 붉은 줄이 그어졌다. 한데 엉켜 쓰러진

토머스와 한스는 바닥을 구르며 몸싸움을 벌였다. 토머스는 멈추려고 갖은 노력을 다했지만 그의 손은 칼부림을 계속했고 한스는 이리저리 몸을 피했다.

가까운 어딘가에서 브렌다가 고함치는 소리가 들렸다.

"토머스를 붙잡아!"

토머스 주변에 손들이 나타나 팔을 붙잡았다. 누군지 몰라도 토머스의 머리카락을 움켜잡고 잡아당기는 바람에 토머스는 고통에 찬 비명을 내지르며 아무렇게나 칼을 휘둘렀다. 몸은 제멋대로였지만 토머스의 마음에는 안도감이 밀려들었다. 호르헤와 민호가 토머스를 제압하면서 한스에게서 떼어내고 있었다. 토머스는 바닥으로 거칠게 내동댕이쳐지면서 손에서 칼을 놓쳤다. 누군가에게 걷어차인 칼이 쩔그럭 소리를 내며 주방 저편으로 날아가 떨어졌다.

"그걸 하게 내버려두지 않겠다!"

토머스는 소리쳤다. 스스로를 제어할 수 없는 상황임에도 불구하고 토머스는 자신이 증오스러웠다.

민호가 토머스를 똑바로 내려다보며 마주 소리쳤다.

"입 닥쳐!"

그러고는 몸부림치며 손아귀에서 벗어나려 하는 토머스를 호르헤와 힘을 합쳐 찍어 눌렀다.

"넌 미쳤어, 이 자식아! 놈들이 널 미치게 만들고 있단 말이야!"

토머스는 네 말이 옳다고 민호에게 말해주고 싶었지만, 막상 입을 연다고 해도 뜻한 대로 말이 나올지 자신이 없었다.

민호가 한스에게 고개를 돌리고 소리쳤다.

"어서 이 녀석 머리에서 그 장치를 꺼내야 돼요!"

그러자 토머스가 악을 썼다.

"안 돼! 안 돼!"

토머스는 몸을 비틀고 팔을 휘저으며 맹렬하게 저항했다. 하지만 네 명은 더 이상 힘에서 토머스에게 밀리지 않았다. 결국 네 명은 토머스의 팔다리를 하나씩 붙잡기에 이르렀다. 토머스를 바닥에서 들어 올린 그들은 주방을 나가 좁은 복도를 지나갔고, 토머스의 발길질과 몸부림에 벽에 붙어 있던 액자 몇 개가 바닥으로 떨어지면서 유리가 와장창 부서지는 소리가 뒤따랐다.

토머스는 계속해서 괴성을 질러댔다. 그는 자신을 조종하는 세력에게 저항할 힘이 더 이상 남아 있지 않았다. 그의 몸은 민호를 비롯한 나머지들에게 계속 맞섰고, 그의 입은 사악이 휘두르는 대로 말을 뱉어냈다. 마침내 토머스는 저항을 포기했다.

한스가 토머스보다 더 크게 소리쳤다.

"이 안으로 들여!"

그들은 비좁고 답답한 실험실로 들어갔다. 온갖 기구들이 놓인 탁자 두 개와 수술대 하나가 놓여 있었다. 사악 본부에서 본 적 있는 마스크와 비슷하긴 한데 좀 더 조악하게 생긴 마스크가 빈 매트리스 위에 드리워져 있었다.

한스가 지시했다.

"수술대에 눕혀!"

그들이 토머스를 수술대에 바로 눕힌 후에도 토머스는 계속 버둥거렸다.

"누가 이쪽 다리를 대신 잡아줘. 진정제 좀 놓게."

다른 쪽 다리를 잡고 있던 민호가 한스의 말에 얼른 한 손을 뻗어 나머지 다리도 잡고 온몸으로 찍어 눌렀다. 토머스는 예전에 공터 본부 건물에서 뉴트와 함께 알비를 이렇게 잡아 눌렀던 기억이 났다. 당시 알비는 변화 과정을 겪고 막 깨어난 참이었다.

한스가 무언가를 찾느라 서랍을 덜그럭 쩔그럭 뒤적거리는 소리가 들렸다. 잠시 후 한스가 옆으로 다가오며 말했다.

"최대한 움직이지 못하게 잡아!"

토머스는 놓여나려고 있는 힘껏 악을 쓰며 마지막으로 한 번 더 발악했다. 브렌다에게 잡혀 있던 팔이 자유로워지면서 호르헤의 얼굴에 주먹을 날렸다.

브렌다가 얼른 다시 그쪽 팔을 붙잡으려 애쓰며 소리쳤다.

"그러지 마!"

토머스는 다시 몸을 들썩이며 내뱉었다.

"그걸 하게…… 내버려두지 않겠다."

그는 살면서 이토록 깊이 좌절했던 적이 없었다.

한스가 소리쳤다.

"움직이지 않게 꽉 잡으라고, 젠장!"

브렌다가 토머스의 팔을 간신히 다시 붙잡아 상체로 내리눌렀다.

그 순간 토머스는 다리에 따끔한 통증을 느꼈다. 그의 몸은 뇌 삽입장치 제거를 격렬하게 거부하고 있는데 그의 마음은 그것을 몹시 절박하게 원하고 있는 몹시도 괴상한 상황이었다.

어둠이 내리며 몸부림이 가라앉자 드디어 토머스는 자신을 통제할 수 있게 되었다. 마지막 순간에 토머스는 "그 새끼들 정말 싫어"라고 중얼거리고는 정신을 잃었다.

# 28

캄캄하고 몽롱한 약기운 속에서 토머스는 꿈을 꾸었다.

열다섯 살의 토머스가 침대에 걸터앉아 있다. 책상 램프에서 흘러나오는 호박색 빛만이 어두운 방 안을 비추고 있다. 테리사도 함께 있다. 테리사는 의자를 끌어다가 침대 옆에 두고 토머스 가까이에 앉는다. 멍하고 비참한 얼굴로.

그리고 테리사는 조용히 입을 연다.

"우린 이렇게 해야만 했어."

토머스는 그곳에 있지만, 그곳에 없기도 했다. 무슨 일이 있었는지는 세세히 기억나지 않지만, 그의 속이 온통 썩어빠진 오물 같다는 것만은 알고 있다. 토머스와 테리사는 끔찍한 짓을 저질렀는데, 이 꿈을 꾸고 있는 토머스의 자아는 그 짓이 무엇인지 확실히 알지 못한다. 그는 그 사람들이 요청한 대로 한 것뿐이라는 역겨운 생각을 하며 섬뜩한 기분에 사로잡힌다.

테리사가 되풀이해 말한다.

"우린 이렇게 해야만 했어."

"알아."

토머스는 먼지처럼 삭막한 목소리로 대답한다.

'말살'이라는 단어가 문득 뇌리를 스친다. 기억을 둘러싼 벽이 잠시 얇아지며 무시무시한 사실이 저 너머에서 슬그머니 떠오른다.

테리사가 다시 말하기 시작한다.

"그들은 이렇게 끝을 내주길 원했어, 톰. 점점 미쳐가면서 수년을 보내느니 죽는 게 나아. 그들은 이제 이 세상을 떠났어. 우리로선 선택의 여지가 없었고 최선을 다한 거야. 이미 끝난 일이니까 더는 미련 두지 마. 새로운 인력들을 훈련시켜서 시련 과정을 계속 진행해야 해. 이제 와서 그만두기엔 이미 너무 멀리 와버렸어."

토머스는 테리사가 밉지만 찰나의 감정일 뿐이다. 테리사가 강하게 마음먹으려 애쓰고 있음을 알기 때문이다.

"내가 그 짓을 꼭 마음에 들어 해야 할 필요는 없는 거잖아."

그랬다. 그는 그 짓이 마음에 들지 않는다. 이토록 강렬하게 스스로를 증오해본 적이 없다.

테리사는 고개만 끄덕일 뿐 대꾸하지 않는다.

토머스는 열다섯 살 자신의 내면으로 침입하고자 한다. 무제한의 공간 속에서 기억을 더듬어보기 위해서다. 플레어 병에 감염되어 말살 절차에 따라 죽임 당한 초기 창조자들. 그 자리를 대신할 무수한 지원자들. 두 군데서 1년 넘게 혹독히 진행 중인 미로 시련, 그리고 매일 나오는 결과들. 느리지만 단단히 구축되어가는 청사진. 대체 인력 훈련.

기억을 향해 손만 뻗으면 곧 잡힐 듯하다. 그러나 토머스는 생각을 달리한다. 기억을 외면하기로 한 것이다. 과거는 과거일 뿐. 이제 미래만이 있을 뿐이다.

그는 어두운 망각으로 가라앉는다.


토머스는 안구 뒤쪽으로부터 묵직한 통증을 느끼며 몽롱한 상태로 깨어났다. 세세한 내용은 희미해졌지만 꿈은 아직 맥박처럼 그의 두개골 안에서 고동치고 있었다. 그는 말살에 대해 알고 있었다. 말살은 최초의 창조자들을 대체 인력으로 교체함을 의미했다. 최초의 창조자들에게 플레어 병이 발병하자 토머스와 테리사는 그들을 몰살시킬 수밖에 없었다. 오직 토머스와 테리사만이 플레어 병에 면역되어 있었으므로 달리 선택의 여지가 없었다. 토머스는 그 일에 대해 다시는 생각하지 않으리라 속으로 단단히 다짐했다.

가까이에 놓인 의자에 민호가 앉아서 졸고 있었다. 깜박 잠이 들었는지 고개를 숙인 채 코를 골고 있는 모습이었다.

토머스가 나지막하게 그를 불렀다.

"민호. 야, 민호! 일어나."

민호는 천천히 눈을 뜨고 기침을 했다.

"어? 왜? 무슨 일이야?"

"아무 일도 없어. 그냥 어떻게 된 건지 알고 싶어서. 한스 씨가 뇌 삽입장치의 작동을 멈춰주신 거야? 수술은 끝났어?"

민호는 크게 하품을 하며 고개를 끄덕였다.

"그래. 너랑 나 둘 다. 다 했다고 말하시더라. 야, 너 참 지독하게 날뛰었는데. 전부 기억나?"

당혹감에 토머스는 얼굴을 붉혔다.

"물론이지. 아까는 마비된 것처럼 몸이 전혀 내 마음대로 움직여지지 않았어. 안간힘을 썼는데도 나를 조종하는 걸 멈출 수가 없더라고."

"이 자식, 아주 내 불알을 도려내려고 작정한 것처럼 덤비더라!"

토머스는 소리 내어 웃었다. 그렇게 웃어보는 게 오랜만이라 토머스는 기분이 좋아졌다.

"잘라내지 못한 게 한이다. 그랬으면 미래에 꼬마 민호들이 이 세상에 퍼져나가는 걸 막을 수 있었을 텐데."

"나한테 빚졌다는 것만 기억해둬."

"그래."

토머스는 이들 모두에게 빚을 졌다.

브렌다와 호르헤, 한스가 심각한 표정으로 들어왔다. 토머스의 얼굴에서 미소가 가셨다.

토머스는 억지로 목소리를 꾸며 명랑한 투로 물었다.

"갤리가 들러서 격려 인사라도 하고 갔나 봐? 다들 축 처져서 우울해 보이는 게."

호르헤가 물었다.

"언제부터 그렇게 기분이 좋아졌냐, 무차초? 몇 시간 전까지만 해도 칼로 우릴 찌르려고 들더니."

토머스는 사과하고 사정을 설명하려 했지만 한스가 가로막았다. 한스는 수술대 쪽으로 몸을 기울여 토머스의 두 눈에 차례로 작은 빛을 비췄다.

"이 정도면 머릿속이 아주 깔끔해진 것 같다. 자동 안전장치 때문에 수술이 약간 힘들긴 했지만 통증은 곧 가실 거야."

토머스는 브렌다를 돌아보며 물었다.

"수술이 제대로 된 거지?"

"제대로 됐어. 네가 더 이상 우릴 칼로 찔러 죽이려고 하지 않는 것만 봐도 뇌 삽입장치가 작동을 멈춘 걸 알 수 있잖아. 그런데……."

"그런데 뭐?"

"그게, 테리사나 에어리스하고 다시는 텔레파시로 대화를 못 하게 됐어."

어제 같으면 텔레파시 능력을 상실한 것이 슬프게 느껴졌을 수도 있겠지만 지금은 오히려 안심이 됐다.

"원하던 바야. 다른 문제는 없고?"

브렌다는 고개를 저었다.

"없어. 그런데 한스 부부가 여기서 계속 생활하는 건 아무래도 위험해서 떠나기로 하셨대. 한스 씨가 그 전에 너한테 할 말이 있다고 하시던데."

토머스와 브렌다가 편하게 얘기를 나눌 수 있게 벽 쪽으로 물러나 서 있던 한스가 눈을 내리깔고 앞으로 다가왔다.

"너희들과 같이 다니면서 돕고 싶다만 난 아내가 있는 몸이라 힘들 것 같구나. 가족을 최우선으로 보호해야 하니까. 너희들에게 행운을 빌어주마. 내가 용기가 없어서 못 한 일을 너희는 해낼 수 있길 바란다."

토머스는 고개를 끄덕였다. 한스의 태도는 전과는 확연히 달라져 있었다. 이번 일을 통해 사악이 사람에게 무슨 짓까지 할 수 있는지 새삼 상기하게 되었기 때문일 수도 있었다.

"고맙습니다. 사악을 저지할 수 있게 되면 연락 드릴게요."

"어찌될지는 두고 봐야지. 앞으로 많은 일들을 겪게 될 게다."

이렇게 중얼거리며 돌아선 한스는 조금 전에 서 있던 벽 쪽에 가서 섰다. 그가 수없이 많은 어두운 기억들을 간직하고 살아가고 있음을 토머스는 짐작할 수 있었다.

브렌다가 물었다.

"이제 뭘 어떻게 해야 해?"

이대로 여유롭게 쉴 시간이 없다는 걸 토머스도 알고 있었다. 앞으로 해야 할 일들을 챙겨야 했다.

"우선 테리사 일행을 찾아서 우리 쪽에 합류하라고 설득해야 돼. 그런 다음 갤리한테 돌아가봐야지. 내가 평생 한 짓이라고는 실험을 한답시고 어린애들을 망가뜨리고 학대한 것뿐인데, 지금부터라도 다른 일을 해봐야지. 사악이 새로운 면역인들을 데려다가 시련 과정을 처음부터 다시 시작하기 전에 우리가 나서서 그들의 작업을 중단시켜야 돼."

줄곧 입을 다물고 있던 호르헤가 처음으로 입을 열었다.

"우리라니? 무슨 소릴 하는 거냐, 에르마노?"

토머스는 결심을 단단히 굳히며 호르헤를 돌아보았다.

"오른팔이라고 하는 그 조직을 돕자고요."

정적이 깔렸다. 잠시 후 민호가 힘들게 입을 열었다.

"알았어. 그 전에 뭐 좀 먹자."

# 29

·

그들은 한스 부부가 추천한 근처의 커피숍으로 향했다.

토머스는 이런 곳에 와보는 게 처음이었다. 적어도 그가 기억하기로는 그랬다. 카운터 앞에 줄을 서서 커피와 페이스트리를 받아다 탁자로 가서 앉거나 문을 나서는 손님들. 토머스는 초조해 보이는 어느 중년 여성이 수술용 마스크를 위로 살짝 들어 올리고 그 사이로 뜨거운 음료를 찔끔 마시는 모습을 바라보았다. 붉은 셔츠를 입은 보안대원 하나가 커피숍 문 앞에 서서 2분 간격으로 휴대용 검사기를 사람들에게 들이대며 플레어 병 감염 여부를 검사하고 있었다. 플레어 병 검사원 역할을 하고 있는 그 보안대원의 입과 코는 괴상한 금속 기구로 덮여 있었다.

호르헤가 음식을 가지러 카운터로 가 있는 동안 토머스는 민호, 브렌다와 함께 뒤쪽 구석 자리에 가 앉아 있었다. 토머스의 시선은 근처에 앉아 있는 남자에게 계속 쏠렸다. 30대 후반으로 보이는 그 남자는 거리를 향해 나 있는 큼직한 창문 앞 긴 의자에 앉아 있었다. 토머스는 친구들과 함께 커피숍에 들어온 후로 그 남자를 쭉 지켜봐왔는데 남자는 한 번도 앞에 놓인 커피 컵에 손을 대지 않았고, 커피가 다 식었는지 컵에서 김도 올라오지 않았다. 팔꿈치를 무릎에 대고 두 손을 느슨하게 마주 잡은 채 구부정하게 앉은 남자는 커피숍 안쪽 맞은편의 한 장소를 줄곧 바라보고 있었다.

남자의 얼굴이 어딘지 모르게 이상했다. 멍한 표정이고 안구가 눈구멍 속에서 둥둥 떠다니는 듯한데 묘한 쾌락의 기미가 엿보였다. 토머스가 그 남자에 대해 브렌다에게 얘기하자 브렌다는 그 남자가 축복 마취제에 취해 있으며 발각되면 투옥될 거라고 나직하게 대답해주었다. 소름이 끼친 토머스는 그 남자가 어서 자리에서 일어나 커피숍에서 떠나길 바랐다.

잠시 후 호르헤가 샌드위치와 김이 모락모락 나는 커피 컵들을 들고 돌아오자 그들 네 사람은 말없이 먹고 마셨다. 다들 지금이 얼마나 급박한 상황인지 잘 알고 있었지만, 토머스는 이렇게라도 쉬면서 기운을 회복할 수 있어 다행이라고 여겼다.

그들이 음식을 다 먹고 커피숍을 나서려는데 브렌다가 앉은 채로 말했다.

"밖에서 잠깐 기다려줄래?"

호르헤와 민호에게 하는 말임을 표정으로 알 수 있었다.

민호가 짜증스러운 투로 응수했다.

"뭐? 또 비밀 얘기 하려고?"

"아니. 그런 거 아니야. 정말이야. 잠깐이면 돼. 토머스한테 따로 할 얘기가 있어서 그래."

토머스는 놀라기도 했고 한편으로는 호기심도 일어서 도로 앉으며 민호에게 말했다.

"나가 있어. 내가 너한테 비밀로 하는 거 없다는 거 알잖아. 브렌다도 잘 알고 있어."

민호는 투덜댔지만 호르헤와 먼저 커피숍을 나가서 제일 가까운 창문 밖 보도에 서서 기다렸다. 민호는 창문 너머 토머스에게 바보처럼 씩 웃고는 손을 흔들었는데, 이렇게 비딱하게 구는 걸 보니 기분이 썩 좋지는 않은 듯했다. 토머스는 민호에게 손을 같이 흔들어주고 나서 브렌다에게 시선을 집중했다.

"뭔데? 무슨 얘길 하려고?"

"서둘러야 되는 거 아니까 짧게 끝낼게. 둘만 있을 수 있는 시간이 없어서 그동안 얘길 못 했는데, 초열 지역에서 내가 했던 행동이 연기가 아니었다는 걸 알아줬으면 좋겠어. 초열 지역에서 난 맡은 임무를 수행하고 있었고 사악이 원하는 방향으로 상황이 펼쳐지도록 보조하고 있었어. 그러다 너랑 점점 가까워지면서 생각이 달라진 거야. 네가 알아야 할 사실이 몇 가지 있어. 나에 관해, 페이지 총장님에 관해, 그리고……."

토머스는 더 이상 듣고 싶지 않다는 뜻으로 한 손을 들어 올렸다.

"그만해."

브렌다는 주춤하며 놀란 얼굴로 물었다.

"뭐? 왜?"

"알고 싶지 않아. 전혀. 지금 내가 신경 쓰고 있는 건 지금부터 뭘 어떻게 해야 할 것인가야. 나나 너, 사악의 과거 따위가 아니라. 그러니까 됐어. 앞으로가 더 중요해."

"그렇지만……."

"아니, 브렌다. 농담 아니야. 우린 지금 여기 와 있고 이뤄내야 할 목표가 있어. 그 목표에 전념해야 돼. 더는 그런 얘기 하지 마."

브렌다는 가만히 그를 바라보다가 탁자에 얹어 놓은 자신의 손을 내려다보며 입을 열었다.

"그럼 이 얘기만 들어. 넌 지금 옳은 일을 하고 있고, 옳은 방향으로 가고 있어. 난 최선을 다해서 널 계속 도울 거야."

토머스는 브렌다의 기분을 상하게 하고 싶진 않았으나 조금 전 그의 말은 진심이었다. 아무리 브렌다가 그에게 꼭 하고 싶은 말이 있다고 해도, 지금은 과거의 끈을 놓아야 할 때였다. 대답할 말을 찾던 토머스의 시선이 또다시 긴 의자에 앉은 묘한 남자에게로 향했다. 남자는 주머니에서 무언가를 꺼내 오른쪽 팔꿈치 안쪽에 갖다 댔다. 그러고는 천천히 눈을 감고 있다가 다시 떴는데 약간 몽롱한 표정이었다. 남자는 천천히 머리를 뒤로 젖혀 창문에 기댔다.

그때 붉은 셔츠를 입은 플레어 병 검사원이 커피숍으로 들어왔다. 토머스는 좀 더 자세히 보려고 그쪽으로 몸을 기울였다. 붉은 셔츠는 약에 취한 남자가 평화롭게 창문에 기대앉아 있는 긴 의자 쪽으로 향했다. 키 작은 여자가 그 검사원 옆에서 나란히 걷고 있었는데 그 여자는 검사원의 귀에 대고 무어라 속삭이며 초조한 표정을 지었다.

"토머스?"

브렌다가 불렀지만 토머스는 조용히 하라는 뜻으로 한 손가락을 입술에 대고는 곧 싸움이 벌어질 것 같은 곳을 턱 끝으로 가리켰다. 브렌다도 그쪽으로 고개를 돌렸다.

붉은 셔츠가 긴 의자에 앉은 남자의 발끝을 걷어차자 남자는 움찔하며 고개를 들었다. 그 두 사람이 무어라 얘기를 주고받았지만 사람들로 북적이는 커피숍 안의 소음 때문에 토머스의 귀에는 들리지 않았다. 그때까지 느긋하게 앉아 있던 남자의 얼굴에 돌연 두려움이 어렸다.

브렌다가 고개를 돌려 토머스에게 말했다.

"여기서 나가야 돼. 어서."

"왜?"

문득 공기가 탁해지는 것 같았다. 토머스는 차후에 벌어질 일이 궁금해서 쉽게 자리를 뜰 수가 없었다.

먼저 일어선 브렌다가 재촉했다.

"어서 나가자고!"

브렌다는 돌아서서 서둘러 문 쪽으로 걸어갔다. 토머스가 마지못해 자리에서 일어서는 순간 붉은 셔츠가 총을 빼들고 긴 의자의 남자에게 겨눴다. 그러고는 플레어 바이러스 검사기를 남자의 얼굴에 가져다 댔다. 남자는 검사기를 밀어내고는 붉은 셔츠에게 달려들었다. 검사원의 총이 밑으로 떨어져 카운터 아래로 미끄러져 들어갔고, 토머스는 충격적인 광경에 놀라 그 자리에 얼어붙었다. 두 남자는 한데 뒤엉켜 탁자에 부딪쳤다가 바닥에 나동그라졌다.

붉은 셔츠가 고함을 지르기 시작했다. 입과 코를 덮은 금속성의 보호 마스크 때문인지 목소리가 로봇처럼 흘러나왔다.

"여기 감염인이 있습니다! 모두 이 건물 밖으로 나가주십시오!"

사람들이 하나밖에 없는 문으로 한꺼번에 몰리는 바람에 비명이 마구 터져 나오고 커피숍 안은 순식간에 아수라장으로 변했다.

216

# 30

머뭇거리지 말았어야 했다. 기회가 있을 때 도망쳤어야 했다. 사람들이 앞으로 몰려들며 문을 막아버렸다. 이미 밖으로 나간 브렌다는 어떤 수를 써도 안으로 도로 들어올 수 없는 상황이었다. 탁자 앞에서 옴짝달싹 못 하게 된 토머스는 두 남자가 바닥에서 우위를 점하려고 주먹질을 하고 드잡이를 하는 모습을 멍하니 바라보았다.

도망치는 사람들 틈에 끼어 억지로 문밖으로 나가려다 다치느니 차라리 여기 있는 게 낫겠다는 생각이 문득 들었다. 그는 면역인이므로 감염을 걱정할 필요도 없었다. 나머지 사람들은 플레어 바이러스에 감염된 이가 커피숍 안에 같이 있었다는 걸 알고는 질겁하여 한시라도 빨리 커피숍에서 나가려고 안간힘을 쓰고 있다. 이해가 되고도 남았다. 그들 중에 적어도 한 명은 이 자리에서 감염되었을 수도 있으니까. 그러나 토머스의 입장에서는 소동을 피해 차라리 이 자리에 가만히 있는 편이 안전할 것이었다.

창문 두드리는 소리가 나서 고개를 돌리자 창밖 보도에 나란히 서 있는 브렌다와 민호, 호르헤가 보였다. 브렌다가 어서 거기서 나오라고 다급하게 손을 흔들었지만 토머스는 안에 남아서 상황이 어떤 식으로 진행될 것인지 좀 더 지켜보고 싶었다.

붉은 셔츠가 마침내 남자를 바닥에 찍어 누르며 소름끼치는 기계음으로 외쳤다.

"다 끝났다! 지원군이 이미 이쪽으로 오고 있어!"

감염된 남자는 드디어 저항을 포기하고 어깨를 들썩이며 흐느꼈다. 그제야 토머스는 커피숍에서 사람들이 죄다 빠져나가고 붉은 셔츠와 감염인, 그리고 자신만 남아 있다는 걸 깨달았다. 커피숍 내에 괴상한 정적이 흘렀다.

붉은 셔츠가 토머스를 흘끗 쳐다보며 말했다.

"꼬마야, 넌 왜 아직 여기 있지? 죽고 싶어 환장했나?"

그는 토머스의 대답을 기다리지도 않고 말을 이었다.

"안 나가고 이 안에서 얼쩡거릴 거면 쓸모 있게 굴든지. 저기 가서 총을 도로 꺼내 와."

그러고는 자신이 짓누르고 있는 감염인에게 도로 시선을 돌렸다.

토머스는 꿈을 꾸고 있는 기분이었다. 그동안 수없이 많은 폭력을 목격했지만 이번은 다소 달랐다. 토머스는 카운터 밑으로 들어간 총을 꺼내러 걸어가면서 우물쭈물 말했다.

"저…… 저는 면역인인데요."

카운터 앞에서 무릎을 꿇고 손을 뻗자 손가락에 차가운 금속이 닿았다. 토머스는 총을 끌어내 손에 들고 붉은 셔츠에게 가져갔다.

붉은 셔츠는 고맙다는 말도 없이 총을 받아 들더니 벌떡 일어나 감염인의 얼굴에 총구를 겨눴다.

"좋지 않아. 아주 좋지가 않아. 이런 일이 일어나는 횟수도 점점 늘고 있고, 누구든 축복 마취제에 취해 있으면 금방 알 수가 있지."

토머스가 그 말을 받아 중얼거렸다.

"그게 축복 마취제가 맞군요."

"알고 있었다는 뜻이냐?"

"그게, 저 사람이 들어온 후로 좀 지켜봤는데 약간 괴상해 보이 긴 했어요."

"그런데 잠자코 쳐다보고만 있었다고? 제정신이냐?"

보안대원의 마스크 주변 피부가 셔츠 색깔처럼 붉게 상기되었다. 그의 갑작스러운 분노에 토머스는 당황했다.

"죄…… 죄송합니다. 무슨 일이 일어나고 있는지 잘 몰랐어요."

감염인은 몸을 공처럼 둥글게 말아 웅크린 채로 계속 흐느꼈다. 붉은 셔츠는 그자에게서 한 발 물러나 토머스를 노려보며 물었다.

"잘 몰랐다고? 그게 대체 무슨…… 너 어디 출신이냐?"

토머스는 진즉에 여길 빠져나갔어야 했다는 생각을 하며 대답 했다.

"제 이름은…… 토머스고, 별로 중요한 사람은 아닙니다. 어쨌 든……."

토머스는 자신에 대해 설명하려고 이리저리 궁리하다가 간단히 덧붙였다.

"여기 출신은 아닙니다. 죄송하게 됐습니다."

붉은 셔츠는 총구를 토머스에게 돌리더니 가까이에 있는 의자 하나를 가리켰다.

"앉아. 저기 가서 앉아."

토머스는 가슴이 철렁했다.

"잠깐만요! 저 정말 면역인 맞거든요! 그래서 여기 계속 남아 있었던······."

"저기 가서 엉덩이 붙이고 앉아! 당장!"

다리에 힘이 쭉 빠진 토머스는 그 의자에 털썩 주저앉았다. 출입문 쪽을 흘끗 쳐다보니 민호가 그쪽에 서 있고 바로 뒤에 브렌다와 호르헤가 서 있어서 약간은 마음이 놓였다. 하지만 친구들을 이 일에 끌어들여 다치게 하고 싶지는 않았다. 토머스는 재빨리 고개를 저어 친구들에게 멀찌감치 떨어져 있으라는 신호를 보냈다.

붉은 셔츠는 출입문 앞에 서 있는 사람들에겐 관심도 두지 않고 오로지 토머스에게만 집중했다.

"본인이 면역 돌연변이라고 확신한다면 그걸 증명해 보이는 것도 꺼리질 않겠지?"

"물론입니다. 검사하세요. 어서요."

직접 확인을 해보겠다고 하니 토머스는 오히려 마음이 놓였다. 그가 면역인으로 판정이 나면 더 이상 붙잡지 않고 보내줄 테니 말이다.

권총을 권총집에 넣고 토머스에게 다가온 붉은 셔츠는 휴대용 검사기를 꺼내 토머스의 얼굴에 갖다 댔다.

"눈 뜨고 그 안을 들여다봐. 몇 초면 돼."

토머스는 시키는 대로 했다. 이 상황에서 가급적 빨리 벗어나고 싶었다. 이 도시의 대문에서 검사를 받으며 보았던 다채로운 색깔의 빛들이 눈앞에 나타나고 훅 하고 바람이 나오더니 목이 따끔했다.

붉은 셔츠는 검사기를 끌어당겨 작은 화면에 표시된 내용을 읽었다.

"음, 그러네? 빌어먹을 면역 돌연변이가 맞군. 어떻게 이 덴버 시로 들어왔고 축복 마취제 사용자 신고에 대해서는 어떻게 그렇게 무지할 수가 있는지, 그러면서도 어떻게 축복 마취제 사용자를 보자마자 알아봤는지 나한테 잘 설명해야 할 거다."

"저는 사악에서 일했습니다."

생각도 하기 전에 토머스의 입에서 이 말이 튀어나왔다. 한시라도 빨리 이 자리를 벗어나고 싶어서였다.

"그따위 헛소리를 믿느니 이 남자가 약에 취한 게 플레어 병과 무관하다는 말을 믿겠다. 그 자리에 엉덩이 딱 붙이고 앉아 있어. 안 그러면 쏴버릴 테니까."

토머스는 마른 침을 삼켰다. 미적거리다 이런 터무니없는 상황에 휘말리게 된 자신에게 몹시 화가 나서 두려움도 느껴지지 않을 정도였다.

"알겠습니다."

토머스의 대답이 끝나기도 전에 붉은 셔츠는 뒤로 고개를 돌렸다. 그가 말한 지원군이 커피숍으로 들어서고 있었다. 네 명의 지원군은 얼굴을 제외하고 머리부터 발끝까지 두꺼운 초록색 플라스틱 보호복을 착용한 모습이었고, 커다란 고글 아래 붉은 셔츠의 보안대원과 마찬가지로 마스크를 썼다. 그 모습을 보자 토머스의 뇌리에 여러 가지 이미지가 스쳐 지나갔는데 그중 제일 또렷한 것은 그가 초열 지역에서 총에 맞는 바람에 병균에 감염되어 사악으로 후송될 적에 보았던 사람들의 모습이었다. 당시 버그에 타고 있던 사람들도 이 네 사람과 동일한 고글을 착용하고 있었다.

보호복 차림 지원군 중 한 명이 붉은 셔츠처럼 기계음을 내며 말했다.

"이게 뭐지? 두 명을 잡았어?"

"그렇지는 않고, 한 명은 면역 돌연변이야. 안 나가고 뭉그적거리면서 구경하고 싶어 하더라고."

"면역 돌연변이라고?"

그자는 직접 듣고도 못 믿겠다는 투였다.

"그래. 남들은 다 꽁지가 빠지게 도망쳤는데 어떻게 되는지 구경하려고 저 혼자 남았어. 웃기는 게, 여기 있는 이 잠재적 광인이 축복 마취제를 사용 중이라는 걸 알아채고도 신고도 하지 않고 태평하게 커피나 마시고 있었다니까."

다들 토머스를 쳐다보았다. 토머스는 아무런 대꾸 없이 어깨만 으쓱했다.

붉은 셔츠가 한 발 뒤로 물러서자 보호복을 착용한 네 사람이 계속 울고 있는 감염인을 에워쌌다. 감염인은 몸을 웅크린 채 모로 누워 있었다. 보호복 한 명이 파란색의 두꺼운 플라스틱 기기를 양손에 쥐고 있었는데, 그는 그 기기의 끄트머리에 달린 괴상한 노즐을 마치 무기처럼 감염인에게 겨눴다. 불길한 느낌이 들어서 토머스는 기억이 삭제된 머릿속을 뒤져보았으나 그 기기의 용도는 떠오르지 않았다.

감염인에게 노즐을 겨눈 보호복이 말했다.

"두 다리를 똑바로 펴주십시오. 꼼짝하지 말고 얌전히 긴장 푸시죠."

감염인이 울부짖었다.

"모르고 먹었어요! 제가 어떻게 알았겠어요!"

그러자 붉은 셔츠가 옆에서 고함을 쳤다.

"알고 있었잖습니까! 재미로 축복 마취제를 먹는 사람이 어디 있다고."

"약에 취한 느낌이 좋았던 것뿐이에요!"

감염인이 울면서 애원하자 토머스는 안된 생각이 들었다.

그러나 붉은 셔츠는 감염인을 몰아붙였다.

"그런 느낌을 찾는 거였으면 축복 마취제보다 저렴한 약이 잔뜩 있잖습니까. 거짓말 그만하고 그만 입 다물어요."

붉은 셔츠는 날아다니는 파리를 후려치듯 한 손을 흔들며 동료들에게 말했다.

"됐고. 그만 포장이나 하자."

그 말에 감염인은 몸을 더 바짝 웅크려 두 다리를 가슴까지 끌어올리고 두 팔로 감쌌다.

"말도 안 돼. 전 몰랐다고요! 그냥 저를 이 도시 밖으로 내쫓아주세요. 다시는 안 돌아올게요. 맹세해요. 맹세합니다!"

그러고는 몸을 들썩여가며 고통스럽게 울어댔다.

"아, 안 그래도 도시에서 쫓겨날 테니 걱정 마시고."

붉은 셔츠는 이렇게 말하며 토머스를 흘끗 쳐다보았다. 즐거워하며 눈을 빛내는 것으로 보아, 마스크 뒤에서 그자의 입이 웃고 있을 것 같았다.

"잘 봐둬, 면역 돌연변이. 네 취향에 꼭 맞을 거다."

그 순간 토머스는 그 붉은 셔츠가 극도로 싫어졌다. 어느 누구도 그렇게까지 싫어해본 적이 없었다. 토머스는 붉은 셔츠에서 시선을 돌려 보호복 차림의 대원 네 명을 바라보았다. 그 네 명이 바닥에 누운 가엾은 감염인에게 가까이 다가가는 모습을 보자 토머스는 내심 위축되었다.

대원 한 명이 감염인에게 소리쳤다.

"두 다리를 쭉 펴십시오! 안 그러면 상당히 아플 겁니다. 두 다리를 펴요. 당장!"

"못해요! 절 제발 내버려두세요!"

붉은 셔츠가 대원 한 명을 옆으로 밀치고 감염인에게 성큼성큼 다가가 허리를 굽히고는 머리에 총구를 갖다 대며 말했다.

"두 다리를 펴! 당신 머리에 총알을 박아서 모두가 일을 편하게 할 수 있게 만들기 전에. 어서!"

어쩌면 저렇게 동정심이 눈곱만큼도 없을 수 있는지, 토머스는 기가 막혔다.

공포에 질린 눈으로 훌쩍거리며 천천히 다리를 편 감염인은 바들바들 떨면서 반듯이 엎드렸다. 그제야 붉은 셔츠는 뒤로 물러나 권총집에 권총을 도로 집어넣었다.

괴상한 파란색 기기를 들고 있던 대원이 즉시 앞으로 나아가 감염인의 머리 뒤쪽에 서서 머리카락 사이를 비집고 정수리 쪽에 노즐을 가져다 댔다.

"움직이지 마. 자칫하면 어디 한 군데 잘릴 수도 있어."

마스크를 통해 흘러나온 목소리는 여성의 것이었는데 남성의 목소리보다 훨씬 더 오싹하게 느껴졌다.

방금 들은 말이 무슨 뜻인지 생각해볼 겨를도 없이 토머스는 곧장 그 결과를 볼 수 있었다. 보호복을 입은 여성이 버튼을 누르자 노즐에서 젤 같은 물질이 뿜어져 나왔다. 파란색으로 끈적거리는 그 물질은 감염인의 머리를 빠르게 뒤덮고 귀와 얼굴을 감쌌다. 감염인은 비명을 질렀으나 젤이 입을 덮고 목과 어깨로 내려가면서 뚝 끊겼다. 흘러내리면서 굳어버린 젤은 조개껍질처럼 단단해졌는데 코팅처럼 몸을 뒤덮는 식이라 그 안이 훤히 들여다보였다. 젤이 피부와 옷의 주름 사이사이로 파고들면서 감염인의 상체는 순식간에 단단히 포장되었다.

토머스는 붉은 셔츠의 시선을 느끼고 고개를 돌려 그자를 마주 보았다.

"왜요?"

"끝내주는 쇼지? 즐길 수 있을 때 즐겨라. 이 쇼가 끝나면 넌 나랑 같이 가야 하니까."

# 31

토머스는 가슴이 철렁했다. 붉은 셔츠의 눈빛에서 가학적인 면
이 느껴졌다. 고개를 돌린 토머스는 파란 젤이 감염인의 발끝을
마저 완전히 감싸는 광경을 바라보았다. 단단한 플라스틱 물질로
코팅된 감염인은 미동도 없이 누워 있었다. 젤 총을 손에 든 여자
가 허리를 펴고 일어섰다. 그 총은 이제 텅 비어 있었다. 여자는
그 총을 접어 초록색 보호복 주머니에 집어넣으며 말했다.

"어서 여기서 갖고 나가자."

보호복 차림의 작업자 네 명이 허리를 숙이고 감염인을 들어 올
렸다. 토머스는 붉은 셔츠에게 다시 시선을 돌렸다. 붉은 셔츠는
다른 작업자들이 포획물을 옮기는 모습을 지켜보고 있었다. 조금
전 '나랑 같이 가야 하니까' 라고 했던 말은 무슨 뜻일까? 어디로
간다는 거지? 왜? 붉은 셔츠가 총을 갖고 있지 않았다면 토머스는
도망쳤을 것이다.

네 명의 작업자가 커피숍에서 나간 후 민호가 문 앞에 다가와 섰다. 민호가 커피숍 안으로 들어오려고 하자 붉은 셔츠가 총을 빼들고 소리쳤다.

"거기 서! 들어오지 말고 나가!"

민호는 토머스를 가리키며 말했다.

"쟤랑 일행이거든요. 그만 가봐야 돼서요."

"이 녀석은 아무 데도 못 간다."

붉은 셔츠는 무슨 생각이 들었는지 토머스와 민호를 차례로 쳐다보며 덧붙였다.

"잠깐만. 너희 둘 다 면역 돌연변이냐?"

그 순간 토머스는 당황해서 옴짝달싹 못했지만 민호는 머뭇거리지 않고 민첩하게 달아났다.

"거기 서!"

붉은 셔츠가 악을 쓰며 문간으로 달려갔다.

토머스는 휘청거리며 창가로 다가갔다. 민호와 브렌다, 호르헤는 길 건너 모퉁이 너머로 달아나 곧 모습이 보이지 않게 되었다. 붉은 셔츠는 커피숍 문밖에서 멈춰 서더니 민호를 비롯한 세 명을 포기하고 안으로 돌아와 토머스에게 총을 겨눴다.

"네 친구 놈이 방금 한 짓을 생각하면 네 목에 총알 구멍을 내서 피 흘리는 꼴을 봐야 시원하겠다만, 면역 돌연변이들이 비싼 몸이라 안 죽이고 살려주는 거니까 그 점에 대해 신에게 감사해야 될 거다. 그것만 아니었으면 기분 풀려고 죽일 수도 있었어. 오늘 하루가 아주 거지 같았단 말이지."

그동안 온갖 일을 겪으면서 살아남았는데 여기서 이렇게 멍청한 짓을 하다니 토머스는 믿기지가 않았다. 겁이 나기보다는 좌절감에 휩싸여 중얼거렸다.

"글쎄요. 그건 저도 마찬가지네요."

"덕분에 현찰 좀 두둑이 만져보자. 그거면 됐지. 확실히 말해두지만 난 네가 싫어. 쳐다보기도 싫어."

토머스는 미소를 지었다.

"그러게요. 저도 같은 기분이에요."

"웃기는 놈이네. 우스갯소리도 잘하고. 오늘 밤에 해가 넘어간 후에도 그렇게 술술 농담이 나오는지 두고 보자. 여기서 나가."

그는 총으로 문을 가리키며 말을 이었다.

"내가 참을성이 없는 사람이거든. 조금이라도 허튼짓을 하면 바로 뒤통수에 총을 쏠 거고, 경찰한테는 네가 감염자처럼 행동하면서 달아났다고 둘러댈 거다. 감염인에 대해서는 엄중처벌 정책이 적용되니까 아무도 문제 삼지 않아. 비난받을 일도 없어."

토머스는 이런저런 대책을 강구하며 그 자리에 서 있었다. 상황이 참 얄궂게 되었다. 사악의 손아귀에서 탈출했는데 평범한 도시 근로자에게 붙잡혀 총으로 위협당하는 신세가 되다니.

붉은 셔츠가 경고했다.

"같은 말 되풀이하게 하지 마라."

"어디로 가는데요?"

"때가 되면 알게 돼. 덕분에 현찰 좀 만져보자고. 출발해."

두 번이나 총에 맞은 적이 있는 토머스는 총상이 얼마나 고통스러운지 잘 알고 있었다. 또다시 총에 맞지 않으려면 이 남자를 얌전히 따라가는 수밖에 없었다. 토머스는 붉은 셔츠를 한번 쏘아본 후 문 쪽으로 걸어갔다. 문 앞에 선 토머스는 걸음을 멈추고 물었다.

"어느 쪽으로 가라고요?"

"왼쪽. 세 블록 정도 얌전히 걸어가다가 왼쪽으로 방향을 꺾어. 그쪽에 차를 세워뒀다. 허튼짓하면 어떻게 되는지 다시 경고해줄까?"

"무기도 소지하지 않은 어린애의 뒤통수에 총을 쏘시겠다고요. 잘 알겠습니다."

"젠장. 이래서 면역 돌연변이들이 싫다니까. 어서 걸어."

붉은 셔츠는 토머스의 등 한가운데에 총구를 대고 걸음을 재촉했다. 토머스는 길을 따라 걷기 시작했다.


세 번째 블록 끝에 다다른 그들은 말없이 왼쪽으로 방향을 돌렸다. 공기가 찌는 듯이 더워서, 온몸 구석구석에 땀이 솟았다. 토머스가 이마의 땀을 닦으려고 손을 올리자 붉은 셔츠는 총의 개머리판으로 토머스의 머리를 후려쳤다.

"그런 짓 하지 마. 신경 건드리면 머리에 총구멍을 내놓을 줄 알아."

토머스는 최대한의 자제력을 발휘해 잠자코 있었다.

거리에는 오가는 사람 한 명 없이 사방에 쓰레기만 쌓여 있었다. 건물 벽 하단에는 플레어 병에 대한 경고, 페이지 총장의 사진이 담긴 포스터들이 도배가 되어 있었는데 하나같이 스프레이 페인트가 겹겹이 뿌려져 있었다. 교차로에 다다른 그들은 차 몇 대가 지나가는 동안 멈춰서 기다렸다. 토머스는 바로 옆, 페인트가 뿌려져 있지 않은 포스터를 바라보았다. 낙서가 되어 있지 않은 걸로 봐서 붙인 지 얼마 안 된 듯했다. 그는 경고 문구를 읽어보았다.

## 공익 광고
## 플레어 병 확산을 막재!

플레어 병 확산을 막는 데 도움이 됩시다. 이웃과 사랑하는 사람들을 감염시키지 않도록 미리 플레어 병의 증세를 알아 둡시다.

플레어 병은 플레어 바이러스(VC321xb47)가 원인입니다. 태양 플레어 재앙이 닥친 혼란기에 사고로 유출되었고 전염성이 매우 강한 인공 전염병입니다. 뇌를 점진적으로 퇴행케 하여 행동 장애, 감정 장애, 정신 황폐를 일으키게 됩니다. 플레어 병은 이미 전 세계적인 유행병이 되었습니다.

과학자들의 임상실험이 막바지에 이르렀지만 현재로서는 플레어 병에 대한 표준 치료법은 없는 상태입니다. 플레어 바이러스는 대부분의 사람들에게 매우 치명적이며 공기를 통해 전염됩니다.

지금은 시민 모두 합심하여 이 병의 확산을 막아야 할 때입니다. 자신과 타인이 '바이러스 감염 위험(바감위)'에 해당되는지 여부를 확인하는 방법을 배우는 것이야말로 플레어 병과의 싸움에서 이길 수 있는 첫걸음이 됩니다.*

★ 감염이 의심되는 사람이 있으면 지체 없이 당국에 신고해주십시오.

그 밑에 이어지는 설명에 따르면, 플레어 병은 닷새에서 일주일 정도의 잠복기를 거쳐 증상이 나타난다고 했다. 불쑥불쑥 화를 잘 내고 균형 감각이 저하되는 것이 초기 증상이고 이어서 치매, 편집증, 극심한 공격성을 나타낸다는 것이다. 이미 여러 번 광인들을 맞닥뜨린 토머스는 그런 증상들을 직접 목격했었다.

붉은 셔츠가 토머스를 앞으로 슬쩍 밀어 걸음을 재촉했다. 걸어가면서도 토머스는 포스터에 적혀 있던 무시무시한 메시지를 머릿속에서 지울 수가 없었다. 특히 플레어가 인공적으로 만들어진 바이러스라는 부분이 신경 쓰였는데, 분명하게 짚어낼 수는 없지만 그것과 관련된 기억이 떠오를 듯 말 듯했다. 포스터에 대놓고 언급되어 있지는 않으나 인공적인 바이러스라는 부분에 뭔가 중요한 단서가 있는 것 같았다. 처음으로 토머스는 자신의 과거 기억을 잠깐이라도 들여다보고 싶다는 생각을 했다.

"바로 여기다."

붉은 셔츠의 목소리에 토머스는 생각을 접고 현실로 돌아왔다. 그 블록 끄트머리, 4미터 정도를 앞에 두고 흰색 소형차가 세워져 있었다. 토머스는 이자의 손아귀에서 달아날 방법이 없는지 다급히 머리를 굴려보았다. 일단 저 차에 타게 되면 탈출할 방법은 없을 것이다. 하지만 섣부르게 굴다가 총을 맞으면 어쩌지?

"얌전히 뒷좌석으로 기어들어 가. 거기 수갑이 있으니까 직접 네 손에 채워. 멍청하게 굴지 않고 시키는 대로 할 수 있겠나?"

토머스는 대답하지 않았다. 민호를 비롯한 친구들이 근처에서 그를 구할 계획을 세우고 있기를 간절히 바랐다. 누구든, 무엇이든 이 포획자의 주의를 분산시켜주면 좋을 텐데.

차 앞에서 걸음을 멈춘 붉은 셔츠가 키 카드를 꺼내 앞좌석 차창에 가져다 댔다. 잠금 장치가 딸깍하고 열리는 소리가 나자 붉은 셔츠는 뒷좌석 문을 열었다. 그러는 동안에도 그의 총구는 줄곧 토머스를 향해 있었다.

"들어가. 천천히."

토머스는 사람이든 뭐든 포획자의 시선을 끌 만한 것을 찾아 머뭇거리며 거리를 둘러보았다. 오가는 사람은 한 명도 없었다. 다만 시야 한 귀퉁이에서 움직임이 포착되었다. 자동차만큼 커다란 비행기계였다. 토머스가 고개를 돌려 바라보는 동안, 경찰기인 듯 보이는 그 비행기계가 두 블록을 사이에 두고 갑자기 방향을 바꾸더니 이쪽으로 날아왔다. 윙윙거리는 소음이 점점 커졌다.

붉은 셔츠가 다시 말했다.

"들어가라고. 수갑은 가운데 콘솔박스에 들어 있어."

"경찰기 한 대가 이쪽으로 오고 있는데요."

"그래서 뭐? 경찰기는 원래 이 근처를 늘 순찰하고 다녀. 경찰기를 조종하는 사람들은 내 편이지, 네 편이 아니란 말이지. 넌 참 운도 더럽게 없구나."

토머스는 한숨을 쉬었다. 그래도 차에 타는 시간을 약간은 늦췄으니 시도해볼 만은 했다. 친구들은 어디에 있는 걸까? 토머스는 마지막으로 한 번 더 주변을 둘러보고 열린 뒷문으로 다가가 뒷좌석에 올랐다. 고개를 들어 붉은 셔츠를 쳐다보는데 갑자기 요란한 총소리가 공기를 가득 메웠다. 붉은 셔츠는 뒤로 휘청하더니 비틀대며 몸을 씰룩거렸다. 총알이 그자의 가슴에 날아와 박히고 금속 마스크에 부딪치며 불꽃이 튀었다. 붉은 셔츠는 쥐고 있던 총을 떨어뜨렸고 근처 건물 벽에 부딪치면서 쓰고 있던 마스크가 벗겨져 떨어졌다. 모로 쓰러진 붉은 셔츠의 얼굴에 경악과 공포가 어려 있었다.

이윽고 총소리가 그쳤다. 토머스는 자신이 다음 차례가 될까 봐 그 자리에 얼어붙었다. 열린 차창 너머로 윙윙대며 상공에 맴돌고 있는 경찰기가 보였다. 방금 전 붉은 셔츠에게 총을 쏜 것은 바로 그 경찰기였다. 무인 기기지만 중무장이 되어 있었다. 경찰기 지붕의 확성기에서 익숙한 목소리가 흘러나왔다.

"그 차에서 나와라, 토머스."

토머스는 소름이 돋았다. 어디서 듣더라도 단박에 알아들을 수 있는 목소리.

바로 잰슨, 쥐 선생의 목소리였다.

# 32

토머스는 몹시 놀랐다. 잠시 머뭇거리다가 곧 서둘러 차에서 내렸다. 경찰기는 불과 몇 미터 떨어진 곳에 떠 있었다. 측면의 금속판이 열리고 화면이 나타났다. 그 화면에 등장한 잰슨의 얼굴이 토머스를 마주 쳐다보았다.

쥐 선생이 경찰기 안에 타고 있는 게 아니라 화면에 얼굴만 비추고 있을 뿐임을 확인한 후에야 토머스는 비로소 마음을 놓았다. 쥐 선생도 화면을 통해 그를 보고 있을 것이었다. 갑작스러운 충격으로 혼란에 빠진 토머스가 물었다.

"뭡니까? 날 어떻게 찾았죠?"

잰슨은 언제나처럼 엄격한 표정이었다.

"널 찾아내는 데 상당히 애를 먹었다. 운도 따라줬지. 고맙다는 인사는 들은 걸로 해두마. 내가 방금 널 저 현상금 사냥꾼한테서 구해줬으니 말이다."

토머스는 웃음을 터뜨렸다.

"저런 자들한테 돈을 주고 날 잡아오라고 시킨 게 바로 댁이라는 걸 다 알고 있는데 무슨 소린지. 원하는 게 뭐예요?"

"토머스, 솔직하게 얘기하마. 우리가 널 데리러 덴버로 직접 가지 못한 건 그곳의 전염율이 어마어마하게 높기 때문이다. 이게 너와 연락할 수 있는 제일 안전한 수단이라는 점만 알아주렴. 부디 돌아와서 시련 과정을 완수해주기 바란다."

토머스는 잰슨에게 고함을 지르고 싶었다. 왜 자신이 사악으로 돌아가야 한단 말인가? 하지만 붉은 셔츠가 총격을 당한 일이 아직 기억에 생생하고 그자의 시체가 불과 몇 미터 떨어진 곳에 쓰러져 있으니 토머스는 처신을 잘하지 않으면 안 되었다.

"왜 내가 돌아가야 합니까?"

잰슨은 무표정하게 대답했다.

"우린 데이터를 종합해 최종 후보자를 선택했고 그게 바로 너다. 네가 필요해, 토머스. 모든 게 너에게 달려 있다."

'어림없는 소리.'

토머스는 이렇게 생각했으나 그 생각을 입 밖에 낸다고 해서 쥐 선생이 간단히 물러갈 것 같진 않았다. 토머스는 머리를 살짝 옆으로 기울이고 고민하는 척하다가 말했다.

"생각해보죠."

"널 믿으마. 그리고 꼭 해주고 싶은 얘기가 있다. 아마 네가 결정을 내리는 데 참고가 될 거다. 우리의 요구대로 수행하지 않으면 안 된다는 사실도 깨닫게 될 테고."

토머스는 자동차의 둥그런 덮개에 등을 기대었다. 온갖 수난을 겪었더니 심신이 지치고 피로했다.

"무슨 얘긴데요?"

잰슨은 인상을 살짝 찌푸렸는데 그렇게 하자 얼굴이 더욱 쥐 같아 보였다. 나쁜 소식을 전하게 되어 무척이나 기쁘다는 듯한 표정이었다.

"네 친구 뉴트에 대한 얘기다. 유감스럽게도 뉴트는 지금 아주 곤란한 상황에 놓여 있다."

"곤란한 상황이라뇨?"

토머스는 심장이 덜컹 내려앉았다.

"뉴트가 플레어 병에 걸렸다는 건 너도 잘 알 테고, 그가 증상을 다소 나타내고 있다는 것도 직접 봐서 알 거다."

토머스는 주머니에 들어 있는 뉴트의 편지를 떠올리며 고개를 끄덕였다.

"그래요."

"음, 뉴트의 병이 빠르게 진행되고 있을 거다. 너희가 사악 건물을 나서기 전부터 뉴트는 분노, 집중력 상실 같은 증상을 보였는데, 그건 조만간 광기에 사로잡히게 될 거라는 뜻이거든."

토머스는 심장이 오그라드는 느낌이었다. 그는 뉴트가 면역인이 아니라는 사실은 받아들였지만, 증상이 심해지기까지 수주일 내지 수개월은 여유가 있으리라 여겼었다. 하지만 잰슨의 말이 옳았다. 뉴트는 온갖 스트레스를 받은 터라 병의 진행도 빠를 것이다. 그들은 그런 뉴트를 덴버 시 바깥의 버그에 혼자 남겨두었다.

잰슨이 나지막하게 말했다.

"네가 뉴트를 구할 수 있어."

"이게 재밌나보죠? 가끔 보면 댁이 이 일을 무척이나 즐기는 것 같더군요."

잰슨은 고개를 저었다.

"난 내가 할 일을 할 뿐이다, 토머스. 나 역시 누구보다도 간절히 치료제가 개발되기를 바라고 있어. 우리가 네 기억을 삭제하기 전에는 네가 그 점에 있어서 나보다 더 간절했지만."

"그만 가세요."

"사악으로 돌아오길 바란다. 너에게 위대한 일을 해낼 수 있는 기회를 주는 거야. 우리의 견해가 다른 건 유감스러운 일이다만. 어쨌든 서둘러야 될 거다, 토머스. 시간이 별로 없어."

"생각해본다고요."

토머스는 힘겹게 이 말을 내뱉었다. 부드러운 말로 쥐 선생을 달래자니 속이 뒤집혔지만, 이렇게라도 해서 시간을 벌지 않으면 몇 미터 떨어진 곳에 널브러진 붉은 셔츠처럼 경찰기의 총에 맞을 수도 있었다.

잰슨이 미소 지었다.

"그래, 생각만 잘해주면 된다. 여기서 다시 보도록 하자."

화면이 꺼지고 측면의 금속판이 도로 닫혔다. 경찰기가 고도를 높이고 멀리 날아갔다. 윙윙대는 소음도 조금씩 멀어져갔다. 토머스는 그 경찰기가 모퉁이 너머로 사라질 때까지 눈으로 쫓았다. 경찰기가 사라진 후 토머스의 시선은 죽은 붉은 셔츠에게 가닿았다. 토머스는 얼른 고개를 돌렸다. 절대 눈에 담고 싶지 않은 광경이었다.

"저기 있다!"

토머스는 얼른 소리가 나는 방향으로 고개를 돌렸다. 민호를 필두로 브렌다와 호르헤가 보도를 달려오고 있었다. 사람을 보게 돼서 이렇게 반가운 적이 없었다.

저만치 쓰러져 있는 붉은 셔츠를 본 민호가 멈춰 서서 토머스에게 물었다.

"이런 젠장…… 저놈은 어떻게 된 거야? 넌? 넌 괜찮아? 네가 저렇게 했어?"

어처구니없게도 토머스는 웃음이 나올 것 같았다.

"그래, 내가 기관총을 빼들고 저놈을 박살냈다."

민호는 토머스의 빈정대는 말투를 마뜩잖아 했으나, 민호가 비딱하게 받아치기 전에 브렌다가 얼른 나서서 물었다.

"그럼 누가 죽인 건데?"

토머스는 하늘을 가리켰다.

"경찰기가. 한 대가 이리로 날아오더니 총으로 쏴 죽였어. 그리고 경찰기 측면의 화면에 쥐 선생이 나타나서는 나더러 사악으로 돌아오라고 설득하더라."

민호가 말했다.

"야, 너 설마……."

토머스는 고함쳤다.

"날 좀 믿으라고! 내가 다시 사악의 편이 될 일은 절대 없어. 하지만 그들이 날 절실하게 필요로 하니까 언젠가는 그 점이 우리한테 도움이 되겠지. 지금 우리가 걱정해야 할 사람은 뉴트야. 쥐 선생은 뉴트의 플레어 병 진행 속도가 다른 사람들보다 훨씬 빠를 거라고 했어. 어서 가서 뉴트의 상태를 확인해봐야 돼."

"쥐 선생이 정말로 그렇게 말했다고?"

토머스는 조금 전 민호에게 고함 친 일이 후회되었다.

"그래. 아마 그 말은 사실일 거야. 너도 뉴트가 어떻게 행동했는지 봤잖아."

민호는 고통스러운 눈빛으로 토머스를 바라보았다. 토머스에 비해 민호는 뉴트를 2년 더 알고 지냈으니 그만큼 더 친했을 것이었다.

토머스가 되풀이해 말했다.

"가서 뉴트가 어떤 상태인지 확인해보고 어떻게든 조치를 취해보자."

민호는 고개를 끄덕이고 옆으로 눈길을 돌렸다. 토머스는 주머니에 들어 있는 뉴트의 편지를 꺼내 그 자리에서 읽어보고 싶었지만, 때가 될 때까지 기다리겠다고 약속했으니 함부로 꺼내 볼 수도 없었다.

브렌다가 말했다.

"시간이 없어. 밤에는 도시 출입이 금지된단 말이야. 그렇다고 훤한 낮에는 편하게 움직이기 어려우니까 지금 가야 돼."

그 순간 토머스는 햇빛이 약해져가고 건물 위의 하늘이 오렌지색 노을로 물들어가고 있음을 알아챘다.

그때까지 잠자코 있던 호르헤가 입을 열었다.

"지금 그게 문제가 아니야. 이 주변에 뭔가 이상한 일이 벌어지고 있어, 무차초스."

토머스가 물었다.

"무슨 뜻이에요?"

"지난 30분 동안 사람들이 죄다 어딘가로 자취를 감췄어. 눈에 띄는 몇 명은 상태가 온전해 보이질 않고."

브렌다가 나름대로 생각한 이유를 댔다.

"커피숍에서 일어난 일 때문에 다들 사방으로 도망쳐 흩어졌나 보죠."

호르헤는 어깨를 으쓱했다.

"글쎄. 이 도시에 소름끼치는 분위기가 감돌고 있어, 에르마나. 마치 이 도시가 살아서, 진짜 끔찍한 뭔가를 우리 앞에 풀어놓으려고 기다리고 있는 것 같단 말이지."

토머스의 등줄기를 타고 이상한 불안감이 스멀스멀 기어올랐다. 그는 뉴트를 생각하지 않을 수 없었다.

"서두르면 제시간에 빠져나갈 수 있을까? 아니면 몰래 가능하겠어?"

토머스의 물음에 브렌다가 대답했다.

"해봐야지. 택시라도 잡아탈 수 있으면 좋겠는데. 우리가 있는 곳이 도시 출입문의 반대쪽이라서."

토머스가 말했다.

"하는 데까지 해보자."

그들은 거리를 따라 걸어가기 시작했다. 민호의 표정이 좋지 않았다. 토머스는 그것이 앞으로 나쁜 일이 생길 징조는 아니길 바랐다.

# 33

한 시간가량 걸었으나 택시는커녕 오가는 차가 한 대도 없었다. 여기저기 흩어져 있는 몇몇 사람들, 무작위로 날아다니며 기괴한 위잉 소리를 내는 경찰기들뿐이었다. 몇 분에 한 번꼴로 멀리서 소음이 들려왔는데, 그 소음을 들을 때마다 토머스는 초열 지역의 기억이 떠올랐다. 지나치게 큰 목소리로 떠드는 소리, 비명 소리, 괴상한 웃음소리. 해가 저물고 지상에 어둠이 내리자 토머스는 점점 더 긴장이 되기 시작했다.

결국 브렌다가 걸음을 멈추고 나머지 일행을 마주 보며 말했다.

"내일까지 기다렸다가 이동을 계속하는 게 좋겠어. 날 새기 전에 차를 잡아탈 수 있을 것 같지도 않고 걸어가기엔 너무 멀어. 차라리 자고 아침에 개운하게 일어나는 게 나아."

토머스는 인정하고 싶지 않았지만 브렌다의 말이 옳았다.

그런데 민호가 반박하고 나섰다.

"오늘 안으로 어떻게든 쇠문을 빠져나갈 방법을 찾아봐야 될 거 아냐."

호르헤가 민호의 어깨를 꾹 잡았다.

"소용없어, 에르마노. 여기서 공항까지는 16킬로미터도 넘는데, 이 동네 분위기를 봐선 이대로 계속 가다간 강도를 당하거나 총에 맞거나 두들겨 맞아 죽을 가능성이 높아. 브렌다 말이 옳아. 오늘밤은 쉬고 내일 뉴트를 도우러 가는 걸로 하자."

토머스는 민호가 평소처럼 반발할 줄 알았는데 예상외로 민호는 더 이상 따지지 않고 수긍했다. 호르헤의 말에 틀린 구석이 없기 때문일 것이다. 어둠에 잠긴 거대한 도시에 서 있는 그들은 기분 내키는 대로 행동할 수 있는 처지가 아니었다.

"모텔까지는 가까워요?"

토머스는 호르헤에게 이렇게 묻고는, 뉴트가 하룻밤 정도는 더 버텨줄 수 있을 것이라며 스스로를 달랬다.

호르헤가 왼쪽을 가리키며 말했다.

"저쪽으로 몇 블록만 가면 돼."

그들은 그 방향으로 걸음을 옮겼다.


모텔까지 한 블록을 남겨두고 호르헤가 별안간 걸음을 멈췄다. 그는 한 손을 들어 올리고 다른 손의 손가락을 입술에 가져다 댔다. 그 신호에 멈춰 선 토머스는 신경이 곤두서면서 온몸이 다 얼얼해지는 기분이었다.

민호가 호르헤에게 조그맣게 물었다.

"뭐예요?"

호르헤가 제자리에서 천천히 한 바퀴를 돌며 주변을 살펴보았다. 갑자기 무엇 때문에 호르헤가 이토록 불안해하는지 궁금해진 토머스도 덩달아 주변을 둘러보았다. 어둠이 완전히 내리고, 그들이 지나는 길에 서 있는 몇 안 되는 가로등들이 겨우 빛의 흔적만 남기고 있었다. 토머스의 눈에 보이는 세상은 온통 그림자들로 이루어진 것 같았다. 그 그림자마다 배후에 끔찍한 무언가가 도사리고 있을 거란 상상도 들었다.

민호가 다시 나지막하게 물었다.

"뭐냐고요?"

"바로 뒤에서 무슨 소리가 들리는 거 같기도 한데. 속삭임 같기도 하고. 나 말고 혹시 누가……."

"저기! 저거 보여?"

고요한 거리에 브렌다의 외침이 천둥처럼 요란하게 울려 퍼졌다. 브렌다의 손은 왼쪽을 가리키고 있었다.

토머스는 눈을 크게 뜨고 그쪽을 바라보았지만 아무도 없었다. 거리는 오가는 이 하나 없이 비어 있었다.

"저 건물 뒤에서 누가 나왔다가 얼른 도로 들어갔어. 내가 분명히 봤어."

브렌다의 말을 듣고 민호가 고함을 쳤다.

"어이! 거기 누구 있어?"

토머스가 다급히 속삭였다.

"너 미쳤어? 어서 모텔로 가기나 하자!"

"가만히 있어 봐, 자식아. 누군지 몰라도 우리한테 총을 쏘거나 해코지를 할 작정이었으면 벌써 하고도 남았어."

토머스는 화가 나서 한숨만 내쉬었다. 느낌이 좋지 않았다.

호르헤가 말했다.

"처음에 그 소릴 들었을 때 무슨 말이든 붙여볼 걸 그랬나 보네."

브렌다가 나섰다.

"별거 아닐 거야. 별거라고 해도 여기 이러고 서 있어 봤자 아무 도움도 안 돼. 일단 여길 벗어나자."

"이봐! 어이! 거기 누구야?"

민호가 다시 소리를 쳐서 토머스는 질겁했다.

"제발 그만 좀 할래?"

토머스가 어깨를 치며 말렸지만 민호는 들은 척도 하지 않았다.

"당장 이리로 기어 나와!"

누군지 몰라도 아무런 대꾸도 하지 않았다. 민호는 당장 길을 건너가 확인할 태세였다. 토머스가 얼른 민호의 팔을 잡았다.

"그만둬. 꿈도 꾸지 마. 어두운 데 무슨 함정이 있기라도 하면 어쩌려고. 끔찍한 것들이 잔뜩 있을지도 몰라. 모텔 가서 잠 좀 자고 내일 밝을 때 다시 살펴보자."

민호는 더 이상 뻗대지 않았다.

"알았어. 겁쟁이가 되지 뭐. 대신 오늘밤엔 내가 침대에서 잘 거야."

그길로 그들은 모텔로 들어가 방으로 올라갔다. 자리에 누웠지만 토머스는 영 잠이 올 것 같지 않았다. 그들을 따라오고 있던 자가 누구일지에 대해 오만 가지 생각이 떠올랐다. 이리저리 헤매던 상념은 언제나 테리사와 그 일행에게 향하곤 했다. 그들은 어디에 있는 걸까? 거리에서 그들을 염탐하던 자가 테리사는 아니었을까? 아니면 갤리와 오른팔 조직원일까?

날이 밝아야 뉴트를 보러 갈 수가 있으니 싫지만 어쩔 수 없이 여기서 밤을 보내야 했다. 뉴트에게 이미 무슨 일이 생겼으면 어쩌지?

마침내 생각의 흐름이 둔해지고 질문들이 부옇게 흐려지면서 그는 잠이 들었다.

# 34

다음 날 아침, 잠을 자고 쉬어서 그런지 토머스는 놀라울 정도로 기분이 상쾌했다. 밤새 뒤척일 줄 알았는데 어느새 깊은 잠이 들어 기운을 보충한 듯했다. 뜨거운 물로 한참 샤워를 하고 자동판매기에서 꺼낸 음식으로 아침을 때운 그는 또 하루를 맞이할 준비를 마쳤다.

아침 8시경, 토머스 일행은 모텔을 나섰다. 뉴트의 상태를 확인하러 가는 길에 도시에서 무슨 일을 겪게 될지 알 수 없었다. 거리에 오가는 이들이 약간은 있었지만 전날 이 시간대에 번잡했던 것에 비하면 그 수가 훨씬 줄었다. 전날 밤 모텔까지 한참을 걸어오면서 들었던 괴상한 소음은 전혀 들리지 않았다.

택시를 잡으러 길을 따라 걸어가면서 호르헤가 말했다.

"무슨 일이 일어난 게 분명해. 주변에 사람들이 확실히 줄었어."

토머스는 오가는 이들을 유심히 살펴보았다. 아무도 그와 눈을 맞추지 않았다. 다들 마스크를 쓰고 고개를 숙인 채 걷고 있었고 갑작스러운 바람에 마스크가 날아갈 새라 수술용 마스크를 이따금씩 잡아 누르곤 했다. 몹시 서둘러 걸으면서도 누군가 지나치게 가까이 다가온다 싶으면 깜짝 놀라 옆으로 비켜섰다. 그중 플레어 관련 포스터를 유심히 들여다보고 있는 여자가 눈에 띄었다. 어제 붉은 셔츠에게 붙들려 그자의 차로 걸어가면서 보았던 포스터와 같은 종류였다. 그 여자의 모습을 보니 어떤 기억이 떠오를 듯 말 듯한데 도저히 생각이 나지 않아 미칠 것 같았다.

민호가 중얼거렸다.

"빌어먹을 공항으로 어서 가자. 여긴 소름이 돋아."

브렌다가 손으로 방향을 가리켰다.

"저쪽으로 가야 될 거 같아. 저쪽에 사무실이 많으니까 택시도 다니겠지."

큰 길을 가로질러 간 그들은 좀 더 좁은 길로 들어섰다. 그 길 너머 오른쪽에는 공터가, 왼쪽에는 낡고 황폐한 건물 하나가 자리하고 있었다.

민호가 토머스 쪽으로 몸을 기울이며 목소리를 낮췄다.

"야, 지금 내 머리가 어떻게 될 거 같다. 뉴트의 상태를 확인하기가 겁나."

토머스도 두렵긴 마찬가지였지만 애써 속내를 드러내지 않았다.

"걱정 마. 당분간은 괜찮겠지."

"말은 참 편하게 잘도 한다. 네 말대로라면 플레어 병 치료제도 네 궁둥이에서 당장 뿜어 나올 것 같은데 말이야."

"누가 알아, 그게 가능할지? 냄새는 좀 나겠지만."

민호는 토머스의 우스갯소리가 그리 재미있지만은 않은 표정이었다.

토머스가 말을 이었다.

"가서 직접 뉴트를 보기 전에는 우리가 딱히 할 수 있는 일도 없어."

토머스는 자신의 입에서 무정한 말이 나와 마음이 편치 않았지만 이미 견디기 힘든 상황이었다. 최악의 상황을 떠올려봤자 도움 될 게 없었다.

"그런 격려의 말을 해주다니 고맙다, 야."

오른편 공터에는 오래된 벽돌 건물의 잔해가 흩어져 있고 구석구석 빼곡하게 잡초가 자라고 있었다. 공터 한가운데에 덩그러니 홀로 서 있는 커다란 벽을 지나가는데, 공터 끝 쪽에서 이상한 움직임이 토머스의 눈에 들어왔다. 토머스는 걸음을 멈추고 본능적으로 손을 뻗어 민호를 저지했다. 그는 민호가 왜 그러냐고 묻기 전에 손짓으로 조용히 하라는 뜻을 전했다.

브렌다와 호르헤도 심상치 않은 분위기에 그 자리에 멈춰 섰다. 토머스는 그 이상한 움직임이 있는 곳을 손으로 가리킨 후 그쪽을 좀 더 자세히 바라보았다.

웃통을 벗어젖힌 남자가 그들에게 등을 보인 채 웅크리고 앉아 있었다. 진창에서 잃어버린 물건이라도 찾는 것처럼 두 손으로 무언가를 열심히 파헤치고 있었다. 남자의 양어깨에는 괴상하게 긁힌 자국이 나 있고 등 한가운데에 기다란 상처 딱지가 가로로 나 있었다. 경련을 하는 듯도 하고…… 다급하게 서두르는 것 같기도 한 움직임이었다. 바닥에서 무언가를 찢어내고 있는 것인지 팔꿈치를 연신 뒤로 핵핵 뻗고 있었다. 길게 자란 잡초에 가려 토머스는 남자가 무엇을 찢어내고 있는지 확실하게 볼 수가 없었다.

뒤에서 브렌다가 소곤거렸다.

"어서 가던 길이나 가자."

민호가 구시렁댔다.

"저 남자 그 병에 걸린 거 같은데, 어떻게 저렇게 거리에 나와 있을 수가 있는 거지?"

토머스도 그 답을 알 수 없어 길을 재촉하는 것으로 대답을 대신했다.

"그냥 가자."

그들 일행은 다시 걷기 시작했다. 하지만 토머스는 심란한 광경에서 좀처럼 시선을 뗄 수가 없었다. 저 남자는 대체 뭘 하고 있는 걸까?

그 블록 끝에 이르렀을 때 토머스를 비롯한 그들 일행은 걸음을 멈췄다. 다들 그 남자에게 신경이 쓰여서 마지막으로 한 번 더 돌아보려는 것이었다.

그 순간, 남자가 갑자기 벌떡 일어나 그들 쪽으로 고개를 돌렸다. 입과 코 주변이 온통 피범벅이었다. 토머스는 흠칫 놀라 뒷걸음질을 치다가 민호에게 부딪쳤다. 남자는 이를 드러내고 끔찍하게 싱글거리다가 으스대며 그들에게 피투성이 두 손을 들어 보였다. 토머스가 고함을 지르려는데 남자는 도로 웅크려 앉아 하던 일을 계속했다. 다행히 남자가 무엇을 하고 있는지는 이쪽에서 잘 보이지 않았다.

브렌다가 말했다.

"지금 가는 게 좋겠어."

토머스는 얼음처럼 차가운 손가락이 등과 어깨를 훑는 느낌이었다. 브렌다의 말에 반대할 이유 따윈 없었다. 그들은 고개를 돌리고 달리기 시작했다. 두 블록을 달린 후에야 다시 속도를 늦춰 걸었다.

30분쯤 길을 헤맨 끝에 간신히 택시를 잡아타고 목적지로 향할 수 있었다. 토머스는 공터에서 보았던 광경에 대해 얘기하고 싶었지만 차마 입 밖에 낼 수 없었다. 생각할수록 너무 역겨워 속이 뒤집힐 지경이었다.

민호가 제일 먼저 그 일을 입에 올렸다.

"그 남자, 사람을 먹고 있었어. 분명해."

브렌다가 말을 받았다.

"어쩌면…… 주인 잃은 개였을지도 몰라."

하지만 자기 말에 영 확신이 서지 않는 말투였다. 브렌다가 말을 이었다.

"물론 그런 식으로 개를 먹는 게 정상이라곤 볼 수 없겠지만."

민호가 비웃으며 말했다.

"이런 격리 도시에서 대낮에 느긋하게 산책을 하다가 볼 만한 풍경은 절대 아니지. 갤리 말이 맞아. 이 도시는 광인들의 수가 점점 늘고 있고 조만간 다들 서로를 잡아 죽이기 시작할 거야."

아무도 대꾸하지 않았다. 공항까지 가는 내내 다들 말이 없었다.

쇠문 검색대를 통과해 도시를 둘러싼 거대한 벽을 뒤로하고 나서기까지는 오랜 시간이 걸리지 않았다. 보초들은 토머스 일행이 도시를 떠나는 것을 오히려 반기는 눈치였다.

버그는 그들이 세워놓았던 곳에서 얌전히 기다리고 있었다. 아지랑이가 피어오르는 뜨거운 콘크리트 위에 버려진 거대한 곤충의 껍데기처럼. 주변에서는 아무런 움직임도 포착되지 않았다.

민호가 말했다.

"얼른 가서 문 열어요."

퉁명스럽게 지시하는 투였으나 호르헤는 그다지 기분 나빠하지 않는 얼굴이었다. 호르헤가 주머니에서 소형 제어기를 꺼내 버튼 몇 개를 누르자 화물칸 문이 열리고 경사로가 서서히 회전하며 내려왔다. 경첩에서 삐걱대는 소리가 나는 가운데, 경사로 끝이 바닥을 거칠게 긁으며 땅에 닿았다. 토머스는 뉴트가 환하게 웃으며 달려와 반갑게 맞아주길 바랐다.

하지만 버그 안에도 밖에도 아무런 움직임이 없었다. 토머스는 가슴이 철렁했다.

민호도 같은 느낌을 받는지 "뭔가 잘못됐어"라고 말하며 경사로를 달려 올라갔다. 토머스가 무어라 말할 새도 없었다.

"우리도 들어가보자. 뉴트가 위험한 상태에 놓여 있으면 어떻게 해?"

토머스는 그 질문이 싫었지만 브렌다의 걱정이 근거 없는 소린 아니라는 걸 알고 있었다. 그는 대답하지 않고 곧장 민호의 뒤를 따라 어둡고 숨 막히게 더운 버그 안으로 달려 들어갔다. 어느 시점에서 모든 시스템이 정지되었는지 공기조절장치도 조명도 모두 꺼져 있었다.

"전원을 다시 켤게. 이러다간 땀으로 수분이 다 빠져서 몸에 뼈랑 가죽만 남겠다."

토머스를 뒤따라 올라온 호르헤가 이렇게 말하고는 조종석 쪽으로 향했다.

브렌다는 토머스 옆으로 다가와 섰다. 그들 둘은 어둠이 깔린 버그의 실내를 망연히 바라보았다. 드문드문 나 있는 둥근 창으로 들어오는 약간의 햇빛이 조명의 전부였다. 버그 깊숙한 곳 어딘가에서 민호가 뉴트의 이름을 부르는 소리만 들려올 뿐, 뉴트의 대답 소리는 들리지 않았다. 토머스의 마음에 구멍이 뚫리고, 그 구멍이 점점 넓어지면서 작은 희망마저 그리로 빨려 들어가는 듯했다.

토머스는 휴게실로 이어지는 좁은 통로를 가리키며 말했다.

"내가 왼쪽으로 가볼게. 넌 호르헤가 있는 쪽으로 가서 그 근처를 찾아봐. 예감이 좋지 않아. 아무 일 없었으면 뉴트가 우릴 맞이하러 나왔을 텐데."

"조명이랑 공기조절장치도 꺼져 있지 않았겠지."

브렌다는 이렇게 단호하게 말하고는 조종석이 있는 쪽으로 걸어갔다.

토머스는 통로를 지나 휴게실로 들어섰다. 민호가 긴 의자에 앉아 종이쪽지를 내려다보고 있었다. 그토록 표정이 굳어 있는 민호의 모습은 처음 보았다. 토머스의 가슴속 공허감이 더욱 커지고 마지막 남은 희망마저 흐릿해졌다.

"어, 그게 뭐야?"

토머스가 물었지만 민호는 대답 없이 종이쪽지만 계속 바라보았다.

"무슨 내용인데 그래?"

"와서 직접 보든가."

민호는 고개를 들어 그렇게 말하고는 그 쪽지를 한 손으로 들어 올렸다. 구부정하게 앉은 민호의 눈에서 금방이라도 눈물이 나올 것 같았다.

"뉴트 그 자식 가버렸어."

토머스는 가까이 다가가 쪽지를 받아 들었다. 뒷면에 검은 펜으로 갈겨 쓴 내용이 적혀 있었다.

그들이 이 안으로 쑤시고 들어왔어. 다른 광인들과 함께
살도록 나를 데려갈 거래.
이게 최선이기는 해. 그동안 친구로 지내줘서 고마웠어.
안녕.

"뉴트."

토머스가 나지막하게 말했다. 친구의 이름이 죽음의 선고처럼 허공에 떠돌았다.

# 35

그들은 곧 한자리에 모였다. 앞으로 어떻게 할지 논의하기 위해서였지만 막상 모이고 나니 다들 할 말이 없는 듯했다. 네 명 모두 바닥만 내려다보며 아무 말도 하지 않았다. 어째서인지 토머스는 잰슨 생각을 떨칠 수가 없었다. 사악 본부로 돌아가면 뉴트를 구할 수 있지 않을까? 그는 사악 본부로의 복귀를 온몸으로 거부하고 있었다. 하지만 만약 그리로 돌아가서 사악의 시험을 완수한다면……

민호가 침울한 정적을 깨고 입을 열었다.

"셋 다 내 말 잘 들어."

그는 모두와 차례로 눈을 맞추고 말을 이었다.

"사악 본부에서 도망쳐 나온 뒤로 난 너희 꼴통들이 하자는 대로 잔말없이 다 따랐어."

민호는 토머스에게 씁쓸한 웃음을 지어 보이며 덧붙였다.

"여기서부터, 지금부터는 내가 결정을 내릴 테니까 다들 내 말에 따라줘. 싫은 사람은 엿이나 먹어."

토머스는 민호가 어떻게 할 작정인지 짐작이 되었고 기꺼이 따를 생각이었다.

민호가 계속해서 말했다.

"우리한테 훨씬 큰 목표가 있기는 하지. 오른팔이랑 연계해서 사악을 처리할 방법을 찾아내고, 세상을 구하느니 어쩌느니 하는 목표 말이야. 하지만 지금은 뉴트를 찾는 게 먼저야. 여기에 대해서는 논의고 뭐고 할 필요도 없어. 우리 넷은 뉴트가 잡혀간 곳으로 버그를 타고 날아가서 그 녀석을 빼내 와야 돼."

브렌다가 나섰다.

"광인 궁전이라는 곳일 거야."

토머스는 고개를 돌려 브렌다를 바라보았다. 브렌다는 멍하니 허공을 응시하며 말을 이었다.

"쪽지에서 뉴트가 언급한 그곳. 아마 붉은 셔츠를 입은 보안대원 몇 명이 버그로 들어와서 뉴트를 보고 감염인이라는 걸 알았을 거야. 여기서 데리고 나가기 전에 쪽지를 남기게 해줬겠지. 일이 그렇게 된 게 분명해."

그러자 민호가 말했다.

"명칭은 끝내주네. 그 광인 궁전이라는 데 가봤어?"

"아니. 큰 도시마다 광인 궁전을 하나씩 두고 있어. 감염된 사람들을 그리로 보내서 종점 상태가 될 때까지 거기서 그럭저럭 살게끔 하거든. 그 후에 감염인들을 어떻게 처리하는지는 나도 몰라. 아마 누구한테든 살기 편한 곳은 아닐 거야. 비면역인들이 플레어 병에 걸릴까 봐 그쪽엔 얼씬도 하지 않으려고 하니까, 면역인들이 그곳을 관리하는 일을 도맡아 해주면서 보수를 짭짤하게 챙기고 있어. 광인 궁전에 가볼 생각이면 한참 동안 생각을 많이 해보고 움직여야 돼. 지금 우린 탄약도 없는데 무턱대고 들어갔다간 맨손으로 싸울 수밖에 없거든."

불길한 얘기였지만 민호는 한 가닥 희망을 품은 눈빛이었다.

"이만하면 한참 동안 많이 생각해본 거야. 여기서 제일 가까운 광인 궁전이 어디쯤인지 알아?"

민호의 물음에 호르헤가 대신 대답했다.

"알아. 처음 이 도시로 오는 길에 지나왔어. 이 골짜기 맞은편, 산 서쪽에 위치해 있어."

민호가 손뼉을 딱 치며 말했다.

"그럼 그리로 가야겠네. 어서 이 고물 비행선을 이륙시켜요."

토머스는 호르헤와 브렌다가 다른 의견을 내놓거나 반발할 줄 알았는데 예상이 빗나갔다.

호르헤가 일어서며 말했다.

"약간의 모험은 나도 즐기는 바야, 무차초. 20분 내로 도착할 거다."

호르헤는 정확히 20분 만에 목적지에 도착했다. 산비탈을 따라 푸르게 뻗어나간 숲. 호르헤는 그 숲 초입의 공터에 버그를 착륙시켰다. 나무들의 절반은 이미 고사했고, 나머지 절반은 수 년간 지속된 어마어마한 태양 열기를 견디고 되살아나기 시작하는 듯 보였다. 태양 플레어 현상으로 황폐해진 세상이 언젠가 본래의 모습을 되찾을 때쯤에는 지구상에 살아남은 인간이 없으리란 생각에 토머스는 울적해졌다.

승강구 경사로에서 바닥으로 내려선 토머스는 광인 궁전을 둘러싼 벽을 유심히 바라보았다. 그 벽까지의 거리는 수십 미터 정도였다. 벽은 두꺼운 널빤지로 이루어져 있었고, 제일 가까이에 있는 대문이 열리면서 커다란 전기총을 손에 든 두 경비원이 밖으로 나왔다. 경비원들은 몹시 피곤해 보였지만 그 자리에서 방어 자세를 취하며 토머스 일행 쪽으로 전기총을 겨눴다. 버그가 접근하는 소리를 들었거나 날아오는 모습을 본 모양이었다.

호르헤가 말했다.

"시작부터 분위기가 좋질 않네."

경비원 한 명이 무어라 소리쳤으나 토머스는 잘 들리지 않았다.

"가서 저 경비원들하고 얘기를 해보자. 전기총을 소지하고 있는 걸 보면 면역인이겠지."

토머스의 제안에 민호는 "광인들이 진짜 경비원들한테서 빼앗아 든 걸 수도 있어"라고 말하고는 토머스에게 뜻 모를 웃음을 지어 보이며 덧붙였다.

"어느 쪽이든, 우린 저 광인 궁전으로 들어가야 돼. 뉴트를 반드시 데리고 나오자."

토머스 일행은 경비원들에게 경계심을 유발하지 않기 위해 고개를 당당하게 치켜들고 느긋하게 대문을 향해 걸어갔다. 토머스는 또다시 전기탄에 맞고 싶지 않았다. 가까이서 보니 두 경비원의 몰골이 말이 아니었다. 지저분하고 땀에 젖은 데다 여기저기 멍들고 긁힌 자국이 나 있었다.

그들이 대문 앞에 멈춰 서자 경비원 한 명이 앞으로 다가와 물었다.

"누군데 여기서 얼쩡거려? 가끔 여길 찾아오는 과학자 나부랭이들 같아 보이진 않는데."

검은 머리카락에 콧수염을 기른 그 남자는 옆에 선 동료보다 키가 약간 더 컸다.

그들이 덴버에 처음 도착해 공항에서 사람들을 상대했을 때처럼 이번에도 호르헤가 나섰다.

"우리가 온다는 연락을 따로 못 받은 모양이군, 무차초. 우린 사악에서 나왔다. 우리 쪽 아이 하나가 어쩌다 실수로 당신네한테 붙들려 여기로 끌려온 모양인데, 그 아이를 데려가려고 왔다."

토머스는 놀랐다. 하지만 다시 생각해보니 호르헤의 말이 사실이기는 했다.

경비원은 별 감흥 없는 얼굴로 응수했다.

"사악에서 나왔다고 하면 내가 믿을 줄 아나 봐? 건방지게 기웃대면서 주인 행세를 하려는 놈들이 한둘이 아니란 말이지. 안에 들어가서 광인들이랑 노닥거리고 싶나? 마음대로들 하셔. 특히 요즘은 더 재미날 거야."

그러고는 옆으로 슬쩍 물러나 과장되게 손을 쭉 뻗으며 어서 들어가라는 시늉을 했다.

"광인 궁전에서 즐거운 시간 보내셔. 팔이나 눈알을 잃으셔도 환불이나 교환은 안 된다는 것만 알아두고."

공기 중에 팽팽한 긴장감이 느껴졌다. 민호가 이 분위기에 쓸데없는 소릴 지껄여서 경비원들의 화를 돋울까 봐 토머스가 얼른 나섰다.

"특히 요즘은 더 재미날 거라뇨? 무슨 일이 있습니까?"

그 경비원은 어깨를 으쓱했다.

"별로 행복한 곳이 아니라는 정도만 알아둬."

그러고는 더 이상 설명을 하지 않았다.

토머스는 일이 진행되는 분위기가 마뜩잖아 입을 열었다.

"음…… 혹시나 해서 물어보는 건데…….."

토머스는 친구를 광인으로 표현하고 싶지 않아 조심스럽게 단어를 고르며 물었다.

"어제나 그제 새로 입소한 사람들이 있지 않습니까? 출입기록부 갖고 있지요?"

옆에 서 있던 다른 경비원이 카악 하고 침을 뱉으며 대답했다. 키 작고 다부진 체격에 머리는 삭발한 남자였다.

"누굴 찾는데? 남자야 여자야?"

"남자요. 이름은 뉴트인데, 저보다 키가 크고 약간 긴 금발머리를 하고 있습니다. 다리를 절고요."

그 경비원은 또다시 침을 뱉었다.

"누군지 알 것 같다. 하지만 안다고 해서 꼭 얘기를 해주란 법도 없지. 너희들, 돈깨나 있어 보이는데, 나눠 가질 생각 없냐?"

뉴트를 찾을 수 있을 거란 희망이 생긴 토머스는 호르헤를 돌아보았다. 호르헤의 얼굴은 분노로 굳어져 있었다.

그런데 민호가 호르헤보다 먼저 나섰다.

"우리 돈 무지하게 많으니까, 우리 친구가 어디 있는지나 털어놔요."

그 경비원은 한층 더 사나운 자세로 전기총의 총구를 그들에게 겨냥하며 말했다.

"현금 카드를 보여주지 않으면 더 이상 대화는 없어. 최소한 천 이상은 내놔."

민호가 호르헤를 엄지로 가리키며 말했다.

"카드라면 이 사람이 갖고 있어요, 이 욕심쟁이 아저씨야."

그 경비원을 매섭게 노려보고 있던 호르헤는 주머니에서 카드를 꺼내 흔들며 말했다.

"날 총으로 쏴 죽이고 이 현금 카드를 빼앗을 수도 있겠지만, 내 지문이 없으면 돈을 뺄 수가 없다는 걸 잘 알 거야. 돈 줄 테니까 길 안내나 해, 에르마노."

"좋아, 따라와. 한 가지 명심할 건, 재수 없게 광인하고 맞닥뜨리게 돼서 몸의 일부가 잘려나가더라도 그냥 버려두고 죽어라고 달아나야 돼. 잘려나간 부분이 다리라면 물론 달리질 못하겠지만 말이야."

말을 마친 경비원은 돌아서서 열린 대문 안쪽으로 걸어 들어갔다.

# 36

광인 궁전은 끔찍할 정도로 지저분한 곳이었다. 키 작은 경비원은 무척 수다스러워서, 경악스럽고 혼란스러운 구역을 지나는 동안 토머스가 요구하는 것 이상으로 이런저런 정보를 제공해주었다.

감염인들을 위한 이 마을은 거대한 고리들이 중심부를 겹겹이 에워싼 구조로 되어 있다고 했다. 공동으로 사용하는 식당, 의무실, 여흥 시설이 마을 한가운데 위치해 있고, 그 주변을 조악한 주택들이 줄지어 둘러싸고 있다는 것이었다. 광인 궁전은 감염인들을 인간적으로 배려해 만들어진 시설이었다. 감염인이 광기에 완전히 사로잡히는 종점에 다다를 때까지 머무는 곳. 종점을 넘어선 감염인은 황무지로 이송되는데, 그곳은 바로 태양 플레어 현상으로 가장 심하게 피해를 받은 지역이었다. 광인 궁전을 지은 이들은 감염인들이 종점에 이르기 전까지 마지막으로 사람답게 살 수 있기를 바랐고, 그런 의미에서 전세계 대부분의 잔존 도시 근처마다 광인 궁전을 짓는 프로젝트가 이행되었다.

그러나 훌륭한 의도와는 달리 프로젝트의 결과는 그다지 좋지 않았다. 아무런 희망도 없는 사람들, 자신이 결국 광증의 끔찍하고 무시무시한 소용돌이로 빠져들 수밖에 없음을 알고 있는 사람들로 채워진 광인 궁전은 결국 역사상 가장 비참한 무정부 상태에 놓이게 된 것이다. 이곳 주민들이 자신이 처해 있는 상황보다 더 비참한 상태도, 이보다 더 심한 처벌도 없음을 인식하게 되면서 범죄율이 천문학적으로 높아졌고, 이 시설은 타락의 온상으로 전락하고 말았다.

토머스 일행은 줄지어 늘어선 집들을 차례로 지나갔다. 집이라고는 해도 다 쓰러져가는 판잣집에 불과했다. 이런 데서 산다는 건 상상만으로도 끔찍했다. 건물 창문마다 거의 다 박살이 나 있었다. 경비원은 애초에 이 마을에 유리 반입을 허용한 것 자체가 큰 실수라고 했다. 유리를 깨서 무기를 만드는 데 주로 쓴다는 것이었다. 거리에는 온통 쓰레기가 널려 있었다. 주변에 사람은 한 명도 보이지 않았지만 토머스는 누군가 그림자 안쪽에서 그들을 지켜보고 있다는 느낌을 받았다. 멀리서 누군가 고래고래 욕하는 소리가 들리고 또 다른 방향에서는 비명 소리가 들려와 토머스는 신경이 한층 더 곤두섰다.

결국 토머스는 일행 중 처음으로 입을 열었다.

"어째서 상부에서는 여길 폐쇄하지 않은 겁니까? 여기 상태가…… 이렇게 엉망인데요."

경비원이 되물었다.

"엉망이라고? 꼬마야, 엉망이라는 건 상대적인 개념이야. 여긴 원래 이래. 이 사람들을 상대로 뭘 더 어떻게 할 수 있겠어? 성벽으로 둘러싸인 대도시에서 건강한 시민들하고 같이 살게 풀어놓을 수도 없고, 그렇다고 종점이 지난 광인들로 가득한 곳에 던져넣어 산 채로 잡아먹히게 둘 수도 없단 말이지. 아직까지는 정부에서도 사람들이 플레어 병에 감염되자마자 죽이려고 들 정도로 극단적이진 않아. 그래서 이렇게 살게 두는 거야. 여기서 이런 일을 할 수 있는 사람이 우리 같은 면역인들밖에 없으니까, 덕분에 우리도 돈 좀 버는 거지 뭐."

이 얘기에 토머스는 기분이 무척 우울해졌다. 세상은 비참하기 이를 데 없었다. 사악의 시련 프로젝트 완수를 돕지 않고 있는 자신이 이기적일지도 모른다는 생각도 들었다.

이 마을에 들어온 후로 혐오감에 인상을 잔뜩 찌푸리고 있던 브렌다가 마침내 입을 열었다.

"솔직하게 말하지 그래요? 당신들 양심에 거리끼지 않을 만큼 감염인들의 상태가 악화되면 맘 편히 제거하기 위해 이 외진 곳에 팽개쳐두고 있는 거라고 말이에요."

경비원이 무덤덤하게 대꾸했다.

"간단하게 잘 요약했구나."

토머스는 이 남자가 싫어지기보다는 오히려 연민이 느껴졌다.

그들은 하나같이 부서지고 낡고 지저분한 집들을 뒤로하고 계속 걸어갔다.

토머스가 물었다.

"주민들은 다 어디 있습니까? 사람들로 꽉 차 있을 줄 알았는

데. 그리고 조금 전에 얘기한, 특히 요즘은 더 재미날 거라는 말은
무슨 뜻이에요?"

이번에는 콧수염을 기른 경비원이 대답했다. 다른 이의 목소리
로 설명을 들으니 분위기가 약간이나마 달라져 좋았다.

"운 좋은 일부 감염자들은 집에서 축복 마취제를 써가며 버티
고 있지만, 대부분은 이 마을 중앙 구역에 수용되어 있어. 그저 먹
고 놀면서 돼먹지 못한 짓거리로 시간을 보내고 있지. 문제는 상
부에서 이리로 감염자들을 너무 많이 보내고 있다는 거야. 여기서
내보내는 인원수보다 훨씬 더 많이 들어오고 있단 말이지. 게다가
사방에서 면역인들을 잡아다가 어딘가로 데려가는 바람에, 이곳
에서 일하는 면역인의 수도 줄어들고 있다는 게 문제야. 이대로라
면 끓는점에 도달하는 것도 시간문제라니까. 오늘 아침에 물이 바
짝 달아올랐어."

"사방에서 면역인들을 잡아갔다고요?"

사악이 추가로 시련 과정을 진행하기 위해 필요한 자원을 거둬
들이고 있는 모양이었다. 그로 인해 이곳에는 위험한 결과가 빚어
지고 있었다.

"그래. 지난 두 달 사이에 동료들이 절반 가까이 실종됐어. 흔
적도 안 남기고 감쪽같이 사라져버린 거야. 덕분에 나는 일하기가
천 배는 더 힘들어졌단 말이지."

토머스가 탄식하며 말했다.

"이곳 주민들하고 접촉할 일 없게 우릴 안전한 곳에 데려다놓
고 뉴트를 찾아다주세요."

옆에서 민호가 맞장구쳤다.

"그게 낫겠다."

그러자 콧수염 경비원은 어깨를 으쓱하며 말했다.

"좋아. 돈이나 확실히 지불해."

고리형으로 줄줄이 배열된 주택가를 걸어가던 경비원들은 중앙 구역을 두 줄 남겨두고 걸음을 멈춘 뒤 토머스 일행에게 그곳에서 기다리라고 말했다. 토머스 일행은 어느 판잣집 그늘로 들어가 웅크리고 앉았다. 어딘가에서 들려오는 불협화음은 시시각각 커지고 있었다. 광인 궁전 인구의 대부분이 모여 있는 중앙 구역과 가까이에 있어서인지 그 소음이 상당히 커서 바로 근처에서 큰 싸움이라도 벌어지고 있는 것 같았다. 가만히 앉아 그 끔찍한 소음에 귀를 기울이며 경비원들이 돌아오길 기다리고 있자니 토머스는 견디기가 힘들었다. 경비원들이 뉴트를 데려오는 건 고사하고 과연 돌아오기는 할 것인지도 의심이 되었다.

경비원들이 뉴트를 찾으러 가고 10분 정도 지났을 무렵, 좁은 길 건너 작은 오두막에서 두 남녀가 걸어 나왔다. 토머스는 맥박이 빨라지면서 곧장 일어나 달아나려다가, 그들의 외양이 위협적이지 않음을 확인하고 긴장을 풀었다. 서로 손을 꼭 잡은 모양새가 커플인 듯했다. 약간 지저분한 몰골에 구겨지고 낡은 옷을 입었다는 점 외에는 정신이 멀쩡해 보였다.

두 남녀는 토머스 일행 쪽으로 걸어와 바로 앞에서 멈춰 섰다. 여자가 물었다.

"여기 언제 왔어요?"

토머스가 더듬거리며 대답할 말을 찾고 있는데 브렌다가 나섰다.

"제일 최근에 여기 들어온 사람들하고 같이 왔어요. 실은 같이 다니던 친구를 찾고 있는데요. 그 친구 이름은 뉴트이고, 금발 머리에 다리를 약간 절어요. 본 적 있어요?"

남자가 태어나서 이렇게 멍청한 질문은 처음 들어본다는 투로 대답했다.

"여기 금발이 한둘이 아닌데 누가 누군지 어떻게 압니까? 뉴트라니, 이상한 이름도 다 있군요?"

민호가 대답을 하려는데, 중앙 구역 쪽에서 들려오던 소음이 갑자기 커지는 바람에 다들 그리로 고개를 돌렸다. 커플은 걱정스러운 표정으로 서로를 응시하다가 말없이 자기네 집으로 종종걸음을 놓았다. 그들이 현관문을 닫은 후 자물쇠가 찰칵 잠기는 소리가 들렸다. 잠시 후 창문 안쪽에 나무판자가 보이더니 창문을 틀어막았고 창틀에 붙어 있던 작은 유리 파편이 집 밖 땅바닥으로 떨어졌다.

"저 두 사람도 우리만큼이나 여기 있는 게 행복한가 봐."

토머스가 빈정대자 호르헤가 투덜거렸다.

"참 친절하고 말이야. 나중에 또 놀러오고 싶어지네."

브렌다가 말했다.

"여기 온 지 얼마 안 된 사람들일 거야. 이런 데서 사는 게 어떤 기분일지 상상이 안 돼. 본인이 감염되었다는 걸 알게 되고, 이런 데로 끌려와 광인들과 함께 거주하게 되고, 장차 자신이 어떤 모습이 될지 매일 지켜보며 살아가야 하니 말이야."

토머스는 천천히 고개를 저었다. 생각만으로도 지독하게 비참한 삶이었다.

"경비원들은 어디 가 있는 거지? 녀석을 찾아서 친구들이 왔다고 말을 전하는데 뭐 이렇게 오래 걸려?"

이렇게 묻는 민호의 목소리에서 초조함이 묻어났다.

10분 후 모퉁이를 돌아 걸어오는 두 경비원의 모습을 보고 토머스 일행은 벌떡 일어섰다. 민호가 다급히 물었다.

"찾았어요?"

키 작은 경비원은 종전의 뻔뻔스러운 태도를 버리고 초조한 눈빛으로 그들을 쳐다보면서 좀처럼 입을 열지 못했다. 중앙 구역에 한번 들어갔다 나온 사람은 늘 저렇게 되어버리는 건지 토머스는 의아했다.

콧수염 경비원이 대신 대답했다.

"이리저리 물어보면서 다니느라 시간이 좀 걸렸어. 너희가 찾는 사람을 발견하기는 한 것 같다. 생김이 딱 너희가 말한 대로였어. 우리가 이름을 부르니까 돌아보더라고. 그런데……."

경비원들은 편치 않은 표정으로 서로 눈빛을 주고받았다.

민호가 다그쳤다.

"그런데 뭐요?"

"그 녀석이 아주 날카롭게 말을 하더라고. 너희더러 꺼지라고 전해달라는데?"

# 37

그 말을 들은 토머스는 비수에 찔린 듯 가슴이 아팠다. 민호의
심정이 어떨지 짐작할 수 있었다.

민호가 즉시 지시했다.

"뉴트가 있는 곳으로 안내해요."

콧수염 경비원은 못 말리겠다는 듯 두 손을 들어 올렸다.

"내가 방금 한 말 못 들었냐?"

결국 토머스가 나섰다.

"아직 그쪽이 해야 할 일을 다 한 게 아니잖아요."

지금 토머스는 민호와 완전히 입장을 같이하고 있었다. 뉴트가
무어라 말했든 관계없었다. 여기까지 왔는데 직접 대면하고 애기
를 해야 했다.

키 작은 경비원이 단호하게 고개를 저었다.

"아니. 너희는 친구를 찾아달라고 요청했고 우린 찾아줬으니까

약속한 돈이나 내놔."

호르헤가 말했다.

"찾아줬다고? 지금 우리가 뉴트랑 같이 있는 거로 보이나? 눈앞에 볼 때까지는 땡전 한 푼 못 내줘."

브렌다는 아무 말도 하지 않았으나 호르헤 옆에 서서 같은 의견이라는 뜻으로 고개를 끄덕였다. 뉴트의 사나운 전언에도 불구하고 다들 뉴트를 만나겠다는 생각에 변함이 없자 토머스는 안심이 되었다.

경비원들은 그다지 표정이 좋지 않았다. 그들은 목소리를 낮춰 의견을 주고받았다.

민호가 고함쳤다.

"이봐요! 돈 달라면서요. 어서 안내하라고요!"

뜸을 들이던 콧수염 경비원은 마침내 "좋아. 따라와"라고 말했고, 키 작은 경비원은 부아가 치민 표정으로 동료를 쏘아보았다.

경비원들은 돌아서서 왔던 길로 다시 걸어갔다. 민호가 그들 바로 뒤에서 따라갔고 나머지도 뒤따랐다.

이보다 더 비참할 수 없으리라 생각했는데, 안쪽으로 깊숙이 들어갈수록 마을의 상태는 점점 나빠졌다. 건물들은 더욱 초라해졌고 거리는 몹시 지저분해졌다. 더러운 가방이나 접은 옷더미를 머리에 베고 보도에 누워 있는 사람들도 몇 명 보였다. 하나같이 초점 없는 눈으로, 현실을 잊은 행복한 표정으로 하늘을 올려다보고 있었다. 토머스는 그런 모습들을 보며 '축복 마취제'라는 약명이 참으로 적절하다는 생각을 했다.

경비원들은 가까이 다가오려는 이들을 향해 전기총을 좌우로 겨냥하며 계속 앞으로 나아갔다. 어느 지점에서 그들은 피폐한 몰골의 한 남자를 보았다. 찢어진 옷을 입은 그 남자의 머리카락에는 검고 찐득찐득한 덩어리가 엉겨 붙어 있고 피부에는 온통 뾰루지가 돋아 있었다. 남자는 약에 취한 10대 아이를 보더니 달려들어 두들겨 패기 시작했다.

토머스는 말려야 하는 게 아닌가 싶어 걸음을 멈췄다. 하지만 토머스가 입을 열기도 전에 키 작은 경비원이 말했다.

"꿈도 꾸지 마."

"하지만 저런 싸움을 말리는 게 그쪽이 해야 할 일……."

그러자 콧수염 경비원이 토머스의 말을 잘랐다.

"입 다물고 우리 일은 우리가 알아서 하게 내버려 둬. 저런 사소한 싸움까지 다 개입하려 들었다간 일이 끝이 안 나. 우리가 제명에 살 수가 없다고. 저 둘이 알아서 문제를 해결하게 두면 돼."

민호가 전혀 동요하지 않는 목소리로 말했다.

"어서 뉴트한테나 가자고요."

그들은 다시 걸음을 옮겼다. 뒤에서 요란한 비명 소리가 터져 나왔지만 토머스는 애써 무시했다.

마침내 그들은 좌우의 높은 벽 사이에 위치한 커다란 아치형 입구 앞에 이르렀다. 입구 안쪽에는 사람들로 가득 차 있었다. 입구 꼭대기에 설치된 표지판에 밝은 색 글씨로 '중앙 구역'이라고 적혀 있었다. 안에서 무슨 일이 일어나고 있는지 확실히 알 수는 없지만 다들 부산하게 움직이고 있었다.

경비원들은 걸음을 멈췄다. 콧수염 경비원이 토머스 일행에게 물었다.

"한 번 더 확인하는 건데, 정말 저 안에 들어가고 싶은 거냐?"

민호가 곧장 대답했다.

"당연하죠."

"좋아. 너희 친구는 볼링장에 있어. 우리가 네 친구를 확인시켜 주면 곧장 돈을 지불해줘야겠어."

그 요구에 호르헤가 사납게 응수했다.

"알았으니까 어서 가기나 합시다."

그들은 경비원들을 따라서 입구를 지나갔다. 중앙 구역으로 발을 들여놓은 후 잠시 걸음을 멈추고 주변을 둘러보았다.

토머스의 머릿속에 제일 먼저 떠오른 단어는 '정신병원'이었다. 그곳은 문자 그대로 정신병원이었다.

사방에 광인들이 깔려 있었으니까.

광인들은 지름이 수십 미터에 달하는 원형 광장을 맴돌고 있었고, 광장 주변에는 한때 상점, 레스토랑, 여흥 시설로 사용됐던 건물들이 위치해 있었다. 건물 대부분은 쇠락하여 폐쇄된 상태였다. 감염인 대부분은 토머스 일행이 거리에서 보았던 기름진 머리의 남자만큼 정신을 놓은 것 같아 보이진 않았지만 어딘지 모르게 광적인 분위기를 풍겼다. 그리고 다들 행동과 태도가…… 과장되었다. 눈에 광기를 띠고 발작적으로 웃어대면서 서로의 등을 거칠게 손바닥으로 내리치는 사람들. 땅바닥에 주저앉아 혹은 제자리에서 맴을 돌며 두 손으로 얼굴을 감싸 쥐고 끝없이 흐느껴 우는 사람들. 곳곳에서 소소한 싸움들이 벌어졌다. 가만히 서서 얼굴이 빨갛게 달아오르도록 목에 핏대를 세우며 고래고래 비명을 지르는 남자와 여자의 모습이 여기저기서 보였다.

옹기종기 모여서 팔짱을 끼고 연신 고개를 좌우로 돌리며 주변을 살피는 이들도 있었다. 마치 언제 공격받을지 몰라 사방을 경계하는 듯한 모습이었다. 그리고 어떤 이들은 토머스가 바깥 쪽 고리 구역에서 보았던 것처럼 축복 마취제에 몽롱하게 취해 바닥에 앉거나 누워서 미소 짓고 있었는데, 주변의 난장판에는 전혀 아랑곳하지 않는 모습이었다. 전기총을 소지한 경비원 몇 명이 근처에서 서성이고 있기는 했지만 광인들에 비하면 수적으로 크게 열세였다.

"내가 나중에 여기서 땅을 산다고 하면 누가 좀 말려줘."

민호가 우스갯소리를 했지만 토머스는 도저히 웃음이 나오지 않았다. 토머스의 마음은 걱정으로 가득했고 부디 이 고비를 무사히 넘기고 싶었다.

"볼링장이란 데가 어디예요?"

토머스의 물음에 키 작은 경비원이 대답했다.

"이쪽이야."

경비원은 벽에 붙다시피 하며 왼쪽으로 방향을 돌렸고, 토머스 일행이 그 뒤를 따라갔다. 브렌다가 토머스 바로 옆에서 걷고 있었는데 걸음을 옮길 때마다 서로 팔이 닿았다. 토머스는 브렌다의 손을 잡고 싶었지만 주변의 이목을 끌면 안 될 것 같아 자제했다. 이곳에서는 어떤 일이 벌어질지 예측할 수 없으니 불필요한 행동으로 위험을 초래하고 싶지 않았다.

토머스 일행이 옆으로 지나가자 흥분해 날뛰던 광인들 대부분이 움직임을 멈추고 소규모 신참 집단을 빤히 쳐다보았다. 혹시라도 눈을 마주쳤다가 상대가 적대적으로 나오거나 말이라도 걸까 봐 토머스는 눈을 줄곧 내리깔고 걸어갔다. 광인들의 야유와 휘파람, 지저분한 농담과 욕설이 토머스 일행에게 쏟아졌다. 허물어져가는 편의점 옆을 지나가면서 보니, 뻥 뚫린 진열장 너머로 선반마다 물건 하나 없이 텅 비어 있었다. 진열장에 끼워져 있던 유리는 부서져 사라진 지 오래였다. 의원도 있고 샌드위치 가게도 있지만 어디에도 조명등은 켜져 있지 않았다.

누군가 토머스의 어깨 쪽 셔츠를 잡았다. 고개를 돌려 누구인지 확인한 토머스는 그 손을 쳐냈다. 어떤 여자가 그 자리에 서 있었다. 검은 머리카락이 엉망으로 헝클어지고 턱에 긁힌 상처가 나 있긴 했지만 그 외엔 멀쩡해 보였다. 여자는 잔뜩 찌푸린 표정으로 토머스를 잠자코 쳐다보다가 입을 한껏 벌려 치아를 고스란히 드러냈다. 치열은 온전했지만 한동안 양치를 하지 않은 흔적이 확연히 보였고, 퉁퉁 부은 혀는 변색되어 있었다. 여자는 벌렸던 입을 다물며 말했다.

"너한테 키스하고 싶은데. 어떻게 생각해, 면역 돌연변이?"

그러고는 코웃음이 한껏 섞인 웃음을 웃어댔다. 여자는 광적으로 낄낄대다가 토머스의 가슴을 손으로 가볍게 쓸어내렸다.

토머스는 움찔하고 뒤로 물러서서 가던 길을 계속 갔다. 토머스에게 무슨 탈이 생길 수도 있는데, 함께 온 경비원들은 전혀 개의치 않고 이미 저만치 걸어가고 있었다.

브렌다가 가까이 몸을 기울이며 토머스에게 속삭였다.

"지금까지 일어난 중에서 제일 오싹한 일이었겠는걸."

토머스는 고개를 끄덕이고 걸음을 재촉했다.

# 38

볼링장에는 문이라곤 없었다. 바깥쪽으로 노출된 경첩을 두껍
게 뒤덮은 녹을 보더라도 이미 오래전에 문짝이 뜯겨 나간 듯했
다. 볼링장 입구에 걸린 커다란 나무 표지판에는 한때 적혀 있었
을 글씨가 지워지고, 그 흔적만 흐릿하게 긁힌 자국으로 남아 있
었다.

콧수염 경비원이 말했다.

"너희들 친구는 저 안에 있어. 이제 돈 내놔."

민호는 그 경비원 옆을 지나 빈 문간으로 다가가 목을 길게 빼
고 그 안을 들여다보았다. 잠시 후 고개를 돌린 민호가 토머스에
게 말했다.

"저 뒤쪽에 보여. 어둡긴 한데 뉴트가 확실해."

민호의 얼굴은 걱정으로 잔뜩 굳어 있었다.

토머스는 지금까지 뉴트를 찾아내는 일에 골몰하느라 막상 만

나서 무슨 말을 할지는 생각해두지 않았다. 그런데 뉴트는 왜 그들에게 꺼지라고 했던 걸까?

콧수염 경비원이 다시 재촉했다.

"돈 달라고."

호르헤가 전혀 당황하는 기색 없이 그를 구슬렸다.

"우리가 안전하게 버그까지 되돌아갈 수 있게 해주면 두 배로 드리지."

두 경비원은 잠시 상의를 했고 키 작은 경비원이 대답을 내놓았다.

"세 배로 줘. 그리고 지금 한 말이 허풍이 아니라는 걸 확인해야 하니까 일단 절반을 내놔."

"그러지, 무차초."

호르헤가 현금 카드를 꺼내 키 작은 경비원의 현금 카드에 가져다 댔다. 그런 식으로 돈을 이체시키는 것이다. 사악의 돈을 훔쳐 쓰고 있다는 사실에 토머스는 이 와중에도 묘한 만족감을 느꼈다.

돈을 이체받은 후 키 작은 경비원이 말했다.

"우린 여기서 기다릴 테니까 들어갔다 와."

"들어가자."

민호가 이렇게 말하며 일행의 대답을 기다리지도 않고 먼저 볼링장 건물 안으로 들어갔다.

토머스는 브렌다를 돌아보았다. 그녀는 인상을 찌푸린 모습이었다.

"뭐가 잘못됐어?"

토머스는 이 상황에서 마치 잘못된 게 하나뿐인 것처럼 물었다.

"모르겠어. 느낌이 좋지 않아."

"그건 나도 마찬가지야."

브렌다가 희미하게 미소 지으며 토머스의 손을 잡았다. 토머스
도 기꺼이 그녀의 손을 잡아주었다. 그들은 볼링장 안으로 들어갔
고 호르헤가 바로 뒤에서 따라갔다.

기억이 삭제된 후 추억이 일부 되살아나면서 토머스는 볼링장이
라는 곳이 어떤 모습이며 어떤 기능을 하는지는 어렴풋이 알고 있
었다. 하지만 실제로 볼링을 해본 기억은 없었다. 막상 볼링장 안
으로 들어가 보니 예상했던 것과는 상당히 거리가 먼 모습이었다.

한때 사람들이 공을 굴렸던 볼링 레인은 완전히 파손된 상태였
고 바닥의 나무판 대부분이 뜯겨나가거나 부서져 있었다. 그 자리
에 깔린 침낭과 담요들 위에서 사람들은 꾸벅꾸벅 졸고 있거나 멍
하니 천장을 응시하며 누워 있었다. 브렌다의 얘기대로라면 축복
마취제를 구입할 여력이 있는 자들은 부자들뿐일 텐데 여기서 저
렇게 대놓고 축복 마취제를 쓰고 있으니 토머스는 의아했다. 저러
다가는 조만간 누군가가 축복 마취제를 빼앗으려고 무슨 짓이든
벌일 것 같았다.

볼링 핀이 세워져 있던 볼링 레인 끄트머리의 움푹 들어간 곳에
모닥불들이 피워져 있었다. 한눈에 봐도 위험천만해 보였지만 적
어도 한 명씩 그 옆에 앉아 불을 관리하고 있기는 했다. 나무 타는
냄새가 공기 중에 퍼져나가고 자욱한 연기가 어둠을 가득 메우고
있었다.

민호는 30미터 정도 떨어진 맨 왼쪽 레인을 손으로 가리켰다.

사람들은 대부분 가운데에 모여 있어서 그 끄트머리 레인은 한산했다. 내부가 대체로 어둠침침했지만 토머스는 단박에 뉴트를 알아보았다. 모닥불 빛을 받아 언뜻 빛나는 긴 금발, 구부정하게 앉아 있는 익숙한 자세. 뉴트는 그들에게 등을 돌린 채 앉아 있었다.

토머스가 브렌다에게 속삭였다.

"하는 데까지 해보자."

그들이 뉴트에게 조심스럽게 다가가는 동안 아무도 앞을 가로막지 않았다. 토머스 일행은 담요를 덮고 잠든 사람들 사이로 난, 미로처럼 복잡한 길을 따라 맨 끝 레인으로 향했다. 토머스는 발을 내디딜 때 신중을 기했다. 광인을 잘못 밟았다가 다리를 물어뜯기고 싶지 않아서였다.

뉴트와의 거리가 3미터 정도로 좁혀졌을 때, 갑자기 뉴트가 볼링장의 컴컴한 벽이 쩌렁쩌렁 울릴 정도로 고함을 쳤다.

"꺼지라고 했잖아, 이 빌어먹을 자식들아!"

앞서가던 민호가 우뚝 멈춰 서는 바람에 토머스는 하마터면 민호의 등에 부딪칠 뻔했다. 브렌다가 토머스의 손을 꼭 잡았다가 놓았다. 그제야 비로소 토머스는 자신의 손에 땀이 흥건해져 있음을 알아챘다. 뉴트의 입에서 나온 그 말을 듣는 순간 토머스는 이걸로 끝이구나 싶었다. 뉴트는 이제 다시는 예전 같아질 수 없을 것이다. 뉴트의 앞날에는 이제 어둠만이 남아 있었다.

"너랑 얘기 좀 하려고 왔어."

민호가 두 걸음 앞으로 다가가며 말했다. 그러자니 모로 누워 있는 깡마른 여자를 타 넘어 가야 했다.

"더 이상 가까이 오지 마. 놈들이 날 여기다 데려다놓은 건 다 이유가 있어서야. 놈들은 처음에 나를 망할 버그 안에 숨어 있는 면역인인 줄 알더라. 그런데 플레어 바이러스가 뇌를 파먹고 있는 감염인이니 얼마나 놀랐겠어. 놈들은 자기네한테 주어진 시민의 의무를 다해야 한다면서 날 이 쥐구멍에 던져 넣었어."

뉴트의 목소리는 부드러웠지만 잔뜩 독이 올라 있었다.

민호가 아무런 대꾸도 못 하자 토머스가 대신 나섰다. 토머스는 뉴트의 말에 압도되지 않으려고 안간힘을 썼다.

"우리가 여길 왜 찾아왔다고 생각해, 뉴트? 널 버그에 남아 있게 하고 결국 붙잡히게 만들어서 미안해. 놈들이 널 여기다 데려다놓게 만든 것도 미안하고. 그래서 널 다시 꺼내주려고 왔어. 누구 한 명쯤 이 안에 들어왔다가 나가도 아무도 신경 쓰지 않을 거야."

뉴트가 천천히 고개를 돌려 그들을 마주 보았다. 뉴트의 손에 들려 있는 전기총을 보자 토머스는 가슴이 철렁했다. 뉴트는 사흘간 쉴 새 없이 달리기를 하고 싸우고 절벽에서 굴러떨어진 사람처럼 녹초가 된 몰골이었다. 눈빛에 분노가 어려 있기는 했지만 아직 광기에 사로잡히지는 않았다.

민호가 반보 뒤로 물러섰는데, 그러다 하마터면 모로 누운 여자를 밟을 뻔했다.

"어이구, 저게. 진정해. 얘기나 좀 하자는데 그 망할 전기총을 내 얼굴에 들이댈 필요는 없잖아. 대체 그 총은 어디서 났어?"

민호의 물음에 뉴트가 대답했다.

"훔쳤어. 내 기분을 상하게 한······ 경비원한테서."

뉴트의 두 손이 살짝 떨리고 있어서 토머스는 신경이 곤두섰다.

뉴트의 손가락이 전기총의 방아쇠 위에 걸쳐 있었다.

뉴트가 말을 이었다.

"내 상태가…… 온전하지가 않아. 솔직히 말하면, 날 찾으러 여기까지 와준 거에 대해선 고맙게 생각해. 진심이야. 하지만 여기서 끝을 내야 돼. 어서 돌아서서 저 문을 나가. 버그를 타고 멀리 날아가란 말이야. 내 말 이해하지?"

민호는 한층 더 좌절한 목소리로 받아쳤다.

"아니, 이해 못 해. 우린 목숨 걸고 여기까지 왔어. 넌 우리 친구니까 널 꼭 데리고 갈 거야. 미쳐가는 동안 징징대면서 울고 싶으면 울어. 하지만 이 망할 광인들 옆에서가 아니라 우리 옆에서 그렇게 하란 말이야."

뉴트가 벌떡 일어섰다. 너무 갑작스러워서 토머스는 깜짝 놀라 뒷걸음질 칠 뻔했다. 뉴트는 전기총을 들어 민호에게 겨누며 소리쳤다.

"난 광인이야, 민호 이 자식아! 광인이라고! 왜 그 사실을 못 받아들여? 네가 내 입장이라면 플레어 병에 감염돼서 앞으로 어떤 모습으로 변해갈지 뻔히 아는데 친구들이 그 모습을 옆에서 지켜보길 바라겠냐? 어? 그걸 바라겠냐고?"

뉴트는 고래고래 소리쳤고 손의 떨림도 점점 더 심해지고 있었다.

민호는 아무 말도 하지 못했다. 토머스는 그 이유를 알 것 같았다. 토머스 역시 무슨 말이든 해보려 했지만 머릿속이 새하얗게 텅 비어버렸으니까. 뉴트의 매서운 시선이 민호에게서 토머스에게로 옮겨갔다.

뉴트는 목소리를 낮추며 말했다.

"그리고 너, 토미. 여기 와서 나더러 같이 가자고 말하다니, 진짜 뻔뻔하다. 더럽게 뻔뻔해. 널 보는 것만으로도 구역질이 나."

토머스는 정신이 아득해져 할 말을 잊었다. 그토록 가슴을 후벼 파는 말은 들어본 적이 없었다. 너무나도 지독했다.

# 39

토머스는 방금 들은 말을 달리 어떻게 해석할 수 있을지 알 수 없었다.

"무슨 소리야 그게?"

토머스의 물음에 뉴트는 대답도 않고 그저 냉담하게 쏘아보기만 했다. 전기총으로 토머스의 가슴을 겨누고 있는 뉴트의 팔이 부들부들 떨리고 있었다. 그러다 뉴트는 별안간 떨림을 멈췄고 표정도 부드러워졌다. 이내 전기총을 아래로 내리고 바닥만 내려다보았다.

토머스가 나지막하게 물었다.

"뉴트, 내가 이해가 안 돼서 그러는데, 왜 그런 말을 해?"

뉴트가 다시 고개를 들었으나, 눈빛에서 방금 전과 같은 신랄함은 사라지고 없었다.

"미안하다, 얘들아. 미안해. 하지만 내 얘기 잘 들어. 내 상태가 시간이 갈수록 악화되고 있어서 제정신을 유지할 수 있는 시간이 얼마 남질 않았어. 부탁인데 그만 떠나주라."

토머스가 입을 열려고 하자 뉴트가 두 손을 들어 가로막았다.

"아니! 더는 아무 말도 하지 마. 그냥…… 제발 떠나줘. 이렇게 빌게. 이번 한 번만 내 말대로 해줘. 살면서 이렇게 진심으로 빌어 보는 거 처음이야. 제발 내 부탁을 들어줘. 여기서 나 같은 사람들을 만났어. 그들은 오늘 늦게 여길 떠나서 덴버로 쳐들어갈 계획이야. 난 그들과 함께하기로 했어."

뉴트가 잠시 숨을 돌리는 동안, 토머스는 끼어들어 한마디 하고 싶은 걸 간신히 눌러 참았다. 광인들은 왜 여길 떠나 덴버로 가려는 것일까?

뉴트의 말이 이어졌다.

"너희가 이해할 수 있으리란 기대는 안 해. 더 이상 너희와 함께할 수 없다는 것만 알아둬. 사실 지금도 견디기가 힘든데, 너희한테 변해가는 모습을 보여주게 되면 더 힘들어질 것 같아서 그래. 최악의 경우 내가 너희를 다치게 할 수도 있어. 그러니까 이만 여기서 작별하자. 그럼 너희도 예전에 좋았던 모습으로 날 기억할수 있을 거야."

민호가 말했다.

"그렇게는 못 하겠는데."

뉴트가 악을 썼다.

"젠장! 지금 이렇게 침착하게 구는 게 얼마나 힘든지 알기나 해? 난 할 말 다 했어. 당장 여기서 나가! 알아들어? 꺼지란 말이야!"

뒤에서 누가 토머스의 어깨를 쿡 찔렀다. 돌아보니 광인 몇 명이 그들 뒤에 모여 서 있었다. 토머스를 건드린 사람은 키 크고 가슴팍이 넓은 남자로, 긴 머리카락은 잔뜩 떡이 져 있었다. 남자는 다시 손을 뻗어 토머스의 가슴을 쿡 찌르며 말했다.

"우리 새 친구가 너희들한테 그만 꺼져달라잖아."

남자는 말을 하면서 뱀처럼 혀를 날름대며 제 입술을 핥았다.

토머스가 곧장 받아쳤다.

"그쪽이 관여할 일이 아닙니다. 여기 오기 전에는 우리 친구였어요."

토머스는 위험을 감지했지만 어째서인지 신경 쓰고 싶지 않았다. 지금은 뉴트로 인한 당혹감이 너무 커서 다른 생각이 끼어들 여지가 없었다.

남자는 손으로 기름진 머리카락을 쓸어 올리며 말했다.

"쟤는 이제 우리랑 같은 광인이야. 그러니까 우리가 관여할 일인 거지. 그만…… 여길 떠나."

토머스가 무어라 말하기도 전에 민호가 나섰다.

"야, 이 미친놈아. 플레어 병에 걸려 귓구멍까지 막혔나 본데, 이건 우리랑 뉴트 사이의 일이거든. 너나 꺼져."

남자는 민호를 노려보다가 기다란 유리 조각을 쥔 손을 들어 올렸다. 그 손에서 피가 뚝뚝 떨어졌다.

남자가 으르렁대며 말했다.

"그렇게 반발하길 바라고 있었지. 내가 그동안 참 지루했거든."

남자의 팔이 앞으로 빠르게 뻗어 나왔다. 유리 조각이 얼굴을 향해 다가오는 순간 토머스는 얼른 고개를 숙이고 두 손을 들어 올렸다. 유리 조각이 토머스의 몸에 닿기 전에 브렌다가 먼저 민첩하게 남자의 팔을 옆으로 쳐냈고 유리 조각은 저만치 날아갔다.
곧이어 민호가 그 광인에게 달려들었다. 그 둘은 조금 전 민호가
뉴트에게 다가가려고 타 넘어 갔던 여자의 몸뚱이 위로 함께 쓰러
졌다. 여자는 죽임이라도 당하는 것처럼 비명을 지르며 몸부림을
치고 발길질을 해댔다. 곧 그들 셋은 한데 뒤엉켜 치고받았다.

뉴트가 고함 쳤다.

"그만해! 당장 그만들 해!"

민호를 도우려고 몸을 낮춘 채 가만히 서서 기회를 엿보고 있던
토머스는 고함 소리에 뒤를 돌아보았다. 뉴트가 전기총의 방아쇠
를 당장이라도 당길 기세였다. 뉴트의 두 눈은 분노로 이글거리고
있었다.

"당장 그만두지 않으면 쏴버릴 거야. 닥치는 대로 쏠 거니까 그
렇게 알아."

떡 진 머리카락의 광인이 먼저 자리를 털고 일어나면서 여자의
옆구리를 걷어찼다. 여자가 악을 쓰며 울부짖는 동안 민호도 일어
섰는데 민호의 얼굴에는 여기저기 손톱에 긁힌 자국이 나 있었다.

전기총에 전기가 차오르는 소리가 공기 중에 퍼져나가고 탄내
가 토머스의 코끝에 와 닿았다. 다음 순간 뉴트가 방아쇠를 당겼
다. 전기탄이 광인 남자의 가슴팍에 명중했다. 남자는 비명을 지
르며 쓰러졌고 번쩍이는 전기가 덩굴손 모양으로 남자의 몸뚱어
리를 감쌌다. 남자는 뻣뻣해진 다리로 몸부림을 치며 입에 거품을
물었다.

갑작스러운 사태에 어안이 벙벙해진 토머스는 눈을 휘둥그렇게
뜨고 뉴트를 쳐다보았다. 뉴트가 그리 해준 게 고맙기도 했고, 자

신이나 민호를 쏘지 않아 다행이다 싶기도 했다.

"그만두라고 말했지."

뉴트가 나지막하게 말하며 이번에는 전기총의 총구를 민호 쪽으로 겨눴다. 뉴트의 팔이 전기총과 함께 떨고 있었다. 뉴트의 말이 이어졌다.

"여길 떠나. 더이상 왈가왈부할 것 없어. 미안하게 됐다."

민호가 두 손을 들어 올리며 물었다.

"정말 날 쏠 작정이야? 오랜 친구를?"

"가. 어서. 좋게 말로 할 때 들어. 참고 있기 힘들다고. 어서 가."

"뉴트, 그러지 말고 같이 여길 나가자……."

"가란 말이야! 당장 꺼져버려!"

뉴트가 한 걸음 다가오며 전기총을 더욱 사납게 겨눴다.

토머스는 더 보고 있기가 괴로웠다. 광기에 사로잡힌 뉴트는 온몸을 부들부들 떨었다. 눈빛만 봐도 제정신이 아니었다. 분별력을 완전히 잃어가고 있었다.

"그만 가자. 어서."

지금껏 토머스의 입에서 나온 말들 중 가장 슬픈 말이었다.

민호가 심장이 산산조각 난 것 같은 표정으로 토머스를 돌아보며 중얼거렸다.

"설마 진심은 아니겠지."

토머스는 진심이라는 뜻으로 고개를 끄덕였다.

민호의 어깨가 축 쳐졌다. 민호는 시선을 바닥으로 떨어뜨렸다.

"세상이 어떻게 이렇게 엿 같을 수가 있지?"

민호의 입에서 나지막하게 흘러나온 이 말에는 고통이 가득했다.

"미안해. 너희가…… 안 가고 버티면 쏠 거야. 어서 가."

토머스는 더는 견딜 수가 없었다. 결국 브렌다의 손을, 민호의 팔뚝을 잡고서 출구 쪽으로 끌어당기기 시작했다. 그들은 바닥에 쓰러진 이들을 타고 넘어, 담요 사이로 걸어갔다. 민호는 반발하지 않았다. 토머스는 민호의 표정을 살필 엄두도 내지 못하고, 뒤에서 호르헤가 잘 따라오기를 바라며 앞으로 나아갔다. 로비를 가로질러, 여러 개의 문을 지나, 중앙 구역으로, 광인들로 북적이는 혼돈 속으로 발을 내디뎠다.

그렇게 그들은 뉴트를 떠났다. 친구를, 친구의 병든 뇌를 두고 떠났다.

# 40

이곳까지 안내해주었던 경비원들의 모습은 어디에도 보이지 않았다. 토머스 일행이 볼링장으로 들어갔을 때보다 더 많은 광인들이 중앙 구역을 서성대고 있었다. 대부분 신참들이 볼링장에서 나오기를 기다리고 있는 듯했다. 아마 볼링장 안에서 전기총이 발사되는 소리, 그리고 전기탄에 맞은 남자의 비명 소리를 들었을 것이다. 어쩌면 누군가 나와서 그들에게 말해주었을 수도 있었다. 어느 쪽이든, 토머스의 눈에는 자신을 쳐다보고 있는 이 사람들이 전부 종점을 지난 광인들이라 인간 고기로 점심을 먹고 싶어 하는 것처럼 보였다.

그중 누군가가 소리쳤다.

"저놈들 참 웃기네!"

"그래, 마음에 안 들어! 이리 나와서 광인들이랑 같이 놀아라. 아니면 우리한테 합류하려고 오고 있던 중이었나?"

토머스는 중앙 구역으로 연결되는 아치형 입구를 향해 계속 나아갔다. 그는 민호의 팔은 놓아주었지만 브렌다의 손은 여전히 잡고 있었다. 일행과 함께 군중 사이로 걸어가던 토머스는 결국 광인들의 시선을 피하고 말았다. 피투성이가 되어 짓이겨진 수많은 광인들의 얼굴에는 온통 광기, 피를 보려는 욕망, 질투가 새겨져 있었다. 토머스는 이 자리에서 달음박질쳐 달아나고 싶었지만, 그렇게 했다가는 광인들이 이리 떼처럼 달려들 것임을 예감했다.

토머스 일행은 망설임 없이 아치형 입구를 지나갔다. 토머스는 고리형으로 배열된 황폐한 집들 사이를 지나, 대로를 따라 앞장서서 걸어갔다. 그들이 나가고 나자 중앙 구역에서는 또다시 소동이 시작되었고, 광기 어린 웃음과 사나운 고함이 섞인 괴상한 소음이 토머스 일행의 귓가를 맴돌았다. 그 소음의 근원지에서 멀어질수록 토머스는 조금씩 긴장을 풀었다. 민호에게 괜찮으냐고 묻고 싶었지만 입이 떨어지질 않았다. 듣지 않아도 대답을 알고 있기 때문일 수도 있었다.

부서진 주택들 옆을 지나가는데 두어 차례 고함 소리와 함께 급한 발소리가 들려왔다.

그리고 누군가 소리쳤다.

"뛰어! 뛰어!"

토머스는 걸음을 멈추고 소리 나는 곳으로 고개를 돌렸다. 토머스 일행을 두고 어딘가로 가버렸던 경비원 둘이 모퉁이를 돌아 달려오고 있었다. 경비원들은 속도를 늦추지 않고 그대로 달려 마을 가장자리 쪽, 버그가 있는 데로 뛰어갔다. 둘 다 전기총을 소지하지 않고 있었다.

288

민호가 소리쳤다.

"이봐요! 이리 돌아와요!"

콧수염 경비원이 고개를 돌리고 소리쳤다.

"뛰라니까, 이 멍청이들아! 어서 뛰어!"

토머스는 더 생각할 겨를 없이 경비원들을 따라 뛰기 시작했다. 달리 대안이 없었다. 민호와 호르헤, 브렌다도 토머스 뒤를 바짝 따라왔다. 토머스가 고개를 돌려 뒤를 돌아보니 한 무리의 광인들이 그들을 쫓아오고 있었다. 줄잡아 10여 명은 되어 보였다. 어느 순간 스위치가 딱 켜지고 한꺼번에 종점에 다다른 것처럼 전부 미친 듯이 달려오고 있었다.

민호가 숨을 헐떡이며 경비원에게 물었다.

"무슨 일이에요?"

키 작은 경비원이 소리쳤다.

"저놈들이 우릴 중앙 구역 밖으로 끌어냈어. 우릴 잡아먹으려고 했던 게 분명해. 겨우 도망친 거라고."

콧수염 경비원이 옆에서 덧붙였다.

"속도 늦추지 마!"

경비원들은 갑자기 방향을 돌려 뒷골목으로 내달렸고, 토머스와 친구들은 그대로 직진하여 버그가 세워져 있는 대문 쪽으로 뛰었다. 뒤에서 야유와 휘파람 소리가 터져 나왔다. 토머스는 위험을 무릅쓰고 잠시 뒤를 돌아보았다. 찢어진 옷을 입고 머리카락이 온통 헝클어진 지저분한 얼굴들이 토머스 일행을 추격하고 있었으나 좀처럼 거리를 좁히지는 못하고 있었다.

마침내 바깥 대문이 시야에 들어오자 토머스가 소리쳤다.

"당장 잡힐 정도는 아니야! 그래도 계속 뛰어! 거의 다 왔어!"

토머스는 살면서 이보다 더 빨랐던 적이 없을 만큼 속도를 내 달렸다. 미로에서도 이 정도는 아니었다. 저 광인들에게 붙잡혔다 간 어떻게 될지, 토머스는 공포에 사로잡혔다. 그들은 전속력으로 뛰었다. 대문을 열고 밖으로 나간 그들은 대문을 도로 닫을 엄두도 내지 못하고 버그를 향해 곧장 달려갔다. 버그의 승강구가 이미 열리고 있었다. 호르헤가 리모컨 패드의 버튼을 누른 것이다.

제일 먼저 승강구를 달려 올라간 토머스는 안쪽으로 몸을 날렸다. 고개를 돌려보니 친구들도 비슷하게 버그 안으로 미끄러져 들어와 있었다. 승강구 문이 삐걱 소리를 내며 위로 올라가 닫히기 시작했다. 그들을 쫓는 광인 무리는 승강구 문이 닫히기 전에 버그까지 올 수 없을 텐데도 계속 달려오면서 악을 쓰고 무의미한 말들을 지껄여댔다. 한 광인이 허리를 굽히더니 돌멩이를 집어 들어 버그 쪽으로 던졌다. 돌멩이는 버그를 6미터 앞에 두고 떨어졌다.

승강구 문이 단단히 닫히고 버그가 공중으로 떠올랐다.

아이들이 숨을 고르는 동안 호르헤는 버그를 수 미터 정도 공중에 띄웠다. 지상에 있는 광인들은 무기를 소지하지 않고 있으니 그다지 위협이 되지 않았다. 적어도 대문 바깥까지 토머스 일행을 추적한 자들은 그랬다.

토머스는 민호, 브렌다와 함께 현창 앞에 서서 광분한 광인 무리를 내려다보았다. 눈으로 보면서도 현실로 믿기 힘든 광경이었다.

토머스가 말했다.

"저들 좀 봐. 몇 달 전만 해도 저들이 어떻게 살았는지 누가 상상이나 할 수 있겠어. 고층 건물에서 살면서 사무실에서 일도 하고 했겠지. 지금은 들짐승처럼 사람들을 쫓아다니고 있지만."

브렌다가 대꾸했다.

"몇 달 전에 저들이 어떻게 살았는지 내가 말해줄게. 저들은 언제 플레어 병에 걸릴지 모른다는 극도의 공포감 때문에 비참한 삶을 살았어."

민호가 두 손을 들어 올렸다.

"지금 저놈들 걱정하게 생겼어? 뉴트 걱정을 하는 사람은 나 혼자인 거냐? 내 친구 뉴트 말이야."

그러자 조종석에서 호르헤가 말했다.

"우리가 할 수 있는 일은 없었어."

호르헤의 무정한 말에 토머스는 움찔했다.

민호가 호르헤 쪽으로 고개를 돌리고 받아쳤다.

"입 다물고 조종이나 해요, 젠장."

"최선을 다하마."

호르헤는 한숨을 내쉬고는 기기를 조작하여 버그를 출발시켰다.

민호는 녹아내리듯 바닥에 주저앉으며 탄식했다.

"뉴트 그 자식, 전기총에 탄약이 다 떨어지면 어떻게 되는 거지?"

민호는 이렇게 물으며 멍하니 벽을 쳐다보았다. 특별히 누구에게 한 질문은 아니었다.

토머스는 어떻게 대답해야 할지 알 수 없었다. 가슴을 채운 슬픔을 딱히 표현할 길이 없었다. 그는 민호 옆에 앉아 침묵을 지켰다. 버그는 고도를 높이며 광인 궁전을 뒤로하고 날아갔다.

뉴트와는 그렇게 이별하고 말았다.

# 41

마침내 몸을 일으킨 토머스와 민호는 휴게실 소파로 옮겨가 앉
았고 브렌다는 호르헤를 돕는다며 조종석으로 갔다.

생각할 여유가 생기자, 조금 전에 겪은 현실의 무게가 육중한
바윗덩어리처럼 토머스의 가슴을 짓눌렀다. 그는 미로에 들어간
후로 뉴트와 줄곧 함께 지냈다. 지금까지는 뉴트라는 친구가 얼마
나 그의 마음에서 큰 비중을 차지하고 있는지는 미처 깨닫지 못했
었다. 토머스는 심장이 아렸다.

그래도 아직 뉴트가 죽지는 않았다는 사실로 마음을 달래보려
했지만, 그게 더 가슴 아팠다. 뉴트는 광증의 비탈로 굴러 떨어졌
고, 피에 굶주린 광인들에게 둘러싸여 목숨을 이어 가고 있었으니
까. 앞으로 다시는 뉴트를 볼 수 없으리라 생각하니 견디기 어려
웠다.

마침내 민호가 풀 죽은 목소리로 말했다.

"그 자식 왜 그랬을까? 왜 우리랑 같이 돌아오지 않은 거냐고? 왜 내 얼굴에 전기총을 겨눈 거냐 말이야?"

"그래도 너한테 방아쇠를 당기지는 않았을 거야."

토머스는 민호를 달래려고 이렇게 말했지만, 한편으로는 어쩌면 뉴트가 민호를 쐈을 수도 있겠다는 생각도 들었다.

민호가 고개를 저었다.

"뉴트 눈빛이 달라진 거 너도 봤잖아. 완전히 미친 눈빛이었어. 계속 같이 가자고 설득했으면 날 전기로 튀겨버렸을 걸. 그 자식은 미쳤어. 머리끝부터 발끝까지 아주 돌아버렸어."

"차라리 잘된 걸지도 몰라."

"뭐라고?"

민호는 고개를 돌려 토머스를 쳐다보았다.

"이성이고 뭐고 없게 됐으니까 예전하고는 아주 다른 사람이 된 거잖아. 우리가 아는 뉴트는 사라진 거야. 자기한테 무슨 일이 일어나고 있는지도 의식하지 못할 거라고. 그러니까 고통도 없겠지."

그 말에 민호는 화가 치민 표정이었다.

"시도는 좋았는데 공감은 안 간다, 꼴통아. 뉴트가 그 몸 안에서 줄곧 비명을 지르면서 있을 것 같아. 계속 정신이 오락가락하고 고통스러워하면서. 산 채로 땅에 파묻히는 고문을 당하는 사람처럼."

그 모습이 상상되어 토머스는 아무 말도 할 수 없었고 그들은 다시 침묵했다. 토머스가 뉴트에게 닥쳐온 무시무시한 운명을 실감하며 바닥의 한곳을 망연히 바라보고 있는 동안, 버그가 쿵 소리와 함께 덴버 공항에 착륙했다.

토머스는 두 손으로 얼굴을 비비며 말했다.

"다 왔나 봐."

민호가 멍하니 중얼거렸다.

"이제 사악이 좀 더 이해가 되는 거 같다. 그 눈을 가까이서 보고 나니까. 그 광기를 보고 나니까. 오랫동안 알아왔던 그 사람의 눈이 아니었어. 친구들의 죽음을 숱하게 목격했지만 이보다 더 끔찍한 경우는 본 적이 없어. 만약에 우리가 플레어 병 치료제를 찾아낼 수 있다면……."

민호가 말을 끝맺지 못했지만 토머스는 민호가 무슨 생각을 하고 있는지 알 수 있었다. 토머스는 잠시 눈을 감았다. 이분법적으로 단순하게 따질 수만은 없는 사안이었다. 아니 절대로 그래서는 안 되었다.

호르헤와 브렌다가 그들 옆으로 다가와 잠시 잠자코 앉아 있었다. 그러다가 브렌다가 입을 열었다.

"유감이야."

민호가 무어라 구시렁거렸다.

토머스는 고개를 끄덕이고는 한참 동안 브렌다를 바라보았다. 자신이 얼마나 참담한 심정인지 브렌다가 눈을 보고 알아주길 바랐다.

호르헤는 바닥만 내려다보면서 잠자코 앉아 있었다.

브렌다가 헛기침을 하며 다시 입을 열었다.

"견디기 힘들다는 건 알지만, 앞으로 뭘 어떻게 할지 생각해봐야 되지 않을까."

그러자 민호가 벌떡 일어나 브렌다에게 손가락질을 했다.

"그딴 건 너나 실컷 생각해, 브렌다 양. 우린 방금 정신병자 무리 속에 친구를 버려두고 왔어."

그러고는 방에서 뛰쳐나갔다.

브렌다가 토머스를 바라보며 말했다.

"미안."

토머스는 어깨를 으쓱했다.

"괜찮아. 내가 미로로 들어가기 전부터 민호는 뉴트랑 2년이나 같이 지냈어. 극복하려면 시간이 필요할 거야."

호르헤가 말했다.

"다들 지쳐서 녹초가 되어버렸구나, 무차초. 이틀 정도 푹 쉬면서 차분히 생각을 정리하는 게 좋겠다."

토머스도 찬성의 뜻을 밝혔다.

"그러죠."

브렌다가 가까이 몸을 기울이고 토머스의 손을 꼭 잡으며 말했다.

"앞으로 어떻게 할지 생각을 해보자."

토머스가 말했다.

"행동 개시를 할 곳은 한 곳뿐이야. 갤리의 집."

브렌다는 토머스의 손을 한 번 더 꼭 쥐었다가 놓으면서 일어섰다.

"네 말이 맞는 것 같아. 그만 가요, 호르헤. 같이 먹을 거나 좀 만들어요."

브렌다와 호르헤마저 나가자 슬픔에 잠긴 토머스만 그곳에 홀로 남았다.

서로 한 번에 두 마디 이상은 하지 않는, 그것도 의미 없는 말 몇 마디뿐인 침울한 식사가 마침내 끝나고 그들 네 명은 각자 버그 곳곳으로 흩어졌다. 괜스레 버그 안을 서성이는 동안 토머스는 뉴트 생각을 멈출 수가 없었다. 앞으로 뉴트가 얼마나 더 버틸 수 있을지 모르겠지만 남은 삶이 어떤 식으로 전개될지 생각해보고 있는데 문득 가슴이 철렁했다.

'맞다. 뉴트가 편지를 줬었지.'

토머스는 잠시 멍하게 그 자리에 서 있다가 화장실로 달려가 문을 잠갔다. 편지! 광인 궁전에서 혼란스러운 사태를 겪는 동안 편지에 대해서는 깡그리 잊고 있었다. 언제 그 편지를 개봉해도 되는지에 대해, 뉴트는 때가 되면 알 수 있을 거라고 했었다. 뉴트를 그 썩어 문드러져가는 광인 궁전에 버려두고 오기 전에 편지를 읽어봤어야 했는데. 그때가 적기가 아니면 언제란 말인가?

토머스는 주머니에서 편지 봉투를 꺼내어 찢어 열고 그 안에 든 종이를 꺼냈다. 거울 주변의 부드러운 조명이 편지에 따뜻한 빛을 비췄다. 편지에는 짤막한 문장 두 개가 담겨 있었다.

날 죽여줘. 네가 내 친구라면 제발 날 죽여줘.

토머스는 제발 다른 단어로 바뀌길 바라며 편지를 읽고 또 읽었다. 광인이 되는 게 얼마나 무서웠으면 미리 이런 편지까지 남겼을까를 생각하니 토머스는 속이 메슥거렸다. 그들이 볼링장으로 찾아갔을 때 뉴트는 그에게 몹시 화가 났을 것이다. 뉴트는 광인이 되는 운명만은 피하고 싶었을 텐데 토머스가 편지도 읽지 않고 무작정 찾아갔으니.

토머스는 뉴트의 부탁을 끝내 들어주지 못하게 되고 말았다.

# 42

토머스는 뉴트의 편지에 대해 아무에게도 말하지 않기로 마음
먹었다. 이제 와서 얘기해봤자 아무 소용 없는 일이니까. 지금은
앞으로 나아갈 때였다. 자신에게 이토록 냉정한 면이 있는 줄 토
머스는 처음 알았다.

그들은 버그에서 이틀 밤을 보내며 휴식을 취하고 향후 계획을
논의했다. 그들 중 덴버 시에 대해 잘 아는 사람도, 도시 내부에
확실한 연줄이 있는 사람도 없기에 대화는 계속해서 갤리와 오른
팔 조직으로 귀결되었다. 오른팔 조직의 목표는 사악을 저지하는
것이다. 사악이 면역인들을 새로 들여 시련 과정을 처음부터 다시
시작하려 하고 있다면, 토머스와 그 친구들의 목표는 오른팔 조직
과 다르지 않다.

갤리. 우선 갤리를 다시 만나봐야 했다.

뉴트와 헤어지고 사흘째 되는 날 아침, 토머스는 샤워를 한 후

일행과 함께 서둘러 식사를 했다. 다들 이틀을 빈둥대고 난 후라어서 활동에 나서고 싶어 하는 분위기였다. 일단은 갤리의 아파트로 찾아가 거기서부터 일을 시작하기로 했다. 일부 광인들이 광인궁전을 벗어나 덴버로 갈 계획이라고 했던 뉴트의 얘기가 마음에걸리긴 했지만, 지금 공중에서 내려다보기로는 광인들의 모습이전혀 보이지 않았다.

준비를 마친 그들은 승강구 문 앞에 모여 섰다.

"쇠문 검색대에서는 내가 주로 얘기를 할게."

호르헤의 말에 브렌다가 고개를 끄덕이며 말했다.

"문 안으로 들어가면 택시를 타기로 해요."

옆에서 민호가 투덜거렸다.

"됐어. 이제 수다는 그만 떨고 출발하자."

토머스는 민호와 같은 생각이었다. 뉴트에 대해, 뉴트가 남긴무시무시한 편지에 대해 생각할수록 절망만 깊어지는데, 이럴 때절망에 빠지지 않으려면 몸을 움직이는 게 최선이었다.

호르헤가 버튼을 누르자 화물칸의 거대한 승강구 문이 회전하면서 내려가기 시작했다. 문이 절반쯤 열렸을 때, 버그 바깥에 서있는 세 사람이 보였다. 승강구 문 끄트머리가 바닥에 쿵 닿을 때쯤, 토머스가 분위기를 보아하니 그 세 사람은 그들을 반갑게 맞이하려고 그 자리에 와 있는 게 아닌 듯했다.

남자 둘. 여자 하나. 그 세 사람은 커피숍에서 만났던 붉은 셔츠차림의 보안대원과 마찬가지로 금속성의 보호 마스크를 착용하고있었다. 두 남자는 권총을 여자는 전기총을 들었는데, 얼굴은 전부 흙투성이에 땀에 젖어 있었고 옷도 일부 찢어져 있었다. 적군

과의 격한 싸움 끝에 간신히 여기까지 온 것 같은 모습이었다. 토머스는 그들이 도시로 진입하려는 자들을 좀 더 신중하게 검색하기 위한 보안대원들이길 바랐다.

호르헤가 물었다.

"뭡니까?"

"입 닥쳐, 면역 돌연변이. 얌전히 이리로 내려오지 않으면 고달프게 될 거다. 허튼 짓은 꿈도 꾸지 마."

남자의 목소리가 마스크를 통해 기계음으로 흘러나오면서 한층 더 불길한 분위기를 자아냈다.

그들 뒤로 시선을 돌린 토머스는 깜짝 놀랐다. 덴버 시의 쇠문이 활짝 열려 있고 도시 안으로 이어지는 좁은 길에 두 사람이 미동도 없이 쓰러져 있었다.

호르헤가 응수하고 나섰다.

"우릴 쏘고 싶으면 어디 쏴봐, 에르마노. 그 전에 우리가 먼저 너희를 깔아뭉개줄 테니까. 너희가 우리 중 한 명을 잡고 늘어지는 동안 나머지 우리 일행이 너희 세 명을 때려눕혀주마."

토머스는 그 말이 공허한 협박임을 알고 있었다.

남자가 받아쳤다.

"우린 잃을 게 없으니까 어디 마음대로 해봐. 네놈들이 한 발자국 움직이기도 전에 두 명을 쓰러뜨려주지."

그러고는 권총을 5센티 정도 들어 호르헤의 얼굴을 겨눴다.

그러자 호르헤는 두 손을 들어 올리며 중얼거렸다.

"아, 좋아. 지금은 너희가 이긴 걸로 해두자."

민호도 옆에서 두 손을 들어 올리며 구시렁댔다.

"아저씨도 참 거친 사나이셔. 댁들도 틈을 보이지 않는 게 좋을 거야. 내가 할 말은 이게 답니다."

이자들이 하라는 대로 따를 수밖에 없음을 알아차린 토머스는 손을 위로 들어 올리고 제일 먼저 승강구 경사로를 걸어 내려갔다. 나머지 일행도 그 뒤를 따라, 정체불명의 세 사람이 이끄는 대로 버그 뒤쪽으로 향했다. 그곳에는 낡아빠진 밴 한 대가 털털거리며 대기하고 있었다. 운전대 앞에는 금속 마스크를 쓴 여자가, 그 뒤의 긴 좌석에는 전기총을 든 두 사람이 앉아 있었다. 토머스 일행을 이곳으로 데려온 남자가 밴의 옆문을 열고는 안에 타라는 뜻으로 고갯짓을 했다.

"들어가. 쓸데없는 짓 하면 총알 날아갈 줄 알아. 말했다시피 우린 잃을 게 없는 사람들이야. 면역 돌연변이 한둘 쯤 없어져도 세상이 지금보다 덜 나빠질 것 같지도 않고 말이지."

토머스는 밴 뒷좌석으로 올라타면서 싸워 이길 가능성을 궁리해보았다. 몸싸움이라면 이 여섯 명과 맞서볼 만도 하겠지만 문제는 이들이 무기를 가졌다는 점이었다.

친구들이 옆자리에 나란히 착석하자 토머스가 물었다.

"면역인들을 잡아다가 파는 모양인데 누구한테 돈을 받고 이런 짓을 하는 겁니까?"

토머스는 테리사가 갤리에게 했다던 말, 누군가 면역 돌연변이들을 잡아다가 팔고 있다는 그 말이 사실인지 확인받고 싶었다.

하지만 아무도 대답하지 않았다.

버그 승강구 앞에서 그들을 맞이한 세 사람이 밴에 올라타 문을 닫고는 토머스 일행이 앉은 뒷좌석 쪽으로 무기를 겨눴다.

대장인 듯한 남자가 말했다.

"거기 구석에 검은 두건들이 있으니까 각자 머리에 하나씩 써. 차 타고 가는 동안 두건을 몰래 들어 올리고 바깥 구경 하는 건 꿈도 꾸지 마. 우린 비밀을 잘 지키고 싶거든."

토머스는 한숨을 쉬었다. 반항해봤자 소용없는 일이었다. 그는 두건 하나를 집어 들고 머리에 썼다. 밴이 요란한 엔진 소리와 함께 움직이기 시작했고, 토머스의 눈앞은 온통 어둠뿐이었다.

# 43

밴은 부드럽게 주행을 계속했다. 이 여정이 영원히 이어질 것만 같았다. 앞을 보지도 못하는 상황인데, 쓸데없이 생각할 시간만 많이 주어졌다. 토머스의 속이 울렁거리기 시작했을 때쯤 밴이 멈춰 섰다.

옆문이 열리자 토머스는 두건을 벗으려고 본능적으로 손을 뻗어 올렸다. 그러자 대장 격인 남자가 날카롭게 저지했다.

"두건 벗지 마. 우리가 벗으라고 할 때까지 그대로 있어. 이제 천천히 얌전하게 차에서 내려. 말만 잘 들으면 목숨은 부지하게 해주마."

민호의 목소리가 들렸다.

"참 거친 사나이시네요. 그쪽은 여섯 명이나 되고 무기도 갖고 있으니까 이렇게까지는 하지 않아도 될 텐데. 어째서……."

세게 주먹을 치는 소리가 들리고 민호의 말은 끊어졌다. 민호가 요란하게 신음을 내뱉었다.

여럿의 손에 붙잡혀 거칠게 밴 밖으로 끌려나온 토머스는 하마터면 넘어질 뻔했다. 가까스로 균형을 잡고 섰는데 대장 남자가 그의 팔을 잡고 어딘가로 끌고 가기 시작했다. 토머스는 제 발로 걷기보다는 질질 끌려갔다.

토머스는 말없이 계단을 내려가 긴 복도를 걸어갔다. 이윽고 걸음을 멈췄을 때 카드식 열쇠를 장치에 대는 소리가 들려왔다. 자물쇠의 찰칵 소리, 이어서 문이 열리느라 삐걱대는 소리. 그리고 문 안쪽에서 수십 명이 기다리고 있는 것인지, 나지막하게 웅성대는 소리가 쏟아져 나왔다.

여자가 뒤에서 미는 바람에 토머스는 비틀대며 앞으로 몇 걸음 내디뎠다. 등 뒤에서 문이 닫히자마자 토머스는 곧장 손을 들어 머리에 쓴 두건을 벗었다.

토머스 일행이 들어온 곳은 사람들이 잔뜩 들어차 있는 큰 방이었다. 사람들은 대부분 바닥에 앉아 있었다. 천장의 흐릿한 조명이 그들을 마주 쳐다보는 10여 명의 얼굴을 비췄다. 일부는 지저분한 몰골이었고, 거의가 긁힌 상처와 멍 자국이 나 있었다.

두려움과 근심으로 인상을 찌푸린 여자가 앞으로 다가오며 물었다.

"바깥은 지금 어떠니? 여기 들어온 지 몇 시간 됐는데, 아주 엉망이었어. 더 심해졌니?"

토머스의 대답을 들으려고 몇 명이 더 가까이 왔다.

"우린 도시 바깥에 있었는데 쇠문 근처에서 이 사람들한테 붙잡혔어요. 아주 엉망이었다는 게 무슨 뜻이죠? 무슨 일이 있었는데요?"

여자는 바닥으로 시선을 떨어뜨렸다.

"정부가 예고도 없이 비상사태를 선포했어. 그리고 경찰, 경찰기, 플레어 병 검사원들이 보이지 않게 됐는데, 한꺼번에 다 사라진 것 같더라. 우린 도시 건물 안으로 몸을 피했다가 이 사람들한테 잡혔어. 무슨 일이 일어난 건지, 원인이 뭔지 알아볼 새도 없이 이리로 끌려왔어."

가까이 다가온 한 남자가 말했다.

"우린 광인 궁전에서 경비원으로 일했어. 우리 같은 경비원들이 그동안 사방에서 실종되고 있어서 결국 광인 궁전을 포기하고 며칠 전에 덴버 시로 들어왔는데, 공항에서 이 사람들한테 잡혔어."

브렌다가 물었다.

"어떻게 이렇게 갑자기 상황이 악화될 수가 있죠? 우린 사흘 전에 이 도시에 왔거든요."

남자는 거친 목소리로 씁쓸하게 웃었다.

"이 도시는 스스로가 플레어 바이러스에 감염됐다고 여기는 멍청이들로 가득 차 있어. 오랜 기간 서서히 그런 생각들을 하고 있다가 결국 이렇게 터져버린 거지. 이 세상은 끝났어. 플레어 바이러스가 너무 강해. 우리 중에 일부는 이런 일이 닥쳐올 줄 진작부터 알고 있었어."

토머스는 그들 가까이로 접근해 오는 사람들에게 시선을 돌렸다. 그중에서 에어리스를 발견하고 놀라 그 자리에 얼어붙었다가 민호를 팔꿈치로 툭 치고 손짓했다.

"민호, 저기 좀 봐."

나 그룹 소속이던 소년 에어리스는 싱긋 웃으며 성큼성큼 걸어왔다. 그 뒤로 에어리스와 같은 그룹에 속해 있던 소녀 두 명이 보였다. 그들을 이리로 잡아들인 자들이 누구인지는 몰라도 일은 확실하게 한 것 같았다.

에어리스는 토머스에게 가까이 다가와 멈춰 섰다. 포옹이라도 하려는 건가 싶었는데 손을 내밀었다. 토머스는 그 손을 잡았다.

에어리스가 말했다.

"너희가 무사해서 다행이야."

에어리스의 익숙한 얼굴을 보자, 토머스는 초열 지역에서 일어난 일들로 인해 느꼈던 비통한 감정이 눈 녹듯 사라졌다.

"그래. 너도 무사했구나. 다른 애들은 어디 있어?"

에어리스의 표정이 어두워졌다.

"대부분은 여기 같이 있지 않아. 다른 무리한테 잡혀갔어."

토머스가 에어리스의 말을 곱씹어보기도 전에 테리사가 모습을 드러냈다. 갑자기 울컥 목이 메어서 토머스는 괜히 헛기침을 했다.

"테리사?"

무어라 말로 표현할 수 없는 복잡한 감정이 그의 마음에 휘몰아쳤다.

테리사가 슬픈 눈빛으로 한 발 더 가까이 다가오며 말했다.

"안녕, 톰. 무사한 걸 보니까 정말 기뻐."

"그래, 너도."

토머스는 테리사가 미우면서도 그리웠다. 막상 대면하고 보니, 왜 우리를 사악에 버려두고 먼저 가버렸냐고 고함을 지르고 싶었다.

그런데 테리사가 먼저 물었다.

"너희, 어디로 가버렸던 거야? 덴버까지는 어떻게 왔어?"

토머스는 당황했다.

"무슨 소리야? 어디로 가버렸냐니?"

테리사는 잠시 동안 그를 가만히 쳐다보다가 말했다.

"우리 서로 할 얘기가 많을 것 같아."

"이번엔 또 무슨 수작을 부리려고?"

토머스가 눈을 가늘게 뜨며 따지자 테리사가 반발했다.

"그런 거 아니야. 뭔가 오해가 있나 본데, 우리 가 그룹 아이들 대부분은 어제 다른 보상금 사냥꾼들한테 잡혔어. 지금쯤 사악으로 끌려가 팔렸겠지. 프라이팬도 그중 하나야. 이런 말을 전하게 돼서 유감이야."

요리사 프라이팬의 모습이 토머스의 뇌리를 스쳤다. 친구를 잃는 고통을 또다시 감당할 수 있을지 자신이 없었다.

민호가 앞으로 몸을 기울이며 끼어들었다.

"보아하니 예전처럼 쾌활해졌구나, 테리사. 발랄한 모습으로 돌아온 걸 보니 무지하게 반갑다, 야."

테리사는 민호의 말을 못 들은 체하고 하던 얘기를 계속했다.

"톰, 그들이 곧 우릴 다른 곳으로 옮길 거야. 나랑 얘기 좀 해. 저쪽으로 가서. 지금 당장."

토머스도 그러고 싶었으나, 그 사실을 인정하고 싶지 않아 애써 감정을 감추려 들었다.

"쥐 선생이 이미 나한테 한바탕 열변을 토하고 갔어. 네 생각이 쥐 선생과 다르다고 말해봐. 나더러 사악 본부로 돌아가라는 게 아니라고 말해보라고."

"무슨 소린지 모르겠어."

테리사는 자존심을 누르려 애쓰며 덧붙였다.

"따로 얘기 좀 해."

토머스는 테리사를 한참 동안 바라보았다. 지금 자신의 감정이 어떤지 갈피를 잡을 수 없었다. 불과 몇 미터 떨어진 곳에 서 있는 브렌다는 토머스가 테리사를 다시 보게 된 게 그다지 달갑지 않은 표정이었다.

"응?"

테리사는 대답을 재촉하다가 주변을 손으로 가리키며 말했다.

"여기서 기다리는 거 말고는 할 일도 별로 없잖아. 나랑 얘기도 못 할 만큼 바빠?"

토머스는 눈알을 위로 굴리지 않으려고 자제하면서, 방 한쪽 구석에 놓인 빈 의자 두 개를 가리켰다.

"저기 가서 하든지. 짧게 끝내."

# 44

토머스는 팔짱을 낀 채 벽에 머리를 기대고 앉았다. 테리사는 두 다리를 모아 세우고 앉아 토머스를 바라보았다. 조금 전 그들 두 사람이 의자가 놓인 곳으로 걸어갈 때, 민호는 토머스에게 테리사의 말을 절대 귀담아듣지 말라고 경고했었다.

테리사가 입을 열었다.

"그게."

"어."

"어디서부터 시작할까?"

"얘길 하고 싶다며. 그러니까 말해. 할 말 없으면 그만두든지."

테리사는 한숨을 쉬었다.

"날 의심하는 것도 그만두고 멍청이처럼 굴지도 마. 그래, 초열 지역에서 내가 무슨 짓을 했는지 잘 알아. 그렇지만 내가 그럴 수밖에 없었던 이유를 잘 알잖아. 장기적으로는 널 구하기 위해서였어. 그 당시에는 그게 변수며 패턴과 관련된 건지 나도 몰랐단 말이야. 제발 날 좀 믿어주면 안 돼? 다른 아이들 대하듯이 대해줘."

토머스는 잠시 정적이 감돌게 두었다가 대답했다.

"말은 참 잘하는구나. 그런데 넌 우릴 사악에 남겨놓고 먼저 떠나버렸고……."

테리사가 뺨이라도 맞은 것 같은 표정으로 소리쳤다.

"톰! 너희를 두고 떠난 적 없어! 도대체 무슨 소릴 하는 거야?"

"너야말로 무슨 소릴 하는 건데?"

토머스도 몹시 혼란스러웠다.

테리사가 말했다.

"너희를 두고 떠나지 않았다고! 우린 너희를 쫓아온 거야. 너희가 우릴 버리고 먼저 떠났으니까!"

토머스는 테리사를 가만히 쳐다보다가 따져 물었다.

"그런 말에 넘어갈 만큼 내가 멍청한 줄 알아?"

"사악 본부에서 다들 너랑 뉴트, 민호가 먼저 본부에서 탈출해서 근처 숲에 있다고 했어. 그래서 숲을 뒤져봤는데 흔적도 없더라고. 난 너희가 문명이 있는 도시로라도 갔길 바랐어. 너희가 살아 있는 걸 보고 내가 그토록 기뻐했던 게 왜인 것 같아?"

토머스는 익숙한 분노가 치밀어올랐다.

"어떻게 내가 곧이곧대로 믿어줄 거라고 생각할 수가 있어? 쥐 선생이 나한테 무슨 얘길 했는지 넌 정확히 알고 있겠지. 사악이 나를 필요로 한다고 하더라. 내가 최종 후보자라나 뭐라나."

테리사는 비딱하게 몸을 숙이고 물었다.

"네 눈엔 내가 이 세상에서 제일 못된 사람으로 보이지?"

그러고는 대답할 틈을 주지 않고 몰아붙였다.

"그때 예정대로 네가 기억을 복구했으면 내가 예전과 전혀 달라진 게 없다는 걸 알 텐데. 초열 지역에서 내가 그렇게 모질게 굴었던 건 널 구하기 위해서였고, 그 후로 너한테 그만큼 잘하려고 노력했었어."

토머스는 계속 화를 내기가 힘들었다. 테리사가 거짓말하고 있는 것 같지는 않았다.

"내가 어떻게 널 믿을 수가 있겠어, 테리사? 어떻게?"

고개를 들어 그를 올려다보는 테리사의 눈빛이 차갑게 변해 있었다.

"맹세하는데, 최종 후보자에 대한 건 나도 모르고 있었어. 내 기억에 그 부분에 대한 내용이 없는 걸 보면 우리가 미로로 들어간 후에 사악 내에서 최종 후보자에 대한 논의가 있었던 것 같아. 내가 알게 된 건, 사악은 최종 청사진을 얻어낼 때까지 시련 과정을 멈출 의향이 없다는 거야. 그들은 시련 과정을 다시 시작하려고 준비하고 있어, 토머스. 기존의 시련 과정으로 원하는 결과를 얻어내지 못하니까 그 과정을 처음부터 다시 시작하려고 면역인들을 추가로 모으고 있다고. 나는 그들이 그런 짓 하는 걸 두고 볼 수가 없어서 널 찾으러 사악을 떠난 거야. 그게 다야."

토머스는 대꾸하지 않았다. 마음 한구석에선 테리사의 얘기를 믿고 싶었다. 간절히.

테리사는 한숨을 내쉬며 말했다.

"미안해."

그녀는 눈길을 옆으로 돌리고 손으로 머리카락을 쓸어 넘겼다.

그리고 잠시 후 다시 그를 바라보며 입을 열었다.

"그냥 내 생각이 달라졌다는 것만 말해둘게. 완전히 바뀌었어. 전에는 치료제를 찾아낼 가능성이 있다고 믿었고, 그러기 위해 사악이 널 필요로 한다는 점에도 공감했어. 하지만 이젠 아니야. 기억이 복구되면서 생각이 변했어. 지금처럼 해서는 사악의 프로젝트가 끝나지 않는다는 걸 알게 됐으니까."

토머스는 딱히 할 말이 없었다. 테리사의 얼굴을 바라보던 그는 그 얼굴에 전에는 본 적조차 없는 고통이 깃들어 있음을 알게 되었다. 테리사는 지금 진실을 말하고 있는 것이다.

테리사는 그의 대꾸를 기다리지 않고 하던 얘기를 이어갔다.

"그래서 나 자신과 타협했어. 내가 저질렀던 실수를 만회할 수 있다면 무슨 일이든 하기로. 우선 친구들을 구한 다음 가능하면 다른 면역인들도 구할 생각이었는데, 지금 내 꼴 좀 봐."

토머스는 조심스럽게 말했다.

"글쎄, 그건 우리도 마찬가지인데 뭐."

테리사가 눈썹을 치떴다.

"너희도 사악을 저지할 생각이었어?"

"이대로라면 사악으로 도로 팔려갈 텐데 전에 무슨 생각을 했든 그게 중요할까?"

테리사는 입을 다물었다. 토머스는 테리사의 머릿속으로 들어가 무슨 생각을 하고 있는지 알고 싶었다. 하지만 전처럼 텔레파시를 이용하고 싶진 않았다. 찰나의 슬픔이 그의 마음을 스치고 지나갔다. 그는 테리사와 헤아릴 수 없을 만큼 오랜 시간을 함께 보냈는데 그 기억은 그의 머릿속에 남아 있지 않았다. 한때 제일 친한 친구였는데 말이다.

마침내 테리사가 말했다.

"우리가 뭐라도 해보려면 우선 네가 날 다시 믿어줘야 돼. 그럼 에어리스를 비롯해서 다른 애들을 설득해서 도움을 받을 수 있을 거야. 걔들도 나와 같은 생각을 갖고 있으니까."

토머스는 신중해야 한다는 생각이 들었다. 기억이 복구된 테리사가 사악에 대해 그와 같은 생각을 갖고 있다는 건 아무래도 이상했다.

"그건 앞으로 두고 봐서 결정하자."

토머스의 말에 테리사가 미간을 찡그렸다.

"너 정말 날 믿지 못하는구나?"

"좀 더 두고 보자고."

토머스는 일어서서 다른 곳으로 자리를 옮겼다. 상처 받은 테리사의 표정을 보고 싶지 않았다. 그동안 테리사가 여러 가지로 모질게 굴었음에도 토머스는 여전히 테리사를 염려하고 있었고, 그런 자신이 싫었다.

# 45

토머스는 원래 있던 자리로 돌아갔다. 민호가 브렌다, 호르헤와 함께 앉아 있었다. 민호는 기분이 별로인지 마땅찮은 표정으로 토머스를 쳐다보았다.

"저 망할 배신녀가 뭐라고 지껄이디?"

토머스는 민호 옆에 앉았다. 낯선 면역인들이 그들 자리로 미적미적 다가왔다. 그들이 대화를 엿들으려고 귀를 쫑긋 세우고 있음을 토머스는 느낄 수 있었다.

민호가 대답을 재촉했다.

"뭐래?"

"자기네가 사악 본부를 탈출한 이유가, 사악이 시련 과정을 처음부터 다시 재개할 계획인 걸 알게 되어서래. 갤리의 말대로, 사악이 면역인들을 잡아들이고 있는 것도 사실인 모양이야. 우리가 사악 건물을 먼저 탈출했단 얘길 듣고 우릴 찾으려고 사악을 나온 거라는데?"

뒷부분은 민호가 별로 달가워하지 않을 얘기라서 토머스는 잠시 뜸을 들였다가 덧붙였다.

"그리고 가능하면 우릴 돕고 싶대."

민호는 고개를 저었다.

"이 멍청한 자식. 저 계집애랑 말을 섞는 게 아니었어."

"칭찬 고맙다."

토머스는 손으로 얼굴을 문질렀다. 민호의 말이 옳았다.

호르헤가 말했다.

"대화에 끼어들어 훼방 놓고 싶진 않다만, 무차초스. 그런 시시한 잡소릴 하면서 온종일 시간을 보내느니 이 멋진 골방에서 벗어날 궁리나 하는 게 나을 것 같아서 말이야. 누가 누구 편인지가 지금 뭐 그리 중요하냐."

그때 방문이 열리고 납치범 세 명이 무언가가 잔뜩 담긴 커다란 자루를 하나씩 들고 들어왔다. 이어서 전기총과 권총으로 무장한 네 번째 납치범이 뒤따라 들어왔다. 네 번째로 들어온 남자는 방 안을 쭉 둘러보았는데 말썽이 날 소지가 있는지 살피는 듯했다. 먼저 들어온 세 사람이 자루에서 빵과 물병을 꺼내 면역인들에게 나눠주기 시작했다.

민호가 토머스에게 물었다.

"우린 어째서 늘 이렇게 엿 같은 상황에 처하는 걸까? 덕분에 모든 걸 사악 탓으로 돌리는 데 익숙해지긴 했지만 말이야."

토머스가 중얼거리며 말했다.

"그래, 그거야 뭐, 지금도 마찬가지지."

민호가 싱긋 웃었다.

"하긴. 저 망할 놈들도 사악 졸개들일 테니까."

납치범들이 돌아다니며 음식을 나눠주는 동안 방 안에 불안한 정적이 감돌았다. 면역인들은 빵을 먹기 시작했다. 방 안이 너무 조용해서 계속 얘기를 나누려면 목소리를 잔뜩 낮춰 속삭여야 할 판이었다.

민호가 토머스를 슬쩍 찌르며 나지막하게 말했다.

"놈들 중 한 명만 무기를 갖고 있어. 그다지 독해 보이는 인상도 아니야. 나 혼자서도 제압할 수 있을 것 같기도 해."

토머스 역시 낮은 목소리로 대꾸했다.

"어리석게 굴지 마. 전기총에다가 권총까지 갖고 있잖아. 내가 둘 다 맞아봐서 아는데, 결코 다시 하고 싶은 경험은 아냐. 정말이니까 믿어."

"그래, 뭐, 하지만 이번엔 네가 날 믿어봐."

민호는 이렇게 말하며 토머스에게 윙크했다. 토머스는 한숨을 내쉬었다. 들키지 않고 일을 저질러 저들을 제압할 수 있을 것 같지가 않았다.

납치범들이 토머스와 민호 일행이 앉아 있는 곳으로 다가왔다. 토머스는 롤빵과 물병을 받아 들었다. 납치범 남자가 민호에게 빵을 건네는 순간 민호는 그것을 밀어내며 소리쳤다.

"내가 왜 받아야 돼? 독이 들었을지도 모르는데."

"싫으면 굶든가."

남자는 이렇게 말하고는 다른 이에게로 걸음을 옮겼다.

그 순간, 민호가 벌떡 일어나 전기총을 든 또 다른 납치범에게 덤벼들었다. 토머스가 움찔하고 놀란 새에, 납치범의 손에서 전기총이 미끄러져 떨어지면서 천장으로 전기탄이 발사되어 한바탕 전기가 뿌려졌다. 전기총을 놓친 납치범은 바닥으로 쓰러졌고 민호는 그를 한쪽 주먹으로 가격하면서, 다른 손으로는 납치범이 소지하고 있을 게 분명한 권총을 빼내려고 그자의 몸을 이리저리 더듬었다.

잠시 동안 모두들 그 자리에 얼어붙었으나, 토머스가 움직이기도 전에 다들 행동에 나섰다. 음식 자루를 들고 있던 나머지 세 납치범들이 자루를 떨어뜨리고 민호에게 달려오려 했지만 채 한 발을 내딛기도 전에 면역인 여섯 명에게 붙잡혀 바닥에 내동댕이쳐졌다. 호르헤는 민호를 도와 납치범을 꼼짝 못 하게 바닥에 짓누르며 팔을 발로 밟았다. 견디다 못한 납치범은 허리춤에서 빼내어 쥐고 있던 권총을 손에서 놓았다. 민호가 권총을 발로 차 구석으로 밀어 보내자 어떤 면역인 여자가 그 권총을 집어 들었다. 토머스가 곁눈질로 보니 브렌다가 전기총을 들어 올리고 있었다.

브렌다가 납치범들에게 전기총을 겨누며 소리쳤다.

"꼼짝 마!"

그제야 민호는 일어서서 뒤로 물러났다. 바닥에 쓰러진 납치범의 얼굴이 피투성이였다. 면역인들은 나머지 세 납치범들을 그 옆에 나란히 끌어다놓았다.

순식간에 일어난 일이었다. 꼼짝도 않고 멍하게 있던 토머스는 비로소 정신을 차리고 입을 열었다.

"이들을 심문해서 정보를 캐내야 돼. 나머지 패거리가 몰려오기 전에 서두르자."

그런데 한 면역인 남자가 소리쳤다.

"이것들 머리에 총구멍을 내야지! 전부 쏴죽이고 여기서 나가는 게 나아!"

몇 명이 그 의견에 동조하며 함성을 올렸다.

면역인들은 이미 폭도로 변해 있었다. 정보를 얻어내려면 아수라장이 되기 전에 서둘러야 했다. 토머스는 곧장 일어서서 권총을 든 납치범 여자에게 다가가 권총을 넘겨달라고 설득했다. 그러고는 그에게 빵을 주었던 남자 옆에 무릎을 굽히고 앉았다.

토머스는 남자의 관자놀이에 총구를 가져다대고 말했다.

"지금부터 셋까지 셀 거야. 사악이 우릴 데려다가 뭘 하려는 건지, 사악과 접선하기로 한 장소가 어딘지 털어놓지 않으면 방아쇠를 당길 줄 알아. 하나!"

남자는 망설임 없이 되물었다.

"사악이라니? 우린 사악하고는 아무 관계도 없어."

"거짓말하고 있네. 둘!"

"아니, 정말이라니까! 이 일은 사악이 시킨 게 아니야. 내가 알기로는 그래."

"아, 그러셔? 그렇다면 면역인들을 이렇게 잔뜩 납치한 이유를 설명하고 싶겠네?"

남자는 제 동료들을 흘끗 돌아보고는 토머스의 눈을 똑바로 응시하며 대답했다.

"우린 오른팔 조직을 위해 일하고 있어."

# 46

"오른팔 조직을 위해 일하고 있다니 그게 무슨 뜻이지?"

토머스가 물었다. 도무지 앞뒤가 맞지 않았다.

남자는 관자놀이에 총구가 닿아 있는데도 거침없이 지껄였다.

"무슨 뜻이냐니, 그게 무슨 소리야? 우리가 빌어먹을 오른팔을 위해 일하고 있다고. 그게 왜, 이해가 안 되냐?"

혼란스러워진 토머스는 총을 거둬들이고 물러나 앉았다.

"그럼 왜 면역인들을 잡아들인 거지?"

남자는 토머스가 밑으로 내려놓은 권총을 곁눈질하며 대답했다.

"그러고 싶으니까. 나머진 알 거 없어."

면역인들 중에 누군가가 소리쳤다.

"쏴버리고 다른 놈한테 물어봐!"

토머스는 다시 몸을 앞으로 기울이고 남자의 관자놀이에 총구를 갖다 댔다.

"지금 총을 쥐고 있는 사람이 누군데! 아주 간이 배 밖으로 나왔군그래. 한 번 더 셋까지 셀 테니까 오른팔이 왜 면역인들을 잡아들인 건지 털어놔. 그렇지 않으면 당신이 거짓말하고 있다고 생각할 수밖에 없어. 하나!"

"거짓말하는 게 아니라는 걸 알면서 그러냐, 꼬마야."

"둘!"

"넌 날 죽이지 못해. 네 눈을 보면 알 수 있어."

남자는 배짱을 부렸다. 토머스는 이 낯선 남자의 머리를 총으로 쏠 엄두가 나지 않아 결국 한숨을 쉬며 총을 거둬들였다.

"그쪽이 오른팔을 위해 일하는 거라면 우린 결국 같은 편인데, 뜸 들이지 말고 털어놓으시죠."

남자가 천천히 일어나 앉자 나머지 세 동료도 같이 일어나 앉았다. 얼굴이 피투성이가 된 자는 힘겨워하며 신음을 흘렸다.

납치범들 중 한 명이 말했다.

"대답을 듣고 싶으면 우리 대장한테 직접 물어봐야 할 거다. 우린 아는 게 없어."

토머스 옆에 앉은 남자가 맞장구를 쳤다.

"맞아. 쥐뿔도 몰라."

브렌다가 전기총을 들고 가까이 다가와 물었다.

"그럼 그 대장이란 사람을 어떻게 해야 만날 수 있는데요?"

남자는 어깨를 으쓱했다.

"나도 몰라."

민호는 끄응 소리를 내며 토머스의 손에서 권총을 낚아챘다.

"이만하면 헛소린 충분히 들었어."

그러고는 권총을 그 남자의 발에 겨누며 말을 이었다.

"좋아, 죽이지는 않겠어. 하지만 3초 내로 묻는 말에 대답하지 않으면 발가락이 아주 심하게 아프게 될 거야. 1초!"

"아무것도 모른다니까."

남자는 성질을 내며 인상을 찌푸렸다.

"그렇겠지."

민호는 이렇게 말하며 총을 쏘았다.

남자가 고통스럽게 울부짖으며 발을 움켜잡자 토머스는 깜짝 놀라 쳐다보았다. 민호가 정확히 남자의 새끼발가락이 있는 부위를 쏴서 그 부분의 신발과 새끼발가락이 사라지고 피투성이 상처만 남았다.

그 남자 옆에 있던 납치범 여자가 "어떻게 이런 짓을 해!" 하고 악을 쓰며 얼른 바지 주머니에서 수건 뭉치를 꺼내 피가 흐르는 부위에 가져다 댔다.

민호가 정말로 총을 쏴서 토머스는 충격을 받았지만 한편으로는 대단하다 싶기도 했다. 자신 같으면 방아쇠를 당기지 못했을 것이다. 지금 이들에게서 대답을 얻어내지 못하면 영영 기회가 없을 게 분명했다. 토머스는 브렌다를 돌아보았다. 브렌다는 어깨를 으쓱하는 것으로 같은 생각임을 보여주었다. 테리사는 멀리 떨어진 곳에서 그 광경을 지켜보고 있었는데, 표정을 읽을 수가 없었다.

민호가 계속해서 말했다.

"자, 여자분이 불쌍한 발을 보살펴주는 동안 누구든 대답을 해줘야겠어. 지금 이게 어떻게 된 상황인지 설명하라고. 안 그러면 발가락을 하나 더 없앨 줄 알아."

그러고는 여자와 나머지 두 남자 앞에 대고 권총을 흔들며 다시 물었다.

"오른팔을 위해 면역인들을 납치하고 있다고 했는데, 이유가 뭐지?"

여자가 대답했다.

"말했잖아. 우린 아는 게 없어. 돈 받고 시키는 대로 한 것뿐이야."

민호는 다른 남자에게 총을 겨누며 물었다.

"그럼 당신이 대답해봐. 할 말이 있어 보이는데? 말 안 하면 발가락 한두 개쯤 날려버릴 수도 있어."

그 남자는 두 손을 들어 올리며 말했다.

"우리 엄마 목숨을 걸고 맹세하는데 난 정말 아무것도 몰라. 다만……"

마지막에 '다만'이라는 말을 붙인 걸 즉시 후회하는 눈치였다. 동료들을 슬쩍 돌아보는 남자의 얼굴에서 핏기가 가셨다.

"다만 뭐? 어서 털어놔. 딱 보니까 뭔가를 숨기고 있구만."

"아무것도 아니야."

민호는 곧장 총구로 그 남자의 발을 겨누며 구시렁거렸다.

"이 짓거릴 계속해야 할 필요도 없겠어. 숫자 세는 것도 지겹고."

그러자 그 남자가 소리쳤다.

"쏘지 마! 알았어. 너희 중에 두 명을 대장한테 데리고 가줄 테니까 직접 물어봐. 너희가 대장하고 얘기를 나눌 수 있게끔 그들이 허락해줄지는 모르겠지만. 나도 쓸데없이 발가락을 잃고 싶진 않으니까 이 정도까지 말해주는 거야."

민호는 한 발 뒤로 물러서서 그 남자에게 일어서라는 시늉을 하

322

며 말했다.

"잘했어. 거봐, 별로 어렵지도 않잖아. 그럼 이제 당신들 대장을 만나러 가자고. 나랑 당신, 그리고 내 친구들이 함께 가는 거야."

그 순간 방 안이 왁자지껄해졌다. 이 방에 남아 있고 싶은 사람은 아무도 없었고, 그 부분에 대해 조용히 입 다물고 있으려는 사람도 없었다.

물을 가지고 들어왔던 납치범 여자가 일어서서 악을 쓰는 바람에 다들 조용해졌다.

"다들 여기 있는 게 훨씬 안전합니다! 진짜니까 믿으세요. 다 같이 그리로 몰려갔다간 목적지까지 절반도 가지 못할 겁니다. 이 아이들은 목숨을 걸고라도 대장을 만나겠다고 하니까 그러라고 하세요. 바깥에선 권총과 전기총도 별로 도움이 안 됩니다. 하지만 여기는 창문도 없으니까 문만 잘 걸어 잠그고 있으면 안전해요."

여자가 말을 마치자 면역인들은 또 한차례 불만을 쏟아냈다. 여자는 민호와 토머스를 쳐다보며 목청을 높였다.

"내 얘기 잘 들어. 바깥은 정말 위험해. 두 명 이상은 못 데리고 나가. 이동하는 사람 수가 많으면 그만큼 눈에 띌 가능성이 높으니까."

여자는 방 안을 둘러본 후 말을 이었다.

"내가 너희 같으면 서두를 거야. 분위기를 보아하니 이대로 있다간 저 사람들 점점 더 불안해하겠어. 곧 더는 자제시키지 못하게 될 거야. 그리고 저 밖에는……."

여자는 입을 굳게 다물었다가 덧붙였다.

"사방에 광인들이 깔렸어. 광인들은 움직이는 건 뭐든 죽이고 있어."

# 47

민호가 권총의 총구를 천장으로 향하고 쏘았다. 토머스는 깜짝 놀라 움찔했고 다들 입을 다물었다. 순식간에 정적이 감돌았다.

민호는 설명하라는 뜻으로 납치범 여자에게 조용히 손짓했다.

여자가 입을 열었다.

"바깥은 완전히 미쳐 돌아가고 있어요. 그동안 숨어서 기다리고 있던 광인들이 신호를 받고 뛰쳐나온 것처럼, 온갖 일들이 너무 빨리 터지고 있고요. 오늘 아침에는 경찰이 광인들에게 제압당했고 도시를 둘러싼 성벽의 문이 열렸어요. 광인 궁전에서 일부 광인들이 도시 안으로 들어와 나머지 광인들과 합류해서 지금 사방에 쫙 깔렸어요."

여자는 잠시 뜸을 들이며 몇몇 사람들과 눈을 맞췄다.

"밖에 나가지 않는 게 좋을 거예요. 약속하는데 우린 나쁜 사람들이 아닙니다. 오른팔 조직이 무슨 계획을 갖고 있는지는 정확히 모르지만, 우릴 덴버 시 밖으로 빼내주려는 것 같기는 해요."

누군가 소리쳐 물었다.

"그럼 왜 우릴 죄수 취급하는 거죠?"

"나는 지시받은 대로 하고 있는 것뿐입니다."

여자는 고개를 돌려 토머스를 쳐다보고는 말을 이었다.

"이 방에서 나가는 건 정말 어리석은 생각이야. 하지만 내가 말했다시피 정 나가고 싶으면 두 명 이하로 움직이도록 해. 신선한 고깃덩어리들이 잔뜩 모여서 걸어가는 게 광인들 눈에 띄었다간 끝장이야. 무기도 소용없어. 게다가 떼로 몰려가면 대장이 좋아할 리 없고. 낯선 사람들을 잔뜩 태운 밴이 접근하면 우리 쪽 경비들이 사격할 수도 있어."

"브렌다랑 나랑 둘이 갈 겁니다."

토머스는 생각만 하고 있던 말을 자기도 모르게 내뱉었다.

민호가 고개를 저으며 반대했다.

"안 돼. 토머스 너랑 나 둘이서 가."

그러나 토머스의 생각에 민호는 그리 도움될 것 같지 않았다. 성미가 급해 말썽이나 빚을 것이다. 브렌다는 적어도 생각을 하고 나서 행동을 하는 편이니, 여기서 살아 나가려면 브렌다와 함께 대장이라는 사람을 만나러 가는 게 좋을 듯했다. 그리고 무엇보다 브렌다를 시야 밖에 두고 싶지가 않았다. 토머스는 간단명료하게 결정을 내렸다.

"아니, 브렌다랑 갈게. 초열 지역에서 우리 둘이 꽤 잘해냈었어. 이번에도 잘할 수 있을 거야."

민호는 상처 받은 표정으로 소리쳤다.

"안 된다니까! 찢어지면 안 돼. 넷이서 뭉쳐 다녀야 안전하다고."

"민호, 우리 중에 누군가는 여기 남아서 상황을 통제해야지."

토머스의 이 말은 핑계가 아니라 진심이었다. 이 방에 있는 사람들을 잘 규합하면 나중에 사악을 무너뜨릴 때 도움이 될 것이다.

토머스가 계속해서 말했다.

"그리고 이 말은 하지 않으려고 했는데, 만약에 우리한테 무슨 일이 생기면 어쩔 거야. 네가 여기 남아서 우리 계획이 끝장나지 않게 해줘야지. 프라이팬도 저들한테 잡혀 있다는데, 다른 애들도 잡혀 있을지 누가 알아. 전에 네가 나더러 달리기팀 팀장을 맡으라고 했었지? 그래, 오늘 내가 그 직책을 맡을게. 그러니까 날 믿어. 여기 이 여자분이 말한 것처럼, 적은 수로 움직여야 광인들 눈에 띄지 않고 이동이 가능해."

토머스는 민호의 눈을 바라보며 대답을 기다렸다. 입을 꾹 다물고 있던 민호가 한참 만에 대답했다.

"알았어. 그렇지만 너희가 죽으면 내 기분이 참 엿 같을 것 같으니까 알아서 해."

토머스는 고개를 끄덕였다.

"그래."

민호가 여전히 믿어주고 있다는 게 이렇게도 소중하게 느껴질 줄 토머스는 미처 몰랐다. 덕분에 이 임무를 수행하는 데 필요한 용기를 어느 정도 얻을 수 있었다.

대장에게 데려가주겠다고 처음에 말했던 납치범 남자가 결국 토머스와 브렌다를 안내하기로 결정되었다. 이름은 로렌스라고 했다. 바깥 상황이 좋지 않음에도 불구하고 로렌스는 성난 면역인들로 가득한 이 방에서 어서 나가고 싶어 했다. 큰 문의 자물쇠를 연 로렌스는 토머스와 브렌다에게 따라 나오라고 손짓했다. 토머스는 권총을, 브렌다는 전기총을 들고 로렌스를 따라 나갔다.

그들 셋은 긴 복도를 걸어갔다. 로렌스는 건물 바깥으로 향하는 대문 앞에서 걸음을 멈췄다. 천장의 흐릿한 조명이 로렌스를 비추자 토머스는 그 얼굴에 깃든 걱정을 읽어냈다.

로렌스가 말했다.

"이제 결정을 내려야 돼. 걸어가면 두 시간 정도 걸리는데 목적지까지 무사히 도착할 가능성은 더 높아. 밴을 타고 가는 것보다는 도보로 이동하는 게 눈에 덜 띄니까. 밴을 타면 더 빨리 도착할 수 있긴 한데 틀림없이 시선을 끌겠지."

"빨리 가느냐 아니면 눈에 안 띄느냐의 문제네요."

토머스는 이렇게 말하며 브렌다에게 물었다.

"어떻게 할까?"

"밴을 타고 가자."

토머스도 같은 생각이었다. 어제 본 피투성이 광인의 얼굴이 아직 눈앞에 어른거렸다.

"그래. 걸어가는 건 생각만 해도 소름끼쳐. 밴으로 할게요."

그러자 로렌스가 고개를 끄덕이며 말했다.

"좋아, 밴이다. 이제부턴 입 다물고 언제든 총을 쏠 준비를 하고 있어. 우선 밴에 올라타고 문을 잠그는 거다. 밴은 바로 이 문밖에 있어. 준비됐지?"

토머스는 브렌다에게 준비되었느냐는 뜻으로 눈썹을 치켜떴다. 잠시 후 그들은 로렌스에게 고개를 끄덕여 보였다. 마음의 준비는 다 된 상태였다.

로렌스가 주머니에서 카드식 열쇠 더미를 꺼내어 문 옆의 벽을 따라 설치된 여러 개의 자물쇠들을 차례로 열었다. 그리고 카드식 열쇠들을 손에 단단히 쥔 채로 몸으로 문을 밀었다. 문이 조금씩 열렸다. 바깥은 가로등 하나만 빛을 드리우고 있을 뿐 캄캄했다. 이 도시에 전기가 언제까지 공급될 수 있을지 토머스는 의문이었다. 결국 다른 모든 자원들과 마찬가지로 전기도 끊길 것이고 덴버는 가파르게 죽은 도시로 변해버릴 것이다.

6미터쯤 떨어진 좁은 골목에 밴이 세워져 있었다. 로렌스는 문 밖으로 머리를 빼꼼 내밀고 좌우를 살핀 후 안에 대고 말했다.

"이상 무. 나가자."

그들 셋은 문을 나섰다. 로렌스가 문을 잠그는 동안 토머스와 브렌다는 밴을 향해 뛰었다. 토머스는 짜릿함을 느끼면서도 당장이라도 광인이 튀어나올 것 같아 초조한 마음에 거리를 이리저리 살폈다. 멀리서 광기 어린 웃음소리가 들려오긴 했지만 이쪽에는 아무도 없었다.

로렌스가 밴의 잠금장치를 풀었다. 브렌다가 문을 열고 로렌스와 함께 차에 올랐다. 토머스도 앞 조수석에 올라앉아 문을 닫았다. 로렌스는 즉시 문을 잠그고 시동을 걸었다. 출발하려는데 머리 바로 위에서 쿵 소리가 나고 차가 두어 번 흔들렸다. 잠시 정적이 흐르고, 숨죽인 기침 소리가 이어졌다.

누군가 밴 지붕으로 뛰어내린 것이다.

# 48

밴이 총알처럼 앞으로 달려 나갔다. 로렌스는 운전대를 단단히 잡고 차를 몰았다. 토머스는 고개를 돌려 뒤쪽 창문을 내다보았으나 아무것도 없었다. 지붕 위로 뛰어내린 사람이 아직도 지붕에 들러붙어 있는 듯했다.

토머스가 다시 앞으로 고개를 돌린 순간 낯선 이의 얼굴이 앞유리로 슬금슬금 내려와 그들을 거꾸로 바라보았다. 여자였다. 로렌스가 골목을 허물 듯이 맹렬한 속도로 밴을 모는 동안 여자의 머리카락이 바람에 마구 휘날렸다. 여자는 토머스와 눈을 마주치자 입을 벌리고 미소를 지었다. 치아가 놀랍도록 가지런했다.

토머스가 소리쳐 물었다.

"대체 뭘 붙잡고 저렇게 매달려 있는 거죠?"

로렌스가 긴장한 목소리로 대답했다.

"그야 모르지. 하지만 오래 버티진 못할 거다."

여자는 토머스에게 시선을 고정한 채 한 손을 단단히 모아 쥐고 창문을 치기 시작했다. 쾅. 쾅. 쾅. 환하게 미소 짓는 여자의 입 안에서 가지런한 치아가 가로등 불빛을 받아 희미하게 반짝거렸다.

브렌다가 소리쳤다.

"저 여자 좀 떼어내요!"

"해보지 뭐."

로렌스는 급브레이크를 밟았다.

여자는 바람개비처럼 팔을 허우적대며 다리를 벌린 채로 수류탄처럼 날아가 땅에 곤두박질쳤다. 토머스는 움찔하며 눈을 질끈 감았다가 간신히 뜨고 앞을 살펴보았다. 경악스럽게도 여자는 부들부들 떨며 곧장 일어서고 있었다. 허리를 펴고 선 여자는 다시 서서히 밴을 향해 다가왔다. 밴의 전조등이 여자를 머리끝부터 발끝까지 비췄다.

여자의 얼굴에서 미소가 사라졌다. 여자는 입술을 입안으로 말아 넣고 으르렁대고 있었다. 얼굴 한옆이 벌겋게 부어오른 채, 여자는 또다시 토머스를 노려보았다. 토머스는 소름이 돋았다.

로렌스가 다시 차를 출발시켰다. 여자는 당장이라도 앞으로 뛰어들어 밴을 멈추게 할 기세였으나 마지막 순간에 뒤로 물러서며 그들이 지나가는 모습을 멍하니 바라보았다. 토머스는 여자에게서 시선을 뗄 수가 없었다. 그가 마지막으로 보았을 때 여자는 인상을 찡그리며 눈을 제대로 뜬 상태였다. 자신이 무슨 짓을 했는지 방금 깨달은 것 같은 눈빛이었다.

토머스는 마음이 더 착잡해졌다.

"정신이 반은 나갔고 반은 온전한 것 같아요."

토머스의 말에 로렌스가 중얼거렸다.

"밴에 달려든 게 그 여자 하나뿐이라 다행이었지."

브렌다가 토머스의 팔을 잡으며 말했다.

"차마 눈 뜨고 못 보겠어. 뉴트가 그렇게 된 걸 알고 너랑 민호가 어떤 기분이었을지 알 것 같아."

토머스는 말없이 브렌다의 손에 자신의 손을 얹었다.

골목 끝에 다다르자 로렌스는 오른쪽으로 급커브를 틀어 좀 더 넓은 길로 나아갔다. 전방에 사람들이 삼삼오오 모여 있었다. 몇 명은 뒤엉켜 싸우고 있었고, 대부분은 쓰레기 더미를 뒤지거나 정체를 알 수 없는 무언가를 먹고 있었다. 귀신 같은 얼굴을 한 광인들이 앞으로 지나가는 밴을 초점 없는 눈으로 멍하니 바라보았다.

토머스 일행은 입을 열었다가 광인들을 자극하기라도 할까 봐 아무 말도 하지 않았다.

광인들이 모여 선 곳을 지난 후 비로소 브렌다가 입을 열었다.

"이렇게 빨리 일이 터지다니 믿기지가 않네요. 그동안 광인들이 덴버를 장악할 작정을 하고 있었던 걸까요? 광인들이 그렇게 체계적으로 계획에 따라 행동하는 게 가능해요?"

로렌스가 답했다.

"확실히는 몰라도 조짐은 보였어. 시민들과 정부 인사들이 실종됐고, 감염인 수가 점점 늘어났지. 상당수의 광인들이 행동 개시를 기다리면서 도시 구석구석에 숨어 있었던 것 같더라."

"그렇겠죠. 광인들의 숫자가 건강한 일반인의 숫자를 능가한 게 문제였나 보네요. 균형이 무너지면서 상황이 완전히 뒤집혀버린 거예요."

"이제 와서 과정이 어땠는지 따지면 뭐하겠냐. 중요한 건 지금 이 상황이지. 주변을 봐라. 아주 악몽이 따로 없어."

로렌스는 속도를 줄이고 급커브를 틀어 길게 뻗은 골목으로 들어서며 말을 이었다.

"거의 다 왔다. 이제부터는 더 조심해야 돼."

그는 전조등을 끄고 다시 속도를 높였다.

갈수록 더 어두워져서 형체 없는 큼직한 그림자들 말고는 아무것도 보이지 않았다. 토머스는 그 그림자들이 별안간 앞으로 달려들 것 같다는 망상을 떨칠 수가 없었다.

"어두운데 차를 이렇게 빨리 몰면 안 되잖아요."

토머스의 말에 로렌스는 대수롭지 않게 대꾸했다.

"괜찮아. 이 길을 천 번도 더 다녔어. 손바닥 들여다보듯 훤히······."

그 순간 토머스는 앞으로 몸이 확 쏠렸다가 안전벨트 덕에 제자리로 돌아왔다. 밴이 무언가를 치었는데, 소리로 추측하자면 금속성의 무언가가 밴 아래 깔린 듯했다. 밴이 두 번 더 들썩이다가 멈춰 섰다.

브렌다가 조그맣게 물었다.

"뭐예요?"

로렌스는 더 나지막한 목소리로 대답했다.

"몰라. 쓰레기통일 수도 있고. 아주 질겁했네."

로렌스가 다시 차를 출발시키자 끼이익 소리가 요란하게 울려 퍼졌다. 이어서 쿵, 우지끈 하는 소리가 나더니 다시 잠잠해졌다.

"빼냈어."

로렌스는 대놓고 안심한 투로 중얼거렸다. 그때부터는 속도를 줄여서 밴을 몰았다.

깜짝 놀라서 심장이 방망이질 치던 토머스가 제안했다.

"전조등을 켜는 게 낫지 않을까요? 아무것도 안 보이잖아요."

브렌다가 맞장구를 쳤다.

"맞아요. 어차피 요란하게 소음이 나서 근처에 누가 있었으면 분명 들었을 거예요."

"그럴까, 그럼."

로렌스는 다시 전조등을 켰다.

푸르스름한 기가 도는 하얀 빛이 골목 전체에 뿌려졌다. 방금 전까지 암흑천지였던 터라 전조등 불빛이 태양보다 밝게 느껴졌다. 토머스가 눈을 찡그렸다가 다시 제대로 뜨자, 무시무시한 풍경이 앞에 펼쳐져 있었다. 6미터 전방에 서른 명 남짓 되는 사람들이 빽빽이 길을 막고 서 있었다.

창백하고 초췌한 얼굴마다 긁힌 상처와 멍 자국 투성이였다. 찢어지고 구질구질한 옷을 입은 그들은 눈부시게 밝은 전조등을 아무렇지 않게 응시하고 있었다. 무덤에서 일어난 시체 같은 모습들이었다.

토머스의 온몸에 차가운 소름이 돋았다.

그런데 길을 막고 서 있던 광인들이 한꺼번에 양옆으로 발을 옮겨 섰다. 길 가운데가 넓게 뚫리고, 광인들 중 한 명이 밴을 향해서 지나가라는 듯 손을 쭉 뻗어 흔들었다.

로렌스가 중얼거렸다.

"아주 점잖은 광인들이시구먼."

# 49

"저 사람들은 아직 종점을 지나지 않았나 보네요. 아니면 대형 밴에 치이고 싶지 않은 거든가요."

막상 말을 내뱉고 나자 토머스는 멍청한 소릴 했다는 생각이 들었다.

브렌다가 로렌스에게 재촉했다.

"어서 지나가요. 저 사람들 맘 변하기 전에."

로렌스가 브렌다의 말을 따르자, 토머스는 마음이 놓였다. 밴은 총알처럼 빠르게 달렸고 로렌스는 속도를 줄이지 않았다. 골목 양옆의 벽에 늘어선 광인들이 토머스 일행을 가만히 쳐다보았다. 긁히고 베인 상처, 피와 멍으로 뒤덮인 피부, 광기로 가득한 눈들을 가까이서 보게 되자 토머스는 또다시 소름이 돋았다.

광인 무리들 사이를 거의 다 빠져나왔다 싶을 때쯤 요란하게 펑하는 소리가 났다. 밴이 휘청하면서 오른쪽으로 방향을 틀었다.

밴의 앞부분이 골목 벽으로 향하면서 그쪽에 서 있던 광인 두 명을 들이받았다. 차에 받힌 광인들은 고통에 찬 비명을 토해내며 밴의 앞부분을 피투성이 주먹으로 두드렸고, 토머스는 앞 유리 너머의 그 광경을 공포에 질린 눈으로 바라보았다.

"어떻게 된 거야 이게!"

로렌스가 소리치며 밴을 후진시켰다.

밴이 심하게 흔들거리며 뒤로 약간 물러났다. 두 광인은 앞으로 고꾸라지자마자 가까이에 있던 다른 광인들의 살벌한 공격을 받았다. 토머스는 구역질과 공포가 치밀어 올라 얼른 고개를 돌렸다. 사방에서 광인들이 주먹으로 밴을 치기 시작했다. 타이어가 끼이익 소리를 내며 빠르게 회전했지만 밴은 좀처럼 앞으로 나아가지 못했다. 온갖 소음이 뒤섞여 마치 악몽을 꾸는 듯했다.

브렌다가 악을 쓰며 로렌스에게 물었다.

"어떻게 된 거예요?"

"놈들이 타이어에다 무슨 짓을 했어! 아니면 차축을 건드렸든지!"

로렌스는 밴을 후진시켰다가 전진시키기를 되풀이했지만 매번 약간씩밖에 움직이지 않았다. 머리가 잔뜩 헝클어진 여자가 토머스의 오른쪽 차창으로 접근했다. 여자의 양손에는 큼직한 삽이 쥐어져 있었다. 여자는 삽을 머리 위로 들어 올렸다가 차창을 내리찍었다. 다행히 유리는 꿈쩍도 하지 않았다.

"어서 여길 빠져나가야 돼!"

토머스가 소리쳤다. 속수무책이라 달리 할 말이 떠오르지 않았다. 광인들이 쳐놓은 뻔한 함정에 빠지다니 너무나 어리석었다.

로렌스는 기어를 바꿔가며 계속 가속 페달을 밟았으나 밴은 앞

뒤로 조금씩밖에 움직이지 않았다. 그때 천장에서 익숙하게 쿵쾅
대는 소리가 들려왔다. 누군가 또 밴의 지붕 위로 올라간 것이다.
광인들은 나무 막대기부터 자신들의 머리에 이르기까지 온갖 수
단을 이용해 사방의 차창을 공격했다. 토머스가 앉아 있는 쪽의
차창 밖에 있는 여자 역시 줄기차게 삽으로 유리를 찍어댔는데,
대여섯 번 찍자 차창 유리에 가늘게 금이 갔다.

토머스는 두려움이 점점 더 커지면서 목구멍까지 조여드는 듯
했다.

"저 여자가 곧 유리를 박살내겠어!"

토머스와 거의 동시에 브렌다도 소리쳤다.

"어서 여길 빠져나가요!"

밴이 덜컹대며 움직인 바람에 다행히 여자의 삽 끝이 약간 빗나
갔다. 그러나 밴 지붕에 올라가 있던 또 다른 광인이 큰 망치로 앞
유리를 내리찍어 거미줄 모양으로 커다랗게 금을 내놓았다. 마치
앞 유리에 하얀 꽃이 피어난 듯했다.

밴이 또다시 뒤로 휘청했다. 큰 망치를 들고 있던 광인 남자는
한 번 더 앞 유리를 내리치려다가 자동차 앞덮개를 지나 땅바닥으
로 굴러 떨어졌다. 대머리에 길고 깊은 자상이 난 또 다른 광인이
그 남자의 손에서 큰 망치를 빼앗아 들고 앞 유리를 두 번 더 강타
했다. 곧 다른 광인들이 그 망치를 빼앗으려고 달려들었다. 앞 유
리에 금이 잔뜩 가는 바람에 밴 안에서는 바깥이 잘 보이지도 않
았다. 뒤에서도 유리가 박살나는 소리가 들려 토머스는 고개를 돌
렸다. 뒤쪽 유리 틈새로 팔 하나가 비집고 들어왔다. 틈새 안쪽의
날카로운 유리에 살이 찢기는데도 광인은 아랑곳하지 않았다.

토머스는 안전벨트를 풀고 밴 뒤쪽으로 손을 뻗었다. 한쪽 끝에 솔이 붙어 있고 반대쪽 끝은 날카로운 플라스틱으로 된 긴 막대가 손에 닿았다. 얼음 깨는 송곳이었다. 토머스는 밴 가운데 줄로 넘어가 그 송곳으로 광인의 팔을 세게 내리찍었다. 두 번, 세 번 내리찍자 광인은 비명을 지르며 팔을 뒤쪽 유리 밖으로 빼냈다. 바깥 쪽 시멘트 바닥에 유리 파편이 우수수 떨어졌다.

브렌다가 토머스에게 물었다.

"전기총 줄까?"

"아니! 밴 안에서 쏘기엔 너무 커. 권총을 줘!"

밴이 앞으로 돌진하려다 또다시 크게 흔들리며 멈췄다. 그 바람에 토머스는 중간 좌석 뒷부분에 얼굴을 세게 부딪쳤다. 뺨과 턱에 강한 통증이 느껴졌다. 고개를 돌려 뒤쪽 유리를 살펴보았다. 광인 남녀 한 쌍이 유리의 부서진 틈새로 손을 넣어 남은 유리를 마저 뜯어내고 있었다. 그들의 손에서 흘러내린 피가 틈새 주변을 붉게 물들였고 틈새는 점점 커졌다.

"여기!"

브렌다가 소리쳤다.

고개를 돌려 권총을 받아 든 토머스는 뒤쪽 유리 너머에 선 광인들을 향해 총을 쏘았다. 한 발. 두 발. 광인들이 바닥에 쓰러지고 고통스러운 비명이 울려 퍼졌으나 그 소리는 이내 밴의 타이어가 바닥을 쓰는 소리, 엔진이 무리하게 작동하는 소리, 다른 광인들이 밴을 두드리는 소리에 묻혔다.

로렌스가 외쳤다.

"거의 다 됐어! 놈들이 무슨 짓을 했는지는 모르겠지만!"

토머스가 고개를 돌리고 보니 로렌스는 땀범벅이 되어 있고 앞유리 중간에는 구멍이 뚫려 있었다. 나머지 차창도 전부 하얗게 금이 가서 바깥이 거의 내다보이지 않았다. 브렌다가 상황이 어쩔 수 없는 지경까지 이르면 발사하기 위해 전기총을 집어 들었다.

밴이 뒤로 갔다가 앞으로, 다시 뒤로 이동했다. 흔들림이 덜해진 것으로 보아 로렌스가 밴을 좀 더 제어할 수 있게 된 듯도 했다. 뒷유리에 난 커다란 구멍으로 팔이 불쑥 들어오자 토머스는 총을 두 발 더 쏘았다. 비명 소리가 들리고, 곧 이어 어떤 여자가 차창에 얼굴을 들이댔다. 인상을 무섭도록 찌푸린 채 토머스를 노려보는 여자의 치아에는 시커먼 오물이 끼어 있었다.

요란한 소음에 묻혀 여자의 말이 조그맣게 들려왔다.

"우릴 들여보내줘, 꼬마야. 우리가 원하는 건 음식이야. 먹을 걸 좀 다오. 들여보내줘!"

여자가 마지막 말을 날카롭게 내뱉으며 깨진 차창 틈으로 머리를 집어넣었다. 그 틈새로 비집고 들어올 수 있다고 여기는 듯했다. 토머스는 여자를 쏘고 싶지 않았지만 만일의 경우에 대비해 어쩔 수 없이 총을 들어 조준했다. 그 순간 밴이 다시 앞으로 덜컥 움직이면서 여자의 얼굴이 틈새 바깥으로 쑥 빠졌고, 깨진 차창 주변은 피범벅이 되었다.

토머스는 밴이 다시 뒤로 덜컹댈 것으로 예상했으나 잠시 거칠게 흔들리던 밴은 약간 앞으로 나가다가 오른쪽으로 방향을 돌렸다. 그 후 몇 미터 더 전진했다.

"이제 됐다!"

로렌스가 외쳤다.

이번에는 3미터 정도 더 나아갔다. 밴 뒤에 남겨져 멍하게 있던 광인들은 곧 다시 밴을 쫓아왔다. 정적이 감돌던 골목은 곧 비명 소리, 쿵쿵 쾅쾅 밴을 내리치는 소리로 다시 채워졌다. 한 광인 남자가 뒤쪽 유리에 난 구멍으로 기다란 칼을 집어넣고 좌우로 마구 휘젓기 시작했다. 토머스는 총을 들어 쏘았다. 지금까지 몇 명이나 죽였을까? 세 명? 네 명? 정말 죽인 게 맞는 걸까?

귀청이 찢어지도록 날카롭게 끼이익 소리를 한참 토해낸 밴이 총알처럼 달려 나갔다. 이번에는 멈춰 서지 않았다. 길을 막고 선 광인들을 깔아뭉갠 것인지 차체가 두어 번 들썩이긴 했으나 곧 부드럽게 주행하며 속도를 높였다. 토머스는 차창 밖으로 머리를 내밀고 뒤를 살펴보았다. 지붕에 올라가 있던 광인들이 바닥으로 우수수 떨어져 내렸다. 나머지 광인들이 밴을 향해 달려왔으나 곧 저만치 멀어졌다.

토머스는 무너지듯 의자에 드러누워 움푹 찌그러진 천장을 올려다보았다. 깊고 크게 숨을 들이쉬며 요동치는 감정을 억제하려 애썼다. 토머스는 로렌스가 박살나지 않고 남은 전조등 하나를 마저 끄고 두 번 더 방향을 돌린 후 어느 문 열린 주차장 안으로 들어가는 것도 거의 인식하지 못했다. 밴이 안으로 들어가자마자 주차장 문이 닫혔다.

# 50

밴이 멈춰 선 후 로렌스가 시동을 껐다. 정적이 토머스의 세상을 온통 에워쌌다. 들리는 소리라고는 머릿속에서 피가 혈관을 따라 세차게 흐르는 소리뿐이었다. 토머스는 눈을 감고 호흡을 가다듬었다. 로렌스와 브렌다도 2분 정도 말이 없었다. 마침내 로렌스가 정적을 깨고 입을 열었다.

"그들이 저 밖에서 우릴 둘러쌌어. 우리가 나오길 기다리고 있을 거야."

토머스는 억지로 일어나 앉아 앞을 바라보았다. 박살 난 유리 너머는 온통 어둠뿐이었다.

브렌다가 물었다.

"그들이 누군데요?"

"대장의 호위병들. 저들은 이 차가 자기네 밴들 중 하나라는 걸 알면서도, 우리가 나가서 모습을 보일 때까진 가까이 오려고 하지 않을 거다. 우리 정체를 먼저 확인하려고 들거야. 지금쯤 총 스무 자루가 이 밴을 겨냥하고 있을 걸."

"어떻게 해야 돼요?"

토머스가 물었다. 아직은 또다시 누군가와 대치할 준비가 되어 있지 않았다.

"얌전히 문을 열고 나가야지. 우릴 곧 알아볼 거다."

토머스는 조심스럽게 좌석 너머로 몸을 기울여 바깥을 내다보며 물었다.

"다 같이 한꺼번에 나가요? 아니면 한 명씩?"

"내가 먼저 나가서 저들한테 괜찮다고 말할게. 차창을 두드려 신호를 해줄 테니까 그때 나와. 준비됐냐?"

토머스는 한숨을 쉬며 대답했다.

"거의요."

그러자 브렌다가 말했다.

"온갖 험한 꼴을 당하고 여기까지 왔는데 여기서 총을 맞는다면 정말 기분이 나쁠 거야. 그리고 지금 내 꼴이 꼭 광인 같을 텐데."

로렌스가 먼저 차문을 열고 나갔다. 토머스는 밴 안에서 로렌스의 신호를 초조하게 기다렸다. 잠시 후 쾅 하고 밴을 주먹으로 치는 소리에 토머스는 움찔했지만 밖으로 나갈 준비는 된 상태였다.

브렌다가 먼저 천천히 문을 열고 나갔고 토머스가 뒤따라 나갔다. 눈에 잔뜩 힘을 주었지만 바깥은 칠흑같이 어두워서 아무것도 보이지 않았다.

딸깍! 소리가 나고 순식간에 새하얀 빛이 방 안을 가득 채웠다. 토머스는 두 손을 들어 눈을 가렸다. 눈을 질끈 감았다가 고개를 약간 돌린 후, 실눈을 뜨고 주변을 살펴보았다. 삼각대 위에 설치된 대형 조명등이 토머스 일행을 똑바로 비추고 있었다. 조명등 양옆에 서 있는 두 사람의 윤곽이 토머스의 시야에 들어왔다. 방 안을 둘러보니 그 외에 열두 명 이상의 사람들이 각기 다른 종류의 무기를 들고 서 있었다. 로렌스의 말대로였다.

그들 중 한 남자가 큰 소리로 물었다.

"로렌스, 자네야?"

그런데 목소리가 콘크리트 벽에 메아리쳐서 정확히 누구 입에서 나온 소리인지 토머스는 알 수가 없었다.

"예, 접니다."

"우리 밴은 어쩌다 그렇게 됐어? 같이 온 애들은 누구야? 설마 감염인들을 데리고 온 건 아니겠지?"

"이리로 오는 길에 골목에서 광인 무리에게 습격을 받았습니다. 이 애들이 저를 억지로 이리로 데려왔거든요. 대장을 만나고 싶답니다."

"왜?"

"그게…… 그러니까."

남자가 로렌스의 말을 잘랐다.

"아니, 본인들한테 직접 듣는 게 좋겠어. 너희들 이름을 밝히고, 우리 쪽 사람을 억지로 여기로 끌고 와 몇 대 없는 밴까지 망가뜨린 이유를 설명해. 마땅한 이유가 있어야 될 거다."

토머스와 브렌다는 누가 말을 할지 결정하려고 서로를 바라보았다. 브렌다가 고갯짓을 하자 토머스가 나섰다.

토머스는 우선 고개를 돌려 조명등 오른쪽에 선 남자에게 시선을 맞췄다. 방금 전에 말을 한 사람이 그인 듯해서였다.

"저는 토머스라고 합니다. 이쪽은 브렌다고요. 저희는 갤리와 아는 사이인데, 갤리하고는 사악에서 같이 있었습니다. 며칠 전에 갤리가 오른팔 조직에 대해, 그 조직원들이 하는 일에 대해 설명을 해줬습니다. 저희도 오른팔 조직을 도울 의향이 있습니다만 이런 식으로는 아닙니다. 여러분이 어떤 계획을 세우고 있는지, 왜 면역인들을 잡아다가 가둬놓았는지 알려주세요. 면역인들을 납치하는 건 사악이나 하는 짓이라고 생각하거든요."

예상외로 남자는 껄껄 웃었다.

"우리가 사악이나 하는 짓거릴 하고 있다는 생각을 너희들 머리에서 지워주기 위해서라도 우리 대장을 만나게 해줘야겠구나."

토머스는 어깨를 으쓱했다.

"예. 대장이라는 분을 만나게 해주세요."

남자는 진심으로 사악을 혐오하는 것 같았으나, 오른팔 조직이 면역인들을 잡아들인 이유를 곧장 설명해주지는 않았다.

남자가 말했다.

"네 말이 허풍이 아니어야 할 거다, 꼬마야. 로렌스, 그 애들을 데리고 들어와. 나머지는 밴에 실린 무기를 확인하고."


토머스는 말없이 브렌다와 함께 거무죽죽한 금속 계단 두 개를 연달아 올랐다. 그리고 낡은 나무문을 통과해, 백열전구가 달랑 하나 켜져 있고 벽지가 떨어져 내린 지저분한 복도를 지났다. 이윽고 50년 전쯤엔 깔끔한 회의실이었을 넓은 방으로 들어갔다. 방 여기저기 플라스틱 의자들이 대충 흩어져 있고, 흠집 난 커다란 탁자 하나가 방 가운데 놓여 있었다.

탁자 맞은편 끝에 앉아 있는 두 사람이 시야에 들어왔다. 오른쪽에 앉아 있는 이는 갤리였다. 피곤에 지치고 너저분한 모습의 갤리는 고개를 약간 끄덕이며 슬쩍 미소를 지었다. 토머스에게 맞아 얼굴이 워낙 엉망이 되어서, 그래봤자 주름이 심하게 잡힌 몰골로밖에 보이지 않았지만. 갤리 옆에 앉은 몸집 큰 남자는 근육질이라기보다는 비만인 듯 보였고, 하얀 플라스틱 의자의 팔걸이 사이에 허리가 꽉 끼어 있었다.

브렌다가 물었다.

"여기가 오른팔 조직의 본부니? 좀 실망이네."

갤리는 미소를 거두고 대답했다.

"셀 수 없이 여러 번 옮겨 다녀야 했거든. 어쨌든 칭찬으로 받아들이도록 하지."

토머스가 물었다.

"둘 중에 누가 대장이야?"

갤리가 옆에 앉은 남자를 턱 끝으로 가리켰다.

"천치처럼 굴기는. 딱 보면 모르냐. 여기 있는 빈스 씨가 대장이니까 예의 바르게 굴어. 세상이 바로서야 한다는 믿음을 실행에 옮기려고 목숨 걸고 활동하시는 분이야."

토머스는 협조적인 태도를 보이려 두 손을 위로 들어 올리며 말했다.

"나쁜 뜻으로 한 말은 아니야. 아파트에서 네 행동을 보고 네가 대장일지도 모른단 생각을 했어."

"어쨌든, 난 아니야. 빈스 씨가 대장이야."

브렌다가 물었다.

"저기, 그런데 빈스 씨는 말할 줄 모르시니?"

그러자 몸집 큰 남자가 쩌렁쩌렁하게 울리는 굵은 목소리로 소리쳤다.

"그만! 지금 우리 도시가 광인들로 가득한데, 여기 이러고 앉아 유치한 입씨름이나 들을 시간이 없다. 너희가 원하는 게 뭐냐?"

토머스는 속에서 치미는 분노를 드러내지 않으려 애쓰며 대답했다.

"딱 한가집니다. 왜 우릴 납치했는지 알고 싶습니다. 왜 우릴 잡아다가 사악에 넘기려고 하는 건지. 갤리 덕분에 오른팔 조직이 우리와 한편인 줄 알고 꽤나 희망을 품었는데. 알고 보니 오른팔 조직도 사악 못지않게 악하다는 걸 알게 됐으니 우리가 얼마나 놀랐겠습니까? 사람들을 팔아넘긴 대가로 얼마나 벌고 계세요?"

빈스는 토머스의 말을 단 한 마디도 듣지 못한 것처럼 말했다.

"갤리."

"예?"

"이 두 아이를 믿나?"

갤리는 토머스의 눈길을 피하며 고개를 끄덕였다.

"그럼요. 믿어도 되는 애들이에요."

빈스는 탁자에 커다란 팔을 올리고 몸을 앞으로 기울였다.

"그럼 시간 낭비할 필요 없지. 내 얘기 잘 들어. 우린 적과 유사한 작전을 쓰고 있다. 면역인들을 팔아서 돈이나 챙길 생각 따윈 없어. 우린 사악과 같은 전략을 구사하기 위해 면역인들을 모으고 있는 거다."

토머스는 깜짝 놀랐다.

"왜 그런 전략이 필요한 건데요?"

"면역인들을 이용해 사악의 본부로 침투하기 위해서지."

# 51

토머스는 몇 초간 빈스를 가만히 바라보았다. 다른 면역인들의 실종이 정말 사악의 짓이었으면 너무 단순한 결론이라 오히려 웃음이 났을 것이다.

"가능한 전략일 수도 있겠네요."

"지지해주니 기쁘구나."

빈스의 얼굴이 무표정해서 빈정대는 말인지 아닌지 토머스는 판단이 서지 않았다.

빈스의 말이 이어졌다.

"우린 사악 내부에 연락책이 있고, 면역인들을 팔아넘기기로 이미 얘기가 되어 있다. 그렇게 사악 내부로 침투할 계획이야. 사악을 막아야 하니까. 그들이 더 이상 무의미한 실험에 자원을 낭비하지 못하도록 해야 돼. 이 세상을 계속 유지하려면 자원을 살아남은 사람들의 생존을 돕는 데 써야 마땅한데 사악은 그러질 않

고 있어. 그러니 우리가 나서서 인류가 계속 제정신으로 살아갈
수 있도록 해야지."

"사악이 플레어 병 치료제를 찾아낼 가능성이 있다고 보세요?"

토머스의 물음에 빈스는 가슴통이 울리도록 나지막하고 길게
껄껄 웃었다.

"그런 헛소릴 1초라도 믿었으면 넌 지금 내 앞에 그렇게 서 있
지도 않겠지, 안 그래? 사악 본부에서 탈출도 안 했을 것이고 복
수를 꿈꾸고 있지도 않겠지. 네 행동을 보니까 딱 알겠구나. 네가
어떤 일을 겪었는지는 갤리한테 다 들었다."

빈스는 잠시 뜸을 들이다가 덧붙였다.

"우리는 오래전에…… 사악의 치료제 발견에 대한 기대를 접었
다."

"여길 찾아온 이유는 복수를 하기 위해서가 아닙니다. 우리 마
음 편하자고 이러는 게 아니라고요. 사악의 자원을 다른 데 끌어
다 쓰겠다는 말씀이 반가운 이유도 그래섭니다. 사악의 활동에 대
해 얼마나 알고 계세요?"

빈스는 의자 등받이에 등을 기댔다. 빈스가 앉은 채로 뒤척일
때마다 의자 전체가 삐걱거렸다.

"방금 난 그동안 우리가 목숨 바쳐 지켜온 비밀을 털어놨다. 너
희도 그만한 믿음을 보여줘야 하지 않겠냐. 로렌스와 그 동료들이
네가 누군지 알았으면 곧장 이리로 데려왔을 텐데. 그들에게 거친
대접을 받게 한 것에 대해서는 내가 대신 사과하마."

토머스가 대답했다.

"사과는 필요 없고요. 어떤 계획을 갖고 있는지나 말해주세요."

누구인지 알았으면 다른 면역인들과는 다르게 취급했을 거라는 말이 신경 쓰이기는 했다.

"네가 아는 바를 털어놔야 우리가 서로 얘기를 진행시킬 수가 있지 않겠냐. 말해봐라."

브렌다가 팔꿈치로 토머스를 쿡 찌르며 소곤거렸다.

"어서 말해. 그러려고 온 거잖아."

브렌다의 말이 옳았다. 낯선 남자에게 쪽지를 받은 순간부터 토머스는 갤리를 믿어야 한다는 것을 본능적으로 느꼈다. 그리고 지금이 바로 솔직하게 나설 때였다. 이 사람들의 도움이 없이는 버그로 돌아갈 수 없음은 물론이고 어떤 일도 해낼 수 없을 것이다.

"말씀드리죠. 사악은 치료제를 완성시킬 수 있다고, 작업이 거의 다 완성됐다고 생각하고 있습니다. 사악이 맞추려는 퍼즐에서 빠진 조각이 하나 있는데 그게 바로 납니다. 그들은 치료제 완성을 장담하지만 그동안 온갖 조작에 거짓말을 해대서 어디까지가 진실인지 알 수도 없어요. 사악의 진짜 동기가 뭔지 누가 알겠어요? 그들이 지금 얼마나 절박해졌는지, 도대체 무슨 짓을 벌일지는 아무도 몰라요."

빈스가 물었다.

"지금 네 일행이 몇 명이라고 했지?"

토머스는 잠시 생각을 한 후 대답했다.

"네 명인데 우리 둘 말고 나머지는 로렌스 씨가 저희를 데리고 나온 그 방에 있습니다. 우리가 머릿수는 많지 않지만 사악 내부에 대한 정보를 꽤 갖고 있습니다. 여기 조직원은 몇 명이나 되죠?"

"글쎄다, 토머스. 대답하기가 쉽지 않구나. 수년 전에 우리가 모임을 갖고 세력을 규합하기 시작한 후 오른팔에 가입한 이들까지 다 치자면 얼추 천 명은 넘지. 그중에서 여전히 활동 중이고 목숨을 부지하고 있는 데다가 앞으로도 끝까지 이 일을 계속하겠다는 조직원의 수는…… 음, 안타깝게도 수백 명밖에 안 돼."

브렌다가 물었다.

"조직원들은 면역인인가요?"

"대부분 아니야. 나부터도 면역인이 아니고. 덴버 시가 그 지경이 되었으니 이젠 아마 나도 플레어 바이러스에 감염되었겠지. 다행히 우리 조직원들 대부분은 아직 감염이 되지 않았지만 이런 추세라면 시간문제일 뿐이다. 그러니 인류라고 하는 이 아름다운 종족 중에 제정신으로 살아남은 이들을 구원하려면 서둘러 조치를 취해야지."

토머스는 가까이에 있는 의자 두 개를 가리키며 물었다.

"좀 앉아도 돼요?"

"그래."

토머스는 의자에 앉자마자 그동안 속에 쌓아두었던 질문을 꺼내기 시작했다.

"정확히 어떻게 하실 계획이세요?"

빈스가 또 가슴통이 울리도록 껄껄 웃었다.

"진정해. 네 얘기부터 털어놓으면 우리 계획을 말해주마."

어느새 탁자 너머로 몸을 기울여 거의 일어서다시피 한 자세가 되어 있던 토머스는 긴장을 풀고 도로 앉으며 말했다.

"우리는 사악 본부에 대해, 그리고 사악이 어떤 식으로 일을 진행하는지에 대해 여러 가지 정보를 갖고 있어요. 친구들 중 일부는 삭제됐던 기억이 복구되기도 했고요. 무엇보다 중요한 건 사악이 내 복귀를 바라고 있다는 겁니다. 바로 그 점을 우리한테 유리한 쪽으로 이용해보자는 거예요."

"그게 다냐? 할 얘기가 그게 다야?"

"오른팔의 도움이나 무기도 없이 우리끼리 큰 진전을 볼 수 있을 거란 뜻은 아닙니다."

그 순간, 빈스와 갤리는 의미심장하게 눈짓을 주고받았다.

방금 전 토머스의 말이 핵심을 찌른 모양이었다.

빈스의 시선이 브렌다에게로 향했다가 토머스에게 꽂혔다.

"우린 단순한 무기보다 훨씬 더 좋은 걸 갖고 있다."

토머스가 다시 상체를 앞으로 기울이고 물었다.

"그게 뭔데요?"

"아무도 무기를 쓸 수 없게 만드는 장치."

# 52

토머스가 묻기에 앞서 브렌다가 먼저 나섰다.

"어떤 장치인데요?"

"그 부분은 갤리가 설명해줄 거다."

빈스는 이렇게 말하며 갤리에게 고갯짓을 했다.

갤리가 의자에서 일어섰다.

"우선, 오른팔 조직에 대해 잘 생각해봐. 이 사람들은 원래 군인이 아니라 회계사, 수위, 배관공, 교사 출신이야. 그런데 사악은 기본적으로 자기네 군대를 보유하고 있어. 그들은 훈련도 아주 잘되어 있고 최고로 값비싼 무기까지 소유하고 있지. 우리가 아무리 많은 전기총을 보유하고 사악이 쓰는 다른 무기들까지 잔뜩 수중에 넣는다고 해도, 사악에 비하면 아주 불리할 수밖에 없는 입장이야."

토머스는 이 얘기가 어떤 방향으로 흘러갈지 짐작조차 할 수 없

352

었다.

"그래서 어쩔 계획이라는 건데?"

"그나마 수준을 서로 비슷하게 맞추려면 사악이 무기를 쓸 수 없게 만들어야 돼. 그래야 우리 쪽에 승산이 좀 생기니까."

브렌다가 물었다.

"사악의 무기를 훔치기라도 하겠다는 거니? 무기 수송을 가로막으려고? 어쩌려고 그래?"

"아니, 그런 게 아니라."

갤리는 고개를 젓고는 어린애처럼 흥분한 표정으로 말을 이었다.

"몇 명을 더 조직에 들이느냐의 문제가 아니고 누굴 포섭하느냐의 문제란 말이야. 오른팔 조직이 그동안 모아온 사람들 중의 한 분이 이번 작전의 핵심이야."

토머스가 물었다.

"누군데?"

"이름은 샬럿 치즈웰. 세계 최대 규모의 무기 제조업체에서 기술 주임으로 일했어. 2세대 기술을 적용한 첨단 무기 부문에서 일했다더라고. 사악이 쓰는 모든 권총, 전기총, 수류탄은 전부 그 회사 제품인데 하나같이 첨단 전자공학과 컴퓨터 시스템에 의존해 작동해."

"정말?"

브렌다의 말투에는 의심이 가득했다. 토머스 역시 믿기 어려웠지만 일단은 갤리의 설명에 집중하기로 했다.

"그래. 모든 무기에 공통으로 들어가는 칩이 하나 있는데, 샬럿이 지난 몇 달 동안 연구한 끝에 그 칩들을 원격 조정해서 새로 프로그래밍하는 방법을 알아냈어. 프로그래밍을 진행하는 데 몇 시간이 소요되고, 그 전에 사악 본부 안에 작은 장치를 심어둬야 가능하긴 하지만. 사악에 면역인들을 넘기는 일을 하기로 한 우리 쪽 사람들이 그 장치를 심는 일을 맡기로 했어. 계획대로만 되면 우리도 무기를 똑같이 못 쓰게 되겠지만 적어도 사악 군인들하고 동등한 조건에서 싸울 수는 있는 거지."

빈스가 거들었다.

"유리하다고까진 할 수 없지만 말이야. 사악의 경비병들은 그런 무기들을 써서 보안 업무를 하도록 오랫동안 훈련받아서 거의 습관화가 되어 있을 거라고 본다. 무기가 배제된 몸싸움에는 그다지 대비가 안 되어 있겠지. 진짜 싸움 말이야. 칼과 방망이와 삽, 지팡이와 돌멩이와 주먹으로 치고받는 싸움."

빈스는 개구쟁이처럼 웃으며 말을 이었다.

"구식 싸움이지. 그런 식으로 싸우면 우리가 승기를 잡을 수도 있어. 하지만 사악 군인들이 무기를 계속 쓸 수 있는 상황에서 붙게 되면 우린 제대로 싸워보기도 전에 끝장이 나고 말 거야."

토머스는 예전에 미로에서 괴수들과 싸웠던 일을 떠올렸다. 빈스가 방금 말한 것처럼 당시 공터인들은 괴수들에게 속절없이 당했었다. 그때의 기억을 떠올리며 토머스는 몸서리쳤다. 상대가 무기를 못 쓰게 해놓은 뒤 싸움을 하면 승산이 아주 없지는 않을 것 같기는 했다.

작전대로만 된다면 이길 가능성도 있었다. 토머스는 절로 흥분이 되었다.

"그래서 어떻게 하려고요?"

빈스는 잠시 뜸을 들이다가 대답했다.

"우리한테 버그 세 대가 있는데, 우리 조직에서 제일 힘센 자들로 여든 명을 골라서 그 버그에 태워 사악으로 보낼 거다. 그리고 면역인들을 사악 내부의 연락책에게 넘기는 시늉을 하면서 그 장치를 설치하는 거지. 그 장치를 설치하는 게 이번 작전에서 제일 어려운 부분이긴 한데, 잘만 하면 건물 벽에 구멍을 내고 그리로 조직원들을 들여보낼 수가 있어. 일단 사악 본부를 장악한 후에는 샬럿의 도움으로 다시 무기를 작동시켜서 그곳을 계속 점유할 거다. 우린 이 일을 해내야만 돼. 해내지 못하면 다 죽는 거니까. 필요하다면 그곳을 폭파시켜버릴 수도 있어."

토머스는 찬찬히 생각했다. 이런 공격 작전에서 토머스와 친구들은 꽤나 유용할 것이다. 특히 기억이 복구된 친구들은 사악 건물의 내부 구조를 잘 알고 있을 테니 매우 쓸모 있는 자원이었다.

빈스는 토머스의 생각을 읽은 것처럼 말을 이었다.

"갤리의 말이 사실이라면 너와 네 친구들은 우리 작전기획팀에 큰 도움을 줄 수 있을 거다. 너희 중 일부는 사악 시설의 안팎을 잘 알고 있다니까. 그리고 너희가 합류하면 우리 조직의 인원수가 늘어나니 좋은 일이기도 하고. 나이는 상관없다."

브렌다가 제안했다.

"우리도 버그를 한 대 갖고 있어요. 광인들이 아직 그걸 산산조각내지 않았다면 도시 성벽 바깥 북서쪽에 세워져 있을 거예요. 그 버그의 조종사는 다른 친구들이랑 같이 있어요."

토머스가 물었다.

"이 조직의 버그들은 어디에 세워져 있습니까?"

빈스는 방 뒤쪽을 손으로 가리켰다.

"저기. 아주 안전하게 잘 모셔뒀지. 조만간 작전이 개시될 거다. 한두 주일 정도는 더 준비하고 싶지만, 일이 우리 편한 대로만 흘러가진 않으니까. 샬럿의 장치는 이미 준비가 되어 있고 우리도 버그를 타고 갈 여든 명을 준비시켰다. 앞으로 하루 정도 시간을 줄 테니까 너와 네 친구들이 가진 정보를 우리와 공유하고 최종 점검을 마친 후에 출발하기로 하자. 거창하게 꾸며서 말할 필요도 없지. 일단 쳐들어가서 해치우는 거야."

이 말을 들으니 토머스는 비로소 실감이 났다.

"얼마나 자신 있으세요?"

토머스의 물음에 빈스는 엄숙한 표정으로 대답했다.

"잘 들어. 우린 수년째 사악의 사명에 대해 귀에 못이 박히도록 들었다. 사악은 돈이며 인력이며 자원까지 전부 끌어다가 플레어 병 치료제를 찾는 데 투자했어. 그러고는 면역인들을 찾아냈다고, 면역인들의 뇌가 플레어 바이러스에 굴복하지 않는 이유를 알아낸다면 세상을 구원할 수 있을 거라고 떠들었지! 사악이 교육이며 치안, 그 밖의 온갖 다른 질병들의 치료에 쓰여야 할 의술, 자선기금, 인도주의적 지원까지 전부 가져다가 치료제 연구에 쓸어 넣는 바람에 전 세계에서 도시들이 무너져가고 있단 말이다."

"압니다. 너무 잘 알죠."

빈스는 수년간 마음에 담고 있던 생각들을 쉼 없이 쏟아냈다.

"치료제 발견보다는 병의 확산을 막는 데 더 신경 썼어야 했어. 하지만 사악이 치료제를 찾겠다며 자금과 최고 인력까지 전부 쓸어가서 그동안 우린 아무것도 할 수가 없었다. 사악이 치료제라는 헛된 희망을 내세우는 동안 사람들은 응당 받아야 할 보살핌을 제대로 받지 못했어. 마법의 치료제가 결국 자기네 목숨도 구해줄 거라고 착각했던 거지. 이대로 놔뒀다간 멀쩡하게 살아남을 사람들마저 다 죽게 생겼어."

빈스가 지친 얼굴로 대답을 기다리며 토머스를 바라보는 동안 방 안에 정적이 돌았다. 토머스는 반박할 말을 찾을 수 없었다.

빈스가 다시 입을 열었다.

"우리 조직원들이 면역인들을 사악에 팔아넘기면서 건물 안으로 들어가 그 장치를 설치할 수도 있어. 그런데 만약에 그 장치가 그 전에 미리 설치되어 있으면 작전 수행이 훨씬 수월해지겠지. 면역인들을 싣고 가게 되면 일단 사악 본부 가까이로 날아가 착륙 허가까지는 받을 수 있겠지만……."

빈스는 눈치껏 말귀를 알아들으라는 뜻으로 토머스에게 양쪽 눈썹을 치켜세워 보였다.

토머스가 고개를 끄덕이며 말했다.

"나더러 그 장치를 설치하는 일을 맡으라는 뜻이군요."

빈스가 미소 지었다.

"그래, 바로 그거다."

# 53

토머스는 스스로도 놀랄 정도로 침착하게 말했다.

"그럼 사악 본부에서 몇 킬로미터 떨어진 곳에 나를 내려주시면 거기서부터 도보로 이동하도록 하죠. 시련 과정을 끝마치기 위해 돌아온 척하면 될 겁니다. 지금까지의 상황으로 볼 때 사악에서는 쌍수를 들고 나를 환영할 거예요. 그 장치를 설치하려면 어떻게 해야 되는지 설명해주세요."

빈스는 진심으로 기뻐하며 웃었다.

"그 부분은 샬럿이 직접 설명해줄 거다."

"테리사와 에어리스를 비롯한 내 친구들한테서 필요한 정보를 얻고 도움을 받도록 하세요. 여기 있는 브렌다도 사악에 대해 많은 정보를 갖고 있습니다."

토머스는 단호하고 빠르게 결단을 내렸다. 기꺼이 위험한 일을 맡고 나서기로 한 이유는 이보다 더 좋은 기회가 없을 것 같아서였다.

빈스가 말했다.

"좋아, 갤리. 다음은 뭐지? 이제부터 어떻게 하면 되겠나?"

토머스와 오랜 앙숙이었던 갤리가 의자에서 일어나 토머스를 쳐다보며 말했다.

"우선 샬럿을 불러서 너한테 그 장치를 설치하는 법을 알려주라고 할게. 그리고 널 우리 버그 격납고로 데려가서 버그에 태우고 사악 본부에서 가까운 곳에다 내려놓을 거야. 그동안 나머지 인원은 주 공격팀과 함께 대기할 거고. 일단 사악 본부로 들어가면 의심 받지 않도록 연기 잘해. 우리가 두 시간쯤 후에 면역인들을 데리고 사악 본부로 접근할 건데, 그동안 낌새 못 채게 잘하란 말이야."

"알았어."

토머스는 마음을 가라앉히려고 애써 심호흡을 했다.

갤리가 말했다.

"좋아. 네가 출발하고 나면 우린 테리사를 비롯한 나머지 아이들을 이리로 데려올 거야. 한 번 더 도시를 가로질러 가야 하는데 네가 꺼려하지 않았으면 좋겠다."


샬럿은 말수가 적고 체구가 자그마한 여성으로, 태도가 퍽 사무적이었다. 무기들의 기능을 마비시키는 장치에 대해 설명하는 말투도 짧고 효율적이었다. 그 장치는 약간의 음식이나 옷과 함께 배낭에 넣을 수 있을 정도로 작았다. 버그에서 내린 후에는 추운 날씨에 걸어서 이동해야 하므로 음식과 여분의 옷이 필수였다. 사악 건물 안에 그 장치를 설치하고 작동시키면, 장치가 각 무기에서 흘러나오는 신호들을 알아서 검색하고 연결한 후 시스템을 뒤죽박죽으로 만들 것이다. 사악의 무기들을 전부 쓸 수 없게 만들기까지 한 시간 정도 소요될 것이라고 했다.

장치를 작동시키는 방법은 간단했다. 문제는 사악 측의 의심을 사지 않고 본부 안으로 침투해 장치를 설치하는 것이었다.

갤리의 결정에 따라 로렌스가 토머스와 조종사를 버그들이 보관된 폐격납고로 데려가는 일을 맡았다. 그들은 그 격납고에서 곧장 사악 본부로 날아가게 될 것이다. 격납고로 가려면 또다시 밴을 타고 광인들로 들끓는 덴버 거리를 지나가야 했다. 다행히 이번에는 직선에 가까운 주요 도로를 타고 갈 수 있고 이미 날이 밝아 있어서 토머스는 약간이나마 마음이 놓였다.

토머스가 급히 물품들을 챙겨 넣는 일을 돕고 있는데 브렌다가 다가왔다. 토머스는 브렌다에게 고개를 끄덕이며 살짝 미소를 짓고는 물었다.

"날 그리워해줄 거지?"

이 질문이 농담처럼 가볍게 들리기를 바라면서도 그는 '응'이라는 대답을 듣고 싶었다.

브렌다는 눈알을 위로 굴렸다.

"그런 말 하지 마. 벌써부터 포기한 투잖아. 우린 다시 만날 거고, 좋았던 옛 시절을 얘기하면서 웃고 떠들게 될 거야."

토머스는 또다시 미소를 지으며 말했다.

"옛 시절 운운하기엔 우리가 서로를 안 지 몇 주밖에 안 됐어, 브렌다."

"어쨌든."

브렌다는 토머스의 목을 두 팔로 감싸고 그의 귀에 속삭였다.

"널 찾아서 친구 행세를 하라는 명령을 받고 초열 지역의 도시로 투입됐던 게 사실이지만, 이제 넌 진짜로 내 친구라는 걸 알아줬으면 좋겠어. 넌……."

토머스는 얼굴을 보며 그 말을 들으려고 브렌다를 뒤로 약간 밀어냈다. 하지만 표정을 읽을 수가 없었다.

"뭔데?"

"그냥…… 죽지 말라고."

브렌다의 이 말에 토머스는 마른 침을 삼켰다. 딱히 할 말이 생각나지 않았다.

"알았지?"

"너도 몸조심해."

브렌다가 발꿈치를 들고 그의 뺨에 입을 맞추며 말했다.

"지금까지 너한테 들은 말 중에서 제일 상냥한 말이야."

그러고는 또다시 눈알을 위로 굴리며 조용히 웃었다.

브렌다의 미소에 주변이 조금은 더 밝아진 느낌이었다.

"이 사람들이 일을 망치지 않게 잘 지켜봐, 브렌다. 합리적으로 계획을 세워서 하게 하라고."

"알았어. 내일쯤 다시 보자."

"그래."

"네가 죽지 않으면 나도 안 죽을 거야. 약속할게."

토머스는 브렌다를 마지막으로 한 번 더 안으며 말했다.

"그래, 약속한 거다."

# 54

오른팔 조직은 그들에게 상태가 그나마 양호한 밴을 내주었다.
로렌스가 운전대를 잡고 버그 조종사라고 하는 어떤 여자가 그 옆
조수석에 앉았다. 말수가 적고 상냥한 편도 아닌 그 여자는 주로
혼자만의 생각에 잠겨 있었다. 로렌스는 창고에 갇힌 면역인들에
게 음식을 나눠주는 일을 하다가 광인들로 가득한 도시를 두 번이
나 가로지르는 차량의 운전사 노릇을 하게 된 게 그리 달갑지만은
않은 듯한 얼굴이었다.

어느새 해가 떠서 햇빛에 물든 건물들이 반짝였다. 어젯밤에 보
았던 도시 풍경과는 사뭇 달랐다. 햇빛 때문에 세상이 조금은 더
안전하게 느껴졌다.

토머스는 완전히 장전된 채로 권총을 돌려받았다. 그는 그것을
청바지 허리춤 안에 끼워 넣었다. 또다시 광인들의 기습을 받을
경우 총알 열두 개로는 어림도 없다는 걸 알면서도 마음은 한결

놓였다.

마침내 로렌스가 침묵을 깨고 말했다.

"계획을 잊지 말고 잘 기억해둬."

토머스가 물었다.

"무슨 계획이오?"

"죽지 않고 격납고까지 가는 거."

나쁘지 않은 소리였다.

그들은 다시 입을 다물었다. 엔진 소음, 그리고 타이어가 고르지 못한 노면에 닿는 소리만 귀에 들렸다. 침묵은 토머스가 마음을 가라앉히는 데 도움을 주기는커녕, 앞으로 하루나 이틀 안으로 얼마나 끔찍한 상황이 벌어질 수 있는지 따위의 부정적인 생각만 하게 만들었다. 토머스는 잡념을 차단하고자 차창 밖의 죽어가는 도시로 시선을 돌렸다.

거리에는 사람들이 별로 없었고 대부분 멀찌감치 떨어진 곳에 흩어져 있었다. 시민들 대다수가 어제 뜬눈으로 밤을 지새웠을 것이다. 어둠속에서 무언가가 갑자기 튀어나올까 봐, 아니면 본인들이 어둠 속을 뛰어다니게 될까 봐.

고층 건물의 높은 창문에 햇빛이 반사되었다. 거대한 건물들이 사방으로 끝없이 뻗어나간 듯 보였다. 밴은 도심을 관통하여 달려갔다. 넓은 도로 주변에 차들이 버려져 있었다. 먹이가 덫에 걸리기를 기다리고 있는 것처럼 차 안에 숨어 창밖을 내다보는 광인 몇 명이 토머스의 시야에 들어왔다.

로렌스는 2, 3킬로미터 정도 직진하다가 그 길을 벗어나 길게 뻗은 고속도로로 올라섰다. 그 길은 도시를 둘러싼 성벽의 쇠문들 중 하나로 이어졌다. 도로 양옆에 세워진 차단막은 평화롭던 시절에 이 도로를 오가던 수많은 차량의 소음이 인근에 거주하는 시민들의 안락한 생활을 방해하지 않도록 만들어진 시설일 것이다. 한때 그토록 평화로운 세상이 존재했다는 게 믿어지지 않았다. 언제 목숨을 잃을지 몰라 매일 두려움에 떨지 않아도 되는 세상 말이다.

로렌스가 말했다.

"이 길로 쭉 가면 돼. 내가 알기로 격납고는 보안이 제일 철저한 시설이니까 일단 거기까지만 가면 안심이야. 그리고 한 시간 후면 우리는 버그를 타고 편안하고 안전하게 비행하고 있을 거다."

어제부터 도시 상황이 험악해진 탓에 그 말이 지나치게 경솔하게 들렸다. 조종사는 여전히 말이 없었다.

5킬로미터쯤 달렸을까. 로렌스가 속도를 줄이며 중얼거렸다.

"저건 또 뭐야?"

토머스는 도로 앞쪽으로 시선을 맞췄다. 자동차 세 대가 앞에서 맴을 돌고 있었다.

로렌스는 혼잣말하듯 말했다.

"그냥 이대로 쭉 가는 게 좋겠어."

토머스는 대꾸하지 않았다. 이 밴에 타고 있는 사람은 누구나 앞으로 골치 아픈 일이 일어날 것임을 예상하고 있었다.

로렌스가 다시 속도를 높이며 말했다.

"왔던 길을 되돌아가서 다른 길로 가려면 시간이 너무 지체돼. 저 사이로 지나가는 게 낫겠다."

그러자 조종사가 날카롭게 저지했다.

"멍청한 짓 하지 마. 내려서 걸어가면 격납고까진 가지도 못해."

밴은 계속 앞으로 나아갔고 토머스는 앉은 채로 몸을 앞으로 기울여 전방을 주시했다. 스무 명쯤 되는 광인들이 정체를 알 수 없는 커다란 덩어리를 두고 싸우고 있었다. 광인들은 그 덩어리에서 일부를 떼어 던지고, 서로에게 덤벼들어 밀치고, 마구 주먹을 휘둘렀다. 그리고 그들 뒤로 30미터쯤 떨어진 곳에서 자동차 세 대가 빠르게 방향을 틀면서 원을 그리고 돌다가 서로 부딪치기를 되풀이하고 있었다. 도로에 있는 광인들 중 아직까지 차에 치인 이가 없는 게 기적이었다.

"어떻게 할 계획이에요?"

토머스가 물었다.

로렌스는 속도를 전혀 늦추지 않았다. 광인들이 모여 있는 곳까지는 얼마 남지 않았다.

조종사가 악을 썼다.

"멈춰!"

로렌스는 그 지시에 따르지 않았다.

"아뇨. 이대로 통과할 겁니다."

"그러다 우리가 죽어!"

"괜찮을 테니까 잠시만 입 다물고 계세요!"

밴은 서로 무섭게 치고받는 광인들, 안에 뭐가 들었는지 알 수 없는 커다란 덩어리에 한층 가까워졌다. 토머스는 바깥을 좀 더 자세히 내다보기 위해 밴의 측면으로 몸을 기울였다. 광인들은 큼직한 쓰레기 봉지들을 마구 잡아 뜯어 그 안에 든 오래된 포장 음식들, 반쯤 썩은 고기들 같은 음식물 찌꺼기들을 꺼내고 있었다. 누군가 손에 뭐든 쥐었다 싶으면 어느새 옆에서 다른 광인이 낚아

채 갔다. 주먹이 오가고 손톱으로 할퀴고 뜯는 난투극이 한창이었다. 그중 한 남자는 눈 밑이 크게 찢어졌는데 그 밑으로 피가 흘러내려 마치 피눈물을 흘리는 듯한 모습이었다.

밴이 끼이익 소리를 내며 방향을 돌렸다. 옆을 보던 토머스는 다시 전방을 주시했다. 원을 그리며 한곳을 돌던 자동차들이 어느새 멈춰 서 있었다. 세 대 모두 구형 모델인데 표면이 움푹움푹 패이고 대부분 칠이 벗겨진 상태였다. 그 자동차들은 나란히 서서 자기네를 향해 달려오는 밴을 마주했다. 로렌스는 속도를 줄이지 않고, 오른쪽 차와 가운데 차 사이의 틈을 향해 전속력으로 밴을 몰았다. 그런데 갑자기 왼쪽에 서 있던 차가 밴이 지나가기 전에 그 틈을 막으려고 달려 나와 옆으로 방향을 틀었다.

"꽉 잡아!"

로렌스가 소리치며 속도를 더 높였다.

밴이 그 틈을 향해 고속으로 질주했다. 토머스는 좌석을 두 손으로 움켜잡았다. 오른쪽 차와 가운데 차는 움직이지 않았지만 왼쪽에 있던 차가 곧장 그 사이로 달려들고 있었다. 도저히 제때 통과할 수 있을 것 같지가 않았다. 겁에 질려 비명을 내지르는 순간 상황은 끝이 났다.

밴이 두 자동차 사이로 진입하는 순간 왼쪽에 있던 세 번째 자동차가 밴의 꽁무니를 들이받은 것이다. 토머스는 왼쪽으로 쏠리면서 측면 차창에 세워진 봉에 몸을 부딪쳤다. 창문이 요란하게 부서져내렸다. 사방으로 유리 파편이 튀고 밴이 한자리에서 빙빙 돌았다. 밴의 뒤쪽 끄트머리가 채찍처럼 날카롭게 공기를 갈랐다. 토머스는 몸이 마구 흔들리는 밴 안에서 무엇이든 붙잡으려고 안간힘을 썼다. 타이어가 노면에 미끄러지는 소리, 금속과 금속이 부딪치는 소리가 공기를 가득 채웠다.

마침내 밴이 시멘트벽을 들이받자 그 소리가 멈췄다.

차 안에서 여기저기 부딪쳐 멍투성이가 된 토머스는 무릎을 굽힌 자세로 바닥에 엎드렸다. 간신히 몸을 일으키고 차창 밖을 내다보니 광인들이 모는 자동차 세 대가 이미 저만치 멀어지고 있었다. 그 차들은 토머스 일행이 밴을 타고 왔던, 길고 곧게 뻗은 도로를 계속해서 달려갔다. 이윽고 그 차들의 모습이 보이지 않게 되자 엔진 소리도 함께 잦아들었다. 토머스는 로렌스와 조종사를 돌아보았다. 둘 다 무사했다.

그때 몹시 이상한 일이 일어났다. 토머스가 차창 밖을 내다보니, 몸이 많이 상한 광인 한 명이 6미터쯤 떨어진 곳에서 그를 빤히 쳐다보고 있었던 것이다. 토머스는 그 광인이 누구인지 곧바로 알아보았다.

바로 뉴트였다.

# 55

뉴트의 몰골은 처참했다. 머리카락이 두피에서 듬성듬성 뜯겨 나가 그 부위가 벌겋게 부어 있었다. 긁히고 베인 상처와 멍 자국 이 얼굴을 뒤덮었고, 셔츠는 누더기가 되어 바짝 여윈 몸뚱이에 겨우 붙어 있었다. 바지는 때와 피에 절어 있었다. 정신을 완전히 놓아버리고 광인 무리에 합류한 듯한 모습이었다.

하지만 뉴트는 길을 가다 우연히 마주친 친구를 알아본 것 같은 눈빛으로 토머스를 바라보고 있었다.

"이제 살았다. 밴이 엉망이 되긴 했지만 격납고까지 3킬로미터 정도만 가면 되니까 그때까지 버텨주길 바라야지."

로렌스가 옆에서 말을 했지만 토머스의 귀에는 제대로 들어오 지 않았다. 로렌스가 후진 기어로 바꾸자 밴이 흔들거리며 시멘트 벽에서 물러섰다. 부서진 플라스틱과 금속 조각들이 차 밑에 깔려 으스러지는 소리, 타이어가 끼이익 대는 소리가 잠시 그곳에 내린 완벽한 정적 속에 쏟아졌다. 로렌스가 밴을 전진시키는 순간 토머스는 머릿속에 스위치가 켜진 것처럼 정신이 번쩍 들어 소리쳤다.

"세워요! 차 세워요! 당장!"

"왜? 무슨 소릴 하는 거야?"

"망할 밴을 좀 세워보라고요!"

로렌스가 급브레이크를 밟아 밴을 세우자마자 토머스는 얼른 일어나 문으로 손을 뻗었다. 토머스가 차문을 열려는데 로렌스가 뒤에서 셔츠를 잡아당겼다.

"너 이 자식, 무슨 짓 하려고?"

로렌스가 고함쳤으나 토머스의 귀에는 아무 소리도 들어오지 않았다. 토머스는 허리춤에 넣어두었던 권총을 빼들고 로렌스에게 겨누며 위협했다.

"놔요. 놓으라고요!"

로렌스는 두 손을 위로 들어 올리며 셔츠를 놓았다.

"자, 났어. 진정해! 대체 왜 그래?"

토머스는 문 쪽으로 몸을 움직이며 말했다.

"저 밖에서 친구를 봤어요. 괜찮은지 보고 와야겠습니다. 상황이 나빠질 것 같으면 곧장 밴으로 달려올 테니까 언제든 바로 출발할 수 있게 준비하고 계세요."

조종사가 차갑게 물었다.

"밖에 있는 저놈이 아직 네 친구라고 생각해? 저 광인들은 종점을 지나도 한참 지났어. 모르겠냐? 네 친구도 이제 짐승과 다름없다고. 짐승보다 더 사납지."

"그럼 짧게 작별 인사라도 하고 올게요."

토머스는 차문을 열고 도로에 발을 내디디며 덧붙였다.

"언제든 엄호해주세요. 지금 꼭 보고 와야겠어서 그래요."

로렌스가 못마땅한 투로 내뱉었다.

"버그에 탑승하기 전에 네 녀석의 엉덩이를 세게 걷어찰 테니까, 그렇게 알고 빨리 갔다 와. 쓰레기 더미 주변에 있는 광인들이 이쪽으로 오기 시작하면 우린 사격을 개시할 수밖에 없어. 그들이 네 엄마든 친척 아저씨든 그냥 쏴버릴 거다."

"그러시든가요."

토머스는 고개를 돌리고 권총을 청바지 안쪽에 다시 찔러 넣었다. 그리고 뉴트에게 천천히 걸어갔다. 뉴트는 쓰레기 더미를 파헤치고 있는 광인 무리와 상당한 거리를 두고 홀로 서 있었다. 광인들은 쓰레기 더미에 관심을 쏟고 있을 뿐, 토머스 쪽으로는 시선을 주지 않고 있었다.

토머스는 뉴트가 있는 곳까지 절반쯤 걸어가 멈춰 섰다. 뉴트의 눈에 담긴 난폭한 기운이 제일 가슴 아팠다. 곪아 썩어가는 두 개의 시커먼 웅덩이 같은 두 눈에 광기가 도사리고 있었다. 어떻게 이렇게 빨리 병이 진행될 수 있지?

"뉴트! 나야, 토머스. 기억하지, 응?"

그 순간, 뉴트의 눈빛이 별안간 또렷해져서 토머스는 잠깐 움찔했다.

"왜, 기억 못 할 줄 알았냐, 토미? 넌 내 편지를 깡그리 무시하고 감히 광인 궁전에 날 보러 왔었지. 내가 감염이 되긴 했지만 며칠 새에 완전히 미쳐버리진 않아."

친구의 비참한 몰골보다 그 입에서 나오는 말들이 토머스의 심장을 찢어놓았다.

"그럼 왜 여기 있어? 왜 저…… 광인들이랑 같이 있는 건데?"

뉴트는 광인들을 한번 쳐다보고는 토머스에게 시선을 돌렸다.

"내 상태가 오락가락하니까. 뭐라고 설명은 못 하겠는데 가끔 내 스스로가 통제되지 않아. 내가 뭘 하고 있는지도 잘 인식하지 못하겠고. 평소에는 뇌 안쪽이 뭔가 근질대는 느낌 정도인데 상태가 나빠지면 신경이 곤두서면서 화가 치밀어."

"지금은 괜찮아 보여."

"그래, 뭐. 내가 광인 궁전의 저 미친 패거리랑 같이 다니는 건 딱히 할 일이 없어서이기도 해. 자기들끼리 싸우기도 하지만 어쨌든 한 패거리니까. 혼자 돌아다니면 목숨을 부지 못 해."

"뉴트, 지금이라도 나랑 같이 가자. 좀 더 안전하고 편한 곳으로 데려다줄게……."

뉴트가 웃음을 터뜨리더니 머리를 두어 번 괴상하게 흔들며 말했다.

"꺼져, 토미. 꺼져버려."

토머스가 애원했다.

"제발 같이 가. 원한다면 널 어디 묶어놓든지 할게."

뉴트의 표정이 별안간 굳어지면서 분노에 찬 단어들이 입에서 쏟아져 나왔다.

"입 닥쳐, 이 배신자 새끼야! 내 편지 안 읽었어? 마지막으로 엿 같은 부탁 하나 들어달랬더니, 그것도 못 하시겠다? 평소처럼 영웅 노릇을 계속해야겠다 이거냐? 난 네놈이 싫어! 난 늘 네가 싫었어!"

토머스는 '저 말이 진심일 리 없어' 라고 되뇌며 마음을 다잡았다. 그저 입에서 나오는 대로 지껄이는 소리일 것이다.

"뉴트……."

"다 네 잘못이야! 최초의 창조자들이 죽었을 때 넌 그 짓거릴 중단시켜야 했어. 중단시킬 방법을 찾아냈어야 했어. 하지만 하지 않았지! 넌 그 프로젝트를 계속 진행시켰어. 세상을 구하고 영웅이 되기 위해서. 직접 미로로 들어오기까지 하면서 멈추질 않았어. 넌 너밖에 모르는 놈이야! 인정해! 사람들이 기억해주는 사람, 사람들이 숭배하는 사람이 되고 싶어서 말이지! 그때 우리가 널 상자 구멍에다가 처넣었어야 했어!"

고함치는 뉴트의 얼굴이 벌겋게 달아오르고 입에서 침이 튀었다. 뉴트는 주먹을 부르쥐고 토머스를 향해 천천히 걸어오기 시작했다.

밴에서 로렌스가 소리쳤다.

"여기서 그 녀석을 총으로 쏠 테니까 옆으로 비켜!"

토머스가 고개를 돌려 로렌스에게 말했다.

"안 됩니다! 아직 얘기 안 끝났어요! 아무 짓도 하지 말아요!"

그러고는 다시 뉴트를 돌아보며 달랬다.

"뉴트, 거기 서서 내 얘기 잘 들어. 네 안에 멀쩡한 부분이 남아 있는 거 알아. 내 얘기 들을 정도는 되잖아."

"네가 싫어, 토미!"

뉴트와의 거리가 바짝 좁혀지자 토머스는 저도 모르게 뒤로 한 발 물러섰다. 뉴트에 대한 감정이 애처로움에서 공포로 바뀌었다.

"네가 싫어, 네가 싫어, 네가 싫어! 널 위해 온갖 일을 다 해줬는데, 빌어먹을 미로에서 죽어라 고생까지 해가면서. 그런데 넌 내가 부탁한 그거 하나를 못 해주겠다 이거잖아! 네 그 짜증나는 얼굴은 역겨워서 참고 봐줄 수가 없어!"

토머스는 두 걸음 더 뒤로 물러섰다.

"뉴트, 거기서 멈춰. 계속 가까이 오면 내 뒤에 있는 사람들이 널 쏠 거야. 멈춰 서서 내 얘기 들어! 나랑 같이 저 밴에 올라타. 내가 널 묶어줄게. 나한테 기회를 달라고!"

토머스는 친구를 죽일 수가 없었다. 그것만은 할 수 없었다.

뉴트가 악을 쓰며 달려왔다. 그 순간 밴에서 발사한 전기탄이 호를 그리며 날아와 타다닥 소리를 내며 보도를 미끄러져 흘러갔다. 전기탄은 뉴트를 맞추지 못하고 빗나갔다. 그 자리에 얼어붙은 토머스를 뉴트가 바닥으로 세차게 밀어 쓰러뜨렸다. 폐에서 공기가 모조리 빠져나간 것처럼 토머스는 숨을 쉴 수가 없었다. 폐에 다시 공기를 채우려고 버둥거리는데 뉴트가 위에 올라타 꼼짝 못하게 짓눌렀다.

뉴트가 침을 튀기며 말했다.

"눈알을 뽑아주마. 멍청하게 굴면 어떻게 된다는 걸 가르쳐주겠어. 여기 왜 왔냐? 반갑다고 포옹이라도 해줄 줄 알았어? 얌전히 앉아서 즐거웠던 공터 시절 얘길 주절거릴 줄 알았냐?"

두려움에 사로잡힌 토머스는 고개를 저었다. 뉴트의 몸에 깔려 있지 않은 손을 천천히 움직여 권총을 꽂아둔 곳으로 가져갔다.

"내가 왜 이렇게 다리를 절게 됐는지 알고 싶어, 토미? 내가 너한테 얘기해준 적 있었나? 아니구나, 얘기해준 적 없었어."

"어쩌다 그렇게 됐는데?"

토머스는 시간을 끌려고 이렇게 물으며 손가락으로 조심스럽게 권총을 감싸 쥐었다.

"미로에서 자살하려고 했었어. 그 망할 미로 벽을 반쯤 올라가서 곧장 뛰어내렸단 말이야. 그런데 알비가 바닥에 쓰러진 날 보고는 문이 닫히기 전에 공터 안으로 도로 끌고 들어왔어. 난 그곳을 증오했어, 토미. 그곳에서 살아가는 매순간을 증오했다고. 그리고 그건 다…… 네 잘못이야!"

갑자기 몸을 옆으로 움직인 뉴트가 권총을 쥔 토머스의 손을 잡아 올렸다. 그러고는 억지로 그 손을 끌어다가 권총의 총구를 자신의 이마로 향하게 했다.

"지금이라도 네 잘못을 보상해! 내가 저 식인 괴물들처럼 되기 전에 죽이라고! 죽여! 그러라고 편지까지 줬는데! 다른 사람이 아니라 네가 해야 돼! 어서!"

토머스는 손을 뒤로 빼내려 했으나 뉴트의 힘이 더 셌다.

"못 해, 뉴트. 난 못 해."

"보상해! 네 죄를 그렇게라도 참회하란 말이야!"

뉴트가 온몸을 부들부들 떨면서 말을 쏟아내다가 다급하고 냉혹하게 속삭였다.

"날 죽여, 이 비겁한 새끼야. 너 같은 놈도 옳은 일을 할 수 있단 걸 증명해. 날 안락사시켜 달라고."

그 말에 토머스는 소름이 끼쳤다.

"뉴트, 그러지 말고 우리가……."

"입 닥쳐! 딴 소리 마! 난 널 믿었어! 그러니까 어서 해!"

"못 해."

"하라고!"

"못 해!"

뉴트는 어쩌자고 이런 요구를 하는 걸까? 절친한 벗들 중 하나인 뉴트를 어떻게 죽일 수 있단 말인가?

"날 죽이지 않으면 내가 널 죽일 거야. 날 죽여! 어서!"

"뉴트……."

"내가 저것들처럼 되기 전에 죽여!"

"나는……."

"죽여!"

그 순간 제정신이 돌아왔는지 뉴트의 눈이 잠시 맑아졌다. 뉴트가 한결 부드러운 목소리로 말했다.

"제발 부탁이야, 토미."

심장이 암흑의 심연으로 추락하는 기분을 느끼며 토머스는 방아쇠를 당겼다.

# 56

 토머스는 눈을 질끈 감았다. 총알이 살과 뼈에 박히는 소리가 들리고, 뉴트의 몸이 경련하다가 길바닥으로 쓰러지는 게 느껴졌다. 몸을 뒤집어 엎드렸다가 벌떡 일어난 토머스는 눈도 뜨지 않은 채 무작정 밴을 향해 달렸다. 자신이 친구에게 한 짓을 도저히 볼 수가 없었다. 공포와 슬픔, 죄책감, 메스꺼움이 온통 그를 집어삼킬 것 같았다. 하얀 밴을 향해 달려가는 토머스의 두 눈에 눈물이 차올랐다.

 로렌스가 소리쳤다.

 "얼른 타!"

 토머스가 내리면서 열어두었던 밴의 문이 아직 열려 있었다. 그는 밴으로 뛰어 들어가 세차게 문을 닫았다. 밴이 곧바로 출발했다.

 아무도 입을 열지 않았다. 토머스는 멍하게 앞만 바라보았다.

방금 그는 제일 친했던 친구의 머리를 총으로 쏘았다. 아무리 뉴트가 요구했다고 해도, 원했다고 해도, 간청했다고 해도 결국 방아쇠를 당긴 사람은 토머스였다. 토머스는 고개를 숙였다. 두 손과 다리가 부들부들 떨렸다. 별안간 온몸이 얼어붙을 듯 오한이 느껴졌다.

"내가 무슨 짓을 한 거지?"

토머스가 중얼거렸다. 아무도 대꾸하지 않았다.

나머지 여정은 토머스의 눈앞에서 그저 흐릿하게 흘러갔다. 그후로도 광인들을 더 보았고, 차창 밖으로 두어 번 전기 수류탄을 던지기도 했다. 어느새 밴은 도시를 둘러싼 바깥 성벽을 통과해, 작은 공항의 담장을 지나 격납고의 커다란 문으로 들어갔다. 더 많은 수의 오른팔 조직원들이 삼엄하게 격납고를 지키고 있었다.

다들 별로 말이 없었다. 토머스는 시키는 대로 했고 가라는 곳으로 걸어갔다. 잠시 후 그들은 버그에 탑승했다. 일행을 따라 버그 안으로 들어간 토머스는 내부를 대충 둘러보았는데 그러는 내내 단 한 마디도 하지 않았다. 조종사는 버그를 작동시키러 조종석으로 향했고 로렌스도 어디론가 가버렸다. 토머스는 휴게실 소파에 누워 천장의 금속 격자 판을 멍하니 올려다보았다.

뉴트를 죽인 후로 그는 앞으로 해야 할 일에 대해 생각을 해보지 않았다. 우여곡절 끝에 사악의 손아귀에서 겨우 벗어났는데 다시 제 발로 사악을 찾아가야 하는 형편이었다.

아무래도 상관없었다. 이미 엎질러진 물이었다. 어차피 눈으로 본 그 장면은 평생 마음에서 떨쳐내지 못할 것이다. 가쁜 숨을 몰아쉬면서 피를 흘리며 죽어가던 척의 모습. 무시무시한 광기를 내뿜으며 악을 쓰던 뉴트의 모습. 그리고 잠시 제정신으로 돌아와 제발 죽여달라고 애원하던 뉴트의 마지막 모습.

눈을 감았지만 그 장면들이 여전히 눈앞에 어른거려, 토머스는 한참 동안이나 뒤척인 뒤에야 겨우 잠이 들었다.

로렌스의 목소리에 토머스는 잠이 깼다.

"어이, 정신 차리고 일어나. 곧 도착이다. 널 내려주고 나서 우린 곧장 그곳을 떠날 건데, 너무 서운해하진 마라."

"서운하긴요. 내려서 얼마나 걸어야 되죠?"

토머스는 잠긴 목소리로 나지막하게 대답하며 소파 아래로 발을 내렸다.

"몇 킬로미터 정도. 걱정 마. 광인들이 득실대진 않을 테니까. 야외라 꽤 춥거든. 성난 무스나 몇 마리 볼 수 있을 거다. 늑대들이 네 다릴 물어뜯을 수도 있고. 그 외엔 별거 없어."

토머스는 로렌스가 말끝에 활짝 웃어주길 기대했으나 로렌스는 한쪽 구석에서 물건들을 정리하며 말을 이었다.

"네 외투랑 배낭은 승강구 옆에 가져다 놨다."

로렌스는 작은 장비 하나를 들어 선반에 올려놓았다.

"식량도 배낭에 넣어뒀어. 네가 신나고 즐겁게 도보 여행을 할 수 있도록 우리가 준비를 다 해뒀지. 그러니까 나가서 여행을 즐겨."

이 말을 한 후에도 로렌스는 여전히 웃지 않아서 토머스는 조용히 대답했다.

"고맙습니다."

잠이 들면서 빠져들었던 슬픔의 어두운 구덩이 속으로 또다시 미끄러져 들어가지 않도록 토머스는 애써 마음을 다잡았다. 척과 뉴트 생각이 좀처럼 머리에서 떠나지 않았다.

로렌스가 하던 일을 멈추고 토머스를 돌아보며 물었다.

"하나만 묻자."

"뭔데요?"

"이 일에 대해 확신을 갖고 있는 건가 해서. 내가 알기로 사악 놈들은 아주 썩어빠진 것들이야. 사람들을 납치해다가 고문하고 죽이고, 온갖 짓을 다 하잖아. 그런 놈들이 있는 곳에 너 혼자 들여보내는 게 아무래도 미친 짓 같아서."

어째서인지 토머스는 더 이상 겁이 나지 않았다.

"괜찮을 거예요. 시간 맞춰 오기나 하세요."

로렌스는 고개를 설레설레 저었다.

"넌 내가 본 중에서 제일 용감한 녀석이거나 그냥 미친놈이거나 둘 중 하나야. 가서 샤워하고 옷이나 갈아입어. 옷은 사물함에 있어."

토머스는 지금 자신의 몰골이 어떤 상태인지 알지 못했으나, 아마도 멍한 눈빛에 기운 하나 없는 창백한 좀비 같은 모습일 거란 생각은 들었다.

"알았어요."

토머스는 공포의 기운을 조금이나마 씻어내려고 샤워실로 향했다.


버그가 고도를 낮추고 지상으로 내려가는 동안 토머스는 벽에 설치된 바를 손으로 꼭 붙잡았다. 승강구 문이 열리면서 경첩에서 삐거억 소리가 났다. 아직 30미터 상공이었다. 버그 안으로 차가운 공기가 밀려들었다. 승강구가 열리자 추진기에서 불이 뿜어 나오는 소리가 한층 더 크게 들렸다. 버그 아래로 넓은 소나무 숲에 에워싸인 자그마한 공터가 보였다. 눈 덮인 소나무들이 곳곳에 자라고 있어서 버그가 착륙할 수가 없는 형편이라 이대로 뛰어내려야 할 듯했다.

버그가 고도를 낮췄고 토머스는 마음을 차분하게 가라앉혔다.

지상과 가까워지자 로렌스가 그 아래 공터를 턱 끝으로 가리키며 말했다.

"행운을 빈다, 꼬마. 몸조심하란 말을 해주고 싶지만, 넌 바보가 아니니까 쓸데없는 잔소린 생략하마."

토머스는 로렌스의 미소를 기대하며 그에게 슬쩍 웃어 보였다. 그 미소가 필요할 것 같아서였다. 하지만 로렌스는 웃어주지 않았다.

"그래요. 건물 안으로 들어가자마자 그 장치를 설치하겠습니다. 그 후에는 아무 문제 없이 일사천리로 진행되겠죠?"

"그렇게만 되면 콧노래가 절로 나오겠지만 누가 알겠냐."

말은 이렇게 했지만 한결 다정한 목소리였다.

"어서 내려가. 내려가서는 저쪽으로 쭉 가면 돼."

로렌스는 이렇게 말하며 왼쪽, 숲 가장자리를 가리켰다.

토머스는 외투를 입고 두 팔을 배낭 끈 안쪽으로 집어넣었다. 그리고 금속 소재의 커다란 승강구 문을 조심스럽게 밟고 내려가 끄트머리에 웅크리고 앉았다. 눈 덮인 땅바닥과의 거리는 1미터 정도밖에 안 되었지만 그래도 조심해야 했다. 토머스는 아무도 밟지 않은 부드러운 눈 더미로 뛰어내렸다. 머릿속은 여전히 멍한 상태였다.

뉴트를 죽였다.

친구의 머리에 총을 쏘아 죽였다.

# 57

공터에는 오래전에 베어지고 남은 나무 그루터기들이 여기저기 흩어져 있었다. 공터 주변의 숲을 이루는, 키 크고 몸통 굵은 소나무들은 거대한 탑들처럼 하늘을 향해 팔을 뻗어 올렸다. 버그가 추진기를 작동시켜 다시 고도를 높이자 그 아래로 거센 바람이 몰아쳐 토머스는 손으로 눈을 가렸다. 잠시 후 버그는 저 멀리 남서쪽 하늘로 사라졌다.

맑고 서늘한 공기, 신선한 숲, 완전히 새것인 세상, 질병의 흔적조차 닿지 않은 곳에 들어와 서 있는 기분이었다. 요즘 이런 풍경을 볼 수 있는 사람은 많지 않을 테니 운이 좋다고 해야 할 것이다.

토머스는 배낭을 바짝 당겨 메고 로렌스가 일러준 방향으로 최대한 서둘러 걸어갔다. 걸어가는 내내 뉴트에 대한 생각을 곱씹게 될 텐데 그 시간을 그나마 줄이는 게 나을 것 같았다. 이런 야외에서 혼자 걷다 보면 시간이 남아돌아 상념에 젖게 될 테니까. 그는 눈 덮인 공터를 벗어나 굵은 소나무들이 우거진 어두운 숲으로 발을 옮겼다. 기분 좋은 솔향기에 몸을 맡긴 채, 잡념을 차단하고 아무 생각도 하지 않으려 애썼다.

길, 새와 다람쥐와 곤충들의 모습과 소리, 경이로운 향기에 집중하며 토머스는 잘해내고 있었다. 그가 기억하기로, 평생을 실내에서 살아온 터라 그의 감각은 이런 풍경에 익숙하지 않았다. 미로는 알고 보니 실내였고, 초열 지역은 실외기는 하지만 이곳과는 확연히 다른 곳이었다. 숲 사이로 걸어서 이동하는 동안 토머스는 초열 지역과는 너무나 다른 이런 곳이 지구상에 존재한다는 게 믿어지지 않았다. 그의 머릿속 생각이 다시 흐트러졌다. 인류가 정말로 영원히 멸종한다면 나머지 동물들의 삶은 어떻게 될까.

한 시간가량 걸은 끝에 숲가에 이르렀다. 숲 너머에는 척박한 바위 지대가 넓게 자리하고 있었다. 풀 한 포기, 나무 한 그루 자라지 않는 바위 지대의 곳곳에는 진갈색 흙이 마치 섬처럼 여기저기 깔려 있었는데, 눈마저 바람에 날려가고 흙만 남은 것이었다. 다양한 크기의 울퉁불퉁한 돌들이 경사를 따라 분포되어 있고 그 끝은 급하게 경사가 지면서 높은 절벽으로 이어졌다. 절벽 너머는 거대한 바다였다. 끄트머리가 수평선에 닿아 있는 짙푸른 바다. 바다는 또렷한 선을 그으며 담청색의 환한 하늘로 이어졌다. 그리고 토머스가 있는 곳에서 1.6킬로미터쯤 떨어진 절벽 끝에 사악의 본부 건물이 서 있었다.

거대한 사악 부지 안에는 장식 없는 큼직한 건물들이 서로 연결된 형태로 배치되어 있었다. 하얀 시멘트로 된 건물 벽에는 창문 역할을 하는 좁은 구멍들이 잔뜩 나 있고, 부지 한가운데에는 다른 건물들에 둘러싸인 둥그런 건물 하나가 탑처럼 솟아 있었다. 이 지역의 험한 날씨와 바다의 습기 때문에 건물들의 외관에 미세한 금이 거미줄처럼 나 있기는 했지만, 어느 누가 혹은 어떤 날씨가 위해를 가한다고 해도 영원무궁토록 그 자리에 서 있을 것처럼 굳건해 보였다. 그 부지를 보자 이야기책에서 본 무언가가 어렴풋이 떠올랐는데, 가만히 생각해보니 바로 유령이 나오는 정신병원이었다. 세상이 정신병자들로 넘쳐나는 곳으로 변하는 것을 막기 위해 작업 중인 조직이 머무르기에 잘 어울리는 분위기였다. 부지에서 뻗어 나온 길고 가느다란 길이 숲으로 이어져 사라졌다.

토머스는 바위 지대를 걸어가기 시작했다. 불안한 정적이 감돌았다. 자신의 발소리와 숨소리 외에는 저 멀리 절벽 아래에서 부서지는 파도 소리만 들릴 뿐이었다. 그나마도 희미했다. 지금쯤 사악 사람들은 그의 접근을 포착했을 것이다. 보안을 철두철미하게 하고 있을 테니까.

금속이 돌에 부딪치는 딸까닥 딸깍 소리에 토머스는 걸음을 멈추고 오른쪽으로 고개를 돌렸다. 그가 보안 생각을 하는 바람에 튀어나온 것처럼, 딱정벌레 날개깃 한 마리가 커다란 바위에 올라서서 토머스 쪽으로 빨간 눈을 흐릿하게 빛내고 있었다.

공터에서 처음 딱정벌레 날개깃을 보았던 때가 기억났다. 당시 딱정벌레 날개깃은 토머스의 눈에 띄자마자 좁은 숲으로 후다닥 달아났었다. 어쩐지 아주 오래전의 일처럼 느껴졌다.

토머스는 딱정벌레 날개깃에게 손을 흔들어 보인 후 다시 걷기 시작했다. 앞으로 10분쯤 후에는 사악 건물의 정문을 두드리고 있을 것이다. 내보내달라는 게 아니라 안으로 들어가게 해달라고, 처음으로 부탁하면서 말이다.

비탈을 마저 내려간 토머스는 사악 부지를 둘러싼, 꽁꽁 얼어붙은 보도로 올라섰다. 지금은 불모지인 부지 주변을 멋지게 가꾸려고 노력했던 흔적이 보였다. 한때 덤불과 꽃, 나무들을 심었던 것 같은데 모두 겨울 추위에 일찌감치 말라붙었고, 하얀 눈 사이로 언뜻 보이는 회색 흙에는 잡초만 자라고 있었다. 토머스는 왜 아무도 맞이하러 나오지 않는지 궁금해하며 포장된 길을 걸어갔다. 아마 쥐 선생은 건물 안에서 바깥을 내다보며 결국 토머스가 자기네 편으로 돌아왔다 여기고 있을 것이다.

딱정벌레 날개깃 두 마리가 더 눈에 띄었다. 눈으로 뒤덮인, 잡초뿐인 화단에서 빨간 빛을 좌우로 흩뿌리며 서둘러 토머스를 쫓아오고 있었다. 토머스는 제일 가까운 건물의 창문을 올려다보았으나 워낙 유리 색이 짙어서 내부는 보이지 않았다. 그때 뒤에서 우르르 소리가 들려 뒤를 돌아보았다. 낮게 가라앉은 먹구름과 함께 폭풍이 몰려오고 있었으나 아직 수 킬로미터는 떨어져 있었다. 토머스가 지켜보는 동안 번개 몇 줄기가 회색 하늘에 지그재그를 그렸다. 그것을 보자 토머스는 초열 지역이 생각났다. 그곳 도시로 가는 토머스 일행을 맞이했던 무시무시한 번개 비도 떠올랐다. 훨씬 북쪽인 이곳에서는 날씨가 그토록 험악하지 않길 바랄 뿐이었다.

토머스는 보도를 따라 다시 걷다가 건물 정문 앞에서 걸음을 늦췄다. 두 짝으로 된 유리문을 보자마자 머릿속으로 끔찍한 기억이 고통스럽게 밀려들었다. 미로에서 탈출해 사악 건물의 복도를 달려 이 문을 열고 쏟아지는 빗속으로 나갔던 일이다. 오른쪽으로 고개를 돌리니 작은 주차장이 보였다. 줄지어 서 있는 다른 차 옆에 웅크리고 있는 낡은 버스 한 대. 미로에서 탈출한 토머스 일행을 실은 그 버스는 플레어 병에 감염된 불쌍한 여자를 치고서 숙소로 향했었다. 그리고 그 숙소에서 토머스 일행은 정신을 농락당한 후 평면 이동문을 통해 초열 지역으로 나갔었다.

그 모든 일을 겪고도 지금 토머스는 스스로 선택해 이 문 앞에 섰다. 그는 손을 뻗어 차가운 유리문을 두드렸다. 짙은 색 유리라 안이 들여다보이지 않았다.

문을 두드리자마자 안에서 자물쇠들이 차례로 풀리는 소리가 나고, 문 한쪽이 열렸다. 토머스에겐 늘 쥐 선생이었던 자, 잰슨이 안에서 손을 내밀었다.

"잘 돌아왔다, 토머스. 아무도 내 말을 믿지 않았지만 난 늘 네가 돌아올 거라고 말했지. 옳은 선택을 해줘서 기쁘구나."

"얼른 마무리나 하죠."

토머스는 이 일을, 이 역할을 어쩔 수 없이 수행해야 하는 입장이지만 굳이 상냥하게 굴고 싶지는 않았다.

"그거 참 반가운 소리로구나."

잰슨은 뒤로 한 발 물러서서 고개를 살짝 숙이며 덧붙였다.

"앞장서라."

바깥 날씨만큼이나 싸늘한 소름이 토머스의 등줄기를 타고 흘렀다. 토머스는 쥐 선생 옆을 지나 사악 본부 안으로 발을 들였다.

# 58

토머스는 널찍한 로비로 들어갔다. 가구라고는 텅 빈 대형 책상 뒤에 놓인 소파 몇 개와 의자들이 전부였다. 지난번에 여기 왔을 때 본 것과는 달랐다. 가구들의 색깔이 다채롭고 밝았지만 음침한 분위기까지 밝게 해주지는 못했다.

"내 사무실에 잠시 들렀다 가자."

잰슨은 이렇게 말하며 로비에서 오른쪽으로 꺾어지는 복도를 손으로 가리켰다. 그들은 그쪽으로 걸음을 옮겼다. 잰슨이 말을 이었다.

"덴버 시에서 일어난 일은 우리도 유감스럽게 생각하고 있다. 그렇게 발전 가능성이 있는 도시를 잃는 건 참 안타까운 일이지. 그래서 더더욱 이 작업을 완수해야만 돼. 그것도 서둘러서."

토머스는 꺼림칙했지만 애써 물어보았다.

"무슨 작업요?"

"사무실에 가서 다 얘기해주마. 우리 실무 팀이 거기 있다."

배낭에 숨겨놓은 장치가 토머스의 생각을 무겁게 짓눌렀다. 어떻게든 최대한 빨리 그 장치를 이 건물 내에 설치하고 작동시켜야 했다.

"다 좋은데, 화장실부터 좀 다녀와야겠어요."

토머스는 제일 간단한 방법을 쓰기로 했다. 1분이라도 확실하게 시간을 벌 수 있는 방법이기도 했다.

"저 앞에 있다."

모퉁이를 돌아간 그들은 좀 더 칙칙한 복도를 지나 남자화장실 앞에 이르렀다.

잰슨이 화장실 문을 고갯짓으로 가리키며 말했다.

"난 여기서 기다리마."

토머스는 말없이 안으로 들어갔다. 배낭에서 무기 해제 장치를 꺼낸 후 화장실 안을 둘러보았다. 세면대 위에 세면용품들을 보관해두는 나무 서랍장이 있었는데, 서랍장 윗부분의 테두리가 높게 튀어나와 있어서 그 안으로 장치를 밀어 넣으면 잘 숨겨질 것 같았다. 토머스는 변기 물을 내린 후 세면대의 물을 틀었다. 샬럿에게 배운 대로 장치를 작동시켰는데 그 장치에서 조그맣게 삐이 소리가 나서 토머스는 움찔했다. 얼른 팔을 뻗어 서랍장 위에 장치를 올려놓았다. 그러고 나서 세면대 물을 잠근 후 손 건조기를 작동시켜놓고 마음을 가라앉혔다.

토머스가 복도로 나오자 잰슨이 기분 나쁠 정도로 정중하게 물었다.

"화장실 다 썼니?"

"다 썼어요."

그들은 다시 걸어갔다. 복도에 페이지 총장의 초상화 몇 개가 비딱하게 걸려 있었다. 덴버 시에 붙은 포스터에서 보았던 이와 같은 사람이라 토머스는 바로 알아보았다.

토머스는 페이지 총장이라는 여자에 대해 궁금증이 일었다.

"총장님을 한번 만나볼 수 있을까요?"

"그분은 많이 바쁘셔. 청사진을 마무리하고 치료제를 완성하는 건 시작에 불과하다는 걸 명심해라, 토머스. 이제 치료제를 일반 대중에게 공급하는 일의 체계를 만들어가야 돼. 우리가 지금 이렇게 노닥거리는 동안에도 팀원들은 열심히 작업하고 있단 말이다."

"이 프로젝트가 성과를 낼 거라는 확신은 도대체 어디서 오는 거죠? 그리고 왜 하필 나를 고른 겁니까?"

토머스를 흘끗 쳐다보는 잰슨의 얼굴에 미소가 스쳤다. 미소 때문에 그 얼굴이 더욱 쥐처럼 느껴졌다.

"난 안다, 토머스. 바로 너여야 한다는 걸 온몸으로 느낄 수가 있어. 그리고 네 공로 또한 마땅히 인정받을 거라고 내가 약속하마."

어째서인지 그 순간 토머스는 뉴트 생각이 났다.

"공로 따위 인정받을 생각 없습니다."

잰슨은 대꾸도 않고 말을 돌렸다.

"다 왔다."

그들은 아무런 표시도 없는 문 앞에 이르렀다. 잰슨이 토머스를 방 안으로 들여보냈다. 두 사람이 책상을 앞에 두고 앉아 있었다. 남자 한 명, 여자 한 명. 토머스가 아는 사람들은 아니었다.

짙은 색 바지 정장을 입고 붉은 머리카락을 길게 기른 데다 얇

은 테 안경을 콧등에 걸친 여자. 대머리이고 앙상하게 마른 체격
에 녹색 수술복을 입은 남자.

어느새 책상 뒤로 가 앉은 잰슨이 그 두 사람을 토머스에게 소
개했다.

"이쪽은 내 동료들이다."

잰슨은 그 두 사람 사이에 놓인 의자를 손으로 가리키며 토머스
에게 가서 앉으라고 했다. 토머스는 그리로 가 앉았다.

잰슨이 여자를 가리키며 말했다.

"이쪽은 수석 심리학자인 라이트 박사. 그리고 이쪽은 수석 의
사인 크리스텐슨 박사다. 논의할 게 많으니 소개는 이 정도로 끝
내도록 하지."

토머스도 바로 본론으로 들어가 질문을 던졌다.

"왜 하필 내가 최종 후보자인 겁니까?"

책상 위에 놓인 물건들을 이리저리 옮기면서 생각을 정리하던
잰슨은 등받이에 기대앉아 두 손을 다리 위에 포개며 대답했다.

"좋은 질문이다. 이 용어를 또 네 앞에서 써서 미안하다만, 어
쨌든 최종 후보자 자리를 두고…… 처음부터 실험대상자 몇 명을
물망에 올려두고 있었다. 최근에 그게 너와 테리사로 좁혀졌지.
그런데 테리사는 너와는 달리 지나치게 지시를 잘 따르는 경향이
있었다. 그래서 결국 자유로이 생각하는 성향의 네가 최종 후보자
로 낙점된 거다."

'끝까지 사람을 갖고 노는군.'

토머스는 씁쓸했다. 사악에 저항해온 태도가 오히려 사악이 원
하는 것이었다니. 토머스의 분노가 앞에 앉아 있는 남자, 쥐 선생

에게 오롯이 향했다. 토머스에게 쥐 선생 잰슨은 사악 조직을 상 징하는 존재 그 자체였다.

"빨리 시작이나 하시죠."

토머스는 애써 숨기려 했지만 목소리에 분노가 담겨 있었다.

잰슨은 동요하지 않는 얼굴로 말했다.

"차분히 하자. 오래 걸리진 않을 거다. 위험지역 패턴 수집이 섬세한 작업이라는 걸 명심해라. 우린 네 정신 작용을 다루게 되는데, 네 생각과 해석, 인식을 조금만 잘못 파악해도 결과가 완전히 휴지 조각이 될 수도 있어."

라이트가 머리카락을 귀 뒤로 넘기며 그 말을 받아 이어갔다.

"이곳으로 돌아오는 게 왜 그렇게 중요한지 잰슨 부총장님한테 설명을 들은 걸로 알고 있어. 결정을 잘 내려줘서 정말 기쁘구나."

라이트의 목소리는 부드럽고 상냥했으며 지적인 느낌을 주었다.

옆에서 크리스텐슨이 헛기침을 하며 입을 열었다.

"하긴 어떻게 네가 다른 선택을 내릴 수가 있었겠냐. 세상이 붕괴될 위기에 처해 있고 넌 세상을 구할 능력이 있는데."

그의 얇고 높은 목소리는 토머스에게 반감을 불러 일으켰다.

"그건 그쪽 생각이고요."

그러자 잰슨이 말했다.

"그래, 우리 생각이지. 준비는 다 되어 있다. 우리 설명을 좀 더 듣고 나면 네가 내린 그 결정이 어떤 결정인지 좀 더 잘 알게 될 거야."

"설명을 좀 더 해주겠다고요? 모든 걸 다 알지는 못하는 상태로 여러 변수들을 겪어내야 하는 거 아닌가요? 나를 고릴라 무리가 들어 있는 우리에 던져 넣는다든가. 지뢰밭을 걸어 지나가게 한다든가. 대양에 던져 넣고 헤엄쳐서 해변으로 올라오게 한다든가 하는 식으로 말입니다."

크리스텐슨이 잰슨에게 말했다.

"나머지도 다 얘기해주시죠."

토머스가 물었다.

"나머지라뇨?"

잰슨이 한숨 끝에 대답했다.

"그래, 토머스. 얘기해주마. 그동안 우리는 여러 시련 과정을 진행하면서 연구를 해왔다. 패턴을 수집한 후 면밀히 조사했고, 너와 네 친구들에게 온갖 변수를 적용하기도 했지. 이제 이 작업을 진행할 차례다."

토머스는 아무 말도 할 수 없었다. 알고 싶지만 동시에 알고 싶지 않기도 한 기묘한 기분에 사로잡혀 숨도 제대로 쉴 수 없었다.

책상에 팔꿈치를 대고 몸을 앞으로 기울인 잰슨의 엄숙한 얼굴에 그림자가 드리워졌다.

"이게 마지막 작업이다."

"어떤 작업인데요?"

"네 뇌가 필요해, 토머스."

# 59

맥박이 빨라지면서 심장이 마구 뛰었다. 잰슨이 지금 그를 시험하는 게 아니라는 것 정도는 토머스도 알고 있었다. 그동안 사악은 실험대상자의 반응과 두뇌 패턴을 분석하는 작업을 수행했고, 이제 치료제를 만드는 데에 가장 적합한 사람을 선택한 것이다.

일이 터지기 전에 오른팔 조직이 이곳에 도착하기는 아무래도 어려울 듯했다.

토머스가 간신히 되물었다.

"내 뇌요?"

크리스텐슨이 잰슨 대신 대답했다.

"그래. 청사진을 위한 데이터를 완성하는 데 필요한 마지막 한 조각을 최종 후보자가 가지고 있어. 하지만 변수들을 놓고 패턴을 관찰해야만 답을 알아낼 수 있다. 뇌 해부를 통해 최종 데이터를 얻어낼 수 있는데 네 몸이 제 기능을 하는 동안에 그 작업을 진행해야 돼. 통증은 느끼지 못할 거다. 진정제를 다량으로 투약할 거니까……."

크리스텐슨은 말을 이어가지 않고 그대로 얼버무렸다. 사악의 과학자들은 토머스의 대답을 기다리며 잠자코 서 있었다. 하지만 토머스는 아무 말도 할 수 없었다. 그동안 숱하게 죽을 고비를 넘겨왔지만 살 수 있다는 절박한 희망으로 버텼고, 하루 더 살아남기 위해 최선을 다해왔다. 하지만 이건 상황이 달랐다. 구조자들이 올 때까지 죽기 살기로 버틴다고 되는 게 아니었다. 다시는 살아 돌아올 수 없게 된다. 구조자들이 제때 와주지 않으면 이대로 끝장이었다.

문득 끔찍한 생각이 떠올랐다. 이렇게 될 걸 테리사는 알고 있었을까?

그 생각을 하자 가슴이 찢어질 듯 아팠다.

잰슨의 목소리가 꼬리를 물고 이어지는 토머스의 상념을 끊어놓았다.

"토머스? 지금 상황이 대단히 충격적이라는 건 안다만, 이게 시험의 일부가 아니라는 것만은 인지하기 바란다. 이건 변수도 아니고, 거짓말도 아니야. 네 뇌 조직을 분석해서, 도대체 어떤 구성이기에 플레어 바이러스에 저항하는 힘을 갖고 있는지 기존에 수집한 패턴들과 같이 놓고 비교해보면 치료제를 위한 청사진을 완성할 수 있을 거라고 본다. 그동안 시련 과정을 진행한 건 실험대상자들의 뇌를 전부 해부하지 않고 최종 후보자만 가려내기 위해서였어. 우리의 목표는 생명을 살리는 것이지, 낭비하는 게 아니니까."

옆에서 라이트가 나섰다.

"우린 수년째 패턴들을 수집하고 분석해왔는데, 변수들에 대한 반응을 놓고 볼 때 네가 제일 강력했어. 마지막에 가서는 최종 후보자를 가려내 이렇게 뇌 해부를 해야 한다는 걸 우린 이미 오래 전부터 알고 있었지만 실험대상자들에겐 극비에 붙여왔어."

토머스가 멍하니 듣고 있는 동안 크리스텐슨은 해부 과정에 대해 개략적으로 설명했다.

"해부를 하는 동안 넌 살아 있지만 깨어 있지는 않을 거다. 진정제를 놓고 절개 부위를 마취할 거야. 뇌에는 통점이 없으니까 해부하는 동안 넌 통증을 느끼지 못해. 안타깝지만 우리가 네 뇌를 탐색하고 나면 넌 생명을 유지할 수 없다. 그것으로 끝이지. 다만 뇌 해부를 통해 얻은 결과물은 매우 유용하게 쓰일 거다."

"원하는 결과가 나오지 않으면요?"

토머스는 뉴트의 마지막 모습을 떠올렸다. 헤아릴 수 없이 많은 이들이 뉴트처럼 끔찍한 죽음을 맞는 것을 어쩌면 뇌 해부를 통해 막을 수 있지는 않을까?

라이트가 눈꺼풀을 움직거리며 대답했다.

"그럼…… 이 과정을 계속 진행해야겠지. 그래도 우린 나름대로 자신을 갖고……."

토머스는 참을 수가 없었다.

"자신 없잖아요, 안 그래요? 그동안 사냥꾼들한테 돈을 주고 면역인들을…… 실험대상자들을 계속 잡아들였으니……."

토머스는 '실험대상자들'이라는 단어를 증오에 찬 말투로 내뱉으며 말을 이었다.

"잘 안 되면 다시 처음부터 하면 그만이다 이거군요."

아무도 선뜻 대답하지 못했다. 잠시 후 잰슨이 입을 열었다.

"우린 치료제를 찾아내기 위해 무슨 짓이든 할 각오가 되어 있다. 다만 인명 손실을 최대한으로 줄여야지. 그 점에 대해서는 이론의 여지가 없어."

토머스가 물었다.

"지금 왜 이런 얘길 하고 있는 건데요? 그냥 내 몸을 묶고 머리를 가르지 그래요?"

크리스텐슨이 대답했다.

"넌 우리가 뽑은 최종 후보자야. 이 단체의 설립자들과 현 직원들 사이의 징검다리 같은 존재인 만큼, 널 존중하려는 거야. 네가 스스로 선택을 내려주길 바라는 마음도 있고."

라이트가 물었다.

"토머스, 시간을 좀 줄까? 어려운 결정인 거 알아. 우리가 네 결정을 가벼이 여기지 않는다는 걸 알아줬으면 좋겠어. 우린 네게 아주 큰 희생을 요구하고 있는 거니까. 네 뇌를 과학 연구를 위해 기증해줬으면 해. 이 퍼즐의 마지막 조각들을 맞출 수 있게 해줘. 인류를 위한 치료제를 만드는 과정에 한발 더 다가갈 수 있도록."

토머스는 대꾸하지 않았다. 상황이 이런 식으로 전개될 줄은 상상도 하지 못했다. 온갖 실험을 다 하더니 결국 목숨 하나를 더 앗아가겠다는 건가?

얼마 후면 오른팔 조직이 이리로 들이닥칠 것이다.

뉴트의 모습을 생각하니 가슴이 저렸다.

마침내 토머스는 입을 열었다.

"혼자 있고 싶어요. 부탁합니다."

이대로 포기하고, 이 사람들이 하자는 대로 따르고 싶기도 했다. 이런 마음이 드는 건 처음이었다. 어쩌면 뇌 해부로 치료제를 찾아낼 가능성이 조금은 있지 않을까 싶기도 했다.

크리스텐슨이 말했다.

"넌 옳은 일을 하는 거야. 통증은 전혀 못 느낄 테니 걱정 마라."

토머스는 한마디도 더 듣고 싶지 않았다.

"시작하기 전에 잠시만 혼자 있고 싶다고요."

잰슨이 의자에서 일어서며 말했다.

"그래. 의료시설에 데려다 줄 테니까 거기서 잠깐 방에 혼자 있도록 해라. 시간이 별로 없지만 할 수 없지."

토머스는 두 손으로 머리를 감싸고 바닥을 내려다보았다. 오른팔 조직과 함께 세운 계획이 다 부질없게 되어버렸다. 지금 이들의 손아귀에서 벗어난다고 해도, 당장 그렇게 하고 싶긴 하지만, 친구들이 올 때까지 붙잡히지 않고 살아 있을 수 있을까?

라이트가 그의 등에 손을 얹으며 물었다.

"토머스? 괜찮아? 더 궁금한 건 없어?"

토머스는 허리를 펴고 그녀의 손을 밀어냈다.

"어서 그…… 의료시설이라는 곳으로 가죠."

토머스는 잰슨의 사무실에서 공기가 모조리 빠져나간 것처럼 가슴이 답답했다. 그는 의자에서 일어나 문을 열고 복도로 나갔다. 이 상황을 감당할 수가 없었다.

# 60

의사들을 따라 걸어가는 동안에도 토머스는 마음이 진정되지
않았다. 앞으로 어떻게 해야 할지 알 수 없었다. 오른팔 조직과 이
문제를 놓고 상의할 수도 없고, 텔레파시 능력을 잃은 탓에 테리
사나 에어리스와 얘기를 나눌 수도 없었다.

그들은 모퉁이를 두 번 더 돌았다. 지그재그식으로 된 복도의
구조가 미로를 떠올리게 했다. 토머스는 차라리 미로로 돌아가고
싶었다. 미로에서 살던 시절에는 그나마 상황이 덜 복잡했었다.

잰슨이 설명했다.

"저기 왼쪽에 방이 하나 있다. 친구들한테 남기고 싶은 말이 있
을 것 같아서 필기 장치를 갖다놨으니까, 거기 써놓으면 어떻게든
친구들한테 전해주마."

뒤에서 라이트가 말했다.

"먹을 것도 가져다줄게."

정중한 대우에 토머스는 오히려 기분이 좋지 않았다. 사형을 앞둔 살인범에 대한 오래된 이야기가 생각나서였다. 사형수들은 사형 직전에 마지막 식사를 한다고 했다. 그것도 좋아하는 메뉴로 실컷.

토머스는 라이트를 쳐다보며 말했다.

"스테이크를 먹고 싶어요. 새우, 바다가재, 팬케이크, 초코바도요."

"미안한데, 샌드위치 두 개 정도로 안 되겠니?"

토머스는 한숨을 쉬었다.

"할 수 없죠."


토머스는 부드러운 의자에 앉아 작은 탁자 위에 놓인 필기 장치를 바라보았다. 누군가에게 편지를 쓰고 싶은 마음은 없었지만 달리 할 일도 없었다. 생각보다 상황이 훨씬 더 복잡해졌다. 이곳으로 오면서 이런저런 예상을 해보긴 했지만, 사악이 그의 머리를 산 채로 해부하려 들 줄은 상상조차 하지 못했다. 사악이 무슨 짓을 하더라도, 오른팔 조직원들이 올 때까지 동조하는 척하며 버티기만 하면 될 줄 알았다.

하지만 이대로라면 버텨봤자 살아남긴 힘들 것이다.

결국 토머스는 죽음을 맞게 될 상황에 대비해 민호와 브렌다에게 작별의 편지를 썼다. 그리고 음식이 올 때까지 두 팔로 머리를 감싼 채 시간을 보냈다. 천천히 음식을 먹고 다시 쉬었다. 친구들이 제때 와주기를 바라는 수밖에 없었다. 그 전까지는 최대한 이 방에서 오래 버텨야만 했다.

시간이 흐르기를 기다리는 동안 졸음이 밀려왔다.

방문을 두드리는 소리에 토머스는 소스라치게 놀라서 깼다.

잰슨의 목소리가 문에 막혀 조그맣게 들렸다.

"토머스? 이제 시작해야지."

토머스는 돌연 겁에 질렸다.

"아…… 아직 준비가 안 됐는데요."

이 말이 얼마나 우스꽝스럽게 들릴지 토머스는 잘 알고 있었다.

길게 뜸을 들인 잰슨이 다시 말했다.

"유감스럽지만 선택의 여지가 없다."

"하지만……."

토머스가 다른 핑계를 대기도 전에 문이 벌컥 열리고 잰슨이 방으로 들어왔다.

"토머스, 시간 끌어봤자 더 힘들어질 뿐이다. 그만 가자."

토머스는 어쩔 줄을 몰랐다. 지금까지 이들이 토머스를 이 방에 가만히 내버려둔 것도 사실 놀라운 일이기는 했다. 토머스가 계속 시간을 끌자 이들의 인내심이 한계에 다다른 것이다. 토머스는 숨을 깊게 들이마셨다.

"알았어요. 어서 끝내도록 하죠."

잰슨이 미소를 지었다.

"따라와라."

잰슨은 토머스를 대기실로 데려갔다. 대기실 안에는 여러 화면들에 둘러싸인 바퀴 달린 이동식 침대가 있고, 그 옆에 간호사 몇 명이 서 있었다. 크리스텐슨도 와 있었는데 온몸을 뒤덮는 수술복을 입고 얼굴에 수술용 마스크까지 쓴 상태였다. 토머스에겐 눈만 보였는데, 어서 수술을 하고 싶어 안달 난 눈빛이었다.

"드디어 날 해부할 시간인가 보네요?"

토머스가 물었다. 공포감이 속에서부터 차올라 심장을 쥐어뜯는 듯했다.

크리스텐슨이 대답했다.

"유감이지만, 어서 시작해야겠구나."

잰슨이 입을 열려는데, 건물 안에 요란한 경보음이 울려 퍼졌다.

토머스는 심장이 철렁하면서도 마음이 놓였다. 드디어 오른팔 조직이 쳐들어온 게 분명했다.

대기실 문이 벌컥 열렸다. 토머스가 고개를 돌려보니 몹시 당황한 표정의 여자가 뛰어 들어와 소리쳤다.

"버그 한 대가 물건을 싣고 도착했는데, 그 버그를 타고 적들이 침투했습니다! 적들은 현재 주 건물을 장악하려 하고 있습니다!"

잰슨의 대답은 토머스를 질겁하게 했다.

"그렇다면 더욱 서둘러야겠군. 어서 작업을 시작하도록 해. 크리스텐슨 박사, 토머스를 눕혀."

# 61

토머스는 겁이 나서 가슴이 오그라들고 목구멍이 붓는 듯했다. 절체절명의 위기 순간에 그는 오히려 바짝 얼어붙었다.

잰슨이 큰소리로 지시를 내렸다.

"크리스텐슨 박사, 서둘러. 놈들이 무슨 짓을 하러 침투했는지 모르겠지만 1초도 낭비해선 안 돼. 가서 경비병들한테 각자 위치를 지키도록 지시하고 올 테니까 빨리 해부를 진행하도록."

토머스가 겨우 입을 열어 목 쉰 소리로 말했다.

"잠깐만요. 이걸 할 수 있을지 확신이 안 서서요."

이 말은 공허하게만 들렸다. 이제 와서 이 사람들이 그만둘 리 없었다.

잰슨의 얼굴이 벌겋게 달아올랐다. 그는 토머스의 말에 대꾸도 않고 크리스텐슨에게 고개를 돌리며 말했다.

"어떻게 해서든 이 녀석의 머리를 열어."

토머스가 입을 열어 말을 하려는데 뾰족한 무언가가 그의 팔을 찔렀다. 뜨끈한 열기가 온몸에 확 퍼져나가면서 토머스는 힘없이 이동식 침대로 쓰러졌다. 목 아래에는 아무 감각이 없고 속에서 공포감이 치솟았다. 크리스텐슨이 사용한 주사기를 간호사에게 건네고 토머스 쪽으로 몸을 기울이며 말했다.

"정말 미안하다, 토머스. 우리도 어쩔 수가 없어."

크리스텐슨과 간호사가 토머스의 다리를 잡고 침대 위로 밀어 올려 똑바로 눕혔다. 토머스는 머리만 좌우로 약간 움직일 수 있었다. 토머스는 앞으로 어떤 일이 닥칠지 알면서도 갑작스러운 상황 변화에 몹시 당황했다. 이대로라면 죽을 것이다. 오른팔 조직이 당장 이곳으로 와주지 않으면 그는 죽고 말 것이다.

잰슨이 시야에 들어왔다. 잰슨은 만족스러운 표정으로 고개를 끄덕이며 크리스텐슨의 어깨를 손으로 두드렸다. 그는 "시작해"라고 말하고는 돌아서서 대기실을 나갔다. 문이 닫히기 전 복도에서 누군가 고함치는 소리가 들려왔다.

크리스텐슨이 설명해주었다.

"우선 몇 가지 테스트를 하고 나서 수술실로 옮길 거다."

그러고는 뒤로 돌아 몇 가지 기구들을 손으로 만지작거렸다.

크리스텐슨의 목소리가 아주 멀리서 들려오는 것처럼 아득해졌다. 그자가 피를 뽑고 머리 둘레를 재는 동안 토머스는 무력하게 누워 어떻게 해야 할지 고민했다. 크리스텐슨은 눈도 거의 깜박이지 않고 조용히 작업을 진행했으나, 이마에 땀방울이 맺히는 것으로 보아 몹시 서두르고 있음을 알 수 있었다. 이 일을 끝마치는 데 한 시간 정도 걸리는 걸까? 아니면 더 걸릴까?

토머스는 눈을 감았다. 무기 해제 장치가 제대로 작동을 했을지 궁금했다. 누가 그를 찾으러 와줄지도 알고 싶었다. 그 순간, 정말로 누군가에게 발견되길 원하는지 의문이 들었다. 어쩌면 사악이 치료제를 발견할 수도 있지 않을까? 토머스는 주변에서 알아채지 못하도록 애써 숨을 고르게 쉬면서 팔다리를 움직여보았다. 그러나 옴짝달싹도 할 수 없었다.

크리스텐슨이 별안간 허리를 펴고 싱긋 웃었다.

"준비 다 됐다. 이제 수술실로 데려가면 되겠어."

크리스텐슨이 문을 나서자 누군가 토머스가 누워 있는 이동식 침대를 밀어 복도로 내갔다. 복도로 밀려 나가면서 토머스는 꼼짝없이 천장의 전등불만 올려다보았다. 그러다가 눈을 감았다.

그들이 토머스를 잠들게 했다. 세상이 부옇게 흐려지면서 죽음이 가까워진 듯했다.

잠시 후 토머스가 눈을 떴다가 다시 감았다. 심장이 두근거리고 두 손에 땀이 찼다. 그는 자신의 두 손이 이동식 침대의 시트를 단단히 움켜잡고 있음을 알게 되었다. 조금씩 몸이 움직여지고 있었다. 다시 눈을 떴다. 전등의 불빛이 빠르게 지나갔다. 침대가 방향을 바꾸고, 또 한 번 바꿨다. 의사들이 칼을 대기 전에 절망으로 미리 숨이 끊어질 것만 같았다.

"내가……."

토머스는 입을 열었지만 더는 말이 나오지 않았다.

크리스텐슨이 그를 내려다보며 물었다.

"뭐라고?"

토머스는 말을 하려고 안간힘을 썼다. 머릿속으로 생각한 단어가 소리가 되어 나오기도 전에, 천둥처럼 요란한 폭발음이 복도를 온통 뒤흔들어놓았다. 크리스텐슨이 발을 헛디디며 이동식 침대를 밀어서 토머스는 침대와 함께 앞으로 쭉 밀려갔다. 크리스텐슨은 간신히 균형을 잡고 바로 섰으나, 침대는 오른쪽으로 굴러가 벽에 부딪쳤다가 튕겨 나와 빙글 돌아서 왼쪽 벽에 다시 부딪쳤다. 토머스는 움직여보려 했지만 마비된 상태라 꼼짝할 수가 없었다. 척과 뉴트가 떠오르면서 지금껏 느껴본 적 없는 진한 슬픔이 그의 심장을 쥐어뜯었다.

폭발음이 난 방향에서 비명 소리가 터져 나오고, 이어서 고함 소리가 들려왔다. 그러고는 사방이 고요해졌다. 웅크리고 있던 크리스텐슨이 벌떡 일어나 이동식 침대를 붙잡고 다시 밀기 시작했다. 그는 두 짝으로 된 여닫이문을 침대 끝으로 밀고 하얀 수술실로 들어갔다. 수술복을 입은 한 무리의 사람들이 그 안에서 대기하고 있었다.

크리스텐슨이 큰 소리로 지시를 내렸다.

"서둘러야 돼! 다들 각자 위치로. 리사, 이 아이에게 진정제를 충분히 주사해. 어서!"

키 작은 여자가 대답했다.

"저희가 아직 준비를 마치지 못……."

"상관없어! 이 건물은 곧 불에 타 무너지고 말 거다."

크리스텐슨이 이동식 침대를 수술대 옆으로 밀어다 놓았다. 이동식 침대가 완전히 멈춰 서기도 전에 여러 손들이 토머스를 들어 올렸다. 토머스는 수술대에 등을 대고 누워, 주변에서 벌 떼처럼 북적이는 의사들과 간호사들을 바라보았다. 아홉 명에서 열 명 정도 되는 듯했다. 팔이 따끔해서 그쪽을 보니 키 작은 여자가 그에게 정맥 주사를 놓고 있었다. 토머스는 겨우 손만 조금 움직일 수 있었다.

머리 위로 조명등이 배치되었다. 몸 이곳저곳에 여러 장치들이 부착되었다. 화면에서 삐이- 소리가 나기 시작했고, 기계가 위잉 소리를 내며 돌아갔다. 사람들이 무어라 말을 하고 있었다. 그들은 마치 세심하게 조직된 춤을 추듯, 부산하게 움직였다.

머리 위의 조명등이 너무 눈부셨다. 가만히 누워 있는데 수술실이 빙글빙글 도는 듯했다. 이 의사들과 간호사들이 하려는 짓을 생각하자 두려움이 밀려왔다. 바로 지금, 이 자리에서 생명이 끊어지게 된 것이다.

토머스는 마침내 간신히 목소리를 냈다.

"잘되길 바랄게요."

몇 초 후 그는 완전히 약기운에 사로잡혀 의식을 잃었다.

# 62

오랫동안 오직 어둠만이 있을 뿐이었다. 그러다 텅 빈 내면에 실처럼 가느다란 균열이 생겼다. 자신의 내면이 텅 비어 있음을 알게 할 정도의 균열이었다. 공허의 가장자리 즈음에서 토머스는 자신이 잠들어 있음을 인식했다. 의사들이 그의 뇌를 검사할 수 있도록 생명을 부지하면서. 의사들은 그의 뇌 조직을 얇게 썰어 분해할 것이다.

그러니 그는 아직 죽지 않았다.

혼란스러운 어둠 속을 떠다니던 토머스는 어느 시점에서 목소리를 들었다. 그의 이름을 부르고 있었다.

토머스는 그 목소리를 따라가기로 했다. 그는 그 목소리가 들리는 곳으로 향했다.

자신의 이름을 향해 나아갔다.

# 63

간신히 의식을 추스르고 있는데 어떤 여자가 토머스에게 말을 걸었다.

"토머스, 난 널 믿는다."

처음 듣는 목소리였는데, 부드러우면서도 권위가 있었다. 정신을 차리려 안간힘을 쓰는 토머스의 귀에 자신의 신음 소리가 들렸다. 자신이 침대에서 뒤척이고 있다는 것도 느껴졌다.

눈을 떴다. 머리 위의 눈부신 조명등 때문에 눈을 깜박이던 그는 문이 닫히는 것을 보았다. 방금 전 그에게 말을 걸어 깨운 사람이 밖으로 나가면서 문이 닫히고 있었다.

"잠깐만요."

토머스는 그 사람을 불렀지만, 온전한 목소리가 아니라 거친 속삭임으로 나왔다.

토머스는 팔꿈치로 지탱하며 억지로 몸을 일으켰다. 회복실에는 그 혼자였다. 멀리서 고함 소리, 가끔 천둥 치듯 우르르 울리는 소리만 들려왔다. 몸 상태는 나쁘지 않았다. 사악이 뛰어난 과학 기술로 기적을 일으켜 뇌 없이도 살 수 있게 만들어준 게 아니라면, 그는 아직 뇌를 온전히 보유하고 있는 듯했다.

침대 옆 탁자에 놓인 서류철이 눈에 들어왔다. 겉면에 빨간색 굵은 글씨로 '토머스'라고 적혀 있었다. 토머스는 다리를 옆으로 돌려 매트리스에 걸터앉아 서류철을 집어 들었다.

그 안에 종이 두 장이 들어 있었다. 하나는 사악 부지의 지도였는데 건물 안의 길 몇 개가 검은색으로 표시되어 있었다. 토머스는 재빨리 또 다른 종이를 훑어보았다. 토머스 앞으로 쓴 편지로, 끝에 페이지 총장의 서명이 적혀 있었다. 그는 지도를 내려놓고 편지를 처음부터 읽기 시작했다.

토머스에게,

시련 과정은 이만하면 되었다는 게 내 생각이다. 지금까지 모은 데이터만으로도 충분히 청사진을 만들 수가 있으니까. 이 문제에 관해 동료들은 나와 생각을 달리하고 있다만, 그래도 이 수술을 중단시키고 네 목숨을 구할 수 있어 다행이었다. 이미 확보한 데이터로 작업을 하면서 플레어병 치료제를 만드는 게 우리가 할 일이지. 너를 비롯해 다른 실험대상자들은 더 이상 이 일에 참여할 필요가 없다.

이제 너에게 큰 임무를 맡기려 한다. 총장이 된 후로 난 이 건물에 후문을 만들 필요가 있겠다 싶어서 사용하지 않는 정비실에 후문을 만들었다. 친구들을 찾아서, 그리고 우리가 모아놓은 상당수의 면역인들도 함께 데리고서 여길 빠져나가라. 알다시피 시간이 별로 없으니 서둘러야 할 거다. 동봉한 지도에 길 세 개가 표시되어 있다. 첫 번째 길은 이 건물을 빠져나갈 수 있는 터널을 찾아가는 길이다. 터널을 통해 밖으로 나가면 오른팔 조직이 또 다른 건물로 침입한 흔적을 볼 수 있을 테니 그리로 가서 오른팔 조직원들과 합류해라. 두 번째 길은 면역인들이 모여 있는 곳까지 가는 길이다. 그리고 세 번째 길은 앞에서 말한 후문으로 가는 길이다. 그 후문은 평면 이동문인데, 그 문을 지나 새로운 삶을 찾을 수 있기를 바란다. 모두 데리고 떠나거라.

에이바 페이지 총장

토머스는 혼란스러워하며 멍하니 그 편지를 바라보았다. 멀리서 또 한차례 우르르 울리는 소리에 그는 겨우 정신을 차렸다. 그는 브렌다를 믿었다. 브렌다는 이 페이지 총장이라는 사람을 믿는다고 했다. 그러니 그가 해야 할 일은 이 편지에 적힌 대로 여길 떠나는 것이었다.

편지와 지도를 접어 뒷주머니에 집어넣고 천천히 일어섰다. 놀랍게도 기운이 빠르게 회복되어 그는 곧장 문으로 달려갔다. 문밖 복도를 슬쩍 내다보니 아무도 없었다. 조심스럽게 복도로 발을 내딛는데 두 사람이 그의 앞을 정신없이 뛰어 지나갔다. 그들은 토머스 쪽으로는 눈길도 주지 않았다. 오른팔 조직의 공격으로 건물 안이 일대 혼란에 빠진 덕분에 토머스는 목숨을 구할 수 있었던 듯했다.

지도를 다시 꺼내서 터널로 이어지는 검은 선을 꼼꼼히 살펴보았다. 터널까지는 그리 오래 걸리지 않을 듯했다. 그 경로를 외운 뒤 천천히 뛰면서 나머지 두 개의 길을 눈으로 훑었다.

그런데 몇 미터 가다 말고 그는 깜짝 놀라 멈춰 섰다. 잘못 본 건가 싶어 지도를 다시 눈앞에 가까이 대고 들여다보았다. 틀림없었다.

사악이 면역인들을 숨겨놓은 곳은 바로 미로 안이었다.

# 64

지도에는 미로 두 개가 그려져 있었다. 하나는 가 그룹, 다른 하나는 나 그룹이 머물던 미로였다. 둘 다 사악 본부 주요 건물들이 세워진 기반암 깊숙한 곳에 만들어져 있었다. 토머스는 둘 중 어느 곳으로 가야 할 지 판단이 서지 않았지만 어느 쪽으로 가든 미로로 돌아가야 하는 것만은 마찬가지였다. 속이 메슥거릴 정도로 두려움이 밀려왔으나 하는 수 없이 그는 페이지 총장이 말한 터널을 향해 다시 뛰기 시작했다.

지도에 표시된 길을 따라 통로들을 이동하다가 긴 계단을 내려간 후 지하실에 이르렀다. 여러 개의 빈 방들을 지나서 작은 문을 열자 터널이 나왔다. 터널 안은 어둡긴 해도 완전히 암흑천지는 아니었다. 토머스가 좁은 터널을 달리는 동안 천장에 매달린 덮개 없는 전구 몇 개가 터널을 비췄다. 60미터쯤 달리자 지도에 표시된 사다리가 나왔다. 사다리를 밟고 위로 올라가니 꼭대기에 둥그런 금속 문이 있었다. 문에는 수레바퀴 모양의 손잡이가 달려 있었는데, 그것을 보자 공터의 지도제작실 문이 생각났다.

손잡이를 돌린 후 온 힘을 다해 문을 밀어 올렸다. 그러자 희미한 빛이 흘러 들어왔다. 문짝이 경첩 너머로 젖혀진 순간 차가운 돌풍이 밀어닥쳤다. 그는 몸을 위로 끌어올려 지상으로 나갔다. 그곳은 숲과 사악 부지 사이에 위치한 눈 덮인 불모지의 커다란 바위 옆이었다.

조심스럽게 문을 들어 올려 덮은 후 바위 뒤로 가 웅크리고 앉았다. 주변에서 움직임은 감지되지 않았지만 밤이라 어두워서 잘 보이지 않았다. 하늘을 올려다보았다. 버그를 타고 내려와 이곳 사악 부지에 도착했을 때 보았던 진한 먹구름이 여전히 하늘에 떠 있었다. 그 후로 시간이 얼마나 지났는지 짐작도 되지 않았다. 이 건물 안에서 보낸 시간이 겨우 몇 시간이었나, 아니면 꼬박 하루 밤낮이었나?

페이지 총장이 남긴 편지에는 오른팔 조직이 건물로 침입한 흔적이 보일 거라고 되어 있었다. 얼마 전 토머스가 들은 폭발음과 관계가 있을 듯했다. 토머스는 우선 그리로 가보기로 했다. 그 조직과 연계해서 움직이는 게 낫다는 판단이었다. 여러 사람들과 같이 있으면 최소한의 안전이라도 보장받을 수 있을 테니까. 무엇보다 면역인들이 갇혀 있는 곳을 오른팔 조직에게 알려주어야 했다. 지도를 보니, 여기서 제일 멀리 떨어진 곳에 위치한 건물들 쪽으로 달려가 그 부근을 살펴보는 게 좋을 듯했다.

토머스는 바위를 빙 돌아 제일 가까이에 있는 건물을 향해 달려갔다. 눈에 띄지 않도록 최대한 자세를 낮추고 허리를 굽힌 채로 뛰었다. 번개가 치면서 하늘에 길게 흔적을 남겼다. 번쩍이는 빛이 시멘트 건물들을 비추고 하얗게 쌓인 눈에 반사되었다. 곧바로 천둥이 치면서 지상이 우르르 울리고 토머스의 가슴속 깊은 곳까지 뒤흔들렸다.

건물에 다다른 토머스는 건물 벽을 따라 자라고 있는 헐벗은 덤불 사이로 들어가 몸을 숨겼다. 건물 벽에 붙다시피 하여 조금씩 이동했는데 별다른 흔적이 보이지 않았다. 모퉁이 너머를 슬쩍 살펴보았다. 건물마다 안마당이 연달아 배치되어 있었다. 오른팔 조직이 뚫어놓았을 만한 구멍은 보이지 않았다.

그다음 건물 두 개를 조심스럽게 지나갔다. 네 번째 건물로 접근하는데 여러 사람의 목소리가 들려 얼른 웅크리고 앉았다. 잠시 후 그는 최대한 소리를 내지 않고 얼어붙은 땅을 빠르게 달려가 제멋대로 자라난 덤불 사이로 들어갔다. 그러고는 소리가 들려오는 곳으로 조심스럽게 다가갔다.

어느 건물 벽에 커다란 구멍이 나 있고 그 앞에 돌무더기가 잔뜩 쌓여 있었다. 건물 안에서 벽을 폭파한 흔적이었다. 구멍 안쪽에서 희미한 빛이 흘러나오고, 부서진 그림자들이 바닥에 드리워졌다. 그 그림자들의 가장자리에 민간인 복장을 한 두 사람이 앉아 있었다. 오른팔 조직원들이었다.

토머스가 몸을 일으킨 순간 뒤에서 얼음처럼 차가운 손이 그의 입을 단단히 틀어막고 끌어당겼다. 또 다른 팔이 그의 가슴을 붙잡고 뒤로 당겼다. 토머스의 발이 눈 위에 질질 끌리며 자국을 남겼다. 토머스는 놓여나려고 발버둥을 쳤지만 그를 붙잡은 자의 힘이 여간 센 게 아니었다.

건물 모퉁이를 돌아 작은 안마당으로 들어간 후에야 그자는 토머스를 바닥에 패대기쳤다. 그러고는 앞으로 고꾸라진 토머스의 몸을 뒤집어 바로 눕히고 다시 손으로 입을 틀어막았다. 토머스가 모르는 남자였다. 그 옆에 누군가가 다가와 쭈그리고 앉으며 토머스를 내려다보았다.

잰슨이었다.

"이거 참 실망이다. 내 동료들이 전부 내 편은 아니었던 것 같으니 말이야."

토머스는 그를 잡아 누르는 자에게 저항하며 몸부림쳤다.

잰슨이 한숨을 쉬며 말을 이었다.

"덕분에 이 일을 힘겹게 진행하게 됐지 뭐냐."

# 65

길고 가느다란 칼을 뽑아 든 잰슨은 실눈을 뜨고 그 칼을 바라
보며 말했다.

"이 말은 해야겠다, 꼬마야. 지금까지 난 나 자신을 폭력적인
사람이라고 생각한 적이 없어. 그런데 너와 네 친구들은 내 성격
을 극단까지 밀어붙이는구나. 인내심이 바닥나버렸지만 그래도
자제심을 보이도록 하마. 너와는 달리 난 나밖에 모르는 사람은
아니니까. 난 인류를 구하기 위해 일해왔고 이 프로젝트를 잘 마
무리하고 말 거다."

토머스는 간신히 긴장을 풀고 몸에 힘을 뺐다. 버둥거려봤자 소
용이 없으니, 차라리 적당한 기회를 봐서 반격할 수 있도록 힘을
비축해두는 편이 나았다. 쥐 선생은 토머스의 뇌를 해부할 기회를
한 번 놓친 만큼, 칼을 들고 무슨 짓을 해서라도 토머스를 다시 수
술실로 데려가려 할 것이다.

"그래, 그렇게 얌전히 있어야 착한 아이지. 이렇게 싸울 필요가 없어. 자랑스럽게 여겨야지. 너와 네 머리가 이 세상을 구원하게 될 텐데 말이다, 토머스."

토머스를 잡아 누르고 있는, 땅딸막한 체격의 검은 머리 남자가 입을 열었다.

"이제 네 입에서 손을 뗄 거야. 찍 소리라도 냈다간 잰슨 부총장님께서 저 칼로 네 몸을 찔러주실 테니 그리 알아. 우린 네가 살아 있길 바라지만 몇 군데 상처쯤은 낼 수도 있어."

토머스가 차분하게 고개를 끄덕이자 남자는 토머스의 입에서 손을 떼고 물러나 앉았다.

"똑똑한 녀석이구나."

그 순간 토머스는 기회를 놓치지 않고 다리를 오른쪽으로 돌려 잰슨의 얼굴을 걷어찼다. 잰슨이 고개를 뒤로 꺾으며 쓰러졌다. 검은 머리 남자가 다시 몸을 짓누르려 했지만 토머스는 얼른 빠져나와 다시 잰슨에게 달려들었다. 이번에는 잰슨의 손을 발로 차서 칼을 떨어뜨렸다. 저만치 날아간 칼이 건물 벽에 부딪쳤다.

토머스는 그 칼을 잡으려고 고개를 돌렸다. 그 틈을 타 땅딸막한 남자가 토머스에게 달려들었고, 그 밑에 깔린 잰슨이 버둥거렸다. 몸싸움을 하면서 절박해진 토머스는 온몸에 아드레날린이 폭발적으로 치솟았다. 그는 악을 쓰면서 두 사람을 밀어내고 발로 찼다. 발버둥을 치고 손톱으로 마구 할퀴며 겨우 두 사람 사이에서 풀려난 토머스는 곧장 건물 쪽으로 몸을 날려 칼을 집어 들었다. 토머스는 반격에 대비해 얼른 몸을 돌렸다. 갑작스럽게 힘이 세진 토머스에게 놀란 두 사람은 멍한 표정으로 일어서고 있었다.

토머스도 일어서며 칼을 앞으로 뻗었다.

"날 놔줘. 날 놔주고 꺼져버려. 따라오면 이 칼로 둘 다 죽을 때까지 계속 찌를 거야. 두 번 말하지 않겠어."

그러자 잰슨이 말했다.

"그래봤자 2대 1이다. 네가 칼을 쥐고 있다만 그까짓 것은 상관없어."

토머스는 최대한 위협적으로 내뱉었다.

"내 능력이 어느 정도인지 봐서 알 텐데. 미로와 초열 지역에서 줄곧 관찰했잖아."

역설적인 이 상황에 토머스는 웃음이 날 지경이었다. 사악은 인류를 구원한답시고…… 토머스를 살인자로 만들어놓았다.

땅딸막한 남자가 콧방귀를 뀌었다.

"그런다고 우리가……."

전에 갤리가 하던 대로 토머스는 팔을 뒤로 젖혔다가 앞으로 뻗으며 칼을 던졌다. 칼이 빙글 돌며 날아가 남자의 목에 꽂혔다. 처음에는 피가 나오지 않았다. 충격으로 표정이 바뀌며 남자는 칼을 잡아 뽑았고, 그 순간 심장박동에 맞춰 피가 콸콸 뿜어 나왔다. 남자는 입을 열었지만 소리를 내지 못하고 무릎을 굽히며 쓰러졌다.

동료를 바라보는 잰슨의 눈이 공포로 휘둥그레졌다.

잰슨이 나지막하게 중얼거렸다.

"어린 녀석이 감히……."

토머스는 자신이 한 짓에 경악해 그 자리에 얼어붙었다. 하지만 잰슨이 고개를 돌려 그를 바라본 순간 곧 정신을 차렸다. 토머스는 안마당에서 뛰쳐나가 건물 모퉁이를 돌아갔다. 오른팔 조직이 폭탄으로 뚫어놓은 구멍을 너머 건물 안으로 들어가야 했다.

"토머스! 돌아와! 네가 무슨 짓을 하고 있는지 알기는 하는 거냐!"

잰슨이 소리쳤다.

뒤에서 쫓아오는 잰슨의 발소리가 들려왔다.

토머스는 멈추지 않았다. 조금 전까지 숨어 있던 덤불을 지나, 건물 벽에 뚫린 구멍을 향해 전속력으로 달렸다. 구멍 근처에 남자 한 명과 여자 한 명이 서로 등을 맞댄 채 웅크리고 앉아 있었다. 그들은 토머스를 보자마자 벌떡 일어섰다. 그들이 입을 열어 묻기 전에 토머스가 먼저 소리쳤다.

"토머스예요! 아군입니다!"

두 오른팔 조직원은 서로 눈빛을 주고받다가 토머스를 바라보았다. 토머스는 그들 앞에서 미끄러지듯 멈춰 선 후 가쁜 숨을 몰아쉬며 뒤를 돌아보았다. 이쪽으로 달려오는 잰슨의 시커먼 그림자가 15미터쯤 떨어진 곳까지 와 있었다.

"우리 조직원들이 여기 와서 다들 널 찾으러 다녔어. 그런데 넌 건물 안에 있어야 되는 거 아니냐?"

남자는 이렇게 말하며 건물 벽에 뚫린 구멍을 손으로 가리켰다.

토머스가 헐떡이며 물었다.

"다들 어디 있어요? 빈스 씨는요?"

이 말을 하면서 토머스는 뒤따라온 잰슨을 돌아보았다. 잰슨의 얼굴이 괴상한 분노로 일그러졌다. 전에 보았던 표정이었다. 뉴트의 얼굴에서 본 적 있는, 광기 어린 분노의 표정. 쥐 선생도 플레어 병이 발병한 모양이었다.

잰슨은 거칠게 숨을 몰아쉬며 말했다.

"그 아이는…… 사악의…… 재산이다. 이리 넘겨."

여자는 멈칫하지도 않고 곧장 받아쳤다.

"사악이고 나발이고 웃기는 소리 마셔, 아저씨. 나 같으면 당장 여길 뜨겠어. 이 건물 안으로 들어가는 건 꿈도 꾸지 마. 저 안에서 당신 친구들한테 아주 안 좋은 일이 일어날 판이거든."

잰슨은 대꾸 없이 숨만 헐떡이면서 토머스와 오른팔 조직원들을 번갈아 쳐다보았다. 그러다 결국 천천히 뒷걸음치며 말했다.

"너희는 이해 못 해. 너희의 독선적인 오만이 결국 모든 걸 망가뜨리고 말 거다. 그렇게 살다가 지옥에서 썩어버려라."

그러고는 돌아서서 어둠 속으로 달려가 모습을 감췄다.

여자가 토머스에게 물었다.

"무슨 짓을 해서 저 사람을 저렇게 열 받게 만들었어?"

토머스는 호흡을 가다듬었다.

"얘기가 길어요. 빈스 씨나 다른 책임자를 어서 만나야 돼요. 친구들도 찾아야 되고요."

그러자 남자가 말했다.

"진정해. 지금은 상황이 안정됐어. 다들 각자 위치에서 물건을 심는 중이야."

"심는다고요?"

"그래."

"뭘 심는다는 거예요?"

"폭탄이지 뭐겠냐, 멍청아. 이 건물을 무너뜨릴 거야. 우리가 장난하러 온 게 아니라는 걸 사악에게 똑똑히 보여줘야 하니까."

# 66

그 순간 모든 것이 명확해졌다. 지금까지는 확실히 알아채지 못했는데 오른팔 조직원들 사이에는 빈스를 광신하는 분위기가 있었다. 오른팔 조직원들이 버그에서 토머스와 그 친구들을 끌어내 창고 같은 곳으로 데려갈 때도 무언가 석연찮은 구석이 있었다. 도대체 왜 이들은 재래식 무기 대신에 폭탄을 잔뜩 가져온 걸까? 이들의 목적이 사악 부지 장악이 아니라 사악 부지 파괴에 있다고 볼 수밖에 없는 정황이었다. 어쩌면 오른팔 조직 자체의 동기는 순수할지 몰라도, 이번 일에서만큼은 다른 어두운 속내를 감추고 있을지도 몰랐다.

신중하게 행동해야 했다. 지금 제일 중요한 것은 친구들을 구하는 것, 그리고 이곳에 잡혀 있는 다른 면역인들을 찾아 해방시키는 것이었다.

여자 조직원의 목소리가 토머스의 생각을 끊어놓았다.

"생각을 참 오래 골똘히도 하는구나."

"아…… 죄송해요. 언제쯤 폭탄들을 터뜨릴 거래요?"

"아마 곧 터뜨리겠지. 몇 시간째 설치를 하고 있어. 한꺼번에 폭파시켜야 하기 때문에 그렇다는데, 우리가 폭탄 설치에 그렇게 숙련돼 있질 않거든."

"건물 안에 있는 사람들은 어쩌고요? 우리가 구하러 온 다른 면역인들은요?"

두 조직원은 서로를 쳐다보다가 어깨를 으쓱했다.

"빈스 씨가 가급적 사람들을 모두 건물 밖으로 내보낼 거라고 하기는 했어."

"가급적요? 그게 무슨 뜻이에요?"

"가급적 그럴 거라고."

"빈스 씨랑 얘길 해봐야겠어요."

사실 토머스는 민호와 브렌다를 한시라도 빨리 찾고 싶었다. 오른팔 조직과 함께든 아니든 친구들과 해야 할 일이 있었다. 어서 미로로 가서 그곳에 갇힌 면역인들을 모두 데리고 나와 평면 이동문으로 가야 했다.

여자가 건물 벽에 난 구멍을 가리키며 말했다.

"이리로 들어가면 우리 조직이 장악한 구역으로 갈 수가 있어. 빈스 씨도 그곳에 있을 거야. 그래도 조심해. 사악의 경비병들이 곳곳에 숨어 있어. 아주 포악한 놈들이야."

"경고 고마워요."

토머스는 구멍 쪽으로 서둘러 다가갔다. 구멍 안의 어둠 속에서 먼지가 풀썩이고 있었다. 경보음도, 번쩍이는 붉은 전등도 없었다. 토머스는 구멍으로 들어갔다.

처음에는 아무것도 보이지 않고 아무 소리도 들리지 않았다. 모퉁이를 돌 때마다 무엇이 튀어나올지 몰라 토머스는 조심스럽게 걸음을 옮겼다. 안쪽으로 들어갈수록 조금씩 밝아졌다. 복도 끝에 약간 열려 있는 문이 보였다. 그리로 달려가 안을 들여다보니, 큰 방 여기저기에 탁자들이 방패처럼 모로 세워져 있고 그 뒤에 사람들이 웅크리고 앉아 있었다.

그 사람들이 주시하고 있는 것은 맞은편에 위치한 커다란 쌍여 닫이문이었다. 토머스는 안에서 보이지 않도록 문틀에 몸을 바짝 붙인 채 문틈으로 좀 더 자세히 들여다보았다. 탁자 뒤에 있는 사람들 중에 아는 이는 빈스와 갤리뿐이었다. 방의 왼쪽 끝에는 작은 사무실 하나가 딸려 있고 그 안에 아홉 명 내지 열 명 정도 되는 사람들이 웅크리고 앉아 있었다. 눈에 힘을 줘봐도 사무실에 있는 사람들의 얼굴까지는 잘 보이지 않았다.

토머스는 최대한 크게 속삭여 갤리를 불렀다.

"야! 야! 갤리!"

즉시 고개를 돌린 갤리는 잠시 두리번거리다가 토머스와 눈이 마주쳤다. 직접 보고도 믿기지 않는지 갤리는 눈을 가늘게 뜨고 가만히 쳐다보았다.

토머스가 얼른 손을 흔들자 갤리는 탁자 뒤로 건너오라며 손짓을 했다.

토머스는 안전 확보를 위해 주변을 한 번 더 둘러본 후, 허리를 굽힌 채 그 탁자 쪽으로 달려가 옛 앙숙의 옆에 얼른 쪼그리고 앉았다. 묻고 싶은 게 너무 많아서 무슨 질문부터 할지 생각하고 있는데 갤리가 먼저 물었다.

"어떻게 된 거야? 그들이 너한테 무슨 짓 했어?"

빈스는 토머스를 흘끗 쏘아보았으나 아무 말도 하지 않았다.

토머스는 망설이다가 대답했다.

"그들이…… 몇 가지 테스트를 했어. 그건 그렇고 사악이 면역인들을 가둬놓은 곳이 어딘지 알게 됐어. 그들을 전부 데리고 나올 때까지는 여길 폭파시키면 안 돼."

빈스가 끼어들었다.

"그럼 직접 가서 데리고 나오든지. 우린 여기서 단번에 결판을 내야 하는데 누굴 더 구하러 가고 자시고 할 시간 따윈 없다."

토머스는 갤리를 바라보며 호소했다.

"너희가 면역인들 중 일부를 여기로 들여보냈잖아!"

하지만 갤리는 어깨를 으쓱할 뿐이었다.

토머스는 혼자서라도 해봐야겠다 싶었다.

"브렌다랑 민호, 다른 애들은 어디 있어?"

토머스의 물음에 갤리는 그 방에 딸린 사무실을 턱짓으로 가리켰다.

"다들 저 안에 있어. 네가 돌아올 때까지 아무것도 하지 않겠다고 하더라."

토머스는 옆에 앉은 갤리가 문득 가엾어졌다.

"같이 가자, 갤리. 이 사람들은 자기네들 하고 싶은 대로 하게 두고 우리를 도와줘. 우리가 미로에 갇혀 있다고 생각하면 누구든 와서 구해주길 바라지 않겠어?"

빈스가 그들을 돌아보며 일갈했다.

"어림도 없는 소리 마라. 토머스, 넌 우리의 목표에 대해 알고 여기로 왔다. 이제 와서 떠나겠다면 우린 널 변절자로 여길 수밖에 없어. 그럼 넌 우리의 공격 목표가 되는 거다."

토머스는 동요하지 않고 갤리만 바라보았다. 갤리의 눈에 담긴 슬픔에 토머스는 가슴이 저렸다. 그리고 전에 본 적 없는 또 다른 감정이 읽혔다. 신뢰. 진정한 신뢰였다.

"우리랑 같이 가자."

갤리는 슬쩍 미소를 짓더니 전혀 예상 밖의 대답을 내놓았다.

"그러지 뭐."

토머스는 빈스가 대응할 시간을 주지 않았다. 곧장 갤리의 팔을 잡고서 그 자리를 떠나 사무실로 달려 들어갔다.

민호가 제일 먼저 다가와 토머스를 힘차게 끌어안았고 갤리는 옆에서 머쓱하게 쳐다보았다. 브렌다와 호르헤, 테리사, 에어리스까지도 다들 그 사무실 안에 있었다. 그 친구들과도 껴안고 안도와 환영의 말을 주고받느라 토머스는 어지러울 지경이었다. 특히 브렌다를 다시 보게 되어 무척 기쁜 나머지 다른 친구들보다 더오래 포옹했다. 반갑고 기분 좋기는 했지만 시간이 없으니 서둘러야 했다.

토머스는 뒤로 한 걸음 물러서며 말했다.

"당장 모든 걸 설명할 순 없지만, 일단은 사악이 잡아다 가둔 면역인들을 찾고 후문도 찾아야 돼. 그 후문이 평면 이동문이라고 하더라고. 오른팔 조직이 여길 다 날려버리기 전에 서두르자."

브렌다가 물었다.

"면역인들이 어디 있는데?"

민호도 물었다.

"그래, 어디래?"

토머스는 자신이 이런 말을 하게 될 날이 올 줄 몰랐다.

"미로야. 그러니까 우린 미로로 다시 돌아가야 돼."

# 67

토머스는 회복실에서 정신을 차렸을 때 옆에 놓여 있던 편지를 모두에게 보여주었다. 그러자 다들 몇 분 만에 토머스와 뜻을 같이하기로 결정했다. 테리사와 갤리도 오른팔 조직을 떠나 토머스와 함께 미로로 출발하기로 했다.

브렌다는 토머스가 가져온 지도에 표시된 길을 보더니 아는 길이라고 했다. 토머스는 브렌다가 건넨 칼을 오른손에 단단히 움켜쥐었다. 앞으로의 생존이 이 가느다란 칼에 좌우될 것인가 싶기도 했다. 그들이 사무실을 빠져나와 문 쪽으로 가는데 빈스를 비롯한 오른팔 조직원들이 소리쳤다. 너희들 미쳤냐고, 그리로 들어가면 곧 죽임을 당할 거라고. 토머스는 들은 체도 하지 않았다.

쌍여닫이문이 약간 열려 있어서 토머스가 제일 먼저 그 문을 넘어갔다. 공격에 대비해 자세를 낮췄는데 문 너머 복도에는 아무도 없었다. 친구들이 바짝 뒤따라 왔다. 토머스는 눈에 띄지 않게 살

금살금 걸어가는 것보다 속도를 내는 쪽을 선택하고 기다란 복도를 달려가기 시작했다. 어둑한 빛 때문에 복도는 유령이 나올 것 같은 분위기였다. 사악이 그동안 죽게 만든 모든 이들의 영혼이 모퉁이마다, 벽감마다 도사리고 있을 것 같았다. 하지만 토머스는 그 유령들이 한편이 되어줄 거란 느낌을 받았다.

브렌다의 안내로 그들은 모퉁이를 돌아 계단을 내려갔다. 낡은 저장고를 통과하는 지름길을 지나 또 다른 기다란 복도를 달려간 다음 계단을 몇 차례 더 내려갔다. 오른쪽, 그리고 왼쪽으로 방향을 돌렸다. 토머스는 위험 요소가 없는지 주변을 계속 살피며 빠른 속도를 유지했다. 그는 머뭇거리지도 않고, 숨을 고르려 멈춰 서지도 않고, 브렌다가 알려주는 방향을 의심하지도 않았다. 그는 다시 러너가 되었다. 상황이 좋지 않았지만 기분은 좋았다.

복도 끝에 다다른 그들은 오른쪽으로 방향을 돌렸다. 토머스가 세 걸음을 더 뗀 순간, 갑자기 누군가 그에게 달려들어 어깨를 잡고 바닥에 쓰러뜨렸다.

토머스는 모로 굴러 정체 모를 습격자를 떨쳐냈다. 주변에서 고함 소리와 싸우는 소리가 들려왔다. 어두워서 상대가 누구인지 잘 보이지 않았지만 토머스는 무작정 주먹을 휘두르고 발길질을 하고 칼을 휘둘렀다. 칼끝이 무언가를 찢는 느낌이 나는가 싶더니 여자의 비명 소리가 터져 나왔다. 주먹이 토머스의 오른쪽 뺨으로 날아왔고 딱딱한 무언가가 그의 허벅지 위쪽을 내리쳤다.

토머스는 바닥을 단단히 딛고 서서 상대를 힘껏 밀어붙였다. 그를 공격한 이는 벽에 부딪쳤다가 곧장 다시 토머스에게 달려들었다. 그들은 근처에서 싸우고 있는 다른 두 사람에게 부딪치며 옆으로 굴렀다. 토머스는 손에 쥔 칼을 놓치지 않으려고 집중하면서 칼을 이리저리 휘둘렀지만 상대에게 좀처럼 닿지 않았다. 그는 왼손 주먹으로 상대의 턱을 쳐올리면서 상대가 주춤하는 틈을 타 칼로 배를 찔렀다. 그를 공격한 이가 여자였는지 또다시 여자의 비명 소리가 들렸다. 칼에 맞은 여자는 더 이상 덤벼들지 않았다.

토머스는 도움이 필요한 이를 찾아 주변을 둘러보았다. 어둑한 빛 속에서 누군가의 몸에 올라탄 채 마구 두들겨 패고 있는 민호의 모습이 보였다. 민호의 밑에 깔린 사람은 아무런 저항도 못 하고 늘어져 있었다. 브렌다와 호르헤는 둘이서 함께 또 다른 경비병과 싸우고 있었는데, 토머스가 그리로 시선을 돌린 순간 그 경비병은 후다닥 몸을 일으켜 달아났다. 테리사와 해리엇, 에어리스는 벽에 기대어 서서 숨을 고르고 있었다. 다들 살아남았으니 다시 달려야만 했다.

토머스가 소리쳤다.

"가자! 민호야, 그냥 두고 가!"

민호는 상대에게 두 번 더 주먹을 날리고 마지막으로 한 번 더 걷어찬 후 말했다.

"그래, 됐어. 가자."

그들은 모퉁이를 돌아 다시 달리기 시작했다.


또 한 차례 긴 계단을 달려 내려간 그들은 그 아래 방으로 들어섰다. 어떤 방인지 파악한 순간 토머스는 충격으로 그 자리에 얼어붙었다. 괴수들이 들어 있는 관들을 모아놓은 방으로, 미로에서 탈출한 토머스 일행이 튜브를 타고 내려와 도착했던 바로 그 지하실이었다. 관찰용 유리창들은 여전히 산산조각 나 있고 유리 파편들이 바닥에 온통 깔려 있었다. 괴수들이 들어가 휴식하고 충전하는 40여 개의 길쭉한 관들. 마지막으로 보았을 때에는 하얗게 반짝이던 관 표면마다 먼지가 한 겹씩 내려앉아 있는 걸 보니, 몇 주 전 공터인들이 이 방을 나간 후 그대로 쭉 닫혀 있었던 모양이었다.

자신이 사악의 일원으로서 여기서 오랜 시간을 보내며 미로 만드는 일을 도왔을 것을 생각하니 토머스는 몹시 부끄러웠다.

브렌다가 위쪽으로 연결되는 사다리를 손으로 가리켰다. 예전에 저 사다리를 밟고 이리로 내려올 수도 있었는데, 튜브를 타고 미끄러져 내려온 것을 생각하니 몸서리가 쳐졌다.

민호가 주변을 한 바퀴 돌아보며 물었다.

"왜 아무도 없지? 미로 안에 사람들을 잡아두고 있다면서 어째서 경비병이 한 명도 없는 거야?"

토머스는 생각 끝에 대답했다.

"미로가 그 역할을 해줄 텐데 뭐하러 따로 경비병을 세우겠어? 우리도 미로를 빠져나오는데 시일이 오래 걸렸었잖아."

"글쎄, 뭔가 수상한 느낌이 들어."

토머스는 어깨를 으쓱했다.

"여기 앉아 있어봤자 아무 도움이 되지 않아. 쓸 만한 아이디어가 있는 게 아니면 저 위로 올라가서 면역인들을 데리고 나오기나 하자."

"쓸 만한 아이디어? 그런 게 어딨냐."

"그럼 올라가자."

사다리를 올라간 토머스는 또 다른 방으로 몸을 끌어올렸다. 예전에 그가 괴수들의 전원을 차단시키기 위해 키보드에 암호를 입력했던 방이었다. 척도 그 자리에 함께 있었다. 몹시 두려워하면서도 용기를 냈던 척은 한 시간 후에 죽고 말았다. 친구를 잃었던 아픔이 또다시 토머스의 가슴에 밀려들었다.

"즐거운 우리 집으로 돌아왔구나."

민호가 중얼거리며 머리 위에 뚫린 둥그런 구멍을 손으로 가리켰다. 절벽으로 향하는 구멍이었다. 미로가 제대로 작동하던 시절에는 홀로그램 기술이 저 구멍을 가려, 절벽 너머 끝없이 펼쳐진 가짜 하늘로 보이게 했었다. 지금은 작동이 멈춘 상태여서 그 구멍 너머로 미로의 벽들이 올려다보였다. 구멍 바로 아래에 놓인 발판 사다리가 토머스의 시야에 들어왔다.

테리사가 토머스 옆으로 다가와 서며 말했다.

"우리가 여기로 돌아오다니 믿어지질 않아."

걱정스러운 그 목소리는 토머스의 마음 상태를 대신 나타내주는 듯했다.

어째서인지 그 간단한 말이 토머스에겐 이제 그와 테리사가 완전히 같은 입장에 서게 되었다는 뜻으로 들렸다. 그들은 사람들의 목숨을 구하는 것은 물론, 예전에 사악을 돕느라 한 짓을 이렇게 보상하고 있는 것이었다. 토머스는 진심으로 그렇게 믿고 싶었다.

토머스가 테리사를 돌아보며 말했다.

"미친 짓이지?"

테리사는 오랜만에 미소를 지었다. 언제 마지막으로 저 미소를 보았었는지 토머스는 기억조차 나지 않았다.

"그래, 미친 짓 맞아."

토머스는 아직 기억 못 하는 게 많았다. 자신에 대해서도 그렇고, 테리사에 대해서도 마찬가지였다. 하지만 테리사가 여기서 이렇게 그를 돕고 있으니, 그는 더 이상 바랄 게 없었다.

브렌다가 물었다.

"얼른 올라가는 게 좋지 않겠어?"

토머스는 고개를 끄덕였다.

"그래, 그러는 게 좋겠다."

토머스는 다른 아이들을 먼저 사다리로 올려 보낸 후 마지막으로 올라갔다. 구멍 가장자리로 몸을 끌어올린 그는 널빤지 두 개를 밟고 건너편 절벽의 미로 돌바닥으로 넘어갔다. 예전에는 끝없는 절벽으로 보였던 곳에 지금은 검은 벽에 둘러싸인 작업장이 위치해 있었다. 토머스는 미로로 다시 시선을 돌리며 잠시 그 자리에 서서 각오를 다졌다.

한때 밝고 푸르렀던 하늘은 칙칙한 회색 천장으로 본모습을 드러냈다. 절벽 측면의 홀로그램이 완전히 작동을 멈춘 까닭에, 현기증을 유발하던 절벽 풍경은 단순한 검은 벽토로 바뀌었다. 그러나 담쟁이덩굴로 뒤덮인 거대한 미로의 벽들은 여전히 토머스를 압도했다. 홀로그램 기술의 착시 효과 없이도 숨 막히게 높이 치솟은 그 벽들은 푸르스름한 회색이 도는데다 군데군데 갈라져서 마치 고대의 거대한 돌기둥을 보는 듯했다. 수많은 이들의 죽음을 기리며 그 자리에 천년간 세워져 있던 거대 묘비처럼.

드디어 토머스는 미로로 돌아왔다.

# 68

거기서부터는 민호가 모두를 이끌었다. 앞장서서 달려가는 민호의 각진 어깨에 지난 2년간 미로의 통로를 지배했던 자부심이 묻어났다. 토머스는 바로 뒤에서 따라가면서 목을 길게 빼고 주변을 살펴보았다. 담쟁이덩굴을 드리우며 회색 천장을 향해 당당하게 뻗어 올라간 미로의 벽들을. 이곳을 탈출한 후로 온갖 일들을 다 겪었는데 제 발로 되돌아오니 기분이 이상했다.

공터를 향해 달려가는 동안 다들 별 말이 없었다. 토머스는 브렌다와 호르헤가 미로에 대해 어떻게 생각할지 궁금했다. 그들 눈에도 굉장히 거대하게 보일 것이다. 워낙 어마어마한 시설이라, 딱정벌레 날개깃 한 마리로는 이곳에서 일어나는 일들을 전부 미로 밖 관찰실로 전달할 수 없을 정도니까. 갤리의 머릿속으로 지금쯤 온갖 나쁜 기억들이 밀려들고 있으리라고 토머스는 짐작했다.

마지막 모퉁이를 돈 그들은 공터 동문과 이어지는 넓은 통로로 들어섰다. 토머스는 전에 알비를 담쟁이덩굴에 묶어 올렸던 벽을 올려다보았다. 덩굴을 마구 잘라 묶어놓은 흔적이 여전히 남아 있었다. 공터의 대장이었던 알비를 살리려 갖은 노력을 다했는데, 알비는 변화 과정 중에 겪은 정신적 충격에서 완전히 회복하지 못하고 며칠 후 세상을 떠났다.

새삼 토머스의 혈관을 타고 분노가 뜨겁게 끓어올랐다.

그들은 동문이라 부르던 벽 사이의 넓은 틈으로 다가갔다. 토머스는 숨을 고르며 속도를 늦췄다. 공터 안에 수백 명의 면역인들이 돌아다니고 있었다. 무리 중에 아기와 어린아이들까지 몇 명 있어서 토머스는 경악했다. 면역인들은 잠시 웅성거리다가 새로 등장한 토머스 일행에게 시선을 고정시켰다. 공터 안에 정적이 돌았다.

민호가 토머스에게 물었다.

"이렇게 많을 줄 알고 있었냐?"

사방에 사람들이 있었다. 예전에 이곳에 살던 공터인들을 다 합친 것보다 훨씬 많았다. 하지만 토머스가 할 말을 잊게 만든 것은 바로 공터 그 자체였다. 그들이 '본부'라고 불렀던 비스듬히 기울어진 건물, 보잘 것 없는 잡목들로 이루어진 작은 숲, 도살장, 지금은 잡초로 뒤덮인 밭, 불에 타 시커멓게 그슬린 금속 문짝이 약간 열려 있는 지도제작실. 그리고 지금 서 있는 위치에서는 '감방'까지 훤히 보였다. 토머스는 속에서 분노가 끓어올라 터질 것만 같았다.

민호가 손가락을 딱 튕기며 토머스에게 말했다.

"이봐, 몽상가, 내 질문 못 들었어?"

"뭐? 아…… 그래, 사람 참 많다. 그래서인지 전에 우리가 여기 살았을 때보다 공터가 좁아 보이긴 하네."

그곳에 모여 있던 면역인들 중 친구들이 토머스 일행을 알아보기까지는 오랜 시간이 걸리지 않았다. 프라이팬, 치료팀원 클린트, 소냐를 비롯한 나 그룹의 소녀들이 달려와 잠시 재회의 기쁨을 나누며 서로 얼싸안았다.

프라이팬이 토머스의 팔을 툭 치며 말했다.

"사악 놈들, 어떻게 날 도로 여기 집어넣을 수가 있는 건지. 요리도 못하게 하고, 하루에 세 번씩 상자를 통해서 포장 음식만 보내주더라. 주방은 전기고 뭐고 아무것도 안 들어와서 쓸 수가 없어."

토머스는 웃음이 터져 나왔다. 덕분에 분노가 약간 누그러졌다.

"우리 50명한테 요리를 해줄 때도 솜씨가 영 별로였는데, 어떻게 이렇게 많은 사람들한테 음식을 만들어 먹일 생각을 해."

"넌 참 웃기는 녀석이야, 토머스. 여전히 웃겨. 다시 보게 돼서 반갑다."

그러다 프라이팬은 눈을 휘둥그렇게 뜨며 물었다.

"갤리? 갤리도 왔어? 살아 있었네?"

갤리가 딱딱하게 인사를 건넸다.

"그래, 다시 봐서 반갑다."

토머스는 프라이팬의 등을 두드리며 말했다.

"얘기가 길어. 어쨌든 갤리는 이제 착해졌어."

갤리는 코웃음을 쳤지만 별다른 말은 하지 않았다.

민호가 그들에게 다가오며 말했다.

"자, 재회의 기쁨은 이쯤에서 정리하자고. 이제부터 어쩔 생각이야, 토머스?"

"그렇게 힘들지는 않을 거라고 봐."

토머스는 대답은 그렇게 했지만 이 많은 사람들을 데리고 미로를 통과한 다음 사악 부지를 지나 평면 이동문으로 갈 생각을 하니 엄두가 나지 않았다. 하지만 해야만 하는 일이었다.

"허풍 떨고 있네. 네 눈은 거짓말 못 해."

민호의 말에 토머스는 미소를 지었다.

"그래도 우리랑 한편이 돼서 싸워줄 사람들을 이렇게 많이 얻었잖아."

민호는 넌더리를 냈다.

"네 눈엔 저 모자란 것들이 그렇게 보이냐? 절반은 우리보다 어리고, 나머지는 주먹질은커녕 팔씨름 한번 해보지 않은 것 같은데."

"가끔은 머릿수가 더 중요할 때도 있어."

토머스는 테리사를 가까이 불렀고, 근처에 있던 브렌다도 같이 불렀다.

테리사가 물었다.

"어떻게 할 생각이야?"

테리사가 정말로 아군이라면, 지금이야말로 기억이 복구된 테리사를 요긴히 쓸 때였다.

토머스가 모두에게 말했다.

"이제부터 저 사람들을 몇 개 조로 나눌 거야. 대략 4~500명 정도 되는 것 같으니까…… 50개 조로 나누면 되겠어. 가 그룹이나 나 그룹 구성원이 한 명씩 조장을 맡아. 테리사, 너 이 지도에

436

표시된 정비실까지 가는 길 알지?"

지도를 보여주자 테리사는 찬찬히 들여다보고는 고개를 끄덕였다.

토머스가 계속해서 말했다.

"너랑 브렌다가 앞장을 서고 내가 그 옆에서 따라가면서 전체적인 이동을 도울게. 나머지는 각자 조장을 맡아서 조원들을 안내해. 민호랑 호르헤 아저씨, 갤리는 빼고. 세 사람은 뒤를 맡아줬으면 좋겠어."

민호는 어처구니없게도 따분해하는 표정으로 어깨를 으쓱하며 대꾸했다.

"뭐, 괜찮은 계획 같네."

호르헤도 찬성해주었다.

"네가 하라는 대로 하마, 무차초."

갤리는 말없이 고개를 끄덕였다.

그 후 20분 동안 그들은 사람들을 50개 조로 나눠 배치하고 조별로 길게 줄을 세웠다. 특히 나이와 체력별로 조원들이 고르게 분포되도록 주의를 기울였다. 토머스 일행이 그들을 구출하러 왔다는 것을 알게 된 면역인들은 고분고분하게 지시를 따랐다.

조 편성을 마친 후 토머스와 친구들은 동문 앞에 줄지어 늘어섰다. 토머스는 손을 흔들어 주의를 집중시킨 후 입을 열었다.

"모두 잘 들으세요! 사악은 여러분을 과학 실험에 이용할 계획입니다. 여러분의 몸과 뇌를 착취할 거라고요. 그들은 플레어 병 치료제를 개발한다는 명목으로 수년간 사람들을 연구 재료로 삼아 데이터를 수집했습니다. 여러분을 그 일에 이용하려고 여기 모아둔 겁니다. 하지만 여러분은 실험용 쥐보다는 더 나은 삶을 누릴 자격이 있습니다. 여러분은, 아니 우리 모두는, 인류의 미래입니다. 인류의 미래는 사악이 원하는 것과는 다른 모습이 되어야 합니다. 우리가 여기 온 것도 그래서입니다. 여러분을 여기서 빼내 드리려고요. 지금부터 우리는 여러 건물들을 지나 평면 이동문을 통해 안전한 곳으로 피신할 겁니다. 공격을 당하면 싸워야 합니다. 그러니 조원들끼리 합심하시고, 제일 힘 센 분들은 어떻게든 나머지 조원들을 지키기 위해⋯⋯."

갑자기 우지끈 쾅쾅하는 요란한 소음에 토머스의 나머지 말이 묻혔다. 바위가 부서지는 소리 같기도 했다. 그러나 그 후로는 거대한 벽에 메아리만 울려 퍼질 뿐 다시 잠잠해졌다.

민호가 소리의 근원을 찾아 두리번거리며 소리쳤다.

"이게 무슨 소리야?"

토머스는 공터 안을 둘러보고, 등 뒤로 뻗어 올라간 미로의 벽들도 내다보았으나 크게 달라진 곳이 없었다. 하던 말을 이어가려는데 또다시 쿵쿵 쾅쾅 소리가 이어졌다. 천둥이 치는 듯한 그 소리가 공터 안에 울려 퍼졌다. 나지막하게 시작된 그 소리는 점점 깊고 크게 증폭되었다. 땅이 흔들리고 온 세상이 무너져 내릴 듯했다.

사람들은 소리가 나는 곳을 찾아 이리저리 고개를 돌렸다. 토머스는 사람들 사이에 공포가 퍼져나가는 것을 감지할 수 있었다. 이대로라면 조만간 사람들을 통제할 수 없게 될 것이다. 땅이 더 격하게 흔들리고 천둥소리와 바위 부서지는 소리가 점점 커졌다. 앞쪽에 선 사람들 사이에서 비명이 터져 나왔다.

토머스는 짐작 가는 바가 있었다.

"폭탄이야."

민호가 큰소리로 물었다.

"뭐라고?"

토머스는 민호를 똑바로 쳐다보며 대답했다.

"오른팔 조직이 폭탄을 터뜨렸어!"

귀가 먹먹해질 정도로 어마어마한 소음이 공터를 뒤흔들었다. 토머스는 고개를 돌리고 위를 올려다보았다. 동문 왼쪽 벽의 일부가 큼직하게 부서져 사방으로 돌덩이들이 떨어지고 있었다. 그중 한 덩어리가 위태로운 각도로 기울어졌다가 밑으로 떨어졌다.

토머스가 조심하라고 외칠 새도 없이 그 돌덩어리는 한 무리의 사람들을 깔아뭉개며 반으로 쪼개졌다. 돌덩어리 가장자리에서 흘러나온 피가 그 주변에 고이는 동안 토머스는 아무 말도 못 하고 그 자리에 서 있었다.

# 69

돌에 깔려 다친 사람들의 비명이 터져 나왔다. 천둥처럼 울리는 폭발음과 바위 부서지는 소리가 끔찍하게 모아져 땅이 뒤흔들렸다. 사방에서 미로가 무너져 내리고 있었다. 당장 여길 빠져나가야 했다.

토머스가 소냐에게 소리쳤다.

"뛰어!"

소냐는 망설임 없이 돌아서서 미로의 통로를 향해 달려 나갔다. 소냐 뒤에 줄지어 서 있던 조원들은 별도의 지시가 없었는데도 곧장 그 뒤를 따라 나갔다.

바닥이 흔들려 비틀대던 토머스는 겨우 중심을 잡고 민호에게 달려가며 외쳤다.

"네가 뒤를 맡아! 테리사랑 브렌다랑 나는 앞에서 이끌게!"

민호는 고개를 끄덕인 후 토머스를 밀어 앞으로 보냈다. 토머스가 뒤를 흘끗 돌아본 순간, 공터 본부가 도토리 쪼개지듯 둘로 나뉘었다. 엉성한 그 건물의 반쪽이 부서지면서 나무 파편과 먼지가 구름처럼 일었다. 지도제작실 쪽을 돌아보니, 콘크리트 벽이 이미 조각나 바스러지고 있었다.

더는 머뭇거릴 시간이 없었다. 혼란스러운 와중에 토머스는 테리사를 찾아 손을 잡았다. 테리사는 토머스를 따라서 동문으로 향했다. 브렌다가 호르헤와 함께 동문 옆에 서서 어느 조가 먼저 나갈지를 정하고 있었다. 모두가 한꺼번에 몰려나갔다간 절반은 서로에게 깔려 죽고 말 테니 그런 불상사를 막기 위해 조정을 하고 있는 것이었다.

위에서 또다시 무언가 무너지는 소리가 들렸다. 토머스가 고개를 들어보니 밭 옆의 벽 일부가 쓰러지고 있었다. 벽이 요란하게 무너졌지만 다행히 그 밑에 깔린 사람은 없었다. 돌연 공포에 사로잡힌 토머스는 이러다간 결국 천장도 붕괴되고 말 것임을 직감했다.

브렌다가 토머스에게 소리쳤다.

"먼저 나가! 바로 뒤따라갈게!"

테리사가 토머스의 팔을 잡아끌었다. 그들 셋은 들쭉날쭉하게 부서진 동문 왼쪽 벽을 지나 미로로 발을 내디뎠다. 같은 방향으로 달려가는 사람들 사이로 파고들어 최대한 선두를 향해 나아갔다. 토머스는 소녀를 따라잡기 위해 전속력으로 달렸다. 소녀가 나 그룹에서 러너로 일했는지, 토머스만큼 미로의 구조에 대해 잘 기억하고 있는지 알 수 없기 때문이었다. 물론 그것도 두 미로의 구조가 같다는 전제하에서지만 말이다.

땅은 계속 미세하게 흔들렸고 멀리서 폭발음이 들릴 때마다 한층 더 크게 흔들렸다. 사람들은 좌우로 비틀대다가 넘어지기도 했지만 잽싸게 다시 일어나 달리기를 계속했다. 토머스는 휘청대는 사람들을 피해 계속 달렸고 바닥에 쓰러진 사람을 뛰어넘기도 했다. 벽에서 바위들이 떨어져 내렸다. 그중 하나에 머리를 맞은 한 남자가 바닥에 쓰러지더니 그대로 축 늘어졌다. 사람들이 허리를 굽히고 그를 일으켜 세우려 했지만 토머스가 보기엔 이미 피를 너무 많이 흘린 상태였다.

마침내 토머스는 소녀의 옆을 지나, 모퉁이에서 또 다른 모퉁이로 무리를 이끌었다.

절벽까지 얼마 남지 않았다. 붕괴가 시작된 곳이 미로이기를, 그들이 빠져나갈 때까지 나머지 구역은 온전하게 남아 있어주기를 바랄 뿐이었다. 갑자기 바닥이 들썩하면서 귓전을 때리는 굉음이 공기 중에 울려 퍼졌다. 토머스는 앞으로 고꾸라졌다가 허둥지둥 일어섰다. 30미터 전방에 돌바닥의 일부가 위로 치솟았다. 토머스가 쳐다보는 동안 그 돌덩어리가 폭발하듯 부서지면서 파편과 먼지가 비처럼 쏟아졌다.

토머스는 멈춰 서지 않았다. 바닥이 치솟으면서 벽과 벽 사이가 좁아지고 말았다. 토머스는 그 사이로 통과해 지나갔고 테리사와 브렌다도 곧장 뒤따라왔지만, 아무래도 길이 좁아지는 바람에 이동이 느려질 수밖에 없을 것 같았다.

"서둘러요!"

토머스는 어깨 너머로 소리치면서 속도를 늦추고 다른 이들을 살폈다. 모두의 눈빛에서 긴박함을 읽을 수 있었다.

좁은 틈새를 빠져나온 소녀가 그 자리에 서서 다른 이들을 도왔다. 틈새를 통과하는 이들의 손을 잡아끌고 밀어주는 식이었다. 덕분에 토머스의 예상보다 이동이 빨라졌다. 토머스는 전속력으로 절벽을 향해 달려갔다.

미로를 달리는 내내 세상이 온통 뒤흔들리면서 돌덩어리가 부서져 떨어지고 비명과 울음이 가득했다. 토머스는 그저 생존자들을 계속 앞으로 이끄는 것 외에 달리 할 수 있는 일이 없었다. 왼쪽으로 돌아 뛰다가 다시 오른쪽으로, 이어서 또 오른쪽으로. 마침내 그들은 끝에 절벽이 있는 기다란 통로로 들어섰다. 절벽 너머 검은 벽에 둘러싸인 회색 천장이 보이고, 키보드 장치가 있는 곳과 연결되는 둥그런 구멍도 보였다. 가짜 하늘에는 이미 굵게 금이 가 있었다.

토머스는 소녀를 비롯한 사람들을 돌아보며 소리쳤다.

"빨리 와요! 어서!"

이쪽 길로 들어서는 사람들의 모습은 참담했다. 공포에 질려 창백하게 일그러진 얼굴들. 넘어졌다 비틀대며 일어서는 사람들. 그중 열 살도 채 안 되어 보이는 한 소년은 쓰러진 여자를 반쯤 끌다시피 하여 기어코 잡아 일으키고 있었다. 어느 나이 지긋한 남자는 높은 벽에서 떨어진 소형차만 한 크기의 돌덩어리에 맞아 저만치 밀려갔다가 쓰러져 그대로 의식을 잃었다. 토머스는 두려움에 휩싸였지만 목청 높여 주변 사람들을 격려하면서 계속 앞으로 나아갔다.

마침내 그는 절벽 앞에 다다랐다. 널빤지 두 개가 절벽 끄트머리와 그 건너편에 단단히 걸쳐 있었다. 소녀가 테리사에게 먼저 그 임시 다리를 건너 괴수 구멍으로 들어가라고 손짓했다. 이어서 브렌다가 조원들을 이끌고 다리를 건너갔다.

토머스는 절벽 가장자리에서 대기하면서 사람들을 먼저 건너보 냈다. 미로가 언제 붕괴될지 모르는데 사람들의 움직임이 너무 느 려서 그 과정을 지켜보고 있자니 괴롭고 애가 탔다. 사람들은 한 명씩 널빤지 다리를 건너 괴수 구멍 안으로 들어갔다. 앞장서서 간 테리사가 사람들을 사다리가 아닌 튜브를 이용해 그 아래 지하 실로 신속하게 이동시키고 있는지 토머스는 궁금했다.

소냐가 토머스에게 소리쳤다.

"너도 어서 건너가! 먼저 건너간 사람들한테 어디로 갈지 알려 줘야 되잖아."

토머스는 고개를 끄덕였지만 이 자리를 떠나는 게 내키지 않았 다. 전에 미로를 탈출할 때도 다른 공터인들이 뒤에서 괴수들과 싸워주는 동안 토머스는 키보드에 암호를 입력했었다. 하지만 소 냐의 말이 옳았다. 토머스는 흔들리는 미로를 마지막으로 돌아보 았다. 갈라진 천장에서 파편이 떨어지고 반듯했던 바닥은 위로 튀 어 올랐다. 나머지 면역인들이 무사히 건너올 수 있을지 걱정이 되었고, 민호와 프라이팬을 비롯한 친구들의 안전도 몹시 염려되 었다.

토머스는 사람들 사이를 지나 널빤지 다리를 건너갔다. 사람들 은 튜브를 통해 그 아래로 내려가고 있었으나 토머스는 사다리 쪽 으로 달려가 최대한 서둘러 가로대를 밟고 내려갔다. 그 아래 지 하실 바닥이 아직 무사한 상태라 마음이 놓였다. 테리사는 튜브를 타고 미끄러져 내려오는 사람들을 일으켜 세우면서 가야 할 방향을 알려주고 있었다.

"내가 할 테니까 선두로 가서 사람들을 이끌어!"

토머스는 테리사에게 소리치며 쌍여닫이 유리문을 가리켰다.

대답을 하려던 테리사는 토머스 뒤의 무언가를 보고 공포에 질려 눈이 휘둥그레졌다. 토머스는 얼른 뒤를 돌아보았다.

먼지 낀 괴수 관들이 열리고 있었다. 관의 위쪽 절반이, 마치 시신이 담긴 관 뚜껑처럼 서서히 위로 젖혀지고 있었다.

# 70

"내 얘기 잘 들어!"

테리사가 소리치며 토머스의 어깨를 잡아 자신을 바라보도록 돌려세웠다. 그러고는 제일 가까이에 있는 괴수용 관을 가리키며 설명했다.

"창조자들은 괴수들의 꼬리 끝부분을 '통'이라고 불렀어. 괴수들의 꼬리 끝에는 두꺼운 지방층 안에 손잡이 모양으로 된 스위치가 하나씩 있는데, 피부 속으로 손을 집어넣어서 그 스위치를 잡아 뽑아야 돼. 그렇게만 하면 괴수들은 죽게 돼 있어."

토머스는 고개를 끄덕였다.

"알았어. 넌 앞으로 가서 사람들을 이동시켜!"

관 뚜껑들이 계속 조금씩 열리고 있었고 토머스는 제일 가까운 관으로 서둘러 달려갔다. 이미 뚜껑이 반쯤 열린 상태라 토머스는 그 안을 들여다보았다. 괴수의 민달팽이 같은 거대한 몸뚱이가 부르르 떨고 휘어지면서 옆구리에 연결된 대롱들을 통해 액체와 연료를 빨아들이고 있었다.

토머스는 놈의 몸뚱이 끝 쪽으로 다가가 뚜껑 가까이에서 몸을 관 안으로 기울였다. 그는 테리사가 말한 손잡이를 찾기 위해 꼬리 쪽의 축축한 피부 안쪽으로 손을 쑥 집어넣었다. 끄응 소리를 내며 힘을 준 끝에 손이 딱딱한 손잡이에 닿았고 그것을 힘껏 잡아당겼다. 손잡이가 뜯겨 나오자 괴수는 젤리 덩어리처럼 관 바닥에 축 늘어졌다.

토머스는 손잡이를 바닥에 내던지고 다음 관으로 달려갔다. 경첩 뒤로 넘어간 뚜껑이 거의 땅에 닿을 정도였다. 토머스가 관 안으로 몸을 들이밀고 꼬리 쪽 피부로 손을 집어넣어 손잡이를 빼내기까지는 몇 초밖에 걸리지 않았다.

곧장 다음 관으로 향하던 토머스는 위험을 무릅쓰고 테리사 쪽을 돌아보았다. 테리사는 여전히 튜브를 타고 지하실로 내려오는 사람들을 도와주면서 유리문 쪽으로 보내고 있었다. 사람들이 내려오는 속도가 빨라져서, 미처 몸을 피하기 전에 다음 사람이 내려와 서로 몸이 포개지기도 했다. 소냐와 프라이팬, 갤리도 차례로 내려왔다. 토머스가 쳐다보는 동안 민호도 날듯이 빠르게 미끄러져 내려왔다. 토머스는 얼른 다시 관으로 다가갔다. 이 관의 뚜껑은 완전히 열려 있고 괴수의 옆구리에 연결되어 있던 대롱들이 하나씩 분리되고 있는 참이었다. 토머스는 서둘러 놈의 꼬리 끝에 손을 집어넣고 손잡이를 잡아 뽑았다.

토머스가 허리를 세우고 네 번째 관으로 가려는데, 네 번째 관에 들어 있는 괴수가 이미 움직이고 있었다. 그 괴수는 몸통 앞쪽의 끄트머리를 들어 관 가장자리에 걸쳐놓고, 관 밖으로 나오기 수월하도록 부속물들을 피부 밖으로 꺼내놓은 상태였다. 토머스는 간신히 때맞춰 달려들어 관 너머로 몸을 기울인 후 꼬리 끝에 손을 밀어 넣어 손잡이를 잡았다. 그 순간 놈의 가윗날이 토머스의 머리를 향해 날아왔다. 토머스는 얼른 고개를 숙이며 손잡이를 뜯어냈다. 그제야 놈은 관 안으로 도로 주저앉으며 죽음을 맞았다.

상황을 보아하니, 마지막 다섯 번째 괴수가 관 밖으로 나오기 전에 막는 것은 불가능했다. 토머스가 고개를 돌려 바라보는 동안 다섯 번째 괴수가 철벅 소리를 내며 관 밖으로 나왔다. 괴수는 전면에 돌출된 작은 관찰 구멍으로 주변을 둘러보았다. 그러고는 몸을 공처럼 둥글게 말고 피부 밖으로 금속 못들을 돌출시켰다. 토머스가 수차례 보아온 익숙한 모습이었다. 배 속의 기계 장치에서 요란하게 위잉 소리를 내며 괴수는 앞으로 굴러왔다. 금속 못들이 바닥을 헤집자 콘크리트 조각이 위로 튀어 올랐다. 놈이 튜브를 타고 내려온 사람들 중 일부를 깔아뭉개는 것을 토머스는 속수무책으로 바라보았다. 사람들은 무슨 일이 벌어지고 있는지 미처 인식하기도 전에 놈의 칼날에 당하고 말았다.

토머스는 무기로 쓸 만한 것을 찾아보았다. 천장 어딘가에서 떨어진 팔뚝만 한 파이프가 눈에 띄어, 달려가 그 파이프를 집어 들었다. 다시 괴수를 향해 돌아섰을 때는 이미 민호가 그 괴수에게 달려들고 있었다. 민호는 무서울 정도로 맹렬하게 괴수를 발로 걸어찼다.

토머스는 다른 이들에게 먼저 유리문으로 들어가라고 소리치면서 괴수에게 돌진했다. 그 말을 알아듣기라도 한 것처럼 괴수가 토머스를 향해 돌아섰다. 놈은 둥글납작한 꼬리 부분을 바닥에 딛고 몸을 일으켜 세웠다. 놈의 옆구리에서 부속물 두 개가 튀어나오는 바람에 토머스는 멈칫했다. 금속 팔 한쪽 끝에는 윙윙대며 회전하는 톱날이, 다른 쪽 끝에는 기분 나쁘게 생긴 갈고리가 달려 있었다. 네 갈래로 갈라진 그 갈고리 끝에는 칼날이 붙어 있었다.

토머스가 소리쳤다.

"민호, 내가 놈의 주의를 끌게! 사람들을 전부 여기서 데리고 나가! 브렌다를 앞장 세워서 정비실로 가게 해!"

그 말을 한 순간, 한 남자가 괴수를 피해 옆으로 슬금슬금 기어갔다. 남자가 몇 발자국 떼지도 않았는데 괴수의 몸에서 막대기가 튀어나가 남자의 가슴을 찔렀다. 남자는 피를 토하며 바닥에 쓰러졌다.

토머스는 파이프를 높이 쳐들고 괴수에게 달려들었다. 괴수의 부속물들을 파이프로 공격하면서 꼬리 끝의 손잡이로 접근할 작정이었다. 놈에게 가까이 갔을 때, 갑자기 테리사가 오른쪽에서 나타나 괴수에게 몸을 날렸다. 놈은 곧장 몸을 공처럼 말고는 금속 팔들을 이용해 테리사를 바짝 끌어안았다.

"테리사!"

토머스는 이 상태에서 무엇을 어떻게 해야 할지 확신이 서지 않아 일단 멈춰 섰다.

테리사가 고개를 돌려 그를 향해 말했다.

"가! 사람들 데리고 여기서 나가!"

그러고는 괴수를 발로 차고 손으로 잡아 뜯기 시작했다. 테리사의 손은 곧 괴수의 기름진 피부 안으로 빨려 들어갔으나, 현재로

서는 큰 부상을 당하지는 않은 듯했다.

토머스는 파이프를 단단히 쥐고 놈에게 가까이 다가갔다. 자칫 잘못해서 테리사를 치지 않도록, 빈틈을 찾아 놈을 살폈다.

"어서 여길 나가……."

테리사는 토머스와 눈을 마주치자 다시 말했지만, 차마 말을 끝맺지 못했다. 괴수가 테리사를 질식시킬 작정으로 얼굴을 두툼한 피부 안쪽으로 빨아들인 것이다.

토머스는 경악해 그 자리에서 얼어붙었다. 그동안 수많은 사람들이, 너무 많은 사람들이 목숨을 잃었다. 테리사가 그를 비롯해 다른 이들을 구하려고 목숨을 희생하게끔 내버려둘 수 없었다. 그런 일은 있을 수도 없었다.

토머스는 악을 쓰며 달려가 온 힘을 다해 괴수에게 몸을 날렸다. 회전 톱날이 가슴께로 다가오자 왼쪽으로 몸을 피하면서 파이프를 휘둘렀다. 회전 톱날이 파이프에 맞아 금속 팔에서 분리되어 공중으로 날아갔다. 바닥에 떨어진 회전 톱날이 덜그럭거리며 굴러가는 소리가 들렸다. 토머스는 그 자리에서 다시 파이프를 휘둘러 놈의 몸에 꽂아 넣었다. 테리사의 머리가 빨려 들어간 쪽이었다. 그러고는 있는 힘껏 파이프를 잡아 뽑았다가 찌르고 또 찔렀다.

갈고리가 붙은 금속 팔이 내려와 토머스를 붙잡아 던졌다. 딱딱한 시멘트 바닥에 떨어진 토머스는 재빨리 몸을 굴려 다시 일어섰다. 그 틈에 놈의 몸에서 머리를 빼낸 테리사가 놈의 금속 팔을 공격하고 있었다. 토머스는 다시 돌진했다. 바닥에서 뛰어올라 놈의 두꺼운 피부에 달라붙었다. 그는 가까이 다가오는 금속 팔들을 파이프로 후려치며 급소를 노렸다. 테리사가 아래쪽에서 계속 공격하자 괴수는 옆으로 몸을 세게 틀어 테리사를 공중으로 던져 올렸다. 테리사는 3미터쯤 날아가 바닥에 떨어졌다.

금속 팔 하나를 붙잡은 토머스는 가까이 달려드는 갈고리를 발로 걷어찼다. 놈의 두툼한 피부 속으로 발을 찔러 넣고 힘을 주어 버팀대를 만든 다음, 꼬리 쪽의 축 늘어진 살 속으로 팔을 집어넣었다. 손잡이를 찾고 있는데 갑자기 무언가가 그의 등을 날카롭게 베었다. 온몸에 통증이 흘렀다. 하지만 멈추지 않고 손을 더 깊숙이 찔러 넣었다. 안쪽으로 들어갈수록 놈의 살은 마치 걸쭉한 진흙 같았다.

마침내 손가락 끝에 딱딱한 플라스틱이 닿았다. 그는 힘껏 손을 뻗어 손잡이를 잡고, 죽을힘을 다해 잡아당기면서 옆으로 몸을 틀었다. 고개를 들어보니 테리사는 얼굴 바로 앞까지 다가온 칼날을 피하려고 놈의 팔을 밀어내고 있었다. 그 순간, 놈의 엔진이 투둑하고 멈추며 방 안이 고요해졌다. 지방층과 기계 장치로 이루어진 몸뚱이가 납작하고 길게 바닥에 늘어지고 부속물들도 힘없이 바닥으로 떨어졌다.

토머스는 바닥에 머리를 대고 크게 숨을 들이마셨다. 테리사가 옆으로 다가와 지친 그를 바로 눕혀주었다. 테리사의 얼굴은 여기저기 상처가 나 고통스러워 보였고 벌겋게 상기된 피부는 땀에 젖어 있었다. 그런데도 테리사는 미소를 지었다.

"고마워, 톰."

"고맙긴."

격하게 싸우다가 한숨 돌릴 수 있게 되니 기분이 좋기는 했다.

테리사가 그를 부축해 일으키며 말했다.

"어서 여길 나가자."

토머스가 지하실을 둘러보니 튜브를 타고 내려오는 사람은 더이상 없고, 민호가 마지막 몇 명을 유리문 너머로 보내고 있었다. 민호가 고개를 돌려 토머스와 테리사를 바라보았다.

민호는 두 손을 무릎에 대고 허리를 굽힌 채 숨을 가다듬으며 말했다.

"전부 보냈어."

그러고는 끄응 하고 허리를 펴며 말을 이었다.

"다 문 너머로 보내기는 했어. 왜 사악이 경비병도 세우질 않고 우릴 미로로 쉽게 들여보냈는지 이제 그 이유를 알겠어. 놈들은 우리가 미로 밖으로 나오면 저 괴수들의 칼날에 토막 나버릴 거라고 생각했던 거야. 어쨌든 너희 둘은 당장 선두 쪽으로 달려가서 브렌다를 도와."

"브렌다는 무사한 거야?"

토머스가 마음을 놓으며 물었다.

"그래. 벌써 저 앞에 가 있어."

토머스는 힘겹게 허리를 폈다. 그는 두 걸음 내딛자마자 다시 멈춰 섰다. 어딘가에서, 아니 사방에서 우르르 울리는 진동이 느껴졌다. 지하실이 몇 초간 흔들리다가 잠잠해졌다.

"서둘러야겠다."

토머스는 이렇게 말하며 민호와 테리사를 따라 유리문 쪽으로 달려갔다.

# 71

미로에서 이곳까지 무사히 탈출한 사람들은 200명 남짓이었다. 그들은 어째서인지 더 이상 앞으로 가지 않고 복도에 멈춰 서 있었다. 토머스는 사람들 사이를 비집고 앞쪽으로 나아갔다.

남자들과 여자들, 어린아이들 곁을 지나자 브렌다가 보였다. 마침 그녀도 토머스를 알아보고 다가와서는 그를 얼싸안고 뺨에 입을 맞췄다. 토머스는 이대로 고생이 끝났으면 하고 간절히 바랐다. 더 이상 어딘가로 갈 필요 없이 무사히 살 수 있다면 얼마나 좋을까.

브렌다가 토머스에게 말했다.

"민호가 먼저 가라고 했어. 자기가 남아서 널 돕겠다면서, 사람들을 데리고 지하실에서 나가는 게 중요하니까 나더러 그 일을 맡으라고 했어. 너희는 알아서 괴수를 처리할 수 있을 거라는 거야. 그래도 내가 남았어야 했는데. 미안해."

"내가 민호한테 그렇게 하라고 했어. 넌 옳은 일을 한 거야. 다른 대안은 없었어. 우린 곧 여길 빠져나가게 될 거야."

브렌다가 그를 살짝 밀어내며 말했다.

"그럼 서둘러야겠네."

"그래."

토머스는 브렌다의 손을 꼭 잡고 무리의 앞쪽으로 나아갔다. 테리사도 옆으로 다가와 합류했다.

복도가 한층 더 어두워져 있었다. 작동하는 전등들의 불빛이 흐릿한 데다 그나마도 껌벅거리고 있어서였다. 사람들은 걱정스러운 얼굴로 모여 서서 조용히 지시를 기다리고 있었다. 프라이팬은 토머스와 마주치자, 힘내라는 뜻으로 말없이 미소를 지어 보였다. 그 미소는 언제나 그렇듯 히죽대는 웃음에 가까웠다. 멀리서 폭발음이 간헐적으로 들려오고 그때마다 건물이 흔들렸다. 폭발이 일어나는 위치가 아직은 꽤 먼 듯했지만 조만간 여기까지 다다를 것 같았다.

줄 맨 앞에 가서 보니, 사람들은 계단을 올라갈지 내려갈지를 결정하지 못하고 계단통 앞에 서 있었다.

"올라가야 돼."

브렌다의 말에 토머스는 망설임 없이 사람들에게 따라오라고 손짓한 후 계단을 오르기 시작했다. 브렌다는 그의 옆에서 나란히 걸어 올라갔다.

토머스는 몹시 지쳐 있었지만 피로에 굴복하지 않았다. 그러다 층계참에서 잠시 멈춰 서서 숨을 돌리며 아래를 내려다보았다. 다들 순조롭게 올라오고 있었다. 그는 브렌다의 안내로 문을 지나

기다란 통로로 들어섰다. 왼쪽, 오른쪽으로 방향을 튼 후, 또 한 번 계단을 올라갔다. 넓은 홀을 지난 다음 이번에는 계단을 내려 갔다. 그는 피곤에 지친 다리를 움직여 한 발 한 발 내뻗었다. 평면 이동문에 대한 페이지 총장의 말이 사실이기를 바랄 뿐이었다.

머리 위 어딘가에서 폭발음이 들리며 건물 전체가 흔들렸고, 토머스는 그 충격에 바닥으로 넘어졌다. 먼지가 자욱하게 일면서 그의 등으로 천장의 타일 조각이 바스러져 떨어졌다. 무언가 쪼개지고 부서지는 소리가 공기를 가득 메웠다. 곧 이어 건물이 몇 번 더 흔들리다가 이윽고 잠잠해졌다.

토머스는 손을 뻗어 브렌다가 무사한지 확인했다. 그리고 복도 뒤편을 향해 소리쳐 물었다.

"다들 무사하죠?"

누군가 대답했다.

"무사해!"

"어서 갑시다! 거의 다 왔어요!"

토머스는 브렌다를 부축해 일으켜주고 다시 걸음을 재촉했다. 건물이 무너지지 않고 조금만 더 버텨주기를 속으로 기도했다.

마침내 토머스와 브렌다, 그리고 그들을 따르는 무리는 페이지 총장이 지도에 동그라미로 표시한 구역에 도착했다. 바로 정비실 앞이었다. 폭탄 몇 개가 더 터졌고 그 거리가 점점 가까워지고 있었지만 토머스 일행의 앞길을 막을 정도로 강력하진 않았다. 게다가 그들은 이미 목적지에 도착했다.

정비실 앞은 넓은 창고였다. 창고 오른쪽 벽에 깔끔하게 줄지어

선 선반들마다 상자들이 잔뜩 쌓여 있었다. 토머스는 창고를 가로
질러 정비실 쪽으로 가면서 뒤에 선 이들에게 손짓해 따라오도록
했다. 평면 이동문을 통과하기 전에 모두 한곳에 모여 있도록 하
기 위해서였다. 창고 뒤쪽에는 문이 하나밖에 없으니, 이 문 너머
가 바로 정비실일 것이었다.

"다들 창고로 들어와서 준비하고 있으라고 해."

토머스는 브렌다에게 지시한 후 문을 향해 달려갔다. 페이지 총
장이 평면 이동문을 놓고 거짓말을 했다면, 사악이나 오른팔 조직
원 중 누군가가 토머스 일행이 하려는 일을 알아냈다면, 이대로
끝장이었다.

토머스는 문을 지나 작은 방으로 들어갔다. 그 방에는 탁자들이
잔뜩 놓여 있고 탁자마다 각종 도구들, 금속 조각과 기계 부품들
이 어질러져 있었다. 문 맞은편 벽에 커다란 캔버스 천이 걸려 있
어 토머스는 그리로 달려가 그 천을 잡아 뜯었다. 그 뒤에는 반짝
이는 은색 직사각형 틀에 둘러싸인 벽이 희미하게 빛나고 있었고,
그 옆에 제어장치가 놓여 있었다.

평면 이동문이었다.

페이지 총장의 말은 사실이었다.

문득 사악에게, 그것도 사악의 우두머리에게 도움을 받았단 생
각을 하니 토머스는 웃음이 피식 나왔다.

하지만…… 아직 한 가지 더 확인해야 했다. 다른 사람들을 통
과시키기 전에 이 문이 어디로 연결되는지 알아야만 했다. 토머스
는 깊게 숨을 들이마시고 마음의 준비를 했다.

그는 얼음처럼 차가운 평면 이동문을 통과해 나아갔다. 그 너머

는 나무로 지어진 소박한 오두막 안이었다. 맞은편에 활짝 열린 문 너머로…… 푸르디푸른 초목이 펼쳐져 있었다. 풀, 나무, 꽃, 덤불. 이만하면 충분히 좋았다.

토머스는 뒷걸음질로 정비실로 되돌아왔다. 기분이 좋았다. 드디어, 안전한 상태에 거의 가까워졌다. 토머스는 창고로 달려 나와 소리쳤다.

"들어와요! 다들 이리로 들어오세요! 이쪽요! 서둘러요!"

그때 폭발음과 함께 벽과 금속 선반이 흔들리고 천장에서 먼지와 돌이 우수수 떨어졌다.

토머스가 다시 재촉했다.

"어서요!"

테리사는 이미 사람들을 토머스가 있는 방으로 보내고 있었다. 정비실 문 안쪽에 서 있던 토머스는 제일 먼저 달려와 문지방을 넘은 여자의 팔을 잡고 평면 이동문이 있는 회색 벽 쪽으로 데려갔다.

"이게 뭔지는 아시죠?"

여자는 어서 여길 벗어나고 싶어 하는 기색이 역력했지만 애써 용기를 내 그런 마음을 누르고 고개를 끄덕이며 대답했다.

"이런 시설 근처에 몇 번 와본 적은 있어."

"그럼 여기 서서 다른 사람들을 안내해 먼저 들여보낼 수 있겠어요?"

여자는 두려움으로 낯빛이 창백해졌지만 고개를 끄덕였다.

토머스는 여자를 안심시켰다.

"걱정하지 마세요. 최대한 오래 여기 버티고 서서 안내만 해주면 돼요."

여자가 알았다고 하자마자 토머스는 정비실 문 앞으로 되돌아갔다.

사람들이 비좁은 정비실 안으로 들어오기 시작하자 토머스는 옆으로 물러서며 말했다.

"저기 저쪽으로 넘어가세요. 넘어가면 자리가 넉넉할 겁니다!"

토머스는 사람들 틈을 비집고 창고로 나왔다. 다들 정비실 문 앞에 길게 늘어서서 차례로 들어가고 있었다. 줄 끄트머리에 민호와, 브렌다, 호르헤, 테리사, 에어리스, 프라이팬, 그리고 나 그룹원 몇 명이 모여 있고 갤리도 그곳에 함께 있었다. 토머스는 친구들에게 다가갔다.

민호가 말했다.

"사람들이 빨리 좀 건너가야 될 텐데. 폭발 소리가 점점 가까워지고 있어."

갤리도 같은 생각이었다.

"이러다 여기 전체가 곧 무너져 내리겠다."

당장 무너질 수도 있겠다는 생각에 토머스는 천장을 찬찬히 살펴보았다.

"알아. 서두르라고 말해뒀어. 우리도 어서 여길 떠야……."

창고 저편에서 누군가 소리치는 바람에 토머스의 말이 끊겼다.

"어이구, 여기 다들 모여 있었군!"

친구들이 놀란 숨을 내뱉었다. 토머스는 얼른 그쪽으로 고개를 돌렸다. 잰슨이 홀에서 연결되는 문을 통해 창고로 막 들어서는 참이었다. 그 뒤로 사악 경비병들이 쭉 따라 들어왔다. 토머스가 세어보니 상대는 총 일곱이었다. 머릿수에서 밀리지는 않을 듯했다.

걸음을 멈춘 잰슨은 폭발음 때문에 목소리 전달이 잘 되지 않을까 봐 그러는지 입가에 두 손을 갖다 대고 악을 썼다.

"무너져 내리는 건물 안이라니, 은신처로는 안 어울리잖아!"

천장에서 떨어진 금속 조각들이 쩔그렁 소리를 내며 흩어졌다. 토머스가 대꾸했다.

"여기 뭐가 있는지 알잖아! 이미 늦었어! 우린 이미 건너가고 있거든!"

잰슨은 건물 밖에서 들고 설치던 기다란 칼을 꺼내 들었다. 그 동작을 신호로 경비병들도 비슷한 무기들을 꺼냈다.

잰슨이 말했다.

"그래도 몇 명은 데려갈 수 있겠구나. 면역인들 중에 제일 강하고 똑똑한 녀석들이 우리 앞에 이렇게 쭉 늘어서 있으니까. 최종 후보자도 같이 있으니 이만하면 차고 넘치지! 우리한테 제일 필요하지만, 협조를 거부하는 너 말이다."

토머스와 친구들은 그 수가 점점 줄어들고 있는 면역인들과 경비병들 사이를 가로막으며 길게 늘어섰다. 토머스의 친구들은 무기가 될 만한 것을 찾아 바닥을 살폈다. 바닥에는 파이프, 기다란 드라이버, 가장자리가 들쭉날쭉한 금속 격자판 등이 떨어져 있다. 끝에 단단한 철사들이 뾰족하게 붙어 있고 약간 휘어진 굵은 케이블 선이 토머스의 눈에 들어왔다. 위협적인 모양새라 창으로 쓰면 좋을 듯했다. 토머스가 그것을 집어 드는데 또 한 차례 폭발음이 나면서 창고가 흔들리고 금속 선반의 일부가 바닥으로 쓰러졌다.

"이렇게 무시무시한 폭력배들을 보았나! 아이고 무서워라!"

악을 쓰는 잰슨의 얼굴에는 광기가 어려 있고 일그러진 입은 비웃음을 흘리고 있었다.

민호가 받아쳤다.

"빌어먹을 입 닥치고 어서 덤비기나 하시지!"

잰슨이 소년 소녀들을 정신 나간 눈빛으로 차갑게 노려보며 내뱉었다.

"기꺼이."

토머스는 그동안 겪어온 일을 생각하면 두렵고 몸과 마음이 아팠지만 어서 나가 싸우고 싶었다.

"돌격!"

토머스의 고함을 신호로 두 무리가 서로를 향해 달려갔다. 그러나 그 순간, 건물을 온통 흔들어놓을 정도로 강렬한 폭발음이 들리면서 그들의 함성은 한순간에 묻히고 말았다.

# 72

 가까이에서 연달아 폭탄이 터지면서 창고가 흔들렸지만 토머스는 넘어지지 않고 잘 버텼다. 선반 대부분이 무너져 내리고 물건들이 마구 날아다녔다. 그는 울퉁불퉁한 나무 조각을 피해 몸을 옆으로 돌렸고, 바닥에 미끄러져 날아온 둥그런 기계 부속을 피해 뛰어오르기도 했다.

 옆에 있던 갤리가 발을 헛디뎌 쓰러지자 토머스는 그를 잡아 일으켜주었다. 그들은 계속해서 전진했다. 브렌다는 휘청했지만 넘어지지 않고 잘 나아갔다.

 그들은 고대의 전쟁터에서 제1선에 나선 군인들처럼 적들과 충돌했다. 토머스는 잰슨을 상대했는데, 토머스보다 키가 한 뼘은 더 큰 잰슨은 칼을 마구 휘둘렀다. 잰슨의 칼이 호를 그리며 어깨쪽으로 내려오는 순간, 토머스는 뻣뻣한 케이블 선을 위로 쭉 뻗어 올려 잰슨의 겨드랑이를 찔렀다. 잰슨은 비명을 지르며 칼을 떨어뜨렸다. 피가 흐르는 겨드랑이를 다른 손으로 누르며 뒤로 물러선 잰슨의 눈에 증오가 가득했다.

좌우에서 싸움이 한창이었다. 금속과 금속이 부딪치는 소리, 비명 소리, 고함 소리, 신음 소리가 가득했다. 몇 명은 2대 1로 싸우고 있기도 했다. 민호는 어지간한 남자보다 기운이 두 배는 좋아 보이는 여자와 싸우고 있었다. 브렌다는 바짝 여윈 남자와 바닥을 뒹굴면서 그 남자의 손에서 마체테 칼을 떨어뜨리려고 용을 쓰고 있었다. 토머스는 주변을 빠르게 훑어본 후 다시 자신의 적에게 시선을 집중했다.

잰슨이 말했다.

"난 피 흘리다 죽어도 상관없다. 널 도로 수술실로 데리고 올라갈 수만 있으면 아무래도 좋아."

또다시 폭발음과 함께 바닥이 흔들렸다. 토머스는 앞으로 휘청하면서 들고 있던 초라한 무기를 떨어뜨리고 잰슨의 가슴에 부딪쳤다. 그들은 함께 바닥으로 쓰러졌다. 토머스는 한 손으로 잰슨을 밀어내면서 다른 손 주먹을 최대한 세게 휘둘렀다. 토머스의 주먹이 왼쪽 뺨에 꽂히면서 잰슨은 고개가 옆으로 꺾이고 입에서 피가 튀었다. 토머스가 약간 뒤로 물러서면서 다시 주먹을 휘둘렀지만 잰슨은 몸을 격하게 구부리면서 토머스를 들이받았다. 토머스는 뒤로 벌렁 넘어지고 말았다.

토머스가 다시 일어서기 전에 잰슨이 토머스의 몸에 올라탔다. 잰슨은 두 다리로 토머스의 몸통을 감고 무릎으로 토머스의 양 팔을 짓눌러 꼼짝 못 하게 만들었다. 토머스가 놓여나려고 버둥거리는 동안 잰슨은 무방비 상태인 토머스의 얼굴을 주먹으로 내리쳤다. 통증을 느낀 그 순간, 토머스의 온몸에 아드레날린이 치솟았다. 여기서 이렇게 죽을 수는 없다는 생각에 그는 기어코 발로 바닥을 디디면서 상체를 일으켰다.

바닥에서 약간 몸을 일으킨 정도였지만 잰슨의 무릎에 깔린 팔을 빼내기에는 충분했다. 토머스는 날아오는 주먹을 팔뚝으로 막은 후 그대로 잰슨의 얼굴에 주먹을 날렸다. 잰슨이 중심을 잃고 휘청하자 토머스는 그를 밀어내고 두 다리로 걷어찼다. 이어서 잰슨의 옆구리를 연거푸 발로 가격했다. 발길질을 할 때마다 잰슨의 몸은 조금씩 뒤로 밀려났다. 토머스가 세게 걷어차려고 다리를 뒤로 젖히는데 잰슨이 벌떡 일어나더니 토머스의 발을 잡아 옆으로 밀어내고 다시 몸통에 올라탔다.

토머스는 미친 듯이 공격을 퍼부었다. 그자의 몸 아래서 벗어나려고 발로 차고 주먹을 지르고 버둥거렸다. 그들은 서로를 움켜잡고 바닥을 뒹굴며 엎치락뒤치락했다. 주먹이 날아가고 발길질이 오갔다. 잰슨이 손으로 할퀴고 이로 물어뜯는 바람에 토머스는 온몸이 욱신거렸다. 그들은 거의 의식을 잃을 정도로 상대를 구타하며 바닥을 이리저리 굴러다녔다.

마침내 토머스는 각도를 잘 맞춰 팔꿈치로 잰슨의 코를 내리찍었다. 잰슨은 몹시 고통스러워하며 두 손을 코로 가져갔다. 그 순간 토머스는 힘이 치솟아 잰슨의 몸에 올라타고 목을 움켜쥔 다음 조이기 시작했다. 잰슨은 팔다리를 휘저으며 저항했지만 지독한 분노에 휩싸인 토머스는 온몸의 무게를 손에 싣고 세게, 더 세게 목을 조였다. 마침내 무언가가 부러지고 늘어져 꺾이는 느낌이 들었다. 잰슨의 안구가 불거져 나오고 혀가 입 밖으로 튀어나왔다.

누군가 손바닥으로 토머스의 머리를 찰싹 치면서 무어라고 말했지만 토머스의 귀에는 들리지 않았다. 민호의 얼굴이 눈앞을 가로막았다. 민호가 무어라 소리치고 있었다. 피에 대한 굶주림에 사로잡혀 있던 토머스는 그제야 정신을 차리고 소매로 눈을 닦은 후 잰슨의 얼굴을 내려다보았다. 심하게 구타당한 잰슨은 창백하게 늘어져 이미 한참 전에 목숨이 끊어진 상태였다. 토머스가 민호를 돌아보았다.

민호가 소리쳤다.

"죽었어! 죽었다고!"

토머스는 잰슨의 목에서 손을 떼고 비틀대며 물러섰다. 민호가 옆에서 부축하면서 귀에 대고 외쳤다.

"우리가 전부 쓰러뜨렸어! 이제 가자!"

창고 양옆에서 폭탄 두 개가 동시에 터지면서 벽이 안쪽으로 무너지기 시작했다. 벽돌과 시멘트 덩어리가 사방에서 떨어졌다. 토머스와 민호의 몸에도 흙이 비 오듯 쏟아졌다. 먼지가 구름처럼 자욱하게 피어올라 주변 사람들의 모습이 그림자로밖에 보이지 않았다. 비틀대다 쓰러진 사람들이 다시 일어서고 있었다. 토머스는 발에 힘을 주고 정비실 쪽으로 이동했다.

천장에 금이 가고 폭탄이 터지면서 파편이 떨어지고 있었다. 귀가 먹먹해지도록 어마어마한 소음이 일고 바닥이 마구 흔들렸다. 폭탄이 사방에서 마구잡이로 터지고 있었다. 토머스가 쓰러지자 민호가 얼른 일으켜 세웠다. 잠시 후에는 민호가 넘어져서 토머스가 그를 잡아 일으켜 세우고 함께 달려갔다. 공포에 질린 브렌다의 얼굴이 그의 앞을 스쳤다. 토머스는 근처에서 테리사를 본 듯도 했다. 그들은 다 같이 넘어지지 않으려 안간힘을 쓰면서 정비실을 향해 달려가고 있었다.

쪼개지고 부서지는 소리가 별안간 심해져서 토머스는 뒤를 돌아보았다. 그의 시선이 위로 향한 순간, 천장에서 커다란 덩어리가 분리되었다. 그 덩어리는 넋 나간 채로 위를 올려다보는 토머스를 향해 곧장 떨어졌다. 그 순간, 토머스의 시야 한구석에 테리사가 나타났다. 먼지가 자욱해서 명확하게 보이지는 않았으나 테리사는 토머스를 정비실 쪽으로 강하게 밀어냈다. 토머스가 비틀대며 멍하게 밀려가자마자, 천장에서 분리된 커다란 돌덩어리가 테리사에게 떨어졌다. 테리사는 머리와 한 손만 빼고 그 밑에 깔리고 말았다.

"테리사!"

토머스가 악을 썼다. 그 소리가 주변의 모든 소음을 뚫고 섬뜩하게 울려 퍼졌다. 토머스는 테리사에게 달려갔다. 테리사의 얼굴에 피가 흐르고 팔은 이미 으스러져 있었다.

그는 다시 테리사를 불렀다. 피투성이가 되어서 죽어가던 척의 모습이, 뉴트의 불거진 눈이 그의 뇌리를 스쳤다. 제일 가까운 친구 세 명의 목숨을 사악이 앗아간 것이다.

테리사가 들을 수 없는 상태임을 알면서도 토머스는 그녀에게 속삭였다.

"미안해, 정말 미안해."

테리사의 입이 달싹여서 토머스는 귀를 가까이 가져갔다.

"나…… 도. 나는 늘 널…… 좋아……."

누군가 뒤에서 토머스를 잡아 일으켜 끌어당겼다. 토머스는 저항할 힘도 의지도 남아 있지 않았다. 테리사는 죽었다. 토머스는 온몸이 아프고 심장이 저렸다. 브렌다와 민호가 토머스를 일으켜 세웠다. 그들 셋은 다시 정비실을 향해 나아갔다. 폭발로 생긴 구멍에서 불이 치솟고 있었다. 시커먼 연기가 짙은 먼지와 뒤섞여 창고 안으로 넘실거리며 들어왔다. 토머스는 기침을 했지만 주변의 요란한 소음 때문에 기침 소리는 들리지도 않았다.

또다시 쿵 하는 소리가 공기를 흩어놓았다. 달려가면서 뒤를 돌아보니 창고 뒷벽이 폭발로 무너져 내리고 그 너머로 불길이 타오르고 있었다. 남아 있는 천장마저 무너지고 있어서 더는 이 건물이 버틸 수 있는 상태가 아니었다. 완전히 붕괴되기 직전이었다.

그들 셋이 정비실로 달려 들어갔을 때 마침 갤리가 평면 이동문을 넘어가고 있었다. 다른 이들은 전부 넘어가 있는 상태였다. 토머스는 탁자 사이의 좁은 통로를 가로질러 친구들과 함께 휘청대며 평면 이동문으로 향했다. 이대로 여기 있다간 죽고 말 것이다. 무너지는 소리, 부서지는 소리가 무서울 정도로 커졌다. 우드득 삐거억 끼이익 하고 금속이 꺾이는 소리, 불길이 활활 타오르는 소리가 이어졌다. 어마어마한 소음이 최고조에 이르고 있었다. 토머스는 더 이상 뒤돌아보지 않았다. 바로 뒤에서 모든 것이 끝장나고 있음을, 그 붕괴의 *끄트머리*가 목덜미까지 와 있음을 느낄 수 있었다. 그는 브렌다를 먼저 평면 이동문으로 밀어 보냈다. 세상이 무너지고 있었다.

마침내 그는 민호와 함께 차가운 회색 벽으로 몸을 던졌다.

# 73

토머스는 숨이 제대로 쉬어지지 않았다. 기침과 함께 침을 뱉어 냈다. 심장이 미친 듯이 빨리 뛰면서 좀처럼 진정되지 않았다. 그는 오두막의 나무 바닥에 발을 딛고 있었지만 끔찍한 붕괴의 파편이 날아 들어올까 봐 평면 이동문에서 가급적 멀리 떨어지려고 앞으로 기어갔다. 시야에 브렌다의 모습이 들어왔다. 브렌다가 제어 장치의 버튼 몇 개를 누르자 벽면의 회색 판이 사라지고, 오두막의 삼나무 판자가 원래 모습을 드러냈다. 평면 이동문이 사라진 것이다.

토머스는 의문이 들었다.

'저렇게 해야 한다는 걸 브렌다는 어떻게 알고 있었던 거지?'

브렌다가 다급히 말했다.

"민호랑 얼른 밖으로 나가. 마지막으로 해야 할 일이 있어."

토머스는 이해가 되지 않았다. 이제 그들은 안전한 거 아니었나?

민호가 일어서서 토머스를 부축해 일으키며 말했다.

"내 빌어먹을 뇌는 1초도 더 생각을 못 하겠으니까, 브렌다가 하고 싶은 대로 하게 두고 우린 여기서 나가자."

"좋아."

토머스와 민호는 가쁜 숨을 내쉬며 서로를 한참 바라보았다. 그 짧은 순간에 그들은 그간 겪어온 온갖 일들, 죽음, 고통을 떠올렸다. 그리고 안도했다. 이제 다 끝난 것이다. 아마도 그럴 것이다.

하지만 토머스는 깊은 상실감을 느꼈다. 그를 구하려다 죽은 테리사를 가까이서 바라본 것은 감당하기에 너무나 큰 고통이었다. 진정한 친구가 된 민호를 바라보며 토머스는 속으로 눈물을 삼켰다. 그 순간 토머스는 자신이 뉴트에게 한 짓을 민호에게는 절대 말하지 않기로 결심했다.

"당연히 좋지, 인마."

이렇게 대답하는 민호의 얼굴에는 특유의 능글맞은 웃음이 없었다. 그저, 널 다 이해한다는 표정이었다. 친구들을 잃은 슬픔을 남은 평생 지고 살 수밖에 없다는 표정이었다. 민호는 그대로 돌아서서 오두막 밖으로 걸어 나갔다.

잠시 후에 토머스도 따라 나갔다.

밖으로 나온 토머스는 문 앞에 서서 멍하니 주변 풍경을 바라보았다. 그들은 더 이상 지구상에 존재하지 않는다고 들었던 그런 곳에 와 있었다. 푸른 초목이 무성하게 우거지고 생기가 넘치는 곳. 토머스가 서 있는 이 언덕배기 아래에는 길쭉한 풀과 들꽃이 만발한 들판이 있었다. 그들이 구해낸 200여 명의 면역인들이 근처를 돌아다니고 있었다. 일부는 달리거나 펄쩍펄쩍 뛰기도 했다.

언덕 아래 오른쪽은 골짜기였다. 키 큰 나무들이 우거진 그 골짜기는 수 킬로미터가량 뻗어나가다가 바위산으로 이어지고, 그 뒤로는 구름 한 점 없는 푸른 하늘이 펼쳐졌다. 왼쪽으로는 푸른 들판이 관목 숲으로, 그 너머 모래사장으로 연결되고 있었다. 모래사장 뒤로 보이는 너른 바다에서 짙푸른 파도들이 밀려와 하얗게 부서졌다.

천국. 이곳은 천국이었다. 언젠가는 이곳에 온 기쁨을 느낄 수 있게 되는 날이 오길 토머스는 바랐다.

오두막 문이 닫히는 소리가 나고 이어서 쉬이 하고 불길이 이는 소리가 들려 토머스는 뒤를 돌아보았다. 브렌다가 오두막에서 좀 더 멀리 떨어지도록 토머스를 조심스럽게 밀었다. 오두막은 이미 불길에 사로잡혀 있었다.

토머스가 물었다.

"아무도 오지 못하게 하려고?"

"응. 아무도 못 오게 하려고."

브렌다는 토머스의 말을 그대로 받아 되풀이하며 미소 지었다. 그 미소에 어린 진심에 토머스는 약간 긴장을 풀었고 조금은 위안을 받았다.

브렌다가 말했다.

"테리사 일은 정말…… 유감이야."

"그래."

토머스는 더 이상 할 말이 없었다. 브렌다도 더는 아무 말도 하지 않았고, 굳이 할 필요도 없었다. 그들은 친구들이 있는 곳으로 걸어갔다. 잰슨 패거리와 마지막 싸움을 함께 했던 친구들. 다들 머리부터 발끝까지 상처투성이였다. 토머스는 민호, 프라이팬과 연달아 눈을 마주쳤다. 그들은 다 같이 고개를 돌려 불에 타 바스러지는 오두막을 바라보았다.

몇 시간 후, 토머스는 절벽 끄트머리에 발을 걸치고 앉아 바다를 바라보고 있었다. 태양이 수평선 아래로 잠기며 그 부근의 바다가 불처럼 타오르고 있었다. 토머스가 한 번도 본 적 없는 가장 놀라운 풍경 중 하나였다.

민호는 모두가 거주지로 결정한 숲으로 내려가 식량 탐색 팀, 건축 위원회, 보안 팀 등을 구축하는 등 관리를 시작하고 있었다. 다시는 어떤 책임감도 짊어지고 싶지 않기에, 토머스는 홀가분한 마음으로 그 모습을 바라보았다. 그는 몸도 마음도 지쳐 있었다. 그들이 떠나온 세상이 플레어 병을 놓고 치료제든 뭐든 찾아내려고 하는 동안, 토머스는 이 사람들과 함께 어디서든 따로 고립되어 안전하게 살 수 있기를 바랐다. 그 과정은 길고 고되고 어려울 것이다. 토머스는 그 과정에 관여하고 싶지 않았다.

더는 싫었다.

"여기 있었구나."

브렌다의 목소리에 토머스는 고개를 돌렸다.

"어. 앉을래?"

브렌다는 옆에 털썩 앉았다.

"그래, 고마워. 사막 부지에서 본 일몰이 생각나네. 물론 저렇게 밝지는 않았지만."

"여러 가지로 예전 생각이 많이 날 거야."

이 말을 하며 척과 뉴트, 테리사의 얼굴이 떠올라 토머스는 가슴이 먹먹해졌다.

잠시 침묵이 흐르고 그들은 사라져가는 햇빛을 바라보았다. 하늘과 바다가 오렌지색에서 분홍색으로, 보라색으로, 이어서 진청색으로 바뀌었다.

브렌다가 물었다.

"무슨 생각 해?"

"아무 생각도 안 해. 생각 같은 건 당분간 하지 않으려고."

진심이었다. 태어나 처음으로 토머스는 자유롭고 안전해졌다. 어마어마한 대가를 치르고 얻은 자유와 안전이었다.

토머스는 마음이 가는 대로 팔을 뻗어 브렌다의 손을 잡았다.

브렌다도 그의 손을 잡으며 말했다.

"우린 200명이 넘고, 모두 면역인들이야. 이 정도면 괜찮은 시작이라고 봐."

이렇게 될 것을 미리 알고 있었던 것 같은 말투여서 토머스는 미심쩍어하며 브렌다를 바라보았다.

"무슨 뜻이야?"

브렌다는 가까이 다가와 그의 뺨과 입술에 입을 맞췄다.

"아무것도 아니야. 아무것도."

깜박이던 마지막 햇빛이 수평선 아래로 사라졌다. 토머스는 머리를 비우고 브렌다를 가까이 끌어당겼다.

# 에필로그

일 : 232.4.10 | 시 : 12:45 | 최종 사악 보고서

수신 : 나의 직원들

발신 : 에이바 페이지 총장

제목 : 새로운 시작


우리는 실패했습니다. 그러나 한편으로는 성공한 것이기도 합니다. 우리 조직의 최초 기획은 성과를 맺지 못했다고 봐야겠지요. 청사진이 완성되지 않았고, 플레어 바이러스 백신이나 치료제도 찾아내지 못했으니까요. 하지만 나는 이렇게 될 줄 예상하고 인류의 일부라도 구하고자 다른 해결책을 세워두었습니다. 우리가 바라는 최선의 결과를 얻기 위해, 나는 현명한 면역인 동료 두 명의 도움으로 이 해결책을 기획하고 실행할 수 있었습니다.

사악 조직원 대부분이, 문제의 답을 찾을 수만 있다면, 실험대

상자들을 더 호되게 다루고 그들의 내면을 더 깊게 파고들고 무자비하게 대해야 한다는 생각을 갖고 있음을 나는 잘 알고 있습니다. 필요하다면 시련 과정을 처음부터 다시 시작하더라도 말이지요. 하지만 우리가 간과한 사실이 있습니다. 인류 구원을 가능케 할 유일한 자원이 바로 면역인들이라는 사실입니다.

모든 것이 내 계획대로 진행되었다면, 지금쯤 실험대상자들 중 제일 똑똑하고 강하고 굳센 이들은 안전한 장소로 대피했을 것입니다. 나머지 인류가 여기서 절멸하는 동안, 그들은 그곳에서 새로이 문명을 일궈나갈 것입니다.

나는 전임자들이 저지른 이루 말할 수 없이 비인간적인 행위에 대해, 우리 조직이 앞으로 수년에 걸쳐 그 대가를 치르기를 바랍니다. 태양 플레어 현상이 있은 후, 우리 조직은 인구 조절을 위해 고의로 플레어 바이러스를 누출시켰습니다. 어쩔 수 없는 선택이었다고는 하나, 이는 다시는 되돌릴 수 없는 끔찍한 범죄입니다. 그로 인해 지금 같은 재앙이 발발할 줄 아무도 예상하지 못했겠지요. 사악은 스스로 저지른 잘못을 바로잡고 치료제를 찾아내기 위해 갖은 노력을 다해왔습니다. 비록 치료제를 찾아내지는 못했지만, 인류의 미래를 위한 씨앗은 심을 수가 있었습니다.

역사가 사악의 행위들을 어떻게 판단할지는 모르겠습니다만, 나는 이 자리에서 다음과 같이 공식적인 기록을 남기는 바입니다. 사악은 인류 보전이라는 단 하나의 목표를 위해 매진해왔으며, 그 목표만큼은 이뤄낼 수 있었다고 말입니다.

우리가 실험대상자들에게 반복해서 주입하려 했던 대로, 사악은 선합니다.

## 감 사 의 말

이 3부작은 참 대단한 여정이었습니다. 여러 가지 면에서 저와 제 편집자 크리스타 마리노, 에이전트 마이클 부렛이 함께 노력해 만들어낸 작품이라고 할 수 있습니다. 이 두 사람에겐 아무리 감사를 표해도 부족할 지경이라, 앞으로도 계속 이런 마음을 간직하려 합니다.

랜덤하우스의 모든 분께도 고마움을 전하고 싶습니다. 특히 베벌리 호로위츠 씨, 홍보담당자 에밀리 포셔 씨, 노린 헤리츠 씨에게 감사드립니다. 또한 영업팀, 마케팅팀, 디자인팀, 교열팀을 비롯해 이 책의 탄생에 중요한 역할을 담당해주신 여러 팀에도 감사의 말씀을 전합니다. 여러분 덕분에 이 시리즈가 성공적으로 탄생할 수 있었습니다.

이 시리즈가 다른 나라에도 전파될 수 있도록 해주신 로렌 아브라모 씨와 다이스텔 앤 가더리치 사에도 감사드리며, 이분들이 책을 낼 수 있게 해주신 해외의 다른 출판사들에도 감사를 전합니다.

초고를 읽고 피드백을 해주신 리넷 씨와 J. 스콧 새비지 씨에게도 고맙다는 말씀을 드리고 싶습니다. 덕분에 원고가 훨씬 나아졌습니다!

저와 시간을 보내주시고 제 스토리를 전파해주신 책 블로거 여러분, 페이스북 친구들, dashnerarmy 트위터 그룹원들에게도 감사드립니다. 그리고 제 모든 독자들에게 감사를 전합니다. 여러분 덕분에 이 작품 속 세상이 생생해졌습니다. 부디 즐거운 독서가 되셨기를 바랍니다.

옮긴이 **공보경**

고려대 영어영문학과를 졸업하고 현재 소설, 에세이, 인문 번역가로 활동하고 있다. 옮긴 책으로 파울로 코엘료의 《아크라 문서》, 애거서 크리스티의 《커튼》, 칼렙 카의 《셜록 홈즈 이탈리아인 비서관》, 나오미 노빅의 〈테메레르〉 시리즈, F. 스콧 피츠제럴드의 《벤자민 버튼의 시간은 거꾸로 간다》 찰리 어셔의 《찰리와 리즈의 서울 지하철 여행기》, 레이 얼의 《마이 매드 팻 다이어리》, 크리스토퍼 무어의 《우울한 코브 마을의 모두 괜찮은 결말》, 아이라 레빈의 《로즈메리의 아기》, 켄 그림우드의 《다시 한 번 리플레이》, 앤 캐서린 에머리히의 《패션 오브 크라이스트》, 데이브 배리와 리들리 피어슨의 〈피터팬〉 시리즈, J. G. 밸러드의 《하이-라이즈》, 《물에 잠긴 세계》 등이 있다.

**데스 큐어**

초판  1쇄 발행 2014년  8월 14일
초판 90쇄 발행 2024년  4월 19일

지은이 | 제임스 대시너
옮긴이 | 공보경
발행인 | 강봉자, 김은경

펴낸곳 | (주)문학수첩
주소 | 경기도 파주시 회동길 503-1(문발동 633-4) 출판문화단지
전화 | 031-955-9088(마케팅부), 9530(편집부)
팩스 | 031-955-9066
등록 | 1991년 11월 27일 제16-482호

홈페이지 | www.moonhak.co.kr
블로그 | blog.naver.com/moonhak91
이메일 | moonhak@moonhak.co.kr

ISBN 978-89-8392-525-1  03840

* 파본은 구매처에서 바꾸어 드립니다.